Daniel Defoe

Die Pest zu London

Daniel Defoe

Die Pest zu London

nymphenburger

Titel der Originalausgabe: A Journal of the Plague Year.
Aus dem Englischen übertragen von Werner Barzel

Die Übernahme der Übersetzung von Werner Barzel
wurde freundlicherweise von der Fischer Bücherei KG, Frankfurt,
gestattet.

Schutzumschlag: Cooperation, München
Satz: Filmsatz Schröter GmbH, München
Druck und Binden: Wiener Verlag, Himberg bei Wien
Printed in Austria 1987
ISBN 3-485-00540-1

Es war gegen Ende September 1664, als ich mit meinen Nachbarn zusammenstand und, recht beiläufig, erwähnen hörte, daß die Pest in Holland wieder ausgebrochen sei; sie hatte dort nämlich im Jahre 1663 sehr gewütet, besonders in Amsterdam und Rotterdam, wohin sie, heißt es, von Italien oder auch aus der Levante mit irgendwelchen Waren, die die Türkenflotte geladen hatte, eingeschleppt worden war; manche meinten auch, sie sei von Kreta, wieder andere, von Zypern hergebracht worden. Was verschlug es, wo sie herkam! Alle waren sich jedenfalls einig, daß sie in Holland wieder herrschte.

Nun gab es in jenen Tagen keine gedruckten Zeitungen, um Gerüchte und Neuigkeiten zu verbreiten und sie mit Selbsterfundenem auszuschmücken, wie ich es später noch habe erleben müssen. Sondern solche Nachrichten wie diese stammten aus den Briefen von Kaufleuten und anderen, die mit dem Ausland Beziehungen unterhielten, und von da sprach es sich lediglich von Mund zu Mund herum; auf diese Weise verbreitete sich eine Kunde nicht augenblicks im ganzen Lande, wie sie es heute tut. Es scheint jedoch, daß die Regierung einen zuverlässigen Bericht besaß, und man beriet in mehreren Ratssitzungen, wie einem Übergreifen der Seuche zu begegnen sei; aber all das geschah sehr verschwiegen. So kam es, daß das Gerücht wieder erstarb und die Leute es schon zu vergessen begannen, so wie etwas, das uns weiter nicht betraf und von dem wir hoffen konnten, es sei gar nicht wahr, bis dann im späten November oder Anfang Dezember 1664 zwei Männer, dem Vernehmen nach Franzosen, im Long Acre, oder richtiger am oberen Ende von Drury Lane, an der Pest starben.

Die Familie, in der sie gelebt hatten, bemühte sich, den Fall nach Kräften zu vertuschen, aber er war bereits im Gerede der Nachbarschaft erörtert worden, und so bekam das Ministerium Kenntnis davon. Man ließ es sich angelegen sein, Nachforschungen anzustellen, und um sicher zu gehen, beauftragte man zwei Ärzte und einen Feldscher, sich in das Haus zu begeben und eine Untersuchung vorzunehmen. Das taten diese, und da sie an beiden Leichnamen unwiderlegliche Anzeichen der Krankheit feststellten, erklärten sie öffentlich als ihren Befund, daß die zwei an der Pest verschieden seien. Worauf es dem Sprengelschreiber übermittelt wurde, und der gab es wiederum an das Rathaus weiter, und es wurde im wöchentlichen Auszug aus dem Sterberegister bekanntgegeben, und zwar in der üblichen Form, nämlich:

Pest: 2. Sprengel betroffen: 1.

Die Leute zeigten sich gleich sehr besorgt, und man begann sich in der ganzen Stadt ernste Gedanken zu machen, um so mehr, als in der letzten Dezemberwoche 1664 in dem gleichen Hause wieder ein Mann starb, und wieder an der gleichen Erkrankung. Als dann allerdings in den nächsten sechs Wochen niemand mit irgendwelchen Anzeichen von Ansteckung starb, nahmen wir es wieder leichter, und es hieß schon, das Unheil sei vorbei. Aber dann, ich glaube, es war um den 12. Februar, starb wieder jemand, in einem anderen Hause, aber im gleichen Sprengel und auf die nämliche Art.

Dies lenkte die Aufmerksamkeit der Leute stärker auf jenen Stadtteil, und als die wöchentlichen Sterberegisterauszüge eine ungewöhnliche Zunahme der Beerdigungen im St. Giles Pfarrsprengel auswiesen, erhob sich der Verdacht, daß die Menschen in jenem Stadtteil von der Pest heimgesucht seien, daß bereits viele daran gestorben seien und daß man es nur verstanden habe, dies tunlichst der allgemeinen Kenntnis zu entziehen. Solche Gedanken gingen recht rege in den Köpfen der Leute um, und kaum einer wagte noch durch Drury Lane oder eine andere der beargwöhnten Straßen zu gehen, wenn nicht ein Geschäft von außerordentlicher Dringlichkeit ihn dazu nötigte.

Mit den wachsenden Zahlen auf den Sterberegisterauszügen verhielt es sich so: Die gewöhnliche Anzahl von Begräbnissen in der Woche betrug für die Pfarrsprengel St. Giles in den Feldern und St. Andrew in Holborn zwischen je zwölf und siebzehn oder neunzehn, mit geringen Schwankungen; aber seit dem ersten Auftreten von Pestfällen im St. Giles Pfarrsprengel ließ sich eine beträchtliche Zunahme der einfachen Beerdigungen beobachten. Zum Beispiel:

Vom 27. Dezember bis 3. Januar	St. Giles	16
	St. Andrew	17
Vom 3. Januar bis 10. Januar	St. Giles	12
	St. Andrew	25
Vom 10. Januar bis 17. Januar	St. Giles	18
	St. Andrew	18
Vom 17. Januar bis 24. Januar	St. Giles	23
	St. Andrew	16
Vom 24. Januar bis 31. Januar	St. Giles	24
	St. Andrew	15

Vom 31. Januar bis 7. Februar	St. Giles	21
	St. Andrew	23
Vom 7. Februar bis 14. Februar	St. Giles	24

wovon einer an der Pest

Das gleiche Anwachsen der Sterbefälle wurde in der Pfarre St. Bride, die an den Holborn Sprengel auf der einen Seite angrenzt, und in St. James, Clerkenwell, der Nachbarpfarre zu Holborn auf der anderen Seite, festgestellt. In beiden Pfarren betrug die gewöhnliche Anzahl von Sterbefällen wöchentlich zwischen vier und sechs oder acht, während sie dann in folgender Weise zunahm:

Vom 20. Dezember bis 27. Dezember	St. Bride	0
	St. James	8
Vom 27. Dezember bis 3. Januar	St. Bride	6
	St. James	9
Vom 3. Januar bis 10. Januar	St. Bride	11
	St. James	7
Vom 10. Januar bis 17. Januar	St. Bride	12
	St. James	9
Vom 17. Januar bis 24. Januar	St. Bride	9
	St. James	15
Vom 24. Januar bis 31. Januar	St. Bride	8
	St. James	12
Vom 31. Januar bis 7. Februar	St. Bride	13
	St. James	5
Vom 7. Februar bis 14. Februar	St. Bride	12
	St. James	6

Zudem wurde von der Bevölkerung mit großer Unruhe vermerkt, daß in diesen Wochen die Zahlen auf dem Gesamttotenregister stark anstiegen, obwohl doch sonst zu

dieser Jahreszeit die Todesfälle gar nicht besonders zahlreich waren.
Die gewöhnliche Anzahl von Beerdigungen, wie sie auf dem Sterberegister erschien, war pro Woche etwa 240 oder etwas mehr, bis etwa 300, was schon als recht hoch galt. Aber dann sahen wir die Zahlen beständig ansteigen, nämlich folgendermaßen:

	Beerdigt	Zunahme
20. bis 27. Dezember	291	–
27. Dezember bis 3. Januar	349	58
3. bis 10. Januar	394	45
10. bis 17. Januar	415	21
17. bis 24. Januar	474	59

Diese letzte Eintragung war in der Tat erschreckend, denn das war eine höhere Zahl von Beerdigungen pro Woche, als seit der Heimsuchung von 1656 je verzeichnet worden war. Jedoch ebbte dies wieder ab, und da das kalte Frostwetter, das im Dezember eingesetzt hatte, bis beinahe Ende Februar mit aller Strenge anhielt und dann scharfe, wenn auch nicht übermäßig heftige Stürme hinzukamen, sanken die Todesziffern wieder, die Stadt erholte sich und alle Welt begann schon, die Gefahr für so gut wie überstanden zu betrachten; nur daß die Beerdigungen im St. Giles Sprengel immer noch zu häufig blieben. Von Anfang April an insbesondere stieg ihre Zahl wieder auf fünfundzwanzig pro Woche, bis dann in der Woche vom 18. bis zum 25. in der St. Giles Pfarre dreißig Tote begraben wurden, von denen zwei an der Pest und acht am Fleckfieber, was als dasselbe angesehen wurde, gestorben waren; gleichfalls nahm die Zahl derer, die am Fleckfieber verschieden, insgesamt zu; waren es in der Woche zuvor acht gewesen, so wuchs die Zahl in der genannten Woche auf zwölf.
Dies versetzte uns wieder in Schrecken, und die schlimmsten Ängste herrschten unter dem Volk, besonders da das

Wetter jetzt umschlug und es warm wurde und der Sommer vor der Tür stand. Die folgende Woche freilich schien uns wieder Hoffnung zu geben; das Register zeigte niedrige Zahlen: im ganzen nur 388 Todesfälle, und davon keiner an der Pest und lediglich vier an Fleckfieber.

Aber in der nächsten Woche brach es wieder aus, und das Unheil griff auf zwei oder drei weitere Pfarrsprengel über, nämlich: St. Andrew in Holborn und St. Clement Danes; und, was ein schwerer Schlag für die City war, einer starb innerhalb der Stadtmauern, in der Pfarre St. Mary Woolchurch, das heißt, an der Bearbinder Lane, nicht weit von Stocks Market; im ganzen waren neun an der Pest und sechs an Fleckfieber gestorben. Es stellte sich allerdings bei näherer Untersuchung heraus, daß der Franzose, der an der Bearbinder Lane verstorben war, vorher am Long Acre gewohnt hatte, also in der Nähe des infizierten Hauses, und aus Angst vor der Krankheit verzogen war, nicht ahnend, daß er bereits angesteckt war. Dies war Anfang Mai, doch das Wetter hielt sich mäßig, veränderlich und ziemlich kühl, so daß die Leute wieder Hoffnung schöpften.

Was ihnen Mut machte, war, daß die City gesund blieb; die siebenundneunzig Stadtpfarren begruben zusammen nur vierundfünfzig Tote, und wir setzten schon darauf, daß das Übel, da es sich doch hauptsächlich unter den Menschen jener Vorstadt gezeigt hatte, nicht weiter um sich greifen werde; und das um so eher, als in der folgenden Woche, das heißt, vom 9. bis 16. Mai, nur drei Personen starben, und davon nicht eine einzige innerhalb der City oder der Stadtfreiheit; und St. Andrew begrub nur fünfzehn, was sehr wenig war. Zwar begrub St. Giles dreiunddreißig, aber da nur einer davon ein Pestkranker war, begannen die Leute aufzuatmen. Das Gesamtregister hatte einen ebenfalls sehr niedrigen Stand; in der voraufgehenden Woche war er nur 347 gewesen, in der erwähnten Woche nur 343. Wir blieben einige Tage lang in der zuversichtlichen Stimmung, aber es waren nicht viele Tage, denn die Leute ließen sich jetzt nicht mehr so leicht täuschen. Sie drangen in die Häuser ein und mußten die Feststellung machen, daß die Seuche sich in Wirklichkeit überallhin ausgebreitet hatte und daß Tag für Tag viele an ihr starben. So war alle unsere Schönfärberei dahin, und es ließ sich nichts mehr verbergen; ja, es wurde sehr rasch offenbar, daß die Ansteckung so weit vorgedrungen war, daß die Hoffnung auf ein Zurückgehen nicht mehr bestand; in der St. Giles Pfarre herrschte sie schon in einer ganzen Reihe von Straßen, und manchmal lagen ganze Familien miteinander darnieder; und dementsprechend zeigte sich der Verlauf der Dinge nun auch im wöchentlichen Totenregisterauszug. Zwar gab man da nur vierzehn Pestfälle an, aber das war natürlich alles abgefeimte Irreführung, denn in der St. Giles Pfarre allein begruben sie vierzig im ganzen, von denen es feststand, daß die meisten an der Pest gestorben waren, obwohl für sie andere Todesursachen angegeben wurden; und mochte auch die Zahl aller Beerdigungen dort nicht mehr als zweiunddreißig betragen und die Gesamttotenziffer bei nur 385 stehen, so waren doch vierzehn Fleckfieberfälle darunter und an Pestfällen waren es ebenfalls vierzehn; und so nahmen wir es als ausgemacht hin, daß insgesamt mindestens fünfzig Personen in der Woche an der Pest verstorben waren.

Der nächste Registerauszug war für die Zeit vom 23. bis 30. Mai, und die Zahl der Pestkranken betrug siebzehn. Aber Beerdigungen waren in St. Giles dreiundfünfzig, – eine erschreckliche Zahl! – von denen man nur neun für die Pest angab; aber als auf Ersuchen des Lordbürgermeisters die Friedensrichter der Sache genauer auf den Grund gingen, stellte sich heraus, daß in Wahrheit zwanzig Personen mehr in der Pfarre an der Pest verschieden waren, jedoch als Fleckfieber- oder andere Krankheitsfälle angegeben worden

waren, neben weiteren, die man überhaupt unterschlagen hatte.
Aber dies waren noch Kleinigkeiten im Vergleich zu dem, was gleich nachkam; denn jetzt setzte heißes Wetter ein, und von der ersten Juniwoche an griff die Ansteckung in schreckenerregender Weise um sich, und die Zahlen im Totenregister stiegen. Die verschiedenartigsten Fieberkrankheiten, Fleckfieber und Mundfäule wurden sehr häufig; denn jeder, der seine Krankheit verbergen konnte, tat es, damit nicht seine Nachbarn sich von ihm abwandten und sich weigerten mit ihm zu verkehren, auch damit nicht die Behörden ihn in seinem Hause einschlössen, was, obwohl noch nicht durchgeführt, so doch bereits angedroht war. Schon der Gedanke daran brachte die Leute in äußerstes Entsetzen.
In der zweiten Woche im Juni begrub St. Giles, der Sprengel, in dem immer noch das Hauptgewicht der Verseuchung lag, 120 Tote, von denen, obwohl das Register nur achtundsechzig zugab, wie jedermann wußte mindestens 100 Pesttote waren, wenn man es sich nach der sonst in der Pfarre üblichen Zahl von Beerdigungen wie oben ausrechnete.
Bis zu diesem Zeitpunkt war die City verschont geblieben; in allen siebenundzwanzig Pfarren war niemand gestorben, wenn man von dem einen Franzosen, den ich vorher erwähnte, absieht. Jetzt starben vier Personen innerhalb der City, einer in der Wood Street, einer in der Fenchurch Street und zwei in der Crooked Lane. Southwark war gänzlich unberührt, noch nicht einen Toten hatte man auf jener Seite des Flusses.
Ich wohnte außerhalb Aldgate, ungefähr halbwegs zwischen Aldgate Church und Whitechapel Bars, auf der linken oder nördlichen Seite der Straße; und da das Übel diese Hälfte der Stadt noch nicht erreicht hatte, nahmen wir es in unserer Gegend nicht sehr ernst. Um so größer war die

Bestürzung am entgegengesetzten Ende der Stadt; und die wohlhabenderen Kreise, besonders der Adel und die vornehmen Leute aus den westlichen Stadtteilen, drängten sich, mit Kind und Kegel aus der Stadt zu kommen, was einen sehr ungewohnten Anblick bot; nirgends konnte man das so gut beobachten wie in Whitechapel, das heißt, auf der Broad Street, wo ich wohnte; da wimmelte es nur so von Wagen und Karren mit Gütern, Frauen, Kindern usw.; Kutschen, voll besetzt mit besseren Herrschaften, und Knechte für die Pferde, und alles auf dem Wege, nur rasch davonzukommen; dann erschienen leere Wagen und Karren und unbepackte Pferde mit Dienern, die, das war offenbar, vom Lande zurückkehrten oder zurückgeschickt worden waren, um andere nachzuholen; daneben unzählige Leute zu Pferde, manche allein, andere mit Dienerschaft, und alle ohne Ausnahme schwer mit Gepäck beladen und für die Reise ausgerüstet, wie jeder, der sie anschaute, deutlich sehen konnte.

Es war wirklich sehr erschreckend und traurig, das zu sehen, und da es ein Schauspiel war, dessen Anblick vom Morgen bis zum Abend ich kaum entgehen konnte, da es tatsächlich nichts anderes von Bedeutung zu sehen gab, machte ich mir die ernstesten Gedanken über die Not, die der Stadt bevorstand, und über die unselige Lage derer, die in ihr zurückbleiben würden.

Das Gedränge der Leute war für einige Wochen so arg, daß man nur unter den äußersten Schwierigkeiten bis zur Tür des Lordbürgermeisters gelangen konnte; der Andrang war dort so groß, weil man um Pässe und Gesundheitsbescheinigungen für Reisen nach auswärts anstand, denn ohne solche war an einen Durchlaß durch die Städte, die an der Straße lagen, oder an eine Übernachtung in einer Herberge nicht zu denken. Derweil die ganze Zeit über in der City niemand gestorben war, ließ unser Lordbürgermeister ohne weiteres

allen, die in den siebenundneunzig Stadtsprengeln oder doch innerhalb der Stadtfreiheit wohnten, Gesundheitsbescheinigungen ausstellen.
Das Gedränge, sage ich, hielt einige Wochen an, das heißt, den ganzen Mai und den ganzen Juni, und um so mehr, als das Gerücht umging, daß die Regierung einen Erlaß herausgeben werde, daß Straßensperren errichtet und dadurch die Menschen an der Abreise gehindert werden sollten, und daß die Städte, die am Wege lagen, Leute aus London nicht mehr durchließen, aus Angst, sie würden die Seuche mit sich bringen. Allerdings hatten alle diese Gerüchte ihren Ursprung lediglich in der Phantasie, besonders am Anfang.
Ich begann nun ernsthafte Überlegungen bei mir selbst anzustellen, was meinen eigenen Fall betraf und wie ich mich einrichten sollte; das soll heißen, ob ich mich entscheiden sollte, in London zu bleiben, oder mein Haus abschließen und fliehen, so wie es viele meiner Nachbarn taten. Ich möchte diese Einzelheit in aller Ausführlichkeit behandeln, weil ich annehmen muß, daß es für die, die nach mir kommen, wenn sie in die gleiche schwierige Lage versetzt und vor die gleiche Wahl gestellt werden, vielleicht von Bedeutung sein kann; und deshalb ist es mein Wunsch, daß sie diesen Bericht eher als eine Weisung annehmen, wie sie selbst sich verhalten sollen, denn als eine Geschichte meines Verhaltens; bin ich mir doch bewußt, daß es für sie gewiß nicht die geringste Bedeutung hat zu erfahren, was aus mir geworden ist.
Ich hatte zwei gewichtige Dinge vor Augen: Das eine war die Fortführung meines Geschäfts und meiner Werkstatt, ein beachtlicher Gesichtspunkt, denn hier waren alle meine Besitzungen in dieser Welt investiert; auf der anderen Seite stand mein Leben in einer so düsteren Gefahr, wie ich sie allem Anschein nach über der ganzen Stadt heraufziehen sah, einer Gefahr, die dennoch vielleicht, so groß sie auch

sein mochte, von meiner eigenen Furcht oder der Furcht anderer Leute größer dargestellt wurde, als sie in Wirklichkeit war.

Die erste Überlegung war für mich von großer Bedeutung; mein Gewerbe war das eines Sattlers, und da ich meine Geschäfte in der Hauptsache nicht im Einzelhandel führte, sondern sie mit Kaufleuten abschloß, die mit den englischen Kolonien in Amerika Handel trieben, so lag meine Sache ziemlich in der Hand dieser Männer. Zwar war ich unverheiratet, aber ich besaß eine Familie von Dienstboten, die ich für das Geschäft hielt; hatte ein Haus, eine Werkstatt und Lager, die mit Vorräten angefüllt waren; kurz und gut, all das zurückzulassen, wie man es in einem solchen Falle zurücklassen muß, das heißt, ohne einen Aufseher oder eine Person, der man es anvertrauen könnte, das hätte bedeutet, den Verlust nicht nur meines Gewerbes, sondern auch meines Besitztums, in der Tat alles dessen, was ich in der Welt mein eigen nannte, aufs Spiel zu setzen.

Ich hatte zu der Zeit einen Bruder in London leben, der nicht lange zuvor aus Portugal herübergezogen war, und wie ich mich mit ihm beriet, bestand seine Antwort in ganzen vier Worten, denselben, die in einem ganz anderen Falle waren gesprochen worden, nämlich: »Meister, rette dich selbst!« Kurz gesagt, er war dafür, daß ich mich auf das Land zurückzöge, so wie er es für sich und seine Familie beschlossen hatte; er sagte mir, was er wohl im Ausland gehört hatte, daß die beste Vorbereitung auf die Pest sei, vor ihr davonzulaufen. Was mein Argument anging, ich werde Gewerbe, Besitz und ausstehendes Geld verlieren, so schlug er es mir völlig aus der Hand. Der gleiche Punkt, so sagte er, den ich für mein Verbleiben geltend machte, nämlich daß ich meine Sicherheit und Gesundheit Gott anvertrauen wolle, sei zugleich die stärkste Widerlegung meines Vorgebens, Gewerbe und Besitztum zu verlieren; »denn«, so sprach er, »ist es nicht ebenso vernünftig, Gott mit dem Risiko für dein Geschäft zu belasten, als in einer so drohenden Gefahr zu verbleiben und ihm dein Leben anzuvertrauen?«

Ich konnte nicht einwenden, daß ich in Verlegenheit sei, wo ich hingehen sollte, da ich mehrere Freunde und Verwandte in Northamptonshire hatte, wo unsere Familie ursprünglich herstammte; insbesondere hatte ich eine Schwester in Lincolnshire, die durchaus willens war, mich aufzunehmen und zu versorgen.

Mein Bruder, der seine Frau und seine zwei Kinder schon nach Bedfordshire vorausgeschickt hatte und entschlossen war, ihnen zu folgen, drängte mich in allem Ernst zu gehen; einmal war ich schon so weit, daß ich seinem Wunsch nachkommen wollte, aber da fehlte mir das Pferd; denn obwohl es stimmt, daß nicht alle Leute London verließen, so konnte man doch sagen, alle Pferde taten es; wochenlang war in der ganzen Stadt kein Pferd zu haben, weder zu kaufen, noch zu mieten. Einmal wollte ich mich schon zu Fuß auf den Weg machen, mit einem einzigen Diener; wir hatten vor, nicht in den Herbergen zu übernachten, sondern, wie das viele taten, ein Militärzelt mitzuführen und im Freien zu schlafen, das Wetter war ja so warm, wir hätten uns vor Erkältung nicht zu fürchten brauchen. Wenn ich sage: wie es viele taten, so meine ich: einige kamen endlich darauf, besonders wer im letzten Kriege, der noch nicht sehr lange zurücklag, im Heer gedient hatte; und ich muß, um auch von Nebenumständen zu sprechen, hinzufügen: hätten mehr Leute, die unterwegs waren, dies getan, dann wäre die Pest nicht in so viele Häuser und Städte auf dem Lande gebracht worden, wie es, zum großen Schaden, ja zum Untergang einer großen Anzahl von Menschen, geschah.

Aber dann hatte mich der Diener, den ich mitnehmen

wollte, hintergangen; entsetzt über das Anwachsen der Seuche und im Ungewissen, wann ich abreisen würde, hatte er sich eines anderen besonnen und mich im Stich gelassen, und so saß ich für diesmal fest; und auf diese oder jene Art mußte ich erleben, daß immer irgend etwas dazwischen kam, wenn ich mir einen Reisetermin gesetzt hatte, und ich mußte ihn immer wieder verschieben; und das bringt mich auf einen Gedanken, der mir sonst vielleicht wie eine nutzlose Abschweifung erschienen wäre, ich meine den Gedanken, diese Durchkreuzungen meines Vorhabens könnten vom Himmel stammen.
Ich erwähne dieses auch, weil ich niemandem eine bessere Art des Vorgehens in einem solchen Falle anraten kann – besonders wenn einer sich aus seiner Pflicht ein Gewissen macht und für einen guten Rat empfänglich ist –, als nämlich ein Augenmerk darauf zu haben, welche besonderen Vorsehungen ihm zu der Zeit zustoßen, und diese als ein Ganzes zu betrachten, da sie miteinander in Zusammenhang stehen und alle gemeinsam auf die Frage hinzielen, die zu lösen ist; so verstanden mag er sie dann mit Sicherheit als Eingebungen des Himmels nehmen, die ihm sagen, was zu tun in seinem Falle seine fraglose Pflicht sei; ich meine das für solche Fragen, wie und ob man fortgehen solle oder bleiben, wenn der Ort, an dem man wohnt, von einer ansteckenden Seuche heimgesucht wird.
Es ging mir eines Morgens, als ich darüber nachsann, mit großer Heftigkeit auf, daß, so wie uns nichts ohne die Fügung oder Zulassung der Göttlichen Macht widerfährt, auch diese Durchkreuzungen meiner Pläne etwas Außergewöhnliches an sich haben müßten; und daß ich erwägen sollte, ob sie nicht deutlich darauf hinwiesen oder mir eingäben, es sei der Wille des Himmels, daß ich nicht fortgehen solle. Dem folgte unmittelbar der Gedanke, daß, wenn es wirklich von Gott kam, daß ich bleiben solle, Er

auch imstande sei, mich inmitten von allem Tod und aller Gefahr, die mich umgeben würden, sicher zu bewahren; und daß, wenn ich versuchte, durch Flucht von meinem Wohnort mein Leben zu retten, und das entgegen diesen Eingebungen, die ich für göttlichen Ursprungs hielt, es gewissermaßen eine Flucht vor Gott sein würde, und daß mich Sein Gericht ereilen könnte, wann immer oder wo immer Ihm gutdünkte.

Diese Überlegungen kehrten meinen Entschluß wieder völlig um, und als ich meinen Bruder aufs neue traf, sagte ich ihm, daß ich geneigt sei zu bleiben und mein Schicksal auf dem Platz, auf den Gott mich gestellt habe, zu erwarten, und daß ich dies aus den Gründen, die ich eben dargelegt habe, für meine ganz persönliche Pflicht erachte.

Mein Bruder, obschon selbst ein tief religiöser Mann, lachte mich aus, als ich vorbrachte, dies könne eine himmlische Eingebung sein, und er erzählte mir einige Geschichten über solche seiner Ansicht nach dummdreisten Leute, wie ich einer sei; dann nur, meinte er, müßte ich mich dem als einer himmlischen Fügung unterwerfen, wenn ich durch Krankheit oder Leiden verkrüppelt worden wäre; wenn ich dann außerstande wäre zu gehen, wäre es angebracht, mich im Hinblick auf Ihn, der als mein Schöpfer ein unbestreitbares Hoheitsrecht über mich ausübe, mit meinem Geschick abzufinden, und nur in einem solchen Falle hätte man ohne Bedenken sagen können, was der Ruf Seiner Vorsehung sei und was nicht; aber daß ich nur aus dem Grunde, weil ich kein Pferd für die Reise bekommen konnte oder weil mein Begleiter weggelaufen war, von einer Eingebung des Himmels, die Stadt nicht zu verlassen, spreche, das sei einfach lächerlich; ich hätte ja doch gesunde Glieder und andere Diener und es werde mir nichts ausmachen, einen oder zwei Tage zu Fuß zu

reisen, und zumal ich eine gültige Gesundheitsbescheinigung besäße, könne ich gut unterwegs ein Pferd mieten oder die Post nehmen, wie immer es mir passe.
Dann ging er dazu über, mir von den unheilvollen Folgen zu erzählen, die die Vermessenheit der Türken und Mohammedaner in Asien und anderswo nach sich zieht; (mein Bruder, der Kaufmann war, hatte bis vor einigen Jahren, wie ich schon bemerkte, im Ausland gelebt und war zuletzt von Lissabon aus zurückgekehrt) wie diese, im sicheren Verlaß auf ihren Vorherbestimmungsglauben und überzeugt, daß jedes Menschen Lebenslauf unumstößlich im Vorhinein festgelegt sei, sorglos verseuchte Orte betreten und mit infizierten Personen Umgang pflegen, durch welches Verhalten sie zu Zehn- oder Fünfzehntausend in der Woche dahinsterben, während die christlichen Kaufleute aus Europa sich vorsichtig zurückhalten und so im allgemeinen der Ansteckung entgehen.
Diese guten Gründe meines Bruders änderten meinen Entschluß wieder, und ich begann nun doch, alles für die Abreise fertig zu machen; denn, um das nur kurz zu erwähnen, die Ansteckung nahm um mich herum zu, die Todesziffern stiegen auf beinahe siebenhundert die Woche, und mein Bruder sagte, er werde es nicht auf sich nehmen, noch länger zu warten. Ich sprach den Wunsch aus, er möge mir noch bis zum nächsten Tag Zeit zum Überlegen geben, dann würde ich mich entscheiden; und da ich alle Vorbereitungen, so gut es ging, schon getroffen hatte, auch was das Geschäft betraf und wem ich es anvertrauen sollte, so hatte ich eigentlich nichts anders zu tun, als diesen Entschluß zu fassen.
Ich kam an diesem Abend in sehr bedrückter Verfassung heim, unentschlossen und nicht wissend, was ich tun sollte. Ich hatte mir den ganzen Abend ausschließlich dafür freigehalten, gründlich über die Sache nachzudenken, und war

ganz allein; denn schon hatte man, als ob durch allgemeine Übereinkunft, die Sitte aufgenommen, nach Sonnenuntergang nicht mehr außer Haus zu gehen; auf die Gründe dafür werde ich bei Gelegenheit noch zu sprechen kommen. In der Zurückgezogenheit dieses Abends bemühte ich mich, zu einem Entschluß zu kommen, hauptsächlich, mir klar zu werden, was meine Pflicht war zu tun. Ich hielt mir all die Gründe vor, mit denen mein Bruder mich gedrängt hatte, aufs Land zu gehen, und ich stellte ihnen die starken Beweggründe gegenüber, die in meinem Geist für ein Verbleiben sprachen; war nicht der besondere Umstand meines Berufes, daß die Erhaltung meiner Effekten gewissermaßen von meiner Standesehre eine sorgfältige Pflege erheischte, schon ein deutlicher Hinweis? Und dann die Eingebungen, von denen ich glaubte, daß sie von oben kämen: Wiesen sie mich nicht beinahe an, wagemutig zu sein? Und es schien mir so einleuchtend, daß, wenn ich eine, wie ich es nennen mochte, Anweisung zum Bleiben hatte, ich auch unterstellen dürfe, sie enthalte das Versprechen des Bewahrtwerdens, wenn ich ihr Folge leistete.

Das schien mir überzeugend, und ich fühlte mich mehr denn je in der Seele ermutigt zu bleiben, wobei mir die geheime Gewißheit, daß ich am Leben bleiben würde, Sicherheit gab. Hinzu kam dann, daß, während ich in der vor mir liegenden Bibel blätterte und meine Gedanken mit mehr als gewöhnlichem Ernst bei der Frage verweilten, ich solche Rufe ausstieß wie: »Ach, ich weiß nicht, was ich tun soll! Herr, gib mir eine Weisung!« In einem solchen Augenblick hielt ich auf einmal im Blättern inne, und mein Blick fiel auf den zweiten Vers des 91. Psalms, und ich las weiter bis zum siebenten Vers, und dann noch den zehnten, und sie lauteten:

»Der spricht zu dem Herrn: Meine Zuversicht und meine Burg, mein Gott, auf den ich hoffe. Denn Er errettet dich vom Strick des Jägers und von der schädlichen Pestilenz. Er wird dich mit Seinen Fittichen decken, und deine Zuversicht wird sein unter Seinen Flügeln. Seine Wahrheit ist Schirm und Schild, daß du nicht erschrecken müssest vor dem Grauen der Nacht, vor den Pfeilen, die des Tages fliegen, vor der Pestilenz, die im Finstern schleicht, vor der Seuche, die im Mittage verderbt. Ob tausend fallen zu deiner Seite und zehntausend zu deiner Rechten, so wird es dich nicht treffen. – Es wird dir kein Übel begegnen, und keine Plage wird zu deiner Hütte sich nahen.«

Ich brauche dem Leser wohl kaum zu sagen, daß von dem Augenblick an mein Entschluß feststand: Ich würde in der Stadt bleiben und, mich ganz der Güte und der Obhut des Allmächtigen überantwortend, keinen anderen Schutz außerdem mehr suchen; da mein Schicksal ja in Seiner Hand lag, konnte Er mich ebensogut in der Zeit der Seuche bewahren wie in der Zeit der Gesundheit; und wenn es nicht in Seinem Ratschluß lag, mich zu retten, dann war ich immer noch in Seiner Hand, und es war recht und billig, daß Er mit mir tue, wie Ihm beliebte.

Mit diesem Entschluß ging ich zu Bett; und am nächsten Tag wurde ich noch weiter dadurch bekräftigt, daß die Frau, der ich mein Haus und mein Geschäft anzuvertrauen vorgehabt hatte, krank wurde. Aber es wurde mir nach dieser Seite hin auch eine weitere Last auferlegt, denn am Tage darauf fühlte ich mich selbst ebenfalls sehr unpäßlich, so daß, auch wenn ich gewollt hätte, ich nicht hätte gehen können. Ich lag drei oder vier Tage lang krank, und das gab vollends den Ausschlag für mein Bleiben. So verabschiedete ich mich von meinem Bruder, der nach Dorking in Surrey ging und später noch weiter nach Buckinghamshire oder Bedfordshire hinein auswich, wo er für seine Familie ein abgelegenes Quartier gefunden hatte.

Es war damals sehr schlimm, krank zu werden, denn von jedem, der nur eine Beschwerde äußerte, hieß es sogleich, er habe die Pest; und obwohl sich tatsächlich keinerlei Anzeichen der Seuche bei mir fanden, so war mir doch in Kopf und Magen so übel, daß mich die Furcht erfüllte, ich hätte mich tatsächlich angesteckt. Aber nach drei Tagen erholte ich mich wieder; in der dritten Nacht schlief ich gut, schwitzte ein wenig und fühlte mich viel frischer. Alle Befürchtungen, es könne die Seuche gewesen sein, schwanden mit der Krankheit ebenfalls dahin, und ich ging meinen Geschäften nach wie immer.

Eine Folge war jedoch, daß ich alle Pläne, aufs Land zu gehen, aufgab; und da mein Bruder auch nicht mehr da war, gab es weder mit ihm noch mit mir selbst weiteren Streit in dieser Frage.

Es war jetzt Mitte Juli, und die Pest, die hauptsächlich am anderen Ende der Stadt, wie ich schon sagte, in den Pfarren St. Giles und St. Andrew in Holborn und gegen Westminster hin, gewütet hatte, begann sich nun nach Osten zu wenden, auf den Stadtteil zu, in dem ich wohnte. Man konnte allerdings sehen, daß sie sich nicht geradewegs auf uns zu bewegte; die City nämlich, das heißt, alles was innerhalb der Stadtmauern lag, war nach wie vor gesund; auch über den Fluß nach Southwark hinüber war die Seuche noch kaum gedrungen; obwohl in der Woche an allen Krankheiten zusammen 1268 Menschen starben, wovon man mehr als 900 für Pesttote rechnen konnte, so waren es in der ganzen City innerhalb der Ummauerung nur achtundzwanzig Todesfälle, und nur neunzehn in Southwark, den Lambeth Sprengel mitinbegriffen; in den Pfarren St. Giles und St. Martin-in-den-Feldern hingegen starben allein 421 Menschen.

Wie wir bemerkten, hielt sich die Infektion vorerst mehr in den Außenbezirken; da diese sehr bevölkert waren, besonders von Armen, fand das Übel dort eher seine Opfer als in der City, worauf ich später noch hinweisen werde. Ich sage, wir sahen, wie das Übel auf uns zu gekrochen kam, auf dem Wege nämlich über die Sprengel Clerkenwell, Cripplegate, Shoreditch und Bishopsgate; in den letzten beiden Sprengeln, die an Aldgate, Whitechapel und Stepney angrenzen, sollte die Seuche schließlich ihre äußerste Wut und Heftigkeit entladen, auch als sie in den westlichen Teilen, wo sie angefangen hatte, schon nachließ.

Es war sehr auffallend, daß in dieser Woche – ich spreche noch von der Woche vom 4. bis 11. Juli, wo in den beiden Pfarren St. Giles und St. Martin über 400 Pesttote waren, wie ich schon sagte – in der Pfarre Aldgate nur vier, in der Pfarre Whitechapel nur drei und in der Pfarre Stepney nur einer gestorben waren.

Ähnlich war es in der folgenden Woche, vom 11. zum 18. Juli: Das Totenregister stand auf 1761, und doch starben an der Pest auf der gesamten Southwark-Seite des Flusses nicht mehr als sechzehn Personen.

Aber dieser Stand der Dinge änderte sich bald, und besonders im Cripplegate Sprengel mehrten sich die Fälle, und auch in Clerkenwell; in der zweiten Augustwoche war es bereits soweit, daß Cripplegate allein 886 Tote begrub, und Clerkenwell 155; von den ersten kann man 850 auf die Pest rechnen; von den letzten gab das Register selbst 145 für die Pest an.

Während des Monats Juli und solange unsere Gegend, wie ich schon bemerkte, im Vergleich zu den westlichen Stadtteilen verschont zu werden schien, ging ich gewöhnlich in den Straßen umher, wie es mein Geschäft gerade erforderte; insbesondere begab ich mich für gewöhnlich einmal am Tag, oder jeden zweiten Tag, in die City zu dem Haus meines Bruders, mit dessen Verwaltung er mich betraut hatte, um zu sehen, ob es in Sicherheit war; den Schlüssel trug ich bei mir, und so schaute ich immer hinein und durch alle Räume, ob alles auch beim Rechten war; denn so verwunderlich es klingen mag, daß irgend jemand inmitten eines solchen Unglücks die Rohheit des Herzens besessen haben soll, zu rauben und zu stehlen, so sicher ist es, daß damals alle Arten von Schurkereien in der Stadt begangen wurden, sogar Zügellosigkeiten und Unzucht, und ebenso unverschämt wie je, nur vielleicht nicht ganz so häufig, weil eben die Zahl der Leute in jedem Betracht sehr zurückgegangen war.

Nun jedoch begann auch für die City die Heimsuchung, ich meine für die Stadt innerhalb der Mauern; aber dort war die Zahl der Einwohner ganz besonders stark gesunken, da solche Mengen von ihnen aufs Land gegangen waren; und sogar noch den ganzen Juli hindurch hörten sie nicht auf hinauszuströmen, wenn auch nicht in solchen Mengen wie vordem. Im August indessen nahm die Flucht aus der Stadt solche Formen an, daß ich zu glauben begann, es werde bald wirklich außer Behörden und Dienern niemand mehr in der City übrigbleiben.

Wie sie aus der Innenstadt abrückten, so war auch, und das sollte ich nicht zu erwähnen vergessen, der Hof schon früher, nämlich im Juni, nach Oxford umgezogen, wo es Gott gefiel, sie alle am Leben zu erhalten; die Seuche hat keinen von ihnen auch nur berührt, wofür sie meines Wissens allerdings keinerlei Zeichen von Dankbarkeit an den Tag legten, und kaum irgendeinen Ansatz zur Besserung, obwohl man ihnen deutlich genug zu verstehen gegeben hat, daß ihre himmelschreienden Laster, das kann man ohne die Nächstenliebe zu verletzen sagen, ein gutes Teil dazu beigetragen haben, dieses schreckliche Strafgericht auf die ganze Nation herabzuziehen.

Das Antlitz Londons hatte sich nun in der Tat befremdlich verändert, ich will sagen, die Gesamtheit aller Gebäude, der City, der Stadtfreiheit, der Vororte, Westminsters, Southwarks, alles zusammen genommen zeigte es eine Veränderung; was den besonderen Teil angeht, der die City oder die Innenstadt heißt, so war dort nicht so viel geschehen; aber der Gesamteindruck war anders als vorher. Kummer und Sorge standen in jedem Gesicht geschrieben; auch dort, wo man noch weniger betroffen war, zeigte man sich tief bekümmert; und da wir alles ganz deutlich kommen sahen, mußte jeder sich und seine Familie als in äußerster Gefahr betrachten. Wäre es möglich, denen, die diese Zeit nicht miterlebt haben, alles genau zu schildern und dem Leser einen gehörigen Begriff von dem Entsetzen zu geben, das sich überall kundtat, es würde einen sehr tiefen Eindruck hinterlassen und alle Vorstellungen übertreffen. Man konnte wohl sagen, daß ganz London in Tränen war; die Trauer ließ sich freilich nicht auf der Straße sehen, denn niemand ging in Trauerkleidern oder legte Schwarz an, auch für den nächsten Freund nicht; aber die Stimme der Trauer konnte man fürwahr auf der Straße hören. Aus den Fenstern und Türen der Häuser, wo ihre liebsten Angehörigen wohl im Sterben lagen oder eben gestorben waren, hörten wir, wenn wir durch die Straßen gingen, so häufig die Schreie der Frauen und Kinder, daß es auch dem Allergefühllosesten das Herz durchdringen mußte, es mitanzuhören. Tränen und Wehklagen waren beinahe in jedem Hause daheim, besonders am Anfang der Heimsuchung; denn gegen Ende waren die Herzen der Menschen abgestumpft, und der Tod stand ihnen so allgegenwärtig vor Augen, daß der Verlust ihrer Freunde sie nicht mehr so bekümmerte, rechneten sie doch damit, daß sie selbst in der nächsten Stunde abgerufen würden.

Meine Geschäfte führten mich bisweilen in die andere Hälfte der Stadt hinüber, auch schon als die Krankheit vornehmlich dort herrschte; und da es für mich etwas Neues war, wie ja für alle anderen auch, konnte ich es gar nicht fassen, daß diese Straßen, die für gewöhnlich so belebt waren, nun so ausgestorben dalagen und so wenige Menschen auf ihnen zu sehen waren, daß, wenn ich ein Fremder gewesen wäre und den Weg nicht gewußt hätte, ich manchmal eine ganze Straße bis zum Ende hätte hinuntergehen können – eine Nebenstraße jedenfalls –, ohne jemanden, den ich hätte fragen können, anzutreffen, die Wachmänner ausgenommen, die man vor die Häuser, welche abgeschlossen waren, postiert hatte, worauf ich gleich werde zu sprechen kommen.

Eines Tages – ich hatte in einer besonderen Angelegenheit wieder geschäftlich in jenem Teil der Stadt zu tun – verführte mich die Neugier, mir alles ein wenig genauer anzuschauen, und tatsächlich wanderte ich lange durch Gegenden, in denen ich eigentlich nichts zu tun hatte. Ich ging nach Holborn hinüber, und dort war die Straße voll von Leuten, aber sie gingen alle in der Mitte der breiten Straße, jedoch weder hüben noch drüben am Rande, weil sie, wie ich vermute, mit niemandem in Berührung kommen wollten, der aus einem der Häuser trat, noch sich den Gerüchen und Dünsten aus den Häusern aussetzen, die ja vielleicht infiziert sein mochten.

Die Anwaltskammern waren alle geschlossen; man hätte ohnehin sowohl in Temple als in Lincoln's Inn als in Gray's Inn kaum einen Anwalt finden können. Alle Welt war ja friedlich; für Rechtsanwälte gab es keine Arbeit; außerdem war auch Ferienzeit, und die meisten von ihnen waren aufs Land gefahren. Ganze Straßenzüge lang war Haus für Haus fest abgeschlossen, die Einwohner waren alle geflohen, und nur ein oder zwei Wachmänner waren dageblieben.

Wenn ich sage, ganze Straßenzüge waren abgeschlossen, so meine ich nicht: von Amts wegen geschlossen. Aber eine große Anzahl von Menschen war dem Hof gefolgt, weil ihr Broterwerb oder sonst eine Abhängigkeit es von ihnen verlangte; und als andere dann, aus reiner Angst vor der

Seuche, sich davonmachten, kam das für manche Straßen einem Aussterben gleich. Aber in der eigentlichen City war die Angst eigentlich noch lange nicht so groß, und das besonders deswegen, weil trotz der unbeschreiblichen Bestürzung, der man im ersten Moment anheimfiel, die Seuche, wie ich erwähnt habe, zu Anfang ja immer wieder abflaute; so wurden sie sozusagen in Angst versetzt und sogleich wieder beruhigt, und dies mehrere Male, bis sie sich schließlich daran gewöhnten; auch als die Krankheit dann mit voller Heftigkeit ausbrach, sahen die Leute doch, daß sie sich nicht gleich bis in die City ausbreitete, auch nicht in den Osten und Süden der Stadt, und so faßten sie wieder Mut und fingen an, wenn ich so sagen darf, ein wenig abgebrüht zu werden. Zwar flüchteten viele, wie ich berichtet habe, aber sie waren hauptsächlich aus dem Westen der Stadt und aus dem, wie wir es nennen, Herzen der City, das heißt, sie stammten aus den wohlhabendsten Kreisen und hatten meist weder Geschäft noch Gewerbe, das sie festgehalten hätte. Aber von den übrigen blieb die Mehrzahl da und schien sich mit dem Schlimmsten abgefunden zu haben; so daß in dem Viertel, das wir die Stadtfreiheit nennen, und in den Vororten, in Southwark und in solchen östlichen Stadtteilen wie zum Beispiel Wapping, Ratcliff, Stepney, Rotherhithe und anderen die Leute im allgemeinen dablieben, ausgenommen ein paar begüterte Familien hie und da, die, wie oben, von der Ausübung eines Berufes nicht abhängig waren.

Es darf hier nicht vergessen werden, daß City und Vororte zur Zeit dieser Heimsuchung außerordentlich stark bevölkert waren, jedenfalls zu der Zeit, als sie begann; denn obwohl ich später ein noch größeres Anwachsen der Bevölkerung erlebt habe, als der Zuzug nach London mächtiger wurde als je zuvor, so hatten wir doch immer den Eindruck, daß die Zahl der Menschen, die, als der Krieg vorüber, die

Armee entlassen, die Monarchie wieder hergestellt war, nach London geströmt kamen, um hier eine Existenz zu gründen oder sich am Hofe um Dienstvergütungen oder Vorzugsstellungen oder dergleichen zu bewerben, so groß war, daß man schätzen konnte, es befänden sich über hunderttausend Menschen mehr in der Stadt als sie vorher beherbergt hatte; ja, einige gingen so weit zu sagen, die Zahl habe sich verdoppelt, weil all die verarmten Familien der Königspartei sich hier eingefunden hätten. All die vielen alten Soldaten, die hier ein Gewerbe anfingen: Das gab eine Unmenge von Familien, die sich neu niederließen. Der Hof wiederum brachte einen Schwarm des Übermuts und neuer Moden mit sich. Alle Leute waren jetzt lebenslustig und anspruchsvoll, und die Freude über die Restauration hatte weiteste Kreise nach London geführt.
Ich mußte oft an Jerusalem denken; wurde es doch von den Römern belagert, als die Juden alle versammelt waren, um das Passahfest zu begehen, wodurch es geschah, daß eine überaus große Menge von Menschen dort überrascht wurde, die sonst anderswo in der Welt gewesen wären; ebenso kam die Pest nach London, als sich beiläufig, aus den oben genannten Umständen, ein unerwartet großer Zuwachs der Bevölkerung ergeben hatte. Da der Zustrom zu einem ausgelassen und lustig lebenden Hof Handel und Gewerbe in der City einen großen Aufschwung verlieh, insbesondere in allem was zu Mode und Ausstattung gehörte, so mußte das ganze Scharen von Arbeitern und Handwerkern und so weiter herbeiziehen, die meist arm waren und von ihrer Hände Arbeit lebten. Und ich erinnere mich im einzelnen, daß in einer für den Lordbürgermeister bestimmten Darstellung der Lage der Armen geschätzt wurde, es gebe in der City und ihrer Umgebung nicht weniger als hunderttausend Bandweber, von denen das Gros in den Pfarren Shoreditch, Stepney, Whitechapel und

Bishopsgate lebte, im letzteren namentlich um Spitalfields; das heißt freilich, Spitalfields, so wie es damals war, denn es war noch nicht der fünfte Teil von dem, was es heute ist. Hieraus kann man sich ein Bild von der Bevölkerungszahl im ganzen machen; und in der Tat wunderte ich mich oft darüber, daß, nachdem zuerst so ungeheuer viele Leute abgezogen waren, immer noch eine so große Menge übrigblieb, wie es allem Anschein nach der Fall war.

Aber ich muß wieder zum Anfang dieser überraschungsreichen Zeit zurückkehren. Während die Angst der Leute noch jung war, wurde sie durch einige seltsame Ereignisse merklich verstärkt, so daß, nimmt man das alles zusammen, man sich wirklich fragen muß, warum nicht die gesamte Einwohnerschaft wie ein Mann aufstand und ihre Wohnungen verließ, um den Ort, der vom Himmel zu einem Schindanger ausersehen schien, dem Schicksal preiszugeben, das ihm bestimmt war: vom Angesicht der Erde mit allen, die auf ihm gefunden wurden, ausgelöscht und zerstört zu werden. Ich werde von diesen Ereignissen nur einige aufführen; aber es waren ihrer tatsächlich so viele, und so viele Hellseher und Wahrsager trugen zu ihrer Verbreitung bei, daß ich oft wirklich nicht begriff, daß überhaupt noch jemand (besonders von den Frauen) zurückblieb.

Als erstes erschien mehrere Monate vor der Pest ein Schweifstern oder Komet, so wie es auch im Jahre darauf vor der Feuersbrunst geschah. Die alten Weiber und die schwachsinnigen Hypochonder aus dem anderen Geschlecht, die ich eigentlich auch alte Weiber nennen kann, bemerkten (besonders nachher, als beide Vorbedeutungen vorüber waren), daß jene zwei Kometen direkt über der City dahingezogen waren, und zwar so tief über den Häusern, daß es klar war, sie bedeuteten etwas ganz Bestimmtes nur für die City; sie wußten auch, daß der Komet vor der Pest eine schwächliche, stumpfe, vergilbte Farbe zeigte und daß seine Bewegung schwerfällig, feierlich und langsam war; daß hingegen der Komet vor dem Feuer hell und funkelnd oder, wie andere sogar sagten, flammend war und seine Bewegung rasch und wild; und daß dementsprechend der eine ein schweres Strafgericht, langsam, aber streng, fürchterlich und schreckenerregend, so wie eben die Pest, voraussage; der andere jedoch einen plötzlichen, raschen Schlag ankündige, und etwas Feuriges so wie einen Brand. Ja, so eigenartig waren einige Leute, daß sie, als sie auf einen Kometen, der dem Feuer vorausging, schauten, nicht nur glaubten, ihn rasch und stürmisch vorbeiziehen zu sehen und seine Bewegung mit den Augen verfolgen zu können, sondern sich sogar einbildeten, ihn auch zu hören; er habe ein sausendes, mächtiges Getöse gemacht, wild und schrecklich, wenn auch sehr von ferne und nur eben noch vernehmlich.

Ich habe diese Sterne beide gesehen und hatte, das muß ich gestehen, so viel von der allgemeinen Vorstellung über solche Dinge im Kopf, daß ich nicht umhim konnte, sie als Vorläufer und Warner vor Gottes Strafgerichten zu betrachten; und als ich gar, nachdem auf den einen die Pest tatsächlich gefolgt war, einen zweiten der gleichen Art sah, was sollte ich anders meinen, als daß Gottes Züchtigung für die Stadt noch nicht ausreichend war?

Aber auf der anderen Seite konnte ich in diesen Dingen nicht so weit gehen wie es andere taten; wußte ich doch, daß die Astronomen diesen Erscheinungen natürliche Ursachen zuschreiben und daß ihre Bewegung, ja ihre wiederkehrende Bahn berechnet werden kann, wenigstens bis zu einem gewissen Grade, so daß man sie nicht mit vollem Recht die Vorläufer oder die Ankünder, noch viel weniger aber die Anstifter von solchen Ereignissen wie Pestilenz, Krieg, Feuer und dergleichen nennen kann.

Aber mögen meine Ansichten und die Ansichten der Philosophen sein oder gewesen sein, was sie wollen, diese Dinge übten jedenfalls einen außerordentlichen Einfluß auf das gewöhnliche Volk aus, und die Niedergeschlagenheit und die Furcht vor einer schrecklichen Drangsal, die als Strafgericht über die Stadt heraufziehe, waren fast allgemein; und das rührte in der Hauptsache von dem Anblick dieses Kometen her und von dem kleinen Aufschrecken, das der Tod der beiden Menschen in St. Giles im Dezember, wie beschrieben, verursacht hatte.

Die Angst der Leute wurde weiterhin auffallend durch den Irrglauben der Zeit gefördert, der, aus Gründen, für die ich keine Erklärung habe, das Volk, ich glaube mehr als jemals zuvor und jemals danach, in den Bann von Prophezeiungen, astrologischen Horoskopen, Traumauslegungen und Altweibergeschichten zog. Ob dieser unselige Geisteszustand ursprünglich durch den Unfug gewisser Leute, die damit Geld verdienten, hervorgerufen wurde (das heißt, sie gaben Vorhersagen und Zukunftsprognosen in Druck), weiß ich nicht; aber sicher ist, daß Bücher einen gewaltigen Schrekken verbreiteten, so etwa Lillys Almanach, Gadburys Astrologische Voraussagungen, Poor Robins Almanach, und dergleichen; auch einige angeblich religiöse Bücher, eines mit dem Titel: »Komm fort von dem Ort, mein Volk, damit du nicht Teilhaber seiner Plagen wirst!«; ein anderes hieß: »Aufrechte Warnung«; noch ein anderes: »Britanniens Anmahner«; und davon gab es viele, und alle, oder doch die meisten von ihnen, sagten offen oder versteckt den Untergang der Stadt voraus. Ja, einige Schwarmgeister waren so toll, daß sie auf den Straßen umherrannten und mündlich ihre Vorhersagen verkündeten, vorgebend, sie seien gesandt, der Stadt zu predigen; an einen denke ich besonders, der, gleich einem Jona in Ninive, durch die Straßen schrie: »Vierzig Tage noch, und London wird zerstört werden.« Ich möchte mich nicht festlegen, ob er sagte: noch vierzig Tage, oder: noch einige Tage. Ein anderer rannte, nackt bis auf eine Unterhose, umher und schrie, ähnlich jenem Manne, von dem Josephus erwähnt, daß er »Weh über Jerusalem!« gerufen habe, kurz bevor es zerstört wurde. So schrie dieser arme nackte Kerl: »Oh, der große und schreckliche Gott!«, und sonst sagte er nichts, sondern wiederholte nur immerfort diese Worte, mit einer Stimme und einem Angesicht, die grauenvoll waren, und dabei hielt er immer einen raschen Schritt ein; niemand hat ihn je stehenbleiben oder ausruhen gesehen oder Nahrung zu sich nehmen, jedenfalls nicht daß ich davon gehört hätte. Ich begegnete diesem armen Geschöpf mehrmals auf der Straße, und ich wollte mit ihm sprechen, aber er ließ sich mit niemand auf ein Gespräch ein, mit mir nicht und auch mit sonst niemand, sondern fuhr unaufhörlich mit seinem schaurigen Schreien fort.

Solche Dinge erschreckten die Leute bis zum äußersten, und das um so mehr, als sie dann zwei- oder dreimal auf dem Sterberegister, wie ich schon erwähnt habe, einen oder zwei Tote angezeigt sahen, die in St. Giles an der Pest gestorben waren.

Zu diesen öffentlichen Vorkommnissen gesellten sich die Träume der alten Weiber oder, so muß ich sagen, die Auslegungen, die alte Weiber den Träumen anderer gaben; und das machte nun mehr als genug Menschen vollends kopflos. Manche hörten Stimmen, die sie warnten, sie sollten fortgehen, denn es werde eine solche Pest über London kommen, daß die Lebenden nicht mehr imstande sein würden, die Toten zu begraben. Andere sahen Erscheinungen in der Luft; und man muß mir gestatten, von beidem zu sagen, und ich hoffe, damit nicht die Nächstenliebe zu verletzen, daß die Stimmen, die sie hörten, niemals sprachen, und die Erscheinungen, die sie sahen, niemals da waren; sondern die Phantasie der Leute war einfach losgelassen und wie besessen. Und es war auch kein Wunder, daß sie, wenn sie sich fortwährend in die Wolken verguckten, Gestalten und Figuren, Zeichen und Erscheinungen sahen, die aus nichts als Luft und Dunst bestanden. Hier sagte uns einer, er habe ein flammendes Schwert in einer Hand gesehen, die aus einer Wolke kam, und die Spitze habe direkt über der Stadt gehangen; dort behauptete einer, er habe Leichenwagen und Särge in der Luft gesehen, in denen man Tote zu Grabe trug; und wieder ein anderer sprach von ganzen Haufen unbestattet liegender Leichen und mehr dergleichen, wie gerade ihre Phantasie den armen erschreckten Leuten den Stoff lieferte, um ihn sich auszumalen.

»Der Hypochonder träumt und sieht am Himmel
Armeen, Flotten, wildes Schlachtgetümmel;
dann kommt ein Nüchterner und schaut und lacht:
was so ein Narr aus Wolken alles macht!«

Ich könnte diesen Bericht mit den seltsamsten Erzählungen anfüllen, die solche Leute jeden Tag über das, was sie gesehen hätten, zum besten gaben; und jeder war so sicher, wirklich zu sehen, was er zu sehen behauptete, daß man nicht widersprechen konnte, ohne daß Freundschaften in die Brüche gingen oder man entweder roh und ungesittet gescholten wurde oder als verstockt und ohne Sinn für Höheres galt. Eines Tages – die Pest war noch nicht ausgebrochen (außer, wie beschrieben, in St. Giles) –, und es war, ich glaube, März, da sah ich eine Menschenansammlung auf der Straße, ich ging hinzu, um meine Neugier zu befriedigen, und fand sie, wie sie alle gen Himmel starrten, um zu erkennen, was, wie eine Frau erklärte, ganz klar zu sehen sei: ein Engel, in Weiß gekleidet, mit einem feurigen Schwert in seiner Hand, das er hin und herschwang oder über dem Kopf kreisen ließ. Sie beschrieb jede Einzelheit

der Gestalt bis ins kleinste, zeigte ihnen Bewegung und Form, und die armen Leute waren ganz bei der Sache und machten bereitwilligst mit. »Ja, ich sehe es ganz deutlich«, sagte einer, »da ist das Schwert, deutlicher kann man es nicht sehen«; ein anderer sah den Engel. Einer sah sogar seine Gesichtszüge und rief laut, was für ein herrliches Geschöpf er sei! Der eine sah dies, der andere das. Ich schaute so ernsthaft wie alle anderen, aber vielleicht nicht mit der gleichen Bereitschaft, mir etwas vormachen zu lassen; und ich sagte schließlich, daß ich nichts sehe als eine weiße Wolke, hell auf der einen Seite, weil das Sonnenlicht von hinten auf sie falle. Die Frau bemühte sich, es mir zu zeigen, aber sie konnte mich nicht dazu bringen zu gestehen, daß ich es sah, was auch eine Lüge gewesen wäre. Aber die Frau kam auf mich los, schaute mir ins Gesicht und meinte, ich lache, worin ihre Einbildung sie ebenfalls täuschte, denn ich lachte in Wirklichkeit nicht, sondern machte mir ernste Gedanken darüber, wie die armen Leute durch die Macht ihrer eigenen Einbildungskraft sich so in Schrecken versetzen ließen. Sie wandte sich jedoch von mir ab, nannte mich einen Lästerer und Spötter; sagte mir, dies sei eine Zeit für Gottes Zorn, und furchtbare Strafgerichte nahten heran, und Verächter so wie ich würden vom Wege abkommen und zugrunde gehen.
Die Leute um sie herum schienen ebenso aufgebracht wie sie; und ich fand, es habe keinen Sinn, sie überzeugen zu wollen, daß ich sie nicht auslachte, und sie würden mich eher verprügeln als sich von mir über ihren Irrtum aufklären lassen. So ließ ich sie stehen; und diese Himmelserscheinung galt für so wirklich wie der Komet selbst.
Noch etwas stieß mir wieder am hellichten Tage zu; und das war, als ich einen engen Durchgang passierte, der von Petty France, an einer Reihe von Armenhäusern vorbei, auf den Bishopsgate-Friedhof führt. Es gibt zwei Friedhöfe, die zur

Pfarre und Kirche in Bishopsgate gehören; den einen überschreitet man, wenn man von dem Platz, der Petty France heißt, in die Bishopsgate Straße gelangen will, wobei man dann gerade an der Kirchentür herauskommt; der andere ist neben der schmalen Durchgangsstraße, wo links die Armenhäuser stehen; und auf der rechten Seite ist eine niedrige Mauer mit einem Staketenzaun darauf, und noch weiter rechts verläuft die Stadtmauer.

Auf dieser schmalen Durchgangsstraße steht ein Mann und schaut durch die Spalten des Staketenzauns auf den Friedhof, und so viele Menschen wie die Enge des Weges erlaubt, ohne daß andere am Vorbeigehen gehindert werden, sind stehengeblieben, und er spricht mit großem Eifer zu ihnen und deutet einmal hierhin, einmal dorthin, und behauptet, er habe einen Geist gesehen, der auf dem Grabstein dort gewandelt sei. Er konnte die Gestalt, die Haltung und Bewegung so genau beschreiben, daß es ihm unerfindlich war, wie irgend jemand in der Welt es nicht genau so gut sehen könne wie er selbst. Plötzlich fing er dann zu schreien an: »Da ist er; jetzt kommt er hierher.« Dann: »Er hat sich umgewandt«; bis er schließlich die Leute zu einem so festen Glauben daran gebracht hatte, daß einer schon glaubte, er sehe den Geist auch, und ein anderer meinte ebenfalls, er sehe ihn; und so kam der Mann jeden Tag und erregte ein rechtes Aufsehen – man denke, wie schmal die Straße war – bis die Bishopsgate Turmuhr elf schlug; dann pflegte der Geist aufzubrechen, und als sei er abgerufen worden, war er plötzlich verschwunden.

Ich schaute immer sofort angestrengt in jede Richtung, die der Mann angab, um ja den Moment nicht zu verpassen, aber konnte dennoch nicht den geringsten Anschein von irgend etwas erblicken; so sicher war der arme Kerl jedoch seiner Sache, daß die Leute sich scharenweise von ihm betören ließen und vor Schreck am ganzen Leibe zitternd

davongingen; zuletzt hatte keiner, der davon wußte, mehr Lust, diesen Durchgangsweg zu benutzen, und bei Nacht schon gar nicht, was auch immer geschehen mochte.
Dieser Geist, so versicherte der arme Kerl, machte Zeichen zu den Häusern hin und zu dem Friedhofsgrund und dann zu den Leuten, und gab damit deutlich zu verstehen, jedenfalls faßte man es so auf, daß sehr viele von den Menschen ihr Grab auf dem Friedhof finden würden, wie es dann auch geschah; aber daß er solche Gesichte gehabt habe, muß ich gestehen, habe ich niemals geglaubt, noch konnte ich selbst irgend etwas davon sehen, so sehr ich mich auch anstrengte, es, wenn möglich, zu erschauen.
Aus diesen Dingen geht hervor, wie weit die Menschen in der Tat bereits Sinnestäuschungen erlagen; und da sie eine Ahnung hatten, daß eine Heimsuchung bevorstehe, richteten sich alle Vorhersagen auf eine entsetzliche Pestzeit, die die ganze Stadt, ja das ganze Land verheeren und fast das gesamte Volk, Mensch wie Tier, ausrotten werde.
Hinzukamen, wie ich vorher schon sagte, die Astrologen mit ihren Geschichten von bösartigen und unheilvollen Planetenkonstellationen; eine von ihnen sollte im Oktober eintreffen, und traf auch ein, und die andere im November; und man machte den Leuten den Kopf wirr mit Vorbedeutungen, die man diesen Himmelszeichen entnahm, nämlich daß die Konstellationen Trockenheit, Hunger und Pestilenz ankündigten.
In den beiden ersten Voraussagungen irrten sie sich freilich gründlich, denn wir hatten keine Trockenheit; dafür zu Beginn des Jahres einen strengen Frost, der vom Dezember beinahe bis zum März andauerte, und danach mäßiges Wetter, eher warm als heiß, mit erfrischenden Winden, kurz und gut, eigentlich recht angemessenes Wetter, und auch eine Reihe von schweren Regenfällen.
Einige Anstrengungen wurden gemacht, den Druck von

Büchern zu untersagen, die geeignet waren, Panik in der Bevölkerung zu verbreiten; und um sie abzuschrecken, wurden einige der Buchhändler in Gewahrsam genommen; aber weiter geschah nichts in der Angelegenheit, da, wie ich erfuhr, die Regierung alles vermeiden wollte, was die Leute verbittert hätte, die doch, wenn ich so sagen darf, ohnehin schon völlig den Verstand verloren hatten.

Auch kann ich jene Geistlichen nicht ganz von Schuld freisprechen, die in ihren Predigten ihre Zuhörer, anstatt sie aufzurichten, eher noch zu Boden donnerten. Viele von ihnen taten das zweifellos in der Absicht, die guten Vorsätze der Leute zu kräftigen und vor allem ihre Bußfertigkeit zu beschleunigen, aber ihr Tun entsprach diesem Zweck nicht, jedenfalls nicht im Verhältnis zu dem Schaden, den es auf andere Weise anrichtete; und in der Tat, so wie Gott selbst die ganze Schrift hindurch eher durch Einladungen und Aufforderungen, sich Ihm zuzuwenden und zu leben, die Menschen anzieht, als daß Er uns mit Terror und Drohung überwältigt, so hätten auch, muß ich sagen, nach meiner Ansicht die Geistlichen verfahren sollen; hätten sie doch darin sich ein Beispiel an unserem seligen Herrn und Meister genommen, wie Sein ganzes Evangelium voll ist mit Erklärungen, daß Gott im Himmel gnädig ist und bereit, die Reumütigen aufzunehmen und ihnen zu verzeihen; ist doch Seine Klage: »Ihr wollt nicht zu Mir kommen, daß ihr das Leben habt«; darum heißt Sein Evangelium auch das Evangelium des Friedens und das Evangelium der Gnade.

Aber wir hatten gutmeinende Männer, und zwar in jeder Glaubensrichtung und Konfession, deren Kanzelreden von Schrecken erfüllt waren, die von nichts als schaurigen Dingen zu sprechen wußten; und wie sie die Menschen nur unter einer Art von Schauder versammelten, so entließen sie sie in Tränen; sie hatten nur Schlimmes zu prophezeien,

trieben die Leute in die äußerste Angst, gänzlich vernichtet zu werden, aber leiteten sie nicht an, zumindest nicht genügend, zum Himmel um Gnade zu flehen.
Es war allerdings eine Zeit sehr unseliger Zerwürfnisse in unserem Land, was die Religion betrifft. Unzählige Sekten und Grüppchen und abweichende Anschauungen behaupteten sich unter dem Volk. Die Englische Staatskirche war zwar, mit der Restauration oder Monarchie, etwa vor vier Jahren wieder hergestellt worden, aber die Geistlichen und Prediger der Presbyterianer und der Unabhängigen und all der anderen Konfessionen hatten begonnen, eigene Gemeinschaften zu bilden und Altar gegen Altar zu errichten, und alle hielten sie ihre Gottesdienste getrennt ab, wie sie es auch jetzt noch tun; nur waren ihrer damals noch nicht so viele, da die Reformierten sich noch nicht so vollständig organisiert hatten, wie es seither geschah, und die Gemeinden, die sich auf diese Art bildeten, waren noch nicht so zahlreich. Und wenn sie zusammenkamen, taten sie es ohne die Erlaubnis der Regierung, die sie zu unterdrücken und ihre Versammlungen zu schließen bemüht war.
Aber die Heimsuchung versöhnte sie wieder alle, wenigstens eine Zeitlang, und viele der besten und tüchtigsten Geistlichen und Prediger der Reformierten durften in die Kirchen gehen, von denen die Pfründner geflohen waren, wie es viele von ihnen, da sie es nicht aushalten konnten, getan hatten; und das Volk strömte ohne Unterschied herbei, sie predigen zu hören, ohne sich weiter darum zu kümmern, wer sie waren oder welcher Glaubensrichtung sie angehörten. Als jedoch die Krankheit vorüber war, ließ dieser Geist der Brüderlichkeit nach; jede Kirche war wieder mit eigenen Geistlichen versorgt, oder es wurde, wo einer gestorben war, ein neuer eingestellt, und die Dinge kehrten in ihr altes Fahrwasser zurück.
Ein Unheil ruft immer das andere herbei. Die Angst und der

Schrecken verleitete die Leute zu tausend törichten, unsinnigen und schlimmen Dingen, zu denen sie zu ermutigen es einer wirklich bösartigen Sorte von Individuen eigentlich nicht bedurft hätte, und das war, zu Wahrsagern, Hellsehern und Astrologen zu laufen, um die Zukunft zu erfahren oder, wie man es volkstümlich ausdrückt, sich wahrsagen oder sich das Horoskop stellen zu lassen oder ähnliches; und dieser Unfug führte sogleich dazu, daß die Stadt mit einem bösen Schwarm von angeblichen Zauberern, von Schwarzkünstlern, wie sie sich nannten, und ich weiß nicht, was noch, überflutet wurde; ja, tausend noch schlimmerer Teufelskünste rühmten sie sich, als sie in Wirklichkeit ausübten. Und dieses Gewerbe trat so offen an den Tag und wurde so allgemein betrieben, daß es bald eine ganz alltägliche Erscheinung war, an den Türen Schilder und Inschriften zu lesen wie: »Hier wohnt ein Wahrsager«, »hier wohnt ein Astrolog«, »hier kann man sein Horoskop stellen lassen« und dergleichen mehr; und Bruder Bacons Bronzebüste, die üblicherweise die Wohnung solcher Leute bezeichnete, konnte man in beinahe jeder Straße sehen, oder sonst das Mutter-Shipton-Zeichen oder Merlins Haupt oder was es Ähnliches mehr gibt.

Mit welchem sinnlosen, absurden und lächerlichen Zeug diese Teufelsorakel die Leute bedienten und zufriedenstellten, weiß ich freilich nicht, aber sicher ist, daß unzählige Kunden sich Tag für Tag an deren Türen drängten. Und wenn sich so ein Kerl nur in Samtrock, Beffchen und schwarzem Umhang, was die gewöhnliche Tracht dieser Scharlatane war, feierlichen Schrittes auf der Straße sehen ließ, sofort pflegten ihm die Leute in Scharen nachzulaufen und ihm Fragen zu stellen, während sie ihm folgten.

Ich brauche nicht zu sagen, was für ein schauderhafter Betrug das war oder wo das alles hinaus wollte; aber es gab kein Mittel dagegen, bis die Pest selbst schließlich dem ein

Ende setzte und die Stadt, so will ich annehmen, auch von den meisten dieser Hochstapler reinigte. Ein Unheil war es, daß diese Schein-Astrologen, wenn die armen Leute sie fragten, ob es eine Pest geben werde, alle übereinstimmend die Antwort »JA« gaben, denn das hielt ihr Gewerbe in Gang. Und hätten die Leute nicht ständig darum so in Angst gelebt, die Hellseher hätten sich sogleich als nutzlos erwiesen, und ihre ganze Kunst wäre am Ende gewesen. Aber sie wußten immer von dem-und-dem Einfluß der Sterne, der Konjunktion der Planeten so-und-so zu faseln, was notwendigerweise Krankheit und Übelkeiten und am Ende die Pest hervorbringen müsse. Und einige besaßen die Stirn zu behaupten, die Pest sei schon da, was auch stimmte, nur daß die, die es sagten, nichts davon wußten.

Die Geistlichen und Prediger waren, das muß man ihnen gerechterweise lassen, in den meisten Fällen ernsthafte und verständige Männer und wetterten gegen diese und andere üble Machenschaften, und stellten ihrer aller Torheit und Sündhaftigkeit bloß, und die meisten nüchtern denkenden und urteilsfähigen Menschen verachteten und verabscheuten sie auch. Aber es war unmöglich, auf den Durchschnittsbürger und auf die schwer arbeitenden Armen einen Eindruck zu machen. Ihre Furcht beherrschte alle ihre Leidenschaften, und sie warfen auf geradezu hirnverbrannte Art für solche Unsinnigkeiten ihr Geld fort. Dienstmädchen und Hausdiener waren die Hauptabnehmer, und ihre Frage war gewöhnlich – ich meine, nachdem sie sich vergewissert hatten »Wird es eine Pest geben?« die Frage: »Oh, was wird, um Gottes willen, aus mir werden, mein Herr? Wird die gnädige Frau mich behalten oder wird sie mich entlassen? Werden die Herrschaften hierbleiben oder werden sie aufs Land ziehen? Und wenn sie aufs Land ziehen, werden sie mich mitnehmen oder werden sie mich hierlassen, so daß ich verhungere und umkomme?« Und entsprechend die Hausdiener.

Die Wahrheit ist, die armen Hausangestellten waren sehr arg dran, wie ich bei späteren Gelegenheiten noch näher darlegen werde, denn es lag auf der Hand, daß sie in überwiegender Zahl entlassen werden würden, und so kam es auch. Und von ihnen gingen viele zugrunde und unter ihnen besonders solche, denen diese falschen Propheten mit der Hoffnung geschmeichelt hatten, sie würden in ihren Diensten verbleiben und von ihren Herrschaften mit aufs Land genommen werden; und hätte nicht die öffentliche Wohltätigkeit für diese armen Geschöpfe gesorgt, deren Zahl ausnehmend groß war, wie es in Fällen dieser Art nicht anders sein kann, so wäre von allen Menschen in der Stadt ihr Los das schlimmste gewesen.

Diese Dinge bewegten die Gemüter des gemeinen Volkes monatelang, während die ersten Ängste über sie kamen und die Pest eigentlich noch gar nicht ausgebrochen war. Aber ich darf auch nicht zu berichten vergessen, daß der gesetztere Teil der Bevölkerung sich auf ganz andere Art verhielt. Die Regierung rief zu Andachtsübungen auf und setzte öffentliche Gebete und Fast- und Bußtage fest, an denen man öffentlich seine Sünden bekennen und die Gnade Gottes erflehen sollte, um das fürchterliche Strafgericht, das über den Häuptern schwebte, abzuwenden; und es läßt sich gar nicht mit Worten ausdrücken, mit welcher freudigen Bereitwilligkeit die Menschen aller Glaubensrichtungen die Gelegenheit ergriffen; wie sie zu den Kirchen und den Gottesdiensten strömten und sie so überfüllten, daß niemand mehr Einlaß fand, ja daß man bei den größten Kirchen nicht einmal bis zur Tür gelangen konnte. Es waren auch tägliche Morgen- und Abendgebete in mehreren Kirchen angesetzt und anderswo Tage der stillen Andacht; und an allem nahmen die Leute, ich muß sagen, mit ungewöhnlicher Inbrunst teil.

Verschiedene Familien, gleich welcher Konfessionen, hielten ihre privaten Familienfasten, an denen sie nur ihre nahen Verwandten teilnehmen ließen. So daß, in einem Wort, die Menschen, denen es mit ihrer Religion wirklich ernst war, sich auf wahrhaft christliche Art passenden Werken der Buße und der Demut widmeten, wie es einem christlichen Volk ansteht.

So zeigte doch wiederum jeder, daß er an allgemeinen Anliegen mittragen wollte; sogar der Hof, so vergnügt und üppig er zu der Zeit lebte, legte eine Miene echter Besorgnis für die öffentliche Gefahr an. All die Theaterspiele und Belustigungen, die, nach der Sitte des französischen Hofes, bei uns aufgekommen waren und sich immer mehr zu verbreiten begannen, wurden untersagt; die Spielbanken, öffentlichen Tanzhallen und Vergnügungsstätten, deren immer wachsende Zahl auf die Volkssitten schon sehr verderblich wirkte, wurden geschlossen und verboten; und die Hanswürste, Spaßmacher, Puppenspieler, Seiltänzer und was dergleichen Tingeltangel mehr ist, um das einfache Volk zu betören, mußten schließen, da sie tatsächlich kein Geschäft mehr machen konnten; denn die Gemüter der Leute wurden von anderen Dingen bewegt, und das brachte eine Art von Trauer und Grauen auch in die Gesichter des gemeinen Volkes. Der Tod stand ihnen vor Augen, und jeder dachte schon an sein Grab, nicht aber an Vergnügen und Zerstreuungen.

Aber selbst solche heilsamen Gedanken, die, richtig verstanden, die Leute ganz natürlicherweise dazu geführt hätten, auf die Knie zu fallen, ihre Sünden zu bekennen und zu ihrem gnädigen Erlöser aufzuschauen und Ihn um Vergebung und Erbarmen in einer solchen Zeit der Not anzuflehen, so daß wir wie ein zweites Ninive hätten sein können, zeitigten beim niederen Volk einen Ausschlag nach der entgegengesetzten Richtung; so wie sie vorher tierisch gedankenlos dahingelebt hatten, so ließen sie sich jetzt, in ihrer Unwissenheit und

Dummheit, von der Furcht zu den Extremen der Torheit treiben; und so liefen sie nicht nur, wie ich vorher schilderte, zu Zauberern und Hexen und allen möglichen Betrügern, um zu erfahren, was aus ihnen werden würde (diese fütterten ihre Furcht und hielten sie mit Absicht stets in Angst, um sie irrezuführen und ihnen die Taschen zu leeren), sondern waren ebenso verrückt hinter Quacksalbern und Marktschreiern und jedem kurpfuschenden alten Weib her, um Medizinen und Heilmittel zu bekommen; sie versorgten sich mit so großen Vorräten an Pillen, Tränken und sogenannten Abwehrmitteln, daß sie nicht nur ihr ganzes Geld dafür ausgaben, sondern sich, aus lauter Angst vor dem Gift der Ansteckung, schon vorher selbst vergifteten, auf diese Weise der Pest Vorschub leistend, anstatt ihr vorzubeugen. Auf der anderen Seite ist es unglaublich, ja kaum vorstellbar, wie die Pfeiler der Häuser und die Straßenecken über und über mit Plakaten und medizinischen Anzeigen beklebt waren; ganz unwissende Burschen, Kurpfuscher und Quacksalber, luden die Leute ein, bei ihnen Arzneien zu kaufen, und sie priesen sie mit solch blühenden Redensarten an wie: »Unfehlbar wirkende Vorbeugepillen gegen die Pest.« »Niemals versagendes Abwehrmittel gegen Ansteckung.« »Unübertreffliches Kräftigungspulver gegen die Verpestung der Luft.« »Genaue Anweisung für die Körperbehandlung im Falle der Ansteckung.« »Anti-Pestilenzpillen.« »Unvergleichlicher Trank gegen die Pest, noch nie im Gebrauch gewesen.« »Ein Universal-Heilmittel für Pestkranke.« »Das einzig echte Pestwasser.« »Das königliche Gegenmittel gegen jede Art von Infektionen.« Und so noch viele mehr, daß ich sie nicht alle aufzählen kann; und wenn ich es könnte, so würde es ein ganzes Buch anfüllen, sie zu verzeichnen.

Andere forderten auf Anschlägen die Leute auf, zu ihnen in die Wohnung zu kommen, um sich im Falle der Anstekkung Weisung und Rat zu holen. Sie gaben sich hochtrabende Titel, wie zum Beispiel:

»Hervorragender Hoch-Niederländischer Arzt, kürzlich von Holland angekommen, wo er während der ganzen Zeit der großen Pest vorigen Jahres in Amsterdam weilte und eine Unzahl von Menschen geheilt hat, die tatsächlich von der Pest befallen waren.«

»Italienische Adelsfrau, eben aus Neapel zugereist, im Besitz eines erlesenen Geheimmittels, um Ansteckungen zu verhindern, das sie durch ihre große Erfahrung erfunden hat und womit sie wunderbare Heilungen in der letzten Pest dortselbst bewirkte, in welcher an einem Tage 20000 starben.«

»Dame aus altem Adel, die mit großem Erfolg bei der vorigen Pest in dieser Stadt, Anno 1636, praktiziert hat, erteilt ihren Rat nur dem weiblichen Geschlecht. Sprechstunden –« und so weiter.

»Erfahrener Arzt, der lange die Lehre von den Gegenmitteln gegen alle Arten von Vergiftungen und Infektionen studiert hat, ist nach 40 Jahren Praxis so weit fortgeschritten, daß er, mit dem Segen Gottes, Personen anleiten kann, die Berührung mit einer ansteckenden Seuche, welcher Art immer, zu verhindern. Behandelt Mittellose gratis.«

Ich führe diese nur als Beispiel an. Ich könnte zwei oder drei Dutzend ähnliche angeben und hätte immer noch mehr als genug übrig. Es mag ausreichen, um jedem einen Eindruck zu vermitteln, wes Geistes jene Zeit war und wie eine Handvoll Spitzbuben und Taschendiebe die armen Leute nicht nur ausraubten und um ihr Geld betrogen, sondern sie obendrein mit abscheulichen und gefährlichen Tinkturen vergifteten; einige benutzten Quecksilber, manche wieder etwas anderes ebenso Schlimmes, das mit dem Zweck, für den es vorgeblich bestimmt war, gar nichts gemein hatte, und für den Körper, im Falle eine Ansteckung erfolgte, nur eher schädlich als nutzbringend war.

Ich möchte einen schlauen Trick nicht übergehen, mit dem einer jener Kurpfuscher die gutgläubigen Leute betörte, seine Sprechstunde zu überlaufen, während er doch ohne Geld für sie nichts tat. Er hatte auf den Handzetteln, die er auf der Straße verteilen ließ, so scheint es, in großen Buchstaben seiner Annonce den Satz hinzugefügt: »Beratung für die Armen umsonst.«

Eine Unmenge von Leuten ging infolgedessen zu ihm, und er hielt ihnen viele schöne Reden, untersuchte sie auf ihren Gesundheitszustand und ihre Körperverfassung und gab ihnen viele gute Ratschläge, die aber alle nicht viel wert waren. Das Ende vom Liede war jedoch, daß er ein Präparat habe, das – wie er mit seinem Leben garantierte – sie nie die Pest bekommen lassen würde, wenn sie es in der-und-der Menge jeden Morgen einnähmen; und das nicht einmal, wenn sie mit Leuten, die angesteckt seien, in einem Haus zusammen wohnten. Das ließ natürlich die Leute den Vorsatz fassen, es zu kaufen; aber der Preis war eben so-und-so viel, ich glaube, er betrug eine halbe Krone. »Aber, Herr Doktor«, sagt da ein armes Weib, »ich bin eine Frau aus dem Armenhaus, ich werde von der Pfarrgemeinde unterhalten, und auf den Zetteln heißt es, Ihr gebt Euren Rat den Armen umsonst.« »Ja, ja gute Frau«, sagt der Doktor, »das tue ich auch, genau wie ich es dort kundmache. Ich gebe den Armen meinen Rat umsonst, aber nicht mein Medikament.« »Ach, Herr Doktor!« sagt sie, »das ist ja eine Falle, die Ihr den Armen legt; das heißt, Ihr ratet ihnen umsonst, für ihr Geld das Medikament von Euch zu kaufen; das macht jeder Kaufmann mit seinen Waren.« Hier fing sie an, ihm böse Worte zu geben, und dann blieb sie den ganzen Tag vor seiner Tür stehen und erzählte ihre Geschichte allen Leuten, die kamen, bis der Doktor merkte, daß sie seine Kunden abspenstig machte, und gezwungen war, sie wieder heraufzurufen und ihr seine Schachtel mit der Arznei umsonst zu geben, die sie wahrscheinlich dann auch *umsonst* eingenommen hat.

Aber um auf die Leichtgläubigen zurückzukommen, deren Geistesverwirrung sie für alle möglichen Scharlatane und für jeden Marktschreier zum leichten Opfer machte. Es kann kein Zweifel bestehen, daß diese quacksalbernden Gesellen an den armen Leuten große Gewinne erzielten, denn Tag um Tag mußten wir sehen, wie ihre Anhängerschaft ungleich größer war und vor ihren Türen sich mehr Wartende drängten als bei Dr. Brooks, Dr. Upton, Dr. Hodges, Dr. Berwick oder irgendeinem der noch so berühmten Ärzte Londons jener Zeit. Und ich habe mir sagen lassen, manche von ihnen hätten fünf Pfund am Tage mit ihren Arzneien verdient.

Aber es gab darüber hinaus noch eine andere Sucht, die dazu dienen mag, einen Begriff von der damals herrschenden Kopflosigkeit zu vermitteln, und das war, daß sie noch schlimmeren als den genannten Betrügern Glauben schenkten; denn diese kleinen Diebe täuschten sie nur, um ihnen das Geld aus der Tasche zu ziehen, wobei das Unrecht, welcher Art immer es war, vornehmlich auf der Seite der Betrüger lag, die betrogen, nicht aber auf der Seite der Betrogenen. Aber bei dem, wovon ich jetzt sprechen werde, lag es vornehmlich auf seiten der Betrogenen, oder gleichermaßen auf beiden Seiten, und das war, daß sie Zauberketten, Liebestränke, Exorzismen, Amulette und ich weiß nicht was noch für Zeug auf dem Leibe trugen, um ihn gegen die Pest gefeit zu machen; als ob die Pest nicht die Geißel Gottes wäre, sondern so etwas wie von-einem-bösen-Geist-Besessensein, wogegen man sich mit Bekreuzigungen, Tierkreiszeichen oder Papierzetteln, mit so-und-so vielen Knoten zusammengeschnürt und mit bestimmten Worten oder Zeichen beschrieben, wehren konnte; so wurde besonders das Wort Abracadabra gebraucht, in Dreiecks- oder Pyramidenform, wie hier:

A B R A C A D A B R A
A B R A C A D A B R
A B R A C A D A B
A B R A C A D A
A B R A C A D
A B R A C A
A B R A C
A B R A
A B R
A B
A

Andere nahmen das Jesuitenzeichen in Form eines Kreuzes:

I H
S

Wieder andere nichts als dieses Zeichen:

Ich könnte viel Zeit damit verbringen, mich über die Torheit, ja die Boshaftigkeit dieser Dinge in einer Zeit solcher Gefahr und in einer so folgenschweren Angelegenheit wie einer nationalen Epidemie zu ereifern. Aber mein Hervorheben dieser Dinge hat eher den Zweck, einfach mit den Tatsachen bekanntzumachen und festzustellen: so war es. Wie das arme Volk hinter die Sinnlosigkeit dieser Dinge kam und wie viele von ihnen später im Totenkarren hinausgefahren und in eines der Bezirksmassengräber geworfen wurden, mit all diesen höllischen Zauberketten und dem ganzen Hokuspokus um ihren Hals, das soll später noch berichtet werden.

All dies war die Folge von der Aufregung, in die die Leute versetzt wurden, nachdem die erste Kunde, daß die Pest da sei, sich herumgesprochen hatte; das mag etwa bei Michaelis 1664 gewesen sein, und dann ganz besonders, als die beiden Personen anfangs Dezember in St. Giles gestorben waren; und dann wieder, als im Februar ein neuer Alarm kam. Aber als die Pest sich offensichtlich ausbreitete, dauerte es nicht lange, bis sie begriffen, wie dumm es war, diesen nichtswürdigen Kreaturen Glauben zu schenken, die sie um ihr Geld geprellt hatten; und dann wirkte sich ihre Furcht in anderer Weise aus, nämlich in Benommenheit und Ratlosigkeit, daß sie nicht wußten, welchen Weg sie einschlagen oder was sie tun sollten, um sich zu helfen oder Erleichterung zu verschaffen. Statt dessen liefen sie herum, von eines Nachbarn Tür zur nächsten und sogar bis auf die Straße und wieder von Tür zu Tür, und schrien immer nur: »Herr, habe Erbarmen mit uns! Was sollen wir tun?«

Die Leutchen waren allerdings in einer Hinsicht besonders zu bedauern, und da gab es für sie wenig oder gar keinen Trost, und ich möchte das mit aller gebührenden Ehrfurcht und Nachdenklichkeit hier erwähnen, auch wenn vielleicht nicht jeder, der es liest, davon erbaut sein wird, nämlich daß der Tod jetzt sozusagen nicht nur über jedermanns Haupt schwebte, sondern nunmehr in ihre Häuser und Kammern hineinschaute und ihnen ins Gesicht starrte. Freilich gab es viel Trägheit und Abgestumpftheit des Herzens, und nicht zu wenig davon, jedoch dafür fühlten sich andere, wenn ich so sagen darf, bis ins Innerste ihrer Seele aufgeschreckt. So manches Gewissen erwachte; manches harte Herz zerschmolz zu Tränen; manch eine reumütige Beichte ward abgelegt von Verbrechen, die lange verborgen worden waren. Es würde jeden Christen in der Seele schmerzen, hätte er mitanhören müssen, wie da manch ein verzweifeltes Menschenkind im Sterben stöhnte, und keiner wagte, ihm nahezukommen und ihm Trost zu spenden. Manch ein Raub, manch ein Mord wurde damals laut bekannt, und niemand blieb am Leben, um das Geständnis aufzuzeichnen. Man konnte, sogar von der Straße aus im Vorbeigehen, hören, wie die Menschen zu Gott durch Jesus Christus um Gnade flehten und bekannten: »Ich bin ein Dieb gewesen«, »Ich war ein Ehebrecher«, »Ich habe einen Mord begangen« und dergleichen, und niemand traute sich, solchen Dingen im geringsten nachzugehen oder den armen Menschenkindern Trost zu spenden, die da in Todesängsten von Leib und Seele aufschrien. Einige der Geistlichen machten zu Anfang für eine Weile noch Krankenbesuche, aber es ging nicht an. Es wäre der sofortige Tod gewesen, manche der Häuser zu betreten. Sogar die Totenbestatter, die die kaltblütigsten Geschöpfe in der Stadt waren, schraken manchmal zurück und waren so entsetzt, daß sie in Häuser, wo ganze Familien zusammen dahingerafft und die Umstände ganz besonders schauerlich waren, wie es vorkam, nicht hineinzugehen wagten; aber das war freilich in der ersten Hitze der Seuche.

Die Zeit gewöhnte sie an alles, und späterhin trauten sie sich überall ohne Zögern hinein, wie ich noch des breiteren zu schildern Gelegenheit haben werde.

Ich setze jetzt voraus, daß die Pest, wie gesagt, begonnen hat und daß die Behörden ihre ersten ernsthaften Maßnahmen zum Schutz der Bevölkerung erwogen. Welche Vorschriften sie für die Einwohner und für die betroffenen Häuser erließen, werde ich an gegebener Stelle berichten; was hingegen die Gesundheitsfürsorge betrifft, so ist es angebracht, hier folgendes zu erwähnen: Nachdem er gesehen hatte, wie die Leute in ihrem Unverstand zu Quacksalbern und Marktschreiern, zu Hellsehern und Wahrsagern liefen, was sie ja, wie ich oben erzählt habe, bis zum Wahnwitz taten, ernannte unser Lordbürgermeister, der ein praktisch denkender und frommer Herr war, Ärzte und Wundärzte für die Behandlung der erkrankten Armen – und im besonderen ordnete er an, daß die Medizinische Hochschule Anleitungen für den Gebrauch billiger Heilmittel für alle Erscheinungsformen der Seuche veröffentlichte. Das war in der Tat eines der hilfreichsten und umsichtigsten Dinge, die im Augenblick geschehen konnten, denn das hielt die Leute davon ab, die Türen eines jeden Zettelverteilers zu belagern und blind und ohne Überlegung Gift als ein Heilmittel zu sich zu nehmen und den Tod anstelle des Lebens.

Diese Anleitung der Ärzte wurde unter Hinzuziehung des gesamten Kollegiums verfaßt, und da sie besonders für den Gebrauch der Armen und für billige Medizinen bestimmt war, wurde sie öffentlich zugänglich gemacht, so daß jeder sie lesen konnte, und alle, die es wünschten, erhielten umsonst einen Abdruck. Aber da dies ja allgemein bekannt ist und bei jeder Gelegenheit zu finden, brauche ich den Leser nicht mehr damit zu behelligen.

Man soll nicht meinen, ich wolle die Autorität oder die Fähigkeit der Ärzte herabsetzen, wenn ich sage, daß die Heftigkeit der Seuche, als ihr Wüten zum Höhepunkt kam, nur mit dem Feuer im darauffolgenden Jahr verglichen werden kann. Das Feuer, das verzehrte, was die Pest unberührt gelassen hatte, trotzte dem Einsatz aller Mittel, es zu löschen; da wurden die Feuerspritzen zerbrochen, die Eimer weggeworfen, Menschenmacht war zuschanden und am Ende. Ebenso trotzte die Pest allen Medizinen; die Ärzte selbst wurden von ihr ergriffen, noch ehe sie ihre Vorbeugungsmittel hinunterschlucken konnten; Männer gingen umher, anderen vorschreibend, was sie tun sollten, bis die Anzeichen auch an ihnen erschienen und sie tot umfielen, von dem nämlichen Feind vernichtet, dem zu widerstehen sie andere angewiesen hatten. So erging es mehreren Doktoren, darunter den hervorragendsten, und ebenso einigen

der geschicktesten Wundärzte. Auch die Quacksalber starben die Menge; manche waren so töricht gewesen, sich auf ihre eigenen Medizinen zu verlassen, von denen sie doch unbedingt hätten wissen müssen, daß sie zu nichts taugten; sie hätten lieber, wie andere Spitzbuben, ihrer Schuld bewußt, weglaufen sollen, um der Gerechtigkeit zu entgehen, von der sie nichts als die, wie sie wohl wußten, verdiente Strafe zu erwarten hatten.
Es ist keine abschätzige Beurteilung der Mühen und des Einsatzes der Ärzte zu sagen, daß sie in der allgemeinen Katastrophe gleichgültig wurden; auch ist es von mir nicht so gemeint; es gereicht ihnen vielmehr zum Lobe, daß sie ihr Leben so weit der Gefahr aussetzten, daß sie es im Dienste der Menschheit verloren. Sie bemühten sich, Gutes zu tun und anderen das Leben zu retten. Doch hätten wir nicht erwarten sollen, daß Ärzte ein Strafgericht Gottes aufhalten würden oder eine Seuche, die vom Himmel mit allen Waffen versehen worden war, daran hindern könnten, den Auftrag, zu dem sie gesandt war, auch auszurichten.
Zweifellos trugen die Ärzte in vielen Fällen durch ihre Kunst, ihre Klugheit und Hingabe zur Rettung eines Lebens und zur Wiederherstellung der Gesundheit bei. Es bedeutet jedoch keine Schmälerung ihrer Charakterstärke und ihrer Geschicklichkeit zu sagen, daß sie nicht mehr heilen konnten, wenn einer die Anzeichen einmal hatte oder die tödliche Ansteckung schon in ihm steckte, bevor der Arzt geholt wurde, wie es oft der Fall war.
Es bleibt nun zu erwähnen, welche öffentlichen Maßnahmen zur allgemeinen Sicherheit und um ein Ausbreiten der Seuche zu verhindern, von den Behörden getroffen wurden, als sie ausbrach. Ich werde noch oft Gelegenheit haben, von der Klugheit der Behörden zu sprechen, von ihrer Hilfsbereitschaft, ihrer wachen Sorge für die Armen, für die Aufrechterhaltung der Ordnung, für die Zufuhr von Le-

bensmitteln und so fort, die sie bei dem späteren Anwachsen der Epidemie bewiesen. Aber ich bin jetzt bei den Richtlinien und Bestimmungen, die sie erließen, um festzulegen, wie mit den infizierten Häusern zu verfahren sei.

Ich erwähnte oben das Schließen von Häusern; und es wird erforderlich sein, gerade dies etwas näher zu erläutern, denn diese Seite der Geschichte der Pest ist sehr betrüblich, aber wie niederdrückend es auch sein mag, es muß erzählt werden.

Gegen Juni begannen der Oberbürgermeister und der Stadtrat, wie gesagt, sich mehr ins einzelne gehend um eine festgelegte Lebensordnung der City zu bekümmern.

Die Friedensrichter in Middlesex hatten auf Anweisung des Ministeriums angefangen, Häuser in den Pfarren St. Giles, St. Martin, St. Clemens Danes usw. zu schließen, und mit gutem Erfolg; denn in mehreren Straßen, in denen die Pest ausgebrochen war, riegelte man die infizierten Häuser strikt ab und sorgte dafür, daß die Toten sofort, nachdem ihr Verscheiden erkannt war, beerdigt wurden, und die Pest hörte in diesen Straßen auf. Es wurde auch beobachtet, daß die Pest in diesen Pfarrbezirken, nachdem die Heimsuchung einmal ihren Höhepunkt erreicht hatte, viel schneller nachließ als etwa in den Sprengeln Bishopsgate, Shoreditch, Aldgate, Whitechapel, Stepney und anderen, so sehr erwies sich die frühe Vorsorge dort als ein gutes Mittel, die Seuche in Schach zu halten.

Das Schließen von Häusern war eine Methode, die man, wie ich gehört habe, zum erstenmal während der Pest des Jahres 1603, zur Zeit der Thronbesteigung von König Jakob dem Ersten, angewandt hatte; und die Ermächtigung, Menschen in ihren eigenen Häusern einzuschließen, wurde durch ein Parlamentsgesetz gegeben, das den Titel trug: »Gesetz über eine fürsorgliche Hilfeleistung und das Verfahren mit Personen, die von der Pest befallen sind«; mit welchem Gesetz des Parlaments der Lordbürgermeister und der Stadtrat der City von London die Verordnung begründeten, die sie um diese Zeit erließen und die am 1. Juli 1665 in Kraft trat, als innerhalb der Stadt die Anzahl der Infizierten nur gering war und das Sterberegister für alle zweiundneunzig Pfarren* nur vier Tote aufwies; und dadurch, daß man einige Häuser in der Innenstadt geschlossen hatte und ein paar Kranke in das Pesthaus jenseits Bunhill Fields, an der Straße nach Islington, fortgeschafft hatte – auf diese Weise, sage ich, kam es, daß, während im ganzen beinahe tausend in der Woche starben, die Anzahl in der City nur achtundzwanzig betrug, und so hielt sich die City während des Verlaufs der Epidemie im Verhältnis gesünder als irgendein anderer Teil der Stadt.

Diese Verordnungen des Lordbürgermeisters wurden, wie gesagt, Ende Juni veröffentlicht, traten am 1. Juli in Kraft und hatten folgenden Wortlaut:

ANORDNUNGEN, BESCHLOSSEN UND ERLASSEN VOM LORDBÜRGERMEISTER UND DEM STADTRAT DER STADT LONDON, DIE VERSEUCHUNG DURCH DIE PEST, 1665, BETREFFEND

War zu der Regierungszeit unseres verblichenen erlauchten Königs Jakob, seligen Angedenkens, ein Gesetz gemacht worden über die fürsorgliche Hilfeleistung und das Verfahren mit Personen, so von der Pest befallen sind, wodurch Vollmacht erteilt wurde an Friedensrichter, Bürgermeister, Präfekten und andere Oberbeamte, daß sie in ihren verschiedenen Bezirken Gesundheitsinspektoren, Leichenbeschauer, Wachmänner, Wärter und Totenbestatter über die befallenen Personen und Orte bestellen und selbigen den Eid für die Verrichtung ihrer Ämter abnehmen. Und ermächtigte sie dasselbe Statut zum Erteilen weiterer Anweisungen, wie sie ihres Gutdünkens für die gegenwärtige

* Anm. d. Übers.: Später nennt der Autor die Zahl 97 für die Pfarrbezirke der City!

Notwendigkeit nützlich scheinen sollten. So wird es nunmehr, aufgrund besonderer Erwägungen, um Ansteckung mit der Krankheit zu verhindern und zu vereiteln (so es dem allmächtigen Gott gefalle), für sehr erforderlich erachtet, daß diese folgenden Dienstleute bestallt werden und folgende Anordnungen hiernach ihre getreuliche Befolgung finden:

Gesundheitsinpektoren, die für jede Pfarre zu bestellen sind

Erstens wird es für erforderlich gehalten und so verfügt, daß in jeder Pfarre es eine, zwei oder mehrere Personen unbescholtenen und guten Leumunds gebe, erwählt und ernannt durch den Stadtrat, seinen Stellvertreter und den Gemeinderat jedes Sprengels, mit dem Titel von Gesundheitsinspektoren, welche in ihrem Amte mindestens für den Zeitraum von zwei Monaten zu verharren haben. Und wenn irgendeine fähige und so bestallte Person selbiges auf sich zu nehmen sich weigern sollte, dann soll sie für ihre Weigerung der Einkerkerung verfallen, solange bis sie sich in die Anforderungen schickt.

Des Gesundheitsinpektors Obliegenheiten

Diese Gesundheitsinspektoren sollen von den Stadträten unter Eid genommen werden, daß sie von Zeit zu Zeit nachforschen und herausfinden, welche Häuser in jeweils ihrer Pfarre heimgesucht sind und welche Personen darniederliegen und an welchen Krankheiten, und daß sie darüber Erkundungen anstellen, so gut sie können; und daß sie, wenn ein Zweifelsfall aufkommt, den Zutritt sperren, bis sich erweist, welcher Art die Erkrankung ist. Und wenn sie irgendeine Person an der Seuche erkrankt vorfinden, daß sie dem Konstabler auftragen, das Haus zu verschließen; und daß sie, sollten sie den Konstabler zaudernd oder nachlässig antreffen, sofort davon dem Bezirksstadtrat Mitteilung machen.

Wachmänner

Für jedes befallene Haus werden zwei Wachmänner bestellt, einer für den Tag und einer für die Nacht; diesen Wachmännern obliegt es, besonders darauf zu sehen, daß, unter Androhung schwerer Strafe, ein solches befallenes Haus, das ihnen zugewiesen wurde, niemand betritt und niemand verläßt. Und besagte Wachmänner haben sich solcher weiteren Verrichtungen zu unterziehen, wie das kranke Haus sie benötigt und erfordert; und wenn der Wachmann mit einem Auftrag unterwegs ist, muß er das Haus abschließen und den Schlüssel mit sich nehmen; und der Wachmann bei Tage hat bis zehn Uhr abends Dienst zu tun; und der Wachmann bei Nacht bis sechs Uhr morgens.

Leichenbeschauer

Es soll besondere Sorge getragen werden, daß in jeder Pfarre Leichenbeschauerinnen bestellt werden, und es sollen Frauen ehrlichen Rufes sein und von bester Gesittung, wie sie dieser Art nur zu finden sind; und diese sollen sich unter Eid verpflichten, gehörige Leibesuntersuchungen vorzunehmen und nach bestem Wissen wahrhaftigen Bericht zu erstatten, ob die Personen, deren Leichname sie zu untersuchen bestellt sind, an der Seuche verstarben oder an welcher Krankheit sonst, soweit sie dazu imstande sind. Und die Ärzte, welchen Kur und Verhinderung der Seuche obliegen, sollen besagte Leichenbeschauerinnen, die für die einzelnen Bezirke unter ihrer respektiven Obsorge bestellt sind oder bestellt werden sollen, vor sich laden, damit sie über deren schickliche Eignung zu dem Amte befinden können, und sie sollen sie mitunter, sowie sie Grund sehen, zur Verantwortung ziehen, wenn sie in ihren Pflichten nachlässig erscheinen.

Keiner Leichenbeschauerin ist es während dieser Zeit der Heimsuchung erlaubt, an einem öffentlichen Werk teilzunehmen oder einen öffentlichen Beruf auszuüben, oder ein Ladengeschäft oder einen Verkaufsstand zu führen, oder als Wäscherin oder sonst zu irgendeiner gemeinnützigen Beschäftigung angestellt zu werden.

Wundärzte

Zur besseren Unterstützung der Leichenbeschauerinnen, zumal da bislang ein großer Mißbrauch mit Falschberichten über die Krankheit getrieben worden ist, sehr zur weiteren Verbreitung der Seuche, wird deshalb angeordnet, daß fähige und besonnene Wundärzte erwählt und bestellt werden sollen, neben denen, die bereits im Pesthause tätig sind; unter ihnen sollen die City und die Stadtfreiheit aufgeteilt werden, so wie es örtlicherweise am passendsten und bequemsten ist, und jedem von ihnen soll ein Bezirk zugeteilt werden; und die besagten Wundärzte sollen jeweils innerhalb ihrer Bezirke bei der Arbeit der Leichenbeschauerinnen mitwirken, so daß ein wahrheitsgetreuer Bericht von der Krankheit erstattet werden kann.

Und weiter sollen besagte Wundärzte solche Personen visitieren und untersuchen, die nach ihnen schicken oder ihnen von den Inspektoren in der jeweiligen Pfarre benannt oder zugeschickt werden, und sie sollen sich über die Art der Erkrankung besagter Personen Kenntnis verschaffen.

Und aus dem Grunde, daß besagte Wundärzte von jeder anderen Heiltätigkeit ferngehalten werden und ausschließlich auf die Sorge für die Pestkranken beschränkt werden müssen, wird hiermit angeordnet, daß jeder der besagten Wundärzte pro Leibesuntersuchung zwölf Groschen erhalten soll, zahlbar aus dem Vermögen des Untersuchten, so er dazu imstande ist, ansonsten aus der Gemeindekasse.

Krankenwärterinnen

Wenn eine Krankenwärterin ein befallenes Haus vor Ablauf von achtundzwanzig Tagen nach dem Ableben einer Person, die an der Seuche verstarb, verläßt, so ist das Haus, zu welchem besagte Krankenwärterin sich begeben hat, zu verschließen, bis besagte achtundzwanzig Tage verstrichen sind.

VERORDNUNGEN, DIE BEFALLENEN HÄUSER UND DIE AN DER PEST ERKRANKTEN PERSONEN BETREFFEND

Meldung, die von der Krankheit zu erstatten ist

Der Eigentümer jeden Hauses, sobald irgendeiner in seinem Hause sich über Pusteln oder Hautröte oder Schwellungen an irgendeinem Körperteil zu beklagen hat oder sonstwie gefährlich erkrankt, ohne daß ein klarer Befund für eine andere Krankheit vorliegt, hat innerhalb zweier Stunden, nachdem besagte Anzeichen aufgetreten sind, dem Gesundheitsinspektor Meldung zu erstatten.

Absonderung der Kranken

Sobald jemand von dem Gesundheitsinspektor, dem Amtswundarzt oder der Leichenbeschauerin für pestkrank befunden wird, ist er noch am gleichen Abend im Hause abzusondern; und im Falle er dermaßen abgesondert wird, so muß, ob er gleich später nicht stirbt, dennoch das Haus, in dem er krank lag; für einen Monat verschlossen werden, nachdem von den übrigen die gehörigen Abwehrvorschriften befolgt worden sind.

Lüftung des Zeuges

Zur Desinfektion der Wohnungsgegenstände müssen Bettzeug, Kleidung und Wandbehänge gut ausgeräuchert werden, unter Verwendung von Feuer und Schwefeldämpfen, wie es in einem infizierten Hause notwendig ist, bevor sie wieder in Gebrauch genommen werden dürfen. Dies hat auf Anordnung des Gesundheitsinspektors zu geschehen.

Verschließen von Häusern

Wenn eine Person jemand besucht hat, der als pestkrank bekannt ist, oder willentlich in ein als pestkrank bekanntes Haus eingetreten ist, ohne dazu befugt zu sein, so soll das Haus, in dem er selbst wohnt, auf Anweisung des Gesundheitsinspektors für eine bestimmte Anzahl von Tagen verschlossen werden.

Niemand ist aus einem befallenen Hause fortzuschaffen, außer etc. –

Item, es soll niemand aus dem Hause, in welchem er an der Pest erkrankte, in irgendein anderes Haus in der Stadt geschafft werden (außer es sei in das Pesthaus oder in ein Zelt oder in solch ein Haus, welches der Besitzer des besagten befallenen Hauses in persönlichem Eigentum hat und mit seiner eigenen Dienerschaft besetzt hat); und um die Gemeinde, in welche eine solche Umbettung erfolgt, abzusichern, sind bei der Wartung und Obsorge für die besagten befallenen Personen alle vorher gegebenen Einzelvorschriften genauestens einzuhalten, ohne daß der Gemeinde, in welche die Umbettung erfolgen sollte, irgendwelche Kosten entstehen, und die Umbettung soll bei Nacht vorgenommen werden. Und es soll gesetzlich erlaubt sein, daß jemand, der zwei Häuser besitzt, entweder seine gesunden oder seine erkrankten Hausgenossen nach Gutdünken in das zweite Haus schaffen läßt, jedoch dergestalt, daß, wenn er einmal seine Gesunden dort hingeschickt hat, er ihnen nicht später die Kranken nachschicken darf oder umgekehrt den Kranken die Gesunden; und die, welche er fortschickt, müssen zumindest auf eine Woche abgeschlossen und von jeder Gesellschaft ferngehalten werden, wegen der Gefahr einer nicht sogleich offenkundigen Ansteckung.

Bestattung der Toten

Die Bestattung der an der Heimsuchung Verstorbenen soll zu der passendsten Zeit erfolgen, stets entweder vor Sonnenaufgang oder nach Sonnenuntergang, und nicht anders als im Einvernehmen mit dem Kirchenvorsteher oder dem Konstabler; und kein Freund oder Nachbar darf den Leichnam zur Kirche begleiten oder das befallene Haus betreten, unter Strafe der Schließung seines eigenen Hauses oder der Einkerkerung.

Und kein Toter, der an der Pest verstarb, darf zur Zeit eines Gottesdienstes, einer Predigt oder einer Lesung begraben werden oder in einer Kirche aufgebahrt werden. Und Kinder dürfen während einer Beerdigung in keiner Kirche, auf keinem Friedhof und auf keinem Bestattungsgrund der Leiche, dem Sarg oder dem Grab nahekommen. Und alle Gräber müssen zum wenigsten sechs Fuß tief sein.

Und weiterhin haben bei allen übrigen Begräbnissen öffentliche Ansammlungen für die Dauer der Heimsuchung zu unterbleiben.

Keine Veräußerung infizierten Zeuges

Kleider, Stoffe, Bettzeug, Vorhänge dürfen aus befallenen Häusern nicht fortgebracht oder weggegeben werden, und das laute Ausrufen von Lumpen und alten Kleidern, sowohl zum Verkauf wie zur Beleihung, ist den Trödlern vollständig zu verbieten und zu untersagen, und kein Lumpensammler oder Altwarenhändler darf sichtbar machen oder in Verkaufsständen, Ladenregalen oder Schaufenstern, die auf eine Straße, Gasse oder öffentlichen Verkehrsweg hinausgehen, irgendwelches altes Bettzeug oder gebrauchte Kleidung zum Verkauf ausstellen, unter Strafe der Einkerkerung. Und wenn ein Lumpensammler oder sonst jemand irgendwelches Bettzeug, Kleidung oder andere Gegenstände aus einem befallenen Hause innerhalb von zwei Monaten nach dessen Infizierung kauft, so soll sein eigenes Haus als befallen verschlossen werden und soll für wenigstens zwanzig Tage verschlossen bleiben.

Niemand darf ein befallenes Haus verlassen

Wenn ein Erkrankter sich einen Moment ungenügender Aufsicht zunutze macht oder auf sonst eine Art zuwege bringt, von einem befallenen Ort sich an einen anderen Ort zu begeben oder sich dorthin überführen zu lassen, dann hat die Pfarre, aus welcher die Person sich fortbegeben hat oder sich hat überführen lassen, sobald ihr darob Meldung zugeht, besagte befallene und flüchtige Person auf deren Kosten bei Nacht wieder zurückbringen zu lassen, und wer sich auf diese Weise vergeht, ist nach den Anweisungen des Bezirksstadtrates zu bestrafen, und das Haus dessen, der eine solche befallene Person bei sich aufgenommen hat, für zwanzig Tage zu verschließen.

Jedes befallene Haus ist zu kennzeichnen

Jedes befallene Haus ist mit einem roten Kreuz von einem Fuß Länge in der Mitte der Haustür zu kennzeichnen, so daß es deutlich sichtbar ist, und dicht über dem Kreuz sind die gebräuchlichen Worte, nämlich: »Herr, habe Erbarmen mit uns« in Druckschrift anzubringen, und sie haben dort zu verbleiben, bis zur amtlichen Öffnung selbigen Hauses.

Jedes befallene Haus ist unter Wache zu stellen

Die Konstabler haben dafür zu sorgen, daß jedes befallene Haus verschlossen und mit Wachmännern besetzt wird, welche die Einwohner eingeschlossen halten, und die sie auf eigene Kosten, wenn sie es bezahlen können, oder auf Gemeindekosten, wenn nicht, mit dem Lebensnotwendigen versehen sollen; die Schließung hat auf eine Dauer von vier Wochen nach der Gesundung aller Hausbewohner zu erfolgen.
Es ist genauestens darauf zu achten, daß die Leichenbeschauer, Amtswundärzte, Krankenwärter und Totenbestatter nicht die Straße passieren, ohne eine rote Rute oder einen Stab von drei Fuß Länge in der Hand zu halten, offen und deutlich sichtbar, und daß sie kein Haus betreten außer ihrem eigenen oder dem, zu dem sie geschickt oder geholt werden; daß sie vielmehr jeder Gesellschaft entsagen und aus dem Wege gehen, besonders wenn sie erst kürzlich eine dieser Amtsbestätigungen ausgeübt haben.

Hausgenossen

Wo in dem gleichen Hause mehrere Parteien wohnen, und eine Person in dem Hause verfällt der Ansteckung, so darf niemand anderer, weder ein einzelner noch eine Familie, aus diesem Hause den Kranken fortschaffen oder sich fortbegeben, ohne von dem Gesundheitsinspektor der Pfarre eine Bescheinigung vorzuweisen; oder in Ermangelung einer solchen ist das Haus, in das der oder die Betreffenden umgezogen sind, wie im Falle einer Infizierung zu verschließen.

Miets-Droschken

Es ist Sorge zu tragen, daß Droschken-Kutscher (wie man beobachtet hat, daß einige von ihnen es, sogleich nachdem sie erkrankte Personen zum Pesthaus oder anderswohin überführt hatten, taten) nicht am allgemeinen Verkehr teilnehmen dürfen, bevor nicht ihre Droschken gründlich ausgeräuchert wurden und für den Zeitraum von fünf oder sechs Tagen nach solcher Inanspruchnahme leergestanden haben.

ANORDNUNGEN ÜBER DIE REINIGUNG UND SAUBERHALTUNG DER STRASSEN

Straßen sind sauber zu halten

In erster Linie wird es für notwendig erachtet und so angeordnet, daß jeder Haushaltungsvorstand eine tägliche Reinigung der Straße vor seiner Haustür veranlaßt und sie so die ganze Woche über sauber gefegt hält.

Tägliche Müllabfuhr

Der Kehricht und Abfall der Häuser ist täglich von den Müllabfahrern fortzuschaffen, und der Müllabfahrer soll sein Kommen, wie es auch bisher geschah, durch Blasen eines Hornes ankündigen.

Hinausverlegung der Kotgruben

Die Kotgruben sind so weit wie möglich von der Stadt und allen Verkehrswegen fort zu verlegen, und kein Grubenreiniger oder sonst jemand darf eine Kottonne in einem Garten in der Nähe der Stadt leeren.

Vorsicht mit unfrischem Fleisch und Fisch und muffigem Mehl

Es sind besondere Vorkehrungen zu treffen, daß nicht fauler Fisch oder ungesundes Fleisch oder muffiges Mehl oder verdorbene Früchte irgendwelcher Art an irgendeiner Stelle der Stadt verkauft werden dürfen.

Die Brauereien und Trinkhäuser sind auf modrige und verdorbene Fässer zu überprüfen.
Schweine, Hunde, Katzen oder zahme Tauben oder Kaninchen dürfen nirgends in der Stadt gehalten werden; Schweine, die auf den Straßen und Gassen herumstreunen, sind vom Büttel oder sonst einem Beamten zu beschlagnahmen, und der Eigentümer ist entsprechend dem Gemeinderatsgesetz zu bestrafen, und Hunde müssen von den Hundefängern, die für diesen Zweck eingesetzt sind, getötet werden.

VERORDNUNG, LOSE PERSONEN UND MÜSSIGE ANSAMMLUNGEN BETREFFEND

Bettler

Insofern als über nichts so lebhaft Beschwerde geführt wird wie über die Unzahl von Tagedieben und vagabundierenden Bettlern, welche überall in der Stadt umherschwärmen und eine große Gefahr einer Verbreitung der Seuche darstellen, so wird hiermit, da sie trotz aller gegenlautenden Bestimmungen immer noch allenthalben anzutreffen sind, angeordnet, daß jeder Konstabler und wem sonst in dieser Sache eine Pflicht obliegt, dafür geeignete Sorge zu tragen hat, daß kein herumlungernder Bettler auf den Straßen dieser Stadt auf welche Art und Weise auch immer geduldet wird, unter der Androhung, daß die vom Gesetz vorgesehenen Strafen mit voller Strenge angewendet werden.

Spiele

Alle Vergnügungen, Bärhetzen, Glücksspiele, Bänkelgesänge, Schilder-Spiele und was sonst dergleichen Menschenansammlungen zu verursachen pflegt, sind vollständig zu verbieten und Zuwiderhandelnde von dem jeweiligen Bezirksstadtrat streng zu bestrafen.

Festlichkeiten verboten

Alle öffentlichen Festveranstaltungen, und besonders solche von Vereinen, und Festessen in Gasthäusern, Bierhallen und anderen Stätten allgemeiner Zerstreuung, haben bis auf Widerruf zu unterbleiben; und das hierdurch ersparte Geld soll aufgehoben und zum Wohle und zum Heile der von der Seuche befallenen Armen verwendet werden.

Trinkhäuser

Ungebührliches Zechen in Schänken, Bierhallen, Kaffeehäusern und Weinkellern muß durch strenge Aufsicht verhütet werden, da dies die allgemeinste Sünde dieser Zeit ist und die beste Gelegenheit, die Seuche weiterzugeben. Und keine Gesellschaft oder Einzelperson darf nach neun Uhr abends in einer Schänke, einer Bierhalle oder einem Kaffeehaus bleiben oder einkehren, um zu trinken, entsprechend dem althergebrachten Gesetz und Gebrauch in dieser Stadt, unter Strafe wie sie dieserhalb festgesetzt ist.

Und zur genaueren Durchführung dieser Verordnungen und der Erlasse und Anweisungen, die nach weiterer Beratschlagung außerdem noch für notwendig befunden werden mögen, wird angeordnet und verfügt, daß die Bezirksstadträte, ihre Stellvertreter und die Gemeinderatsmitglieder jede Woche einmal, zweimal, dreimal oder noch öfter (je nachdem die Sachlage es erfordert) an einem in dem betreffenden Bezirk wohlbekannten Treffpunkt (er muß frei von Verseuchung sein) zusammenkommen, um zu beraten, wie besagte Verordnungen gehörig zur Durchführung gebracht werden können; das bedeutet freilich nicht, daß, wenn jemandes Wohnung oder deren Nachbarschaft befallen wurde, er besagten Zusammenkünften beiwohnen soll, solange sein Erscheinen dort Bedenken begegnet. Und besagte Stadträte, stellvertretende Stadträte und Gemeinderatsmitglieder können in ihren jeweiligen Bezirken weitere gute Verfügungen in Kraft setzen, die bei besagten Versammlungen zur Bewahrung von Seiner Majestät Untertanen vor der Pest beschlossen und ausgefertigt werden.

Sir John Lawrence, Erster Bürgermeister

Sir George Waterman }
Sir Charles Doe } Sheriffs

Es versteht sich, daß diese Verordnungen nur für die Gebiete galten, die innerhalb der Jurisdiktion des Lordbürgermeisters lagen, und so ist die Bemerkung angebracht, daß die Friedensrichter innerhalb der Sprengel und Ortschaften, welche die Siedlungen und Vororte heißen, in der gleichen Art vorgingen.

Wie ich mich entsinne, wurde die Verordnung zum Schließen der Häuser in unserem Viertel nicht so bald in Anwendung gebracht, weil, wie ich schon sagte, die Pest in unsere östlichen Stadtteile bis zum August kaum vordrang und vorher keine große Heftigkeit annahm. Zum Beispiel war für die Woche vom 11. bis 18. Juli die Gesamtzahl auf dem Sterberegister 1761, doch davon starben an der Pest in all den Pfarren, die wir die Tower Viertel nennen, nur 71, und zwar in folgender Aufteilung:

		die Woche darauf	die Woche bis zum 1. August
Aldgate	14	34	65
Stepney	33	58	76
Whitechapel	21	48	79
St. Catherine, Tower	2	4	4
Trinity, Minories	1	1	4
	71	145	228

Sie kam jetzt wahrhaftig mit voller Wucht, denn in den nächsten Nachbarpfarren waren die Beerdigungen in den gleichen Wochen:

		Die Woche darauf ungemein angestiegen	Bis zum 1. August
St. Leonard, Shoreditch	64	84	110
St. Botolph, Bishopsgate	65	105	116
St. Giles, Cripplegate	213	421	554
	342	610	780

Das Schließen von Häusern wurde zuerst als ein sehr grausames und unchristliches Verfahren angesehen, und die armen Menschen, die so festgesetzt wurden, erhoben bitteres Wehklagen. Täglich gingen beim Lordbürgermeister Beschwerden über die Härte des Vorgehens ein, wenn Häuser ohne Grund (und manche aus Bosheit) verschlossen wurden. Ich kann dazu nichts sagen; aber bei Prüfung fanden sich viele, die sich so laut beschwert hatten, in einem Zustand, der eine weitere Schließung rechtfertigte; andere wiederum, wenn die Untersuchung, der die kranke Person unterzogen wurde, ergab, daß die Krankheit offenbar nicht ansteckend war, oder wenn der Fall zwar ungewiß, der Kranke jedoch einverstanden war, ins Pesthaus überführt zu werden, wurden freigegeben.

Es ist wahr, den Leuten einfach die Haustür abzuschließen und Tag und Nacht einen Wächter davorzustellen, der ihnen verbot, sich herauszurühren oder einen Besuch zu empfangen, das sah sehr hart und grausam aus, wenn man bedenkt, daß die Gesunden der Familie vielleicht davonkommen können, wenn sie von den Kranken entfernt worden wären; und viele, das kann man mit gutem Grund annehmen, sind in dieser elenden Gefangenschaft zugrunde gegangen, die, hätten sie ihre Freiheit gehabt, gar nicht erkrankt wären, obschon die Pest im Haus war; hierüber waren die Leute anfangs sehr aufgebracht und bestürzt, und es kam des öfteren zu Tätlichkeiten gegen die Männer, die geschickt waren, die solchermaßen verschlossenen Häuser

zu bewachen, und sie wurden mit Feindseligkeiten bedroht; auch brachen vielerorts immer wieder Leute gewaltsam aus, wie ich noch nach und nach berichten werde. Aber die Sache des Gemeinwohls rechtfertigte das private Mißgeschick, und zu der Zeit wurde niemandem auch nur die geringste Milderung zugestanden, ob er bei der Stadtverwaltung oder bei der Regierung darum ersuchte, jedenfalls nicht daß ich es gehört hätte. Dies verwies die Leute auf alle möglichen Listen, um wenn möglich doch noch frei zu kommen; und es würde einen kleinen Band anfüllen, alle die Kunstgriffe anzuführen, welche die Bewohner dieser Häuser anwandten, um den aufgestellten Wachmännern die Augen zu schließen, sie irrezuführen und ihnen in einem Ausbruch zu entkommen, wobei sich häufig ein Handgemenge und mancherlei Ungemach ergab; davon bei Gelegenheit mehr.
Als ich eines Morgens gegen acht Uhr in Houndsditch meines Weges ging, hörte ich einen großen Lärm. Zwar waren kaum Menschen zu sehen, weil es den Leuten nicht ohne weiteres erlaubt war, eine Ansammlung zu bilden oder lange beisammen zu stehen, wenn sie schon einmal da waren; auch ich blieb nicht lange. Aber der Aufschrei war laut genug, meine Neugier zu erwecken, und ich rief jemand an, der aus einem Fenster schaute, und fragte, was es gebe.

Ein Wachmann, so scheint es, war geschickt worden, vor der Tür eines befallenen, oder angeblich befallenen, und darob geschlossenen Hauses seinen Posten einzunehmen. Er war die ganze Nacht über dort gewesen, zwei Nächte hintereinander, wie er erzählte, und der Tages-Wachmann war einen Tag lang dort gewesen und war jetzt wiedergekommen, ihn abzulösen. Diese ganze Zeit hindurch hatte man in dem Hause keinen Laut gehört und kein Licht gesehen; die Leute baten um nichts, gaben ihm keine Bestellungen auf, was das Hauptgeschäft der Wachmänner zu sein pflegte; und sie hatten ihn nicht mehr gestört, wie er sagte, seit sie am Montagnachmittag ein so großes Geschrei und Heulen hatten hören lassen, wahrscheinlich dadurch veranlaßt, daß zu der Zeit gerade jemand in der Familie gestorben sei. Die Nacht zuvor, so meinte er, war der Totenkarren vorgefahren, und eine Dienstmagd war tot zur Tür herausgebracht worden, und die Totenbestatter oder die »Träger«, wie sie hießen, hatten sie auf den Karren geladen, nur in ein grünes Bettuch gehüllt, und sie fortgefahren.

Der Wachmann habe, so hieß es weiter, als er den oben erwähnten Lärm und das Weinen hörte, an die Tür geklopft, und eine ganze Weile habe niemand geantwortet; aber schließlich habe jemand herausgeschaut und in ärgerlichem, barschem Ton, jedoch mit weinerlicher Stimme oder mit der Stimme jemandes, der weint, gesagt: »Was wollt Ihr, daß Ihr so laut klopft?« Er habe geantwortet: »Ich bin der Wachmann! Geht es Euch gut? Was gibt es?« Der Mann habe geantwortet: »Was geht es Euch an? Ruft den Totenkarren her.« Dies müsse gegen ein Uhr gewesen sein. Bald darauf habe er, wie der Mann ihm aufgetragen, den Totenkarren angehalten und dann wieder geklopft, aber niemand habe geantwortet. Er habe weiter geklopft, und der Klingler habe mehrere Male gerufen: »Bringt heraus eure Toten!«; aber niemand habe geantwortet, bis der Mann, der den Wagen fuhr, da er auch zu anderen Häusern bestellt war, nicht mehr länger bleiben wollte und weggefahren sei.

Der Wachmann war aus all dem nicht mehr klug geworden und hatte daher die Leute in Frieden gelassen, bis der Tagwächter oder Morgenmann, wie er genannt wurde, ihn ablösen kam. Er berichtete ihm in allen Einzelheiten, was vorgefallen war, und sie klopften wieder lange an der Tür, erhielten aber keine Antwort; und dann fiel ihnen auf, daß das Fenster oder die Klappe, zu welcher die Person, als sie ihnen zuvor antwortete, herausgeschaut hatte, immer noch offenstand, und das war im zweiten Stock.

Darauf nahmen die beiden, um ihre Wißbegier zu befriedigen, eine lange Leiter, und einer von ihnen stieg zu dem Fenster hinauf und schaute in das Zimmer hinein; dort sah er eine Frau tot auf dem Boden liegen, in einer schrecklichen Art, da sie keine Kleider am Leibe hatte als ihr Hemd. Aber obwohl er laut rief und mit seiner langen Stange hart auf den Boden klopfte, so rührte sich dennoch keine Seele oder kam eine Antwort; und keinen Laut konnte er in dem Hause hören.

Er kam darauf wieder herab und setzte seinen Genossen ins Bild, der dann auch hinaufstieg; und als er das gleiche feststellte, beschlossen sie, entweder den Bürgermeister oder sonst einen bei der Behörde zu verständigen, aber durch das Fenster ins Haus zu steigen, getrauten sie sich nicht. Der Amtmann, heißt es, gab auf die Meldung der beiden hin Anweisung, das Haus aufzubrechen, und beorderte einen Konstabler und andere Personen, sich dazu einzufinden, damit nichts geplündert würde; und als es so geschah, fand man niemanden in dem Hause außer jener jungen Frau; sie war erkrankt, und als keine Hoffnung mehr für sie bestand, hatten die übrigen sie ihrem Schicksal überlassen und waren verschwunden, indem sie auf irgendein Mittel verfielen, den Wachmann irrezuführen und die Tür aufzubringen oder zu einer Hintertür oder über die Dächer hinauszugelangen, so daß er von nichts wußte; und was das Weinen und die Schreie betrifft, welche er gehört hatte, so nahm man an, es seien die schmerzlichen Wehrufe der Familie beim bitteren Abschied gewesen, denn schmerzlich muß es ihnen allen sicher gewesen sein, da dies doch die Schwester der Frau des Hauses war. Der Hausherr, seine Gattin, mehrere Kinder und Bedienstete, alle waren sie fort und geflohen – ob krank oder gesund, das habe ich nie erfahren können; noch habe ich auch etwa große Nachforschungen angestellt.

Auf diese Art flohen viele aus ihren verseuchten Häusern, besonders wenn der Wachmann mit einem Auftrag fortgeschickt worden war; denn es war seine Pflicht, jeden Gang zu machen, den die Familie ihm auftrug; das heißt, soweit es sich um Lebensnotwendiges wie Nahrung und Medikamente handelte und den Arzt zu holen (falls einer kommen wollte) oder einen Feldscher oder einen Pfleger, oder einen Totenkarren zu bestellen und dergleichen; aber auch dies nur unter der Bedingung, daß er, wenn er ging, die Außentür des Hauses abzuschließen und den Schlüssel mit sich fortzunehmen hatte. Um dies zu umgehen und um den Wachmann zu täuschen, ließen dic Leute sich zwei oder drei Schlüssel für ihr Schloß anfertigen, oder sie fanden einen Weg, die Halteschrauben, mit denen das Schloß befestigt war, abzuschrauben und so, von drinnen, das Schloß abzunehmen und, derweil sie den Wachmannn auf den Markt oder zum Backhaus oder nach dieser oder jener Kleinigkeit wegschickten, die Tür zu öffnen und sooft es ihnen beliebte auszugehen. Aber dies wurde entdeckt, und dann hatten die Beamten Order, die Haustüren von außen mit Hängeschlössern zu sichern und Riegel an ihnen anzubringen, wenn sie es für gut hielten.

In einem anderen Haus, in der Straße gleich bei Aldgate, so erzählte man mir, war eine ganze Familie eingesperrt und abgeschlossen, da ihre Dienstmagd erkrankt war. Der Hausherr hatte durch Freunde beim zuständigen Bezirksstadtrat und beim Lordbürgermeister Beschwerde eingelegt und sich bereit erklärt, das Mädchen ins Pesthaus überführen zu lassen, war aber abgewiesen worden; die Haustür wurde also mit einem roten Kreuz markiert, an der Außenseite ein Vorhängeschloß, wie oben erwähnt, angebracht, und ein Wachmann vor der Tür postiert, den Vorschriften entsprechend.

Als der Hausherr sah, daß alles nichts half und er und seine Familie nun doch mit dieser armen kranken Magd zusammen eingeschlossen sein sollten, rief er dem Wachmann zu und trug ihm auf, ihnen eine Krankenschwester zu holen, denn es würde den sicheren Tod für sie alle bedeuten, wollte man sie selber nötigen, das arme Ding zu warten; und er machte ihm deutlich, daß, wenn er das nicht tue, das Mädchen entweder an der Seuche umkommen oder Hungers sterben müsse, denn er sei fest entschlossen, keinen aus seiner Familie ihr nahekommen zu lassen; und sie liege in der Dachkammer, vier Stockwerke hoch, wo sie nicht schreien oder um Hilfe rufen könne.

Der Wachmann war einverstanden und ging, wie ihm aufgetragen, eine Krankenschwester holen und brachte sie am gleichen Abend zu dem Haus. In der Zwischenzeit nahm der Hausherr die Gelegenheit wahr, von seinem Laden aus ein großes Loch in einen angebauten Werkstattschuppen zu brechen, wo früher ein Schuster gearbeitet hatte; dieser war jedoch, wie man in einer so trüben Zeit wohl glauben darf, entweder gestorben oder ausgezogen, und so hatte der Hausherr den Schlüssel in Verwahrung. Als er sich nun diesen Zugang zu der Werkstatt verschafft hatte, was er nicht hätte tun können, wenn der Mann vor der Tür gestanden hätte, da der Lärm, den er nicht umhinkonnte zu verursachen, so groß war, daß der Wächter aufmerksam geworden wäre – ich sage, als er sich diesen Zugang zu der Werkstatt verschafft hatte, verhielt er sich still, bis der Wachmann mit der Krankenschwester zurückkehrte, und den ganzen nächsten Tag auch noch. Aber in der folgenden Nacht, nachdem es ihm gelungen war, den Wachmann wieder einen kleinen Weg machen zu lassen, etwa, so möchte ich annehmen, zu einem Apotheker, um ein Pflaster für das Mädchen zu holen, worauf er eine Zeitlang hätte warten müssen, oder sonst einen ähnlichen Gang, bei dem man seines Fortbleibens für eine Weile sicher war – da beförderte inzwischen der Hausherr sich und die Seinen alle zum Hause hinaus und überließ es der Krankenschwester und dem Wachmann, das bedauernswerte Mädchen zu bestatten – das heißt, sie in den Totenkarren zu werfen – und sich des Hauses anzunehmen.

Solcher Geschichten, voller Ereignisse wie diese, könnte ich viele erzählen, die ich in dem langen Lauf dieses traurigen Jahres erlebte – das heißt, hörte – und die mit großer Sicherheit wahr sind oder der Wahrheit sehr nahe kommen; das heißt wahr im Wesentlichen, denn kein Mensch konnte zu einer solchen Zeit sich aller Einzelheiten vergewissern. Gleichermaßen wurden vielerorts Gewalttätigkeiten, wie ich sie anführte, gegen die Wachleute begangen; und ich glaube, daß vom Anfang der Heimsuchung bis zu ihrem Ende nicht weniger als achtzehn oder zwanzig von ihnen getötet wurden oder so schwer verwundet, daß man sie für tot aufhob, und das soll durch die Leute in den befallenen Häusern geschehen sein, wenn sie eingesperrt waren und versuchten hinauszukommen, aber auf Widerstand stießen.

Auch hätte man in der Tat kaum etwas anderes erwarten können, denn so viele Häuser als da gesperrt waren, so viele Gefängnisse gab es in der Stadt; und zumal die so eingeschlossenen und gefangengehaltenen Menschen keines Verbrechens schuldig, sondern nur eingeschlossen waren, weil sie sich im Elend befanden, war es wirklich um so unerträglicher für sie.

Das machte auch etwas aus, daß jedes Gefängnis, wie wir es nennen können, nur einen Gefangenenwärter besaß, und da er ein ganzes Haus zu bewachen hatte, viele Häuser aber so gelegen waren, daß sie verschiedene Ausgänge hatten, einige mehr, andere weniger, und manchmal auf verschiedenen Straßen, war es für einen Mann allein unmöglich, alle Zugänge so zu bewachen, daß er Menschen an der Flucht hätte hindern können, die durch das Schrecknis ihrer Lage, den Zorn über ihre Behandlung oder das Wüten der Pest selbst zur Verzweiflung getrieben wurden; so kam es vor, daß sie auf der einen Seite des Hauses mit dem Wachmann ein Gespräch führten, während auf der anderen Seite die Familie ihre Flucht bewerkstelligte.

Zum Beispiel gab es an der Coleman Straße ein Gewirr von Hinterhöfen und Seitengäßchen, wie man jetzt noch sehen kann. Ein Haus am sogenannten White's Winkel war gesperrt worden, und dieses Haus hatte ein rückwärtiges Fenster, keine Tür, auf einen Hof, von dem ein Durchgang zur Bell Gasse führte. Ein Wachmann war vom Konstabler vor die Tür dieses Hauses postiert worden, und dort stand er nun, oder sein Wachkamerad, Tag und Nacht, während die Familie schon längst, alle Mann, bei Dunkelheit über den Hof entkommen war, die armen Kerle fast zwei Wochen lang warten und wachen lassend.

Nicht weit entfernt von der gleichen Stelle jagten sie einen Wachmann mit Schießpulver in die Luft und verbrannten den armen Kerl fürchterlich; und während er gräßlich schrie und sich niemand herauswagte, ihm zu Hilfe zu kommen, kletterten alle Hausbewohner, soweit sie noch gut auf den Beinen waren, zum Fenster im ersten Stock hinaus, nur zwei, die krank zurückbleiben mußten, riefen um Hilfe. Man sorgte dafür, daß sie Pflegerinnen bekamen, die sie versorgten, aber die geflohenen Personen wurden niemals gefunden, bis sie nach dem Abklingen der Seuche wieder auftauchten; aber da ihnen nichts zu beweisen war, konnte man ihnen auch nichts anhaben.

Es muß auch berücksichtigt werden, daß dies ja Gefängnisse ohne Gitter und Riegel waren, womit sonst jedes gewöhnliche Gefängnis versehen ist, und so konnten die Leute sich aus den Fenstern hinunterlassen, und das selbst vor den Augen des Wachmanns, indem sie Säbel oder Pistolen in der Hand hielten und den armen Schlucker über den Haufen zu schießen drohten, wenn er sich rühre oder um Hilfe rufe.

In anderen Fällen hatte man Gärten oder Höfe oder Hinterhäuser, welche nur durch Mauern oder Zäune von den Nachbargrundstücken getrennt waren; und dann ließ es sich, durch Freundschaft oder durch Bitten, erreichen, daß man über die Mauern oder über den Zaun zum Nachbarn hinüberklettern durfte und durch dessen Tür dann hinausgelangte; oder man gab den Bediensteten der Nachbarsleute Geld und wurde dafür von ihnen des Nachts hindurchgelassen; so daß, in einem Wort, das Schließen der Häuser keineswegs eine verläßliche Methode war. Auch diente sie ihrem Zweck überhaupt nicht, da sie mehr dazu beitrug, die Leute kopflos zu machen und sie dermaßen zum Äußersten zu treiben, daß sie auch vor den gewagtesten Ausbruchsversuchen nicht zurückschreckten.

Und was noch schlimmer war, diejenigen, die auf diese Art wirklich entkamen, verbreiteten die Ansteckung, da sie, mit der Seuche im Leibe, unter so verzweifelten Umständen herumwanderten, weitaus mehr, als sie es sonst getan hätten; jeder nämlich, der alle Einzelheiten dieser Fälle ins Auge faßt, muß zugestehen, und niemand von uns kann daran zweifeln, daß nur die Strenge der Abschließung viele Leute so verantwortungslos machte, daß sie ohne Rücksicht auf die Gefahr aus ihren Häusern fortliefen, auch wenn sie schon sichtbar von der Pest gezeichnet waren, und oft ohne zu wissen, wohin sie gehen oder was sie tun sollten, oder sogar, was sie getan hatten; und viele von ihnen litten furchtbare Entbehrungen und gerieten in äußerste Not und verendeten, weil ihnen das Nötigste mangelte, auf der Straße oder auf dem Felde oder fielen um, von der Heftigkeit des Fiebers, das in ihnen raste, getroffen. Andere irrten auf das Land hinaus und wanderten ziellos umher, nur von der Verzweiflung geleitet, nicht wissend, wohin sie gingen oder gehen wollten, bis sie erschöpft und todmüde, ohne je eine Erquickung zu bekommen, da die Häuser und Dörfer an der Straße ihnen, ob krank oder nicht, jedes Quartier verweigerten, am Straßenrand liegenblieben oder sich in Scheunen verkrochen und dort starben; niemand wagte, ihnen beizustehen oder Linderung zu bringen, auch wenn sie vielleicht gar nicht von der Seuche befallen waren, denn keiner wollte ihnen glauben.

Andererseits, wenn eine Familie zum erstenmal betroffen wurde, das soll heißen, wenn ein Mitglied der Familie ausgegangen war und, durch Unvorsichtigkeit oder sonstwie, sich die Ansteckung zugezogen hatte und sie mit nach Hause brachte, dann wurde es mit Bestimmtheit der Familie eher bekannt als den Beamten, die, wie man aus den Verordnungen ersehen kann, eingesetzt waren, bei allen erkrankten Personen eingehende Untersuchungen vorzunehmen, sobald sie von deren Erkrankung erfuhren.

In dieser Zeit, zwischen der Ansteckung und dem Erscheinen des Gesundheitsinspektors, hatte der Hausherr alle Muße und Freiheit, allein oder mit seiner ganzen Familie fortzuziehen, wenn er einen Ort wußte, zu dem er gehen konnte, und das taten viele. Aber das große Unglück war, daß viele es taten, nachdem sie in Wirklichkeit selbst angesteckt waren, und auf diese Weise die Krankheit in die Häuser derer verschleppten, die so gastlich waren, sie aufzunehmen, und das war, das muß man sagen, recht grausam und undankbar.

Und das war zum Teil auch der Grund der allgemeinen Meinung oder vielmehr für das Ärgernis, das sich überall herumsprach, nämlich daß die infizierten Menschen in einer Gemütsverfassung seien, wo sie sich nicht im geringsten darum kümmerten und es ihnen überhaupt nichts ausmache, wenn sie andere ansteckten; und ich kann nicht anders sagen, als daß etwas Wahres daran war, wenn auch nicht so allgemein, wie es geredet wurde. Welchen Grund man für etwas so Böses anführen konnte, zu einer Zeit, wo man doch gefaßt sein mußte, jeden Augenblick vor die Schranke der Göttlichen Gerechtigkeit gerufen zu werden, das weiß ich nicht. Es ist mir völlig klar, daß es mit Religion und Moral ebensowenig in Einklang gebracht werden kann wie mit Großmut und Menschlichkeit, aber vielleicht komme ich darauf noch zu sprechen.

Ich spreche jetzt von den Leuten, die vor Angst, eingesperrt zu sein, den Kopf verloren, und darum, mit List oder Gewalt, ausbrachen, sei es bevor oder nachdem sie eingeschlossen worden waren, und deren Elend, als sie draußen waren, nicht verringert wurde, sondern sich beklagenswert vermehrte. Auf der anderen Seite besaßen viele, die so davonkamen, Sommervillen oder andere Häuser, in die sie ziehen konnten, und dort schlossen sie sich ein und hielten sich verborgen, bis die Pest vorüber war; und in vielen Häusern hatte man das Nahen der Seuche vorausgesehen und Vorräte von Lebensmitteln angelegt, die für die ganze Familie ausreichten, und dann sperrten sie sich ab, und manche so vollständig, daß von ihnen weder etwas zu sehen noch zu hören war, bis die Seuche ganz aufgehört hatte; dann kamen sie wieder hervor, gesund und wohlbehalten. Ich könnte mehrere solcher Fälle anführen und bis in die Einzelheiten berichten, wie sie haushielten; war es doch zweifellos das Sicherste und Wirksamste, was man unternehmen konnte, wenn einem die Umstände nicht erlaubten, fortzuziehen oder wenn man keinen auswärtigen Zufluchtsort besaß, der zu solchem Zweck geeignet war; denn wenn man sich so von allem absperrte, war man, als wäre man hundert Meilen fort. Und ich kann mich nicht entsinnen, daß einer dieser Familien etwas zugestoßen wäre. Unter ihnen waren einige holländische Kaufleute besonders bemerkenswert, die ihre Häuser wie kleine belagerte Festungen hielten, indem sie niemanden ein- oder ausgehen oder auch nur nahekommen ließen, einer insbesondere an der Throgmorton Straße, dessen Haus auf Draper's Garden hinauslag.

Aber ich komme auf den Fall zurück, wo Familien befallen waren und von Amts wegen eingeschlossen wurden. Das Elend dieser Familien ist nicht zu schildern; und aus solchen Häusern hörten wir immer wieder die schaurigsten Aufschreie; vor Entsetzen brüllten diese armen Menschen, zu Tode erschrocken über den Anblick des Zustands ihrer teuersten Lieben und durch die Gefangenschaft, in der sie sich befanden, außer Fassung gebracht.

Ich erinnere mich – und während ich dies schreibe, dünkt es mich, ich höre alles wieder lebendig – an eine gewisse Dame, die ein recht beträchtliches Vermögen besaß, und an ihre einzige Tochter, ein junges Mädchen von etwa neunzehn Jahren. Sie waren Alleinbewohner des Hauses, in dem sie lebten. Das junge Mädchen, ihre Mutter und eine Magd waren aus irgendeinem Anlaß, ich weiß nicht mehr, aus welchem, außerhalb gewesen, ihr Haus war also nicht verschlossen; aber etwa zwei Stunden, nachdem sie heimgekommen waren, klagte die junge Dame, ihr sei nicht wohl; in einer weiteren Viertelstunde mußte sie sich erbrechen und hatte einen heftigen Kopfschmerz. »Geb's Gott«, sagte die Mutter, furchtbar erschrocken, »das Kind wird doch nicht die Seuche haben!« Der Kopfschmerz steigerte sich, die Mutter ließ das Bett wärmen und beschloß, sie ins Bett zu tun, und bereitete alles für eine Schwitzkur vor, welches gewöhnlich die Maßnahme war, die man ergreifen mußte, wenn die ersten Zeichen einer Ansteckung sich einstellten.

Während das Bett auslüftete, entkleidete die Mutter das junge Mädchen, und eben als man es ins Bett legte, entdeckte sie, mit einer Kerze den Körper der Tochter ableuchtend, plötzlich auf der Innenseite der Schenkel die tödlichen Zeichen. Die Mutter, nicht fähig, an sich zu halten, warf die Kerze zu Boden und stieß einen so markerschütternden Schrei aus, daß es genügt hätte, das stumpfeste Herz der Welt mit Grauen zu erfüllen; und es blieb nicht bei einem Aufschreien, sondern da der Schrecken sich ihrer Geister bemächtigt hatte, fiel sie erst in Ohnmacht, faßte sich darauf wieder, rannte durch das ganze Haus, die Treppen hinauf und die Treppen hinunter, wie eine Wahnsinnige, und wahnsinnig war sie in der Tat auch wirklich und hörte einige Stunden nicht zu schreien und zu heulen auf, so vollständig war sie von Sinnen oder zumindest außer Gebrauch ihrer Vernunft; und wie man mir sagte, ist sie nie wieder ganz zur Besinnung gekommen. Was das junge Mädchen angeht, so war es von dem Augenblick an so gut wie eine Leiche, denn der Brand, welcher die Flecken hervorruft, hatte sich über den ganzen Körper ausgebreitet, und sie starb in weniger denn zwei Stunden. Aber die Mutter hörte immer noch nicht zu heulen auf, obwohl sie von ihrem Kind nichts mehr wußte, bis mehrere Stunden nach dessen Tod. Es ist schon so lange her, daß ich nicht mehr ganz sicher bin, aber ich glaube, die Mutter erholte sich nicht wieder, sondern starb zwei oder drei Wochen danach.

Dies war ein außergewöhnlicher Fall, und ich bin deshalb mehr auf seine Einzelheiten eingegangen, weil ich mit ihnen so nahe in Berührung gekommen bin; aber solch ähnlicher Fälle gab es unzählige, und es war selten, daß das wöchentliche Sterberegister erschien, ohne daß darauf zwei oder drei verzeichnet waren, die am Schreck gestorben waren. Da konnte man also wirklich von zu Tode Erschrokkenen sprechen. Aber außer denen, die so erschraken, daß sie auf der Stelle starben, gab es viele, die der Schreck auf andere Art außer sich gebracht hatte; manche waren von Sinnen, manche verloren das Gedächtnis, manche den Verstand. Aber ich kehre zu dem Schließen der Häuser zurück.

Wie einige Leute also aus ihren Häusern, nachdem sie eingeschlossen waren, durch List entkamen, so taten andere es, indem sie die Wachleute bestachen und ihnen Geld gaben, daß sie sie heimlich in der Nacht hinausgehen ließen. Ich muß gestehen, ich hielt dies seiner Zeit für die unschuldigste Art von Bestechung, deren jemand sich schuldig machen konnte, und fühlte deshalb nur Mitleid mit den armen Kerlen, und sah es als sehr hart an, als drei solcher Wachmänner öffentlich durch die Straßen gepeitscht wurden, weil sie Leute hatten aus gesperrten Häusern entweichen lassen.

Aber trotz dieser Strenge verfehlte Geld bei den armen Männern seine Wirkung nicht, und viele Familien fanden einen Weg, sich auf solche Art davonzuschleichen, nachdem man sie eingeschlossen hatte; aber dies waren für gewöhnlich solche, die einen Ort hatten, zu dem sie ihre Zuflucht nehmen konnten; und obschon es nach dem 1. August nicht mehr leicht war, in irgendeiner Richtung die Straßen zu passieren, so gab es immer noch viele Wege des Durchkommens; und insbesondere hatten manche Leute, wie ich es schon andeutete, Zelte und stellten sie im Freien auf, brachten Betten mit oder Stroh, um darauf zu liegen, und Vorräte zum Essen, und so lebten sie wie die Einsiedler in der Klause, denn niemand hätte sich ihnen zu nähern getraut; und verschiedene Geschichten wurden über solche Leute erzählt, einige komisch, einige tragisch; manche lebten wie die wandernden Pilger in der Wüste und kamen nur davon, indem sie auf eine Weise das Leben von Verbannten führten, wie man es kaum für möglich halten möchte, und doch genossen sie mehr Freiheit, als unter den Umständen zu erwarten gewesen wäre.

Ich habe die Geschichte zweier Brüder und ihres Vetters vorliegen, die unverheiratet, aber zu lange in der Stadt zurückgeblieben waren, um hinauszukommen, und auch durchaus nicht gewußt hätten, wo sie eine Bleibe hätten finden können, noch die Mittel besaßen, um weit zu reisen; diese verfielen auf einen Ausweg zur Selbsterhaltung, der, obschon er an sich zuerst verzweifelt erschien, doch so natürlich war, daß man sich wundern mag, warum nicht mehr Menschen ihn zu der Zeit beschritten. Sie waren nicht besonders vermögend, aber auch nicht so ganz arm, daß sie sich nicht einige der kleinen Annehmlichkeiten hatten verschaffen können, die dazu dienen, Leib und Seele zusammenzuhalten; und als sie die Seuche so erschreckend um sich greifen sahen, beschlossen sie sich zu helfen, so gut es ging, und zu verschwinden.

Einer von ihnen war in den letzten Kriegen Soldat gewesen und zuvor schon in den Niederlanden, und da er außer dem Waffenhandwerk keinen eigentlichen Beruf erlernt hatte und zudem verwundet gewesen war und deshalb keine schwere Arbeit verrichten konnte, hatte er eine Zeitlang bei einem Schiffszwieback-Bäcker in Wapping eine Stelle gehabt.

Der Bruder dieses Mannes war wohl ein Seemann, aber auf diese oder jene Art war er am Bein verletzt worden, so daß er nicht auf See gehen konnte, und hatte bei einem Segelmacher in Wapping oder nahebei sein Brot verdient; und da er gut haushalten konnte, hatte er etwas Geld gespart und war von den dreien der reichste.

Der dritte, der Vetter, war Zimmermann oder Schreiner von Beruf, ein geschickter Bursche, und er besaß nichts als seinen Kasten oder Korb mit Werkzeugen, mit deren Hilfe er zu jeder Zeit überall seinen Lebensunterhalt verdienen konnte, ausgenommen eine Zeit wie damals, und er wohnte in der Nähe von Shadwell.

Sie gehörten alle zu der Pfarre Stepney, und da dies der letzte Sprengel war, der von der Seuche ergriffen wurde, jedenfalls mit Heftigkeit, blieben sie dort, bis sie deutlich sahen, daß die Pest im Westen der Stadt nachließ und auf den Osten zukam, wo sie wohnten.

Die Geschichte dieser drei Männer – wenn der Leser einverstanden ist, daß ich sie in deren eigenem Wortlaut wiedergebe, ohne für die Einzelheiten zu bürgen oder mich für Fehler verantwortlich zu wissen – will ich in aller Ausführlichkeit bringen, da ich glaube, sie ist ein sehr gutes Beispiel, dem jeder Unbemittelte folgen könnte, wenn die gleiche allgemeine Katastrophe wieder einmal hier bei uns hereinbrechen sollte; und wenn keine solche Notwendigkeit, vor der Gott in seiner unendlichen Güte uns bewahren wolle, vorliegt, so mag die Geschichte trotzdem auf so vielerlei Art von Nutzen sein, daß niemand, so hoffe ich, je sagen kann, ihre Erzählung sei ohne Gewinn gewesen.

Dies alles schicke ich der Geschichte voraus, doch bevor ich meinen eigenen Part aufgebe, habe ich fürs erste noch eine Menge mehr zu sagen.

Die ganze Anfangszeit über ging ich unbesorgt in den Straßen umher, obwohl nicht so unbedacht, daß ich mich in eine offenbare Gefahr gestürzt hätte, ausgenommen als sie die große Grube auf dem Friedhof in unserer Pfarre Aldgate aushoben. Eine mächtige Grube war das, und ich konnte meiner Neugier nicht widerstehen, sie mir anzusehen. Soweit ich es abschätzen konnte, maß sie etwa vierzig Fuß in der Länge, etwa fünfzehn bis sechzehn Fuß in der Breite und, zu der Zeit, wo ich sie zum erstenmal anschaute, ungefähr neun Fuß in der Tiefe; aber es heißt, sie gruben sie auf der einen Seite später bis auf zwanzig Fuß tief, bis sie des Grundwassers wegen nicht mehr tiefer gehen konnten; sie hatten nämlich, so scheint es, schon mehrere Gruben vorher ausgehoben. Obwohl die Pest auf unseren Sprengel lange genug in Anmarsch war, so gab es doch, als sie dann da war, keine Pfarre in oder um London, wo sie mit solcher Heftigkeit wütete wie in den beiden Pfarren Aldgate und Whitechapel.

Ich sage, sie hatten auf anderem Grund bereits mehrere Gruben gegraben, als die Seuche sich in unserem Sprengel auszubreiten begann und besonders als dann der Totenkarren herumfahren mußte, was in unserer Pfarre nicht vor Anfang August war. In diese Grube hatten sie vielleicht je fünfzig oder sechzig Leichen getan; dann machten sie größere Gräber, in denen sie alle, die der Totenkarren in einer Woche brachte, beerdigen konnten, was sich von Mitte bis Ende August auf zwischen 200 und 400 belief; und sie konnten sie nicht gut größer ausheben, weil die Verordnung des Magistrates ihnen die Auflage machte, keinen Leichnam weniger als sechs Fuß unter der Oberfläche zu belassen; und da sie bei siebzehn oder achtzehn Fuß Tiefe auf Grundwasser stießen, konnten sie, sage ich, nicht gut mehr Tote in eine Grube tun. Aber als dann, anfangs September, die Pest aufs grausigste zu wüten begann und die Anzahl der Beerdigungen in unserer Pfarre alles überstieg, was in irgendeiner Pfarre von der gleichen Größe im Umkreis Londons je begraben worden war, ließen sie diesen garstigen Abgrund, denn das war es eher als nur eine Grube, ausheben.

Sie hatten gemeint, als sie das taten, dies würde ihnen für einen Monat oder noch länger ausreichen, und manche Leute machten den Kirchenpflegern schon Vorwürfe, daß sie etwas so Fürchterliches zuließen, so als treffe man Vorbereitungen, die ganze Pfarre zu begraben oder dergleichen; aber die Zeit erwies, daß die Kirchenpfleger über die Umstände der Gemeinde besser Bescheid wußten; denn nachdem die große Grube, ich glaube, am 4. September fertig geworden war, fingen sie am sechsten an, sie für Beerdigungen zu benutzen, und bis zum zwanzigsten, also in nur zwei Wochen, hatten sie 1114 Tote hineingeworfen, und dann mußten sie sie zuschütten, da die Leichen schon bis sechs Fuß unter die Oberfläche reichten. Ich möchte bestimmt annehmen, daß noch ein paar alte Personen am Leben sind, die dies als Tatsache bestätigen können und die vielleicht sogar sagen können, besser als ich, an welcher Stelle des Friedhofs diese Grube lag. Sie zeichnete sich auch noch viele Jahre lang auf dem Friedhofsgrund ab, und man konnte sehen, wie sie in ihrer Länge parallel zu dem Weg verlief, der an der Westmauer des Friedhofs entlang aus Houndsditch herausführt und sich dann nach Whitechapel wendet, wo er in der Nähe von der Dreinonnen-Schänke herauskommt.

Es war um den 10. September, als meine Neugier mich dazu trieb oder vielmehr mir das heftige Verlangen eingab, diese Grube nochmals sehen zu gehen; es waren bis dahin etwa 400 Tote darin begraben worden; und es genügte mir nicht, sie nur bei Tage anzuschauen, wie ich es schon vordem getan hatte, denn da hätte es nichts zu sehen gegeben als lose Erde; alle Leichen nämlich, die sie hineinwarfen, bedeckten die Totengräber, die man auch einfach die Träger nannte, sogleich mit Erde; aber ich nahm mir vor, in der Nacht hinzugehen und zuzuschauen, wenn einige hineingeworfen wurden.

Es war durch einen Erlaß streng verboten, daß jemand zu den Gruben ging, und das war nur, um Ansteckungen zu verhindern. Aber nach kurzer Zeit wurde dieses Verbot noch wichtiger, denn es kam vor, daß Menschen, die krank lagen und schon im Fieberwahn und dem Ende nahe waren, zu den Gruben liefen, in Decken oder Bettücher gehüllt, und sich hinunterstürzten, um, wie sie sagten, sich selbst zu begraben. Ich möchte nicht behaupten, daß die Beamten jemals einen dort mit Absicht haben liegen lassen; aber ich habe gehört, daß in einer großen Grube in Finsbury, in der Pfarre Cripplegate, da damals dort der Friedhof noch nicht ummauert war, sondern offen im Freien lag–, daß sie kamen und sich hineinstürzten und dort verschieden, bevor man noch Erde auf sie warf; als man dann kam, um andere zu bestatten, fand man sie bereits tot, wenn auch noch nicht erkaltet.

Dies mag ein wenig dazu dienen, die gräßlichen Zustände jener Zeit zu veranschaulichen, obwohl es unmöglich ist, mit Worten denen, die es nicht gesehen haben, einen wahrheitsgetreuen Begriff davon zu geben; alles was man sagen kann, ist, daß es sehr, sehr, sehr grauenvoll war und so, wie keine Zunge es auszudrücken vermag.

Ich erhielt Zutritt zu dem Friedhof durch meine Bekanntschaft mit dem Küster, der dort Dienst tat; obwohl er mich nicht rundweg abwies, versuchte er dennoch ernstlich, mich von meinem Vorhaben abzubringen, indem er mir – guter, frommer und verständiger Mann, der er war – sehr eindringlich erklärte, es sei ausschließlich ihr Geschäft und ihre Pflicht, dies zu wagen und alle Gefahren auf sich zu nehmen, und daß sie dabei hoffen dürften, bewahrt zu bleiben; daß ich jedoch keine sichtliche Berufung dafür hätte, außer meiner eigenen Neugier, was, so meinte er, ich wohl nicht als einen ausreichenden Grund anführen wolle, dieses Risiko auf mich zu nehmen. Ich sagte ihm, ich fühlte mich in meinem Innern gedrängt zu gehen und es könne vielleicht auch ein lehrreicher Anblick sein, der mir wahrscheinlich Nutzen bringe. »Freilich«, sagte der gute Mann, »wenn Ihr es auf die Rechnung unternehmen wollt, dann in Gottes Namen, geht hinein; denn, verlaßt Euch drauf, es wird eine Predigt für Euch sein, vielleicht die beste, die Ihr Euer Leben lang hörtet. Es ist ein sprechender Anblick«, sagte er, »und spricht mit einer Stimme, und einer lauten, die uns alle zur Buße ruft«; und damit öffnete er das Tor und sagte: »Geht, wenn Ihr wollt.«

Seine Rede hatte meinen Entschluß ein wenig erschüttert, und ich stand eine gute Weile schwankend, aber dann sah ich plötzlich zwei Fackeln von den Minoriten her herankommen und hörte den Klingler, und dann erschien ein Totenkarren, wie sie ihn nannten, auf der Straße; da konnte ich meinem Verlangen zuzuschauen nicht länger widerstehen und ging hinein. Es war niemand, soweit ich zuerst erkennen konnte, auf dem Friedhof, und es betrat ihn auch keiner als die Totengräber und der Bursche, der den Karren fuhr oder vielmehr Pferd und Wagen an der Hand führte; aber als sie bei der Grube anlangten, sahen sie einen Mann hin- und hergehen, in einen braunen Umhang vermummt und mit den Händen unter dem Mantel Bewegungen vollführend, als ringe er mit einem großen Schmerz, und die Totengräber umstellten ihn sogleich, in dem Glauben, er sei eins dieser bedauernswerten fieberwahnsinnigen oder außer sich geratenen Geschöpfe, die, wie ich schon sagte, sich selbst zu begraben vermeinten. Er sagte kein Wort, während er umherging, aber zwei oder drei Mal stöhnte er sehr tief und laut und seufzte, als ob ihm das Herz breche.

Als die Totengräber ihn einholten, fanden sie bald heraus, daß er weder einer der kranken und verzweifelten Personen war, von denen ich oben sprach, noch geistesgestört, sondern jemand, der mit einem fürwahr grauenhaft schweren Gram beladen war, hatte er doch seine Frau und mehrere seiner Kinder alle auf dem Karren liegen, der eben mit ihm hergekommen war und den er in einem Todeskampf übermäßigen Leids begleitete. Er trauerte tief, wie man sehen konnte, aber mit einer Art männlichen Grams, der sich nicht in Tränen Erleichterung verschaffen konnte; und mit ruhiger Bestimmtheit gebot er den Totengräbern, ihn in

Frieden zu lassen, da er nur die Toten begraben sehen wolle und dann fortgehen werde; also behelligten sie ihn nicht weiter. Aber kaum hatten sie den Karren umgewendet und die Leichen alle miteinander in die Grube gekippt, worauf er nicht gefaßt war, denn er hatte zum mindesten erwartet, daß man sie mit Anstand einfahren werde, was, wie er freilich sich später überzeugen ließ, nicht durchführbar war – ich sage, kaum nahm er diesen Anblick wahr, als er laut aufschrie, nicht imstande sich zu beherrschen. Ich konnte nicht verstehen, was er sagte, aber er trat zwei oder drei Schritte zurück und fiel in einer Ohnmacht zu Boden. Die Totengräber liefen zu ihm und hoben ihn auf, und nach kurzer Zeit kam er zu sich, und sie brachten ihn fort, zu der Pie Taverne hinüber, am Ende von Houndsditch; wo, wie es schien, der Mann bekannt war und wo man sich seiner annahm. Er schaute, bevor er ging, noch einmal in die Grube, aber die Totengräber hatten die Toten so rasch mit Erdwürfen bedeckt, daß, obwohl es hell genug war (es waren nämlich auf Erdhaufen Laternen mit Kerzen darin, deren sieben oder acht oder vielleicht noch mehr, die ganze Nacht über rund um den Rand der Grube aufgestellt), nichts mehr zu sehen war.

Dies war in der Tat eine traurige Szene, und sie bedrückte mich beinahe so sehr wie das übrige; aber das andere war schaurig und voll der Schrecken. Der Karren hatte sechzehn oder siebzehn Leichen geladen; einige waren in Leinenlaken gehüllt, andere in Lumpen, manche waren kaum anders als nackt oder so lose bekleidet, daß alles, was sie am Leibe hatten, beim Auskippen aus dem Karren von ihnen gefallen war und sie völlig nackt unter die übrigen fielen; aber das machte ihnen nicht viel aus, und auch sonst konnte niemand daran Anstoß nehmen, da man doch sah, daß sie tot waren und alle zusammen im gemeinsamen Grab der Menschheit, wie wir es nennen können, vermengt wurden;

denn hier gab es keinen Unterschied, sondern arm und reich gingen miteinander; eine andere Art der Beerdigung gab es nicht, wäre auch gar nicht möglich gewesen, denn Särge waren nicht zu haben für die Anzahl der Opfer, die ein Unheil wie dieses forderte.

Von den Totengräbern wurde, als ein großes Ärgernis, erzählt, daß, wenn ihnen ein Leichnam in geziemender Einhüllung abgeliefert wurde, und darunter verstanden wir damals, in ein Wickellaken eingewickelt, das an Kopf und Fuß verschnürt wurde, (manche taten das auch damals, und man nahm gutes Leinen dazu) – ich sage, es wurde erzählt, daß die Totengräber so schlimm waren, daß sie sie auf dem Totenkarren auszogen und sie ganz nackt ins Grab schafften. Aber da ich von Christenmenschen etwas so Niederträchtiges nicht leicht glauben kann, noch dazu in einer Zeit, die so von Grauen erfüllt war wie jene, kann ich es nur berichten und stelle es anheim.

Unzählige Geschichten gingen auch über das herzlose Betragen und die üblen Bräuche der Wärter und Wärterinnen um, die die Kranken pflegten, und daß sie das Schicksal derer, die in ihrer Krankheit ihrer Sorge anvertraut waren, beschleunigten. Aber davon werde ich bei Gelegenheit noch mehr zu sagen haben.

Mich hatte der Anblick in der Tat entsetzt; es war fast zuviel für mich, und ich ging fort, im Herzen gepeinigt und voll quälender Gedanken, so wie ich sie nicht beschreiben kann. Gerade als ich aus der Kirche kam und mich die Straße aufwärts meinem Hause zuwandte, sah ich wieder einen Karren mit Fackeln und einem Klingler vornweg aus Harrow Alley in der Butcher Row kommen; er fuhr auf der anderen Straßenseite und war, wie ich sehen konnte, ganz voll mit Leichen beladen und hielt geradewegs über die Straße auf die Kirche zu. Ich blieb eine Weile stehen, brachte es aber nicht über mich, umzukehren und das gleiche grausige Schauspiel noch einmal zu sehen, und so ging ich gleich nach Hause, wo ich nur mit Dankbarkeit des Wagnisses gedenken konnte, das ich unternommen hatte, im festen Vertrauen, daß ich mir keinen Schaden zugezogen hatte, wie es auch tatsächlich nicht der Fall war.

Da kam mir der Gram des armen unglücklichen Herrn wieder in den Sinn, und ich konnte tatsächlich beim Gedanken daran nicht umhin, Tränen zu vergießen, vielleicht mehr als jener selbst vergoß; so schwer jedoch lag mir sein Fall auf der Seele, daß ich mir nicht helfen konnte, ich mußte mich wieder aufmachen und zur Pie Taverne gehen, in der festen Absicht, nachzuforschen, was aus ihm geworden war.

Es war mittlerweile ein Uhr morgens, und doch war der arme Herr noch dort. Es verhielt sich so, daß die Leute in dem Hause ihn kannten und ihn die ganze Nacht hindurch dort behalten hatten, um ihn aufzumuntern, ohne der Gefahr zu achten, daß sie von ihm angesteckt werden könnten; freilich hatte es den Anschein, daß er selbst vollkommen gesund war.

Ich kann dieser Schänke nur mit Bedauern Erwähnung tun. Die Wirtsleute waren höflich, gesittet und überhaupt liebenswürdige Menschen, und sie hielten bis zu dieser Stunde ihr Haus geöffnet und den Geschäftsbetrieb in Gang, wenn auch nach außen hin nicht so sichtbar wie früher; aber da war eine Handvoll übler Kerle, die in dem Hause verkehrten und die, inmitten all der Schrecken, jeden Abend dort zusammenkamen und sich mit all der lauten und lärmenden Lustbarkeit aufführten, welche man an solchen Leuten zu anderen Zeiten ja gewohnt ist, und ihr anstößiges Treiben nahm solche Formen an, daß auch der Wirt und die Wirtin sich zuerst ihrer schämten und dann vor ihnen Angst bekamen.

Sie saßen gewöhnlich in dem Raum nächst der Straße, und

da sie immer bis spät in die Nacht blieben, pflegten sie, wenn der Totenkarren in Richtung Houndsditch die Straße kreuzte, was man vom Fenster der Schänke aus sehen konnte, häufig die Fenster zu öffnen, sobald sie die Glocke hörten, und hinauszuschauen; und da sie oft das Wehklagen der Trauernden auf der Straße oder, wenn der Karren bei ihnen vorbeikam, an den Fenstern hören konnen, ließen sie immer ihre Spott- und Hohnreden auf sie los, besonders wenn sie die armen Leutchen zu Gott um Erbarmen rufen hörten, wie viele es damals bei ihren tagtäglichen Gängen über die Straße taten.

Diese sauberen Gesellen fühlten sich durch die Unruhe, die das Hereinbringen des beklagenswerten Herrn verursachte, wie oben gesagt wurde, gestört, und sie führten beim Wirt ärgerliche und anmaßende Beschwerde, wie er es dulden könne, daß solch ein Kerl, wie sie ihn nannten, aus dem Grab in ihre Gesellschaft gebracht werde; aber als sie zur Antwort erhielten, der Herr sei ein Nachbar und er sei gesund und nur von dem Unglück seiner Familie übermannt und so weiter, verkehrten sie ihren Ärger in Spott und machten sich über den Mann und seinen Seelenschmerz um Weib und Kind lustig, stichelten ihn, warum er nicht den Mut habe, in die große Grube zu springen und mit ihnen zusammen, so drückten sie sich aus, in den Himmel zu kommen, wozu sie einige sehr häßliche und sogar gotteslästerliche Schimpfworte hinzufügten.

Mit diesem nichtswürdigen Werk waren sie beschäftigt, als ich ins Haus kam; und soweit ich es sehen konnte, war der Herr, obschon er still, stumm und verstört dasaß und sich trotz ihres Affronts nicht seines Kummers entschlagen konnte, durch ihre Reden tief verletzt und beleidigt. Darauf wies ich sie sacht zurecht, derweil ich mit ihrem Charakter bestens vertraut und mit zweien von ihnen persönlich bekannt war.

Sie fielen sofort mit Schimpfreden und Fluchworten über mich her, fragten mich, was ich zu dieser Stunde, wo so viele ehrlichere Männer zum Friedhof gebracht würden, außerhalb meines Grabes zu suchen habe und warum ich nicht daheim sei und auf den Knien liege, damit der Karren nicht auch mich holen komme, und dergleichen.

Obwohl sie mich mit dieser Behandlung keineswegs außer Fassung bringen konnten, war ich doch recht aufgebracht über ihre Unverschämtheit. Ich behielt jedoch die äußere Ruhe. Ich sagte ihnen, daß, obwohl ich den Menschen in der Welt hören wolle, der mich einer Unehrlichkeit zeihen könne, ich dennoch zugestehe, daß in diesem schrecklichen Strafgericht Gottes viele bessere Männer als ich dahingerafft und ins Grab gebracht worden seien. Aber um auf ihre Frage mit der Antwort nicht zurückzuhalten, so sei es freilich der Fall, daß ich von dem großen Gott, dessen Namen sie gelästert und durch widerwärtige Schimpf- und Fluchreden verunehrt hätten, gnädigst bewahrt worden sei und daß ich glaubte, ich sei, unter anderen Absichten Seiner Güte, zu dem Zweck bewahrt worden, daß ich sie ob ihres unverschämten Übermutes, sich in einer solchen furchtbaren Zeit auf eine solche Art aufzuführen, zurechtweisen könne, besonders was das Ausspotten und Auslachen eines aufrechten Gentleman und Nachbarn (denn einige von ihnen kannten ihn) betreffe, der, wie sie sähen, vom Schmerz über die Verluste überwältigt sei, die seiner Familie zuzufügen Gott gefallen habe.

Ich kann mir nicht genau das höllische, abscheuliche Gespött ins Gedächtnis zurückrufen, mit dem sie meine Worte erwiderten, anscheinend dadurch gereizt, daß ich mich keineswegs fürchtete, gegen sie so freimütig zu sein; und selbst wenn ich mich daran erinnern könnte, würde ich in meinen Bericht keins ihrer Worte aufnehmen, diese grausigen Flüche und Schwüre und niedrigen Ausdrücke, wie sie

sie, zu dieser Stunde, nicht einmal die schlimmsten und gemeinsten Leute von der Straße gebraucht hätten; denn wenn man von solch hartgesottenen Brüdern wie diesen absieht, so war zu dieser Stunde der Nacht auch das allerübelste Gesindel, das man nur finden konnte, mit Furcht und Zittern vor dem Walten jener Macht erfüllt, die sie in einem Augenblick vernichten konnte.

Aber das Schlimmste an ihrer teuflischen Ausdrucksweise war, daß sie sich nicht scheuten, Gott zu lästern und gottlose Reden zu führen; so machten sie sich lustig darüber, daß ich die Pest die Geißel Gottes nannte; sie witzelten und konnten nicht genug lachen über das Wort »Strafgericht«, als habe die göttliche Vorsehung nicht ihre strafende Hand im Spiel, wenn solch ein verheerender Schicksalschlag herniederging; und daß die Leute zu Gott riefen, wenn sie die Karren die Toten wegfahren sahen, das galt den Lachern als überspannt, absurd und unsinniges Zeug.

Ich entgegnete ihnen, so wie ich es für angemessen hielt, aber das war, mußte ich feststellen, so weit entfernt davon, ihrer schaurigen Redeweise irgendeine Schranke zu setzen, daß es sie vielmehr nur um so frecher lästern machte; so muß ich gestehen, es erfüllte mich mit Grausen und einer rechten Wut, und es entfuhr mir eine Warnung: daß nur nicht die Macht des Strafgerichts, das die ganze Stadt heimgesucht habe, sich verherrliche, indem es an ihnen und allen, die ihnen nahestehen, Rache übe!

Sie nahmen jede Zurechtweisung mit der äußersten Verachtung entgegen und überschütteten mich mit allem Spott, der ihnen zu Gebote stand, und bedachten mich mit den schimpflichsten und schamlosesten Hohnworten, die ihnen nur einfielen, dafür daß ich ihnen gepredigt hätte, wie sie es nannten; dies betrübte mich mehr als daß es mich erzürnte, und ich ging fort, Gott im Herzen dankend, daß ich sie jedenfalls nicht verschont hatte, so sehr sie mich auch beleidigt hatten.

Sie setzten ihr Treiben noch drei oder vier Tage fort und verspotteten und verhöhnten unaufhörlich alle, die sich fromm oder gottesfürchtig zeigten oder sich durch das schreckliche Strafgericht Gottes, das über uns war, erschüttert fühlten; und ich hörte, sie machten auf die gleiche Art die guten Leute lächerlich, die trotz der Ansteckungsgefahr sich in der Kirche versammelten, fasteten und zu Gott beteten, er möge Seine strafende Hand zurückziehen.

Ich sage, sie setzten dieses Treiben noch drei oder vier Tage fort – ich glaube, länger war es nicht – bis einer von ihnen, der nämlich, der den bedauernswerten Herrn gefragt hatte, was er außerhalb seines Grabes zu suchen habe, vom Himmel mit der Pest geschlagen wurde und auf die kläglichste Weise starb; und, in einem Wort, sie wurden allesamt in die große Grube gefahren, die ich vorher erwähnte, noch bevor sie ganz gefüllt war, was nicht länger als zwei Wochen oder etwa so lange dauerte.

Die vielen Frivolitäten, deren diese Männer sich schuldig machten, waren derart, daß man meinen sollte, die menschliche Natur hätte davor zittern müssen, dies in einer solchen Zeit der allgemeinen Schrecken, wie sie über uns war, auch nur zu denken; und besonders dieser Spott und Hohn über alles, was ihnen an Frömmigkeit unter den Leuten vor die Augen kam, etwa wenn sie voll Eifer zum Ort öffentlicher Gottesdienste strömten, um in solcher Notzeit den Himmel um Erbarmen anzuflehen; und daß die Schänke, in welcher sie ihre Clubsitzungen abhielten, in Sichtweite der Kirchentür lag, das gab ihnen nur noch mehr Anlaß für ihre gottlosen, schimpflichen Belustigungen.

Aber dies ließ bei ihnen schon ein wenig nach, auch schon bevor jenes Unglück sich ereignete, von dem ich eben sprach, denn die Seuche nahm jetzt in diesem Teil der Stadt mit solcher Heftigkeit zu, daß die Leute sich zu fürchten begannen, zur Kirche zu kommen; wenigstens suchten sie sie nicht mehr in so großer Zahl auf, wie gewohnt. Auch waren viele der Geistlichen gestorben, andere aufs Land gegangen; es erforderte nämlich in der Tat einen festen Mut und einen starken Glauben, wenn ein Mann es nicht nur auf sich nahm, zu einer solchen Zeit in der Stadt zu bleiben, sondern wenn er auch noch wagte, in die Kirche zu gehen und das Amt eines Gottesdieners an einer Gemeinde auszuüben, von der er allen Grund hatte anzunehmen, daß viele in ihr tatsächlich von der Pest befallen waren und wenn er es jeden Tag tat, oder zweimal am Tage, wie es mancherorts geschah.

Allerdings zeigten die Leute einen außerordentlichen Eifer in diesen frommen Übungen, und da die Kirchentüren immer geöffnet waren, pflegten die Leute zu allen Zeiten einzeln hineinzugehen, ob ein Geistlicher Gottesdienst hielt oder nicht, und sich in einen Kirchstuhl einzusperren und mit großer Andacht und Inbrunst zu Gott zu beten.

Andere versammelten sich in Gebetshäusern, jeder wie ihn seine besondere Glaubensrichtung leitete, aber alle waren ohne Unterschied der Gegenstand für dieser Männer Witzeleien, besonders am Anfang der Heimsuchung.

Es scheint, sie waren für ihre derartig offenen Beleidigungen der Religion von verschiedenen guten Leuten jeder Konfession zur Rede gestellt worden, und dies sowohl wie das heftigere Wüten der Seuche waren anscheinend die Gründe, daß sie in ihrer Rohheit schon eine Zeitlang weitgehend nachgelassen hatten; sie wurden nur wieder vom Geist der Lästerung und der Gottlosigkeit erfaßt, als mit dem Hereinbringen jenes Herrn eine gewisse Unruhe entstand, und vielleicht wurden sie vom selben Teufel wieder gepackt, als ich es unternahm, sie zurechtzuweisen; freilich hatte ich es anfangs mit all der Ruhe, Gelassenheit und

Höflichkeit getan, die ich aufbringen konnte, aber dafür beschimpften sie mich eine Weile nur um so mehr, weil sie meinten, es sei aus Furcht vor ihrem Groll geschehen; später fanden sie dann freilich heraus, daß das Gegenteil der Fall war.

Ich ging heim, in der Seele tief betrübt und bekümmert ob der scheußlichen Bosheit jener Männer, jedoch nicht im Zweifel, daß an ihnen Gottes Gerechtigkeit ein furchtbares Exempel statuieren werde; denn ich betrachtete diese grauenvolle Zeit als die ausgesuchte Stunde der Göttlichen Rache und war überzeugt, daß Gott bei dieser Gelegenheit die eigentlichen Gegenstände Seines Mißfallens auf deutlichere und merklichere Art aussondern werde als zu anderen Zeiten; und obwohl ich freilich glaubte, daß viele guten Menschen in der allgemeinen Katastrophe untergehen würden, und untergingen, und daß es keine verläßliche Richtschnur war, irgend jemandes ewige Bestimmung danach zu beurteilen, ob er in solch einer Zeit der allgemeinen Vernichtung auf die eine oder andere Weise hervorgehoben wurde, so konnte es mir dennoch, sage ich, nicht anders als vernünftig erscheinen anzunehmen, daß es Gott nicht wohlgefallen werde, gnädig so offen erklärte Feinde zu verschonen, die sich herausnahmen, Seinen Namen und Sein Wesen zu beleidigen, Seiner Rache zu trotzen und zu einer solchen Zeit Seine Verehrung und Seine Verehrer zu verspotten; nein, gewiß nicht, obwohl es Ihm in Seinem Erbarmen wohlgefallen hatte, sie zu anderen Zeiten zu ertragen und zu verschonen; denn dies war der Tag der Heimsuchung, der Tag von Gottes Zorn, und jene Worte kamen mir in den Sinn, Jeremias, Vers 9: »Und ich sollte sie um solches nicht heimsuchen? spricht der Herr, und meine Seele sollte sich nicht rächen an solchem Volk, wie dies ist?«

Diese Gedanken, sage ich, lasteten auf meiner Seele, und ich ging heim, sehr betrübt und bedrückt vor Entsetzen über jener Männer Bosheit; wie konnte man nur so niederträchtig, so verhärtet und so unumwunden böse sein, Gott, Seine Diener und Seine Verehrung auf solche Art zu beleidigen, und das zu einer Zeit wie diese war, wo Er sozusagen Sein gezogenes Schwert in der Hand hielt, mit der Absicht, nicht nur an ihnen, sondern an dem ganzen Volk Rache zu üben. Ich hatte in der Tat zuerst einige Erregung über sie verspürt, obwohl ich mich wirklich nicht durch irgendeinen der Angriffe erzürnen ließ, die sie gegen mich persönlich richteten, sondern nur durch den Schauder, mit dem mich ihre gottlästernden Zungen erfüllten. Ich war mir indessen innerlich nicht ganz im klaren, ob nicht der Groll, den ich hegte, ganz auf meine eigene Rechnung gehe, denn sie hatten auch mich reichlich mit Schimpf bedacht – ich meine persönlich; aber nach einigem Nachdenken und mit der Last des Grams auf meiner Seele, zog ich mich, sobald ich heimkam, zurück; schlafen konnte ich in der Nacht freilich nicht; und indem ich Gott demütig dankte, daß Er mich in der schweren Gefahr, in der ich gewesen war, bewahrt hatte, richtete ich meine Gedanken willentlich und mit äußerstem Ernst darauf, für diese unseligen Bösewichter zu beten, daß Gott ihnen verzeihen möge, ihnen die Augen öffne und sie wirksam demütige.

Hiermit tat ich nicht nur meine Pflicht, nämlich für die zu beten, die mir Schimpf angetan hatten, sondern ich erforschte auch mein eigenes Herz und kam zu der vollen Überzeugung, daß ich innerlich frei von Groll war und ihnen die Kränkungen, die sie mir persönlich zugefügt hatten, nicht nachtrug; und ich möchte mit aller Bescheidenheit diese Methode jedem empfehlen, der mit sich ins reine kommen will, wie er bei seinen Seelenregungen zwischen dem wahren Eifer für Gottes Ehre und den Wirkungen der eigenen Empfindlichkeit unterscheiden soll.

Aber ich muß hier wieder zu den einzelnen Geschehnissen

zurückkehren, die mir in den Sinn kommen, wenn ich an die Zeit der Heimsuchung denke, besonders zu den Anfangsereignissen, als sie die Häuser der Erkrankten verschlossen; denn zu der Zeit, bevor die Seuche ihren Höhepunkt erreicht hatte, waren die Leute freier, ihre Beobachtungen mitzuteilen, als nachher; als die Dinge dann zum Äußersten kamen, gab es keinen Meinungsaustausch mehr miteinander wie zuvor.

Bei Gelegenheit des Verschließens von Häusern kam es, wie ich schon berichtete, zu Ausschreitungen gegen die Wachleute. Was das Militär angeht, so war nichts davon zu sehen; die paar Männer der Garde, die der König damals hatte – nichts im Vergleich mit der Anzahl, die seither unterhalten wird –, lagen zerstreut, entweder am Hofe in Oxford oder in entfernteren Teilen des Landes stationiert, kleine Abteilungen ausgenommen, die im Tower und in Whitehall Dienst taten, und ihrer waren nur sehr wenige. Ich bin nicht einmal sicher, daß sie im Tower außer den gewöhnlichen Kanonieren, vierundzwanzig an der Zahl, und den Beamten, die das Magazin zu verwalten haben, den sogenannten Waffenmeistern, überhaupt noch irgendeine andere Wache gab als die Türhüter, wie man sie nannte, die am Tor stehen, in langen Gewändern und Hüten, ähnlich wie die Leibgardisten. Ausgebildete Mannschaften waren nicht auf die Beine zu stellen; die Wehrkreisverwaltung von London oder Middlesex hätte lange auf die Trommeln schlagen lassen können, keine der Miliz-Kompanien, glaube ich, hätte sich zusammengefunden, was immer die Androhungen gewesen wären.

Dies verminderte das Ansehen der Wachleute und war vielleicht auch der Grund, daß man sich um so mehr Ausschreitungen gegen sie erlaubte. Ich erwähne das in diesem Zusammenhang, um darauf hinzuweisen, daß das Aufstellen dieser Wachmänner, um die Menschen eingeschlossen zu halten, erstens einmal unwirksam war; die Leute konnten nämlich, sei es mit List oder mit Gewalt, beinahe nach Belieben ausbrechen; und zweitens waren diejenigen, die so ausbrachen, gewöhnlich bereits infiziert, und, in ihrer Verzweiflung von Ort zu Ort herumlaufend, achteten sie nicht darauf, wem sie ein Leid antaten; und dies mag vielleicht, wie ich schon sagte, dem Gerücht den Boden bereitet haben, nach dem es für einen Angesteckten ein natürliches Bedürfnis sei, andere anzustecken; dieses Gerücht jedoch war falsch.

Und ich weiß es und fand es in so vielen einzelnen Fällen bestätigt, daß ich eine ganze Reihe von guten, frommen und gottesfürchtigen Menschen anführen könnte, die, als die Krankheit sie erfaßt hatte, soweit entfernt davon waren, sie mit Willen auf andere zu übertragen, daß sie ihren eigenen Kindern verboten, ihnen nahezukommen, in der Hoffnung, sie so zu bewahren, und die sogar hingeschieden sind, ohne ihre nächsten Angehörigen noch einmal zu sehen, damit sie ihnen nicht die Seuche übertrügen und sie infizierten oder sie auch nur in Gefahr brächten. Wenn es also Fälle gegeben hat, da die Befallenen sich nicht um das Leid bekümmerten, das sie auf andere brachten, so verhielt es sich sicherlich so und wahrscheinlich gar nicht anders, als daß nämlich Menschen, die befallen waren und aus ihren verschlossenen Häusern ausgebrochen waren, in der Sorge um ihren Lebensunterhalt so zum Äußersten getrieben wurden, daß sie ihren Zustand zu verbergen trachteten und auf diese Weise, ohne es zu wollen, die Ansteckung anderer verursachten, die nichts davon ahnten.

Dies ist einer der Gründe, warum ich damals glaubte und immer noch glaube, daß das gewaltsame Verschließen der Häuser und die Einengung oder vielmehr Gefangenhaltung von Menschen in ihren eigenen Häusern, wie ich oben schon sagte, im ganzen gesehen wenig oder gar keinen Wert hatte. Ja, ich bin der Meinung, daß es eher schädlich gewesen ist, indem es diese unglücklichen Menschen nötigte, mit der Pest am Leibe im Lande umherzuirren, während sie sonst friedlich in ihrem Bett gestorben wären.

Ich erinnere mich an einen Zeitgenossen, der aus seinem Haus in der Aldersgate Straße oder daherum ausgebrochen war und die Straße nach Islington entlangging; er hatte versucht, im Gasthof Zum Engel unterzukommen und darauf im Weißen Roß, zwei Gastwirtschaften, die immer noch unter den gleichen Namen bekannt sind, war aber abgewiesen worden; danach kam er zum Gescheckten Bullen, einem Gasthaus, das ebenfalls noch unter der gleichen Bezeichnung fortbesteht. Er bat um Unterkunft für nur eine Nacht, vorgebend, er sei auf dem Weg nach Lincolnshire hinein, und versicherte, er sei ganz gesund und frei von der Ansteckung, die zu der Zeit auch in diese Gegend noch nicht weit vorgedrungen war.

Sie sagten ihm, sie hätten keine Unterkunft übrig als ein Bett in der Dachkammer, und auch das könnten sie nur für eine Nacht entbehren, da sie am nächsten Tag ein paar Viehtreiber mit ihrer Herde erwarteten; wenn er also mit solcher Unterkunft zufrieden sei, könne er sie haben, und er nahm an. Es wurde also zu seiner Begleitung eine Hausmagd mit einer Kerze hinaufgeschickt, um ihm das Zimmer zu zeigen. Er war sehr gut gekleidet und sah aus wie jemand, der nicht gewohnt war, in einer Dachkammer zu schlafen; und als er in das Zimmer trat, holte er tief Atem und sagte zu der Hausmagd: »Ich habe selten in einem Quartier wie diesem geschlafen.« Jedoch, da die Hausmagd ihm wieder versicherte, etwas Besseres hätten sie nicht, sagte er: »Gut, ich werde mich eben behelfen müssen; dies ist eine fürchterliche Zeit; aber es ist ja nur für eine Nacht.« Er setzte sich also auf den Bettrand und hieß das Mädchen, ihm einen Krug mit, ich glaube, warmem Bier bringen. Das

Mädchen ging, wie geheißen, nach dem Bier, aber irgend etwas Eiliges im Hause, da ihr wohl anderes aufgetragen wurde, ließ sie es wieder vergessen, und sie ging nicht mehr zu ihm hinauf.

Am nächsten Morgen, als von dem Herrn nichts zu sehen war, fragte jemand im Hause die Magd, die ihn hinaufgebracht hatte, was aus ihm geworden sei. Sie sprang auf. »Ach«, rief sie, »ich habe nicht mehr an ihn gedacht. Er hieß mich, ihm etwas warmes Bier bringen, aber ich habe es vergessen.« Daraufhin wurde nicht die Magd, sondern jemand anders hinaufgeschickt, nach ihm zu schauen, und als dieser den Raum betrat, fand er den Mann tot und schon fast kalt, quer über das Bett gestreckt. Die Kleider hatte er sich vom Leibe gerissen, seine Wangen waren eingefallen, seine Augen in schreckenerregendem Ausdruck geöffnet, eine Hand hatte sich fest ans Bettuch geklammert, und so konnte man deutlich sehen, daß er bald nachdem das Mädchen ihn verlassen hatte gestorben war; und man kann annehmen, daß, wäre sie mit dem Bier hinaufgegangen, sie ihn schon ein paar Minuten nachdem er sich auf dem Bettrand niedergelassen hatte, tot aufgefunden haben würde. Das Entsetzen war groß in dem Haus, wie jeder sich denken kann, zumal sie dort bislang von der Seuche frei waren; und nun brachte dieser Unglücksfall die Ansteckung ins Haus und verbreitete sie sofort auf die anderen Häuser in der Umgebung. Ich kann mich nicht entsinnen, wieviele im Hause selbst starben, aber ich glaube, die Hausmagd, die mit ihm hinaufgegangen war, war die erste, die sogleich vor Schreck krank wurde, und dann mehrere andere; und während in der Woche zuvor in Islington nur zwei Personen an der Pest gestorben waren, zählte man in der nächsten Woche siebzehn Tote, von denen vierzehn an der Pest gestorben waren. Dies war in der Woche vom 11. zum 18. Juli.

Es gab eine Möglichkeit, sich zu helfen, die manche Familien, und es waren nicht wenige, sich zunütze machten, wenn ihr Haus der Infektion verfiel, und das war diese: Die Familien, die beim ersten Ausbrechen der Seuche aufs Land geflohen waren, um bei Freunden Zuflucht zu finden, hatten in der Regel diesem oder jenem ihrer Nachbarn oder Verwandten die Sorge für ihre Häuser, was die Sicherheit des Besitzes und dergleichen anging, übertragen. Zwar waren manche Häuser auch völlig verriegelt, die Türen mit Vorhängeschlössern versperrt, die Fenster und die Türen mit Dielenbrettern vernagelt und die Beaufsichtigung den gewöhnlichen Wächtern und Gemeindebeamten überlassen; aber das waren nur wenige.

Man glaubte, daß es nicht weniger als 10000 von ihren Bewohnern verlassene Häuser in der City und den Vororten gab, die Außenbezirke und Southwark, wie man den auf der anderen Flußseite, in Surrey, gelegenen Stadtteil nennt, miteingerechnet. Die Zahl schloß aber nicht die Untermieter und die Einzelpersonen ein, die aus anderen Familien geflohen waren; man rechnete darum, daß im ganzen 200000 Personen aus der Stadt verschwunden waren. Aber von all dem werde ich noch zu sprechen haben. Ich erwähne es hier nur mit Rücksicht darauf, daß nämlich diejenigen, die auf diese Weise zwei Häuser in ihrer Verwaltung oder Obhut hatten, es zur Regel machten, daß der Hausherr, wenn einer in seiner Familie krank wurde, bevor er dem Gesundheitsinspektor oder sonst einem Beamten Meldung erstattete, sofort alle übrigen Familienmitglieder, ob Kinder oder Bedienstete, wie es sich eben ergab, in dieses andere Haus, das er in Verwaltung hatte, hinüberschickte, und dann erst dem Gesundheitsinspektor Mitteilung machte, eine oder mehrere Pflegerinnen anstellte und noch eine Person anwarb, die sich mit ihnen in dem Haus einschließen ließ (was manche für Geld taten), um sich des Kranken, falls er stürbe, anzunehmen.

Dies war in vielen Fällen die Rettung einer ganzen Familie, die, wäre sie mit dem Kranken zusammen eingeschlossen gewesen, unweigerlich zugrunde gegangen wäre. Auf der anderen Seite zeigte sich hier wieder eine der unbefriedigenden Seiten der Methode des Häuserverschließens; denn die Angst und der Schrecken davor, eingeschlossen zu werden, ließ manchen zusammen mit den übrigen Hausgenossen übersiedeln, der, obwohl es noch nicht offensichtlich war, dennoch die Seuche bereits im Leibe hatte; und ein solcher, da er die völlige Freiheit besaß umherzugehen, aber doch gezwungen war, seinen Zustand zu verbergen – übertrug die Krankheit auf andere und verbreitete die Seuche in schreckenerregendem Umfang, wie ich später noch des näheren erklären werde.

Und hier mag mir erlaubt sein, eine oder zwei eigene Beobachtungen einzufügen, die für diejenigen, in deren Hände sie gelangen, zu späteren Zeiten, falls sie jemals eine ähnlich furchtbare Heimsuchung erleben sollten, von Nutzen sein mögen:

(1.) Die Ansteckung gelangte gewöhnlich in die Häuser der Bürger vermittels ihrer Dienerschaft, die sie genötigt waren, die Straßen auf und ab zu schicken, um das Lebensnotwendige, das heißt Nahrung oder Arzneien, in Backhäusern, Brauhäusern oder Ladengeschäften und so fort einzukaufen; und wenn einer, wie er nicht umhin konnte, zu diesem Zweck über die Straßen, in die Läden und auf die Märkte ging, so war es unvermeidlich, daß er, hier oder dort, auf befallene Menschen traf, die ihn mit dem tödlichen Atem anhauchten, und dann brachte er ihn heim in die Familie, zu der er gehörte.

(2.) Es war ein großer Fehler, daß eine große Stadt wie die unsere nur ein einziges Pesthaus besaß; denn hätte es anstatt nur eines Pesthauses – nämlich das jenseits von Bunhill Fields, wo sie zum höchsten etwa zwei- oder dreihundert Menschen aufnehmen konnten – ich sage, hätte es anstelle dieses einen mehrere Pesthäuser gegeben, jedes imstande, tausend Menschen zu fassen, ohne daß zwei in einem Bett liegen oder zwei Betten in einem Raum stehen mußten, und wäre jeder Familienvater verpflichtet gewesen, sobald jedenfalls einer seiner Hausbediensteten krank wurde, ihn sofort, so er einverstanden war (wie viele es waren), in das nächste Pesthaus zu schicken, und hätten die Gesundheitsinspektoren ein Gleiches mit den Armen getan, sobald einer von ihnen von der Seuche befallen wurde – ich sage, wäre das geschehen und zwar mit dem freien Willen (und nicht anders) der Betroffenen, und hätte man dafür die Häuser nicht geschlossen, so bin ich überzeugt und bin immer der Meinung gewesen, daß nicht so viele Menschen, sondern einige tausend weniger gestorben wären; denn man hat die Beobachtung gemacht, und ich könnte aus dem Bereich meiner eigenen Kenntnis mehrere Beispiele dafür anführen, daß, wo ein Hausbediensteter krank geworden war und die Familie entweder Gelegenheit gehabt hatte, ihn hinauszuschaffen oder selbst aus dem Haus zu gehen und den Kranken, wie oben gesagt, zurückzulassen, daß dort alle am Leben blieben; während dort, wo beim Erkranken eines oder mehrerer Familienmitglieder das ganze Haus verschlossen worden war, die gesamte Familie zugrunde ging; und dann mußten die Totengräber hineingehen, um die Toten herauszuholen, und waren bald selber nicht mehr imstande, sie bis zur Tür zu schaffen, und schließlich war niemand mehr übrig, die Arbeit zu tun.

(3.) Dies stellte es für mich außer Frage, daß das Unheil sich durch Ansteckung verbreitete; das heißt, durch bestimmte Dämpfe oder Dünste, die die Ärzte Effluvia nennen; sie gehen vom Atem aus oder vom Schweiß oder von dem Wundgeruch der Kranken, oder sie haben einen anderen Ursprung, der vielleicht sogar das Verstehen der Ärzte übersteigt; diese Effluvia ziehen einen Gesunden, der sich einem Kranken auf eine bestimmte Entfernung nähert, in Mitleidenschaft, sie dringen sofort in das Lebenszentrum des besagten Gesunden ein, versetzen sein Blut sogleich in Gärung und rühren seine Geister auf, bis zu dem Grad der Erregung, in dem wir die Kranken fanden; und so teilt ein neu Angesteckter die Krankheit auf die gleiche Art wieder anderen mit. Und hierfür werde ich einige Beispiele anführen, die auf jeden, der sie ernstlich erwägt, nicht anders als überzeugend wirken können; und ich kann mich über solche Leute nur wundern, die jetzt, wo die Seuche vorüber ist, davon sprechen, sie sei ein Schlag, der unmittelbar vom Himmel komme, und ohne das Dazwischentreten von Zweitursachen geschickt worden sei, diese oder jene einzelne Person zu treffen und keine andere; ich kann dies nur mit Verachtung als das Ergebnis offenbarer Unwissenheit und Überspanntheit ansehen; ebenso die Meinung anderer, die davon sprechen, daß die Ansteckung durch die Luft allein weitergetragen werde, indem sie ungeheure Mengen von Insekten und unsichtbaren Geschöpfen mit sich führe, die mit dem Atem in den Körper gelangten oder sogar mit der Luft durch die Poren eindrängen, wo sie durch Zeugung oder Ausscheidung sehr stark wirkende Gifte hervorbrächten oder giftige Keime oder Eier, welche sich mit dem Blut vermischten und so den Körper infizierten; eine Erklärung voll von gelehrter Einfalt, wie die allgemeine Erfahrung auf das deutlichste zeigt; aber ich werde an gegebener Stelle noch mehr darüber sagen.

Ich muß hier erneut festhalten, daß nichts so folgenschwer für die Bewohner der Stadt war wie ihre eigene träge Nachlässigkeit, daß sie während der langen Vorankündigungs- und Warnzeit, die ihnen vor der Heimsuchung gegeben war, keine Vorkehrungen trafen, indem sie Vorräte von Lebensmitteln oder anderen Bedarfsgütern anlegten, was ihnen ermöglicht hätte, zurückgezogen in ihrem eigenen Hause zu leben, wie ich es von einigen berichtete, daß sie es taten, und die durch diese Vorsorge in weitem Maße bewahrt wurden; die Leute scheuten sich nicht einmal, nachdem sie erst ein wenig Gewöhnung hinter sich hatten, miteinander Umgang zu pflegen, wie sie es zu Anfang taten; nein, sie taten es, selbst wenn sie angesteckt waren und es wußten.

Ich gebe zu, ich war einer dieser Gedankenlosen, der so wenig vorgesorgt hatte, daß meine Hausgehilfen genötigt waren, jede Kleinigkeit um Pfennig und Groschen draußen einkaufen zu gehen, so wie es früher immer gewesen war; und auch als mich die Erfahrung lehrte, wie töricht das war, begann ich mit dem Klügerwerden so spät, daß ich kaum Zeit hatte, mich mit einem Monatsvorrat für unseren gemeinsamen Verbrauch einzudecken.

Ich hatte in meiner Hausgemeinschaft nur eine alte Frau, die die Wirtschaft besorgte, ein Dienstmädchen, zwei Lehrlinge und mich selber; und als die Pest rundherum zuzunehmen anfing, machte ich mir oft trübe Gedanken darüber, welchen Weg ich wohl einschlagen und wie ich mich verhalten sollte. Die vielen grausigen Bilder, die ich überall, wenn ich durch die Straßen ging, zu sehen bekam, hatten mich mit einem großen Maß von Entsetzen erfüllt, und sei es aus Furcht vor der Seuche, die in der Tat schon entsetzensvoll an sich war, bei manchen mehr als bei anderen. Die Schwellungen, die gewöhnlich am Hals oder an den Lenden auftraten, waren, wenn sie hart wurden und nicht aufgehen wollten, so schmerzhaft, daß es der ausgesuchtesten Marter gleichkam; und manch einer, nicht mehr imstande, die Qual zu ertragen, stürzte sich aus dem Fenster oder erschoß sich oder machte sonstwie seinem Leben ein Ende, und ich erlebte verschiedene scheußliche Szenen dieser Art. Andere, unfähig sich noch zu beherrschen, erleichterten sich von dem Schmerz durch unaufhörliches Brüllen, und wenn wir über die Straße gingen, mußten wir so laute und jammervolle Schreie hören, daß es einem das Herz durchdringen konnte, wenn man nur daran dachte, zumal immer zu erwägen war, daß die gleiche gräßliche Pein jeden Augenblick uns selber ergreifen konnte.

Ich muß eingestehen, daß ich jetzt begann, in meinem Entschluß wankend zu werden; meine Zuversicht hatte mich verlassen, und ich bereute bitter meine Leichtfertigkeit. Wenn ich ausgewesen war und solch schreckliche Dinge erlebt hatte wie die, von denen ich eben sprach, dann, sage ich, bereute ich meine Leichtfertigkeit, so verwegen in der Stadt auszuharren. Ich wünschte oft, ich hätte es nicht auf mich genommen dazubleiben, sondern wäre mit meinem Bruder und seiner Familie fortgegangen.

Vom Entsetzen über diese fürchterlichen Eindrücke getrieben, ging ich dann heim, und es war mehr als einmal, daß ich mich entschloß, nie wieder auszugehen; und diesen Vorsatz pflegte ich auch drei oder vier Tage zu halten, welche Zeit ich in der aufrichtigsten Dankbarkeit für meine Bewahrung und die Bewahrung meines Hausstandes verbrachte und mit dem ständigen Bekenntnis meiner Sünden, indem ich mich jeden Tag Gott anheimgab und mich mit Fasten, Bußübungen und Meditationen Ihm zuwandte. Jede freie Zeit, die ich hatte, benutzte ich, um Bücher zu lesen und mir über alles, was mir jeden Tag auffiel, Notizen zu machen, denen ich später auch den größten Teil dieses Werkes entnommen habe, soweit es meine Beobachtungen außer dem Hause betrifft. Was ich von meinen persönlichen Überlegungen aufschrieb, behalte ich mir für meinen privaten Gebrauch vor, und ich möchte nicht, daß es, zu welchem Behuf auch immer, veröffentlicht werde.

Ich schrieb außerdem auch Betrachtungen über Gegenstände der Religion, so wie sie mir zu der Zeit einkamen und mir selbst Gewinn brachten, ohne in irgendeiner anderen Hinsicht brauchbar zu sein, und deshalb will ich darüber schweigen.

Ich hatte einen sehr guten Freund, einen Arzt, Heath mit Namen, den ich während dieser trübseligen Zeit oft besuchte und dem ich mich sehr verpflichtet fühlte; gab er mir doch gute Ratschläge, welche Mittel ich gebrauchen sollte, um der Ansteckung vorzubeugen, wenn ich ausging – (er wußte, daß ich das häufig tat) – und was ich im Munde halten sollte, solange ich auf der Straße war. Er kam auch oft, mich zu besuchen, und da er ein ebenso guter Christ wie Arzt war, fand ich an seiner angenehmen Unterhaltung einen starken Halt in den schlimmsten Tagen dieser schrecklichen Zeit.

Es war jetzt Anfang August, und die Pest wurde in dem Viertel, wo ich wohnte, immer heftiger und fürchterlicher, und Dr. Heath kam mich wieder einmal besuchen, und da er wußte, daß ich mich so oft auf die Straße hinauswagte, redete er mir ernsthaft zu, mich mit meiner Familie im Hause einzuschließen und keinem von uns mehr zu gestatten, auszugehen; alle Fenster fest verschlossen zu halten, Läden und Vorhänge dicht zu schließen und sie niemals zu öffnen; sondern zuerst in dem Raum, wo ein Fenster oder eine Tür geöffnet werden sollten, einen starken Rauch zu entfachen, mit Harz und Pech, Schwefelstein oder Schießpulver und dergleichen; und das taten wir auch eine Zeitlang; aber da ich für eine solche Zurückgezogenheit keine Vorräte an Lebensmitteln angelegt hatte, war es unmöglich, daß wir uns vollständig innerhalb des Hauses hielten; ich versuchte jedoch, wenngleich es dafür reichlich spät war, dieserhalb etwas nachzuholen; und zuerst, da ich die Möglichkeit zum Backen und Brauen hatte, ging ich und kaufte zwei Säcke Mehl, und mehrere Wochen lang buken wir unser Brot im eigenen Ofen; ebenso kaufte ich Malz und braute soviel Bier, wie all die Fässer, die ich hatte, fassen konnten, und das schien für unseren Gebrauch auf fünf oder sechs Wochen auszureichen; ich legte auch einen Vorrat an Salz, Butter und Cheshire Käse an; aber das Fleisch hatte ich nicht, und die Pest wütete so heftig unter den Metzgern und Schlächtern auf der anderen Seite unserer Straße, wo sie in großer Anzahl ansässig sind, daß es nicht ratsam erschien, auch nur über die Straße zu ihnen zu gehen.

Und hier muß ich wieder bemerken, daß diese Notwendigkeit, außer Haus zu gehen, um einzukaufen, in großem Maße der Ruin der ganzen Stadt war, denn die Leute holten sich bei dieser Gelegenheit die Seuche voneinander, und sogar die Lebensmittel waren oft behaftet; jedenfalls habe ich guten Grund, das zu glauben; und darum kann ich nicht die Überzeugung teilen, die, soviel ich weiß, immer wieder mit großer Bestimmtheit ausgesprochen wird, nämlich daß die Marktfrauen und alle, die Lebensmittel in die Stadt brachten, niemals infiziert worden seien. Ich weiß gewiß, daß die Fleischer von Whitechapel, wo der größte Teil des Schlachtviehs geschlachtet wurde, ganz furchtbar heimgesucht worden sind, und zwar so sehr, daß kaum einer ihrer Läden mehr offen war; und die, welche übrigblieben, schlachteten ihr Fleisch in Mile End oder in jener Gegend und brachten es auf Pferden zum Markt.

Indessen, die Armen konnten keine Vorräte anlegen, und so blieb die Notwendigkeit, daß sie auf den Markt zum Einkaufen gehen mußten; andere mußten ihre Dienstboten oder Kinder schicken; und da dies eine Unumgänglichkeit war, die sich jeden Tag erneuerte, brachte es mehr als genug Leute auf den Markt, die nicht mehr ganz wohl waren, und mancher, der gesund hinging, brachte den Tod mit zurück.

Freilich übten die Leute jede mögliche Vorsicht. Wenn einer ein Stück Fleisch auf dem Markt kaufte, pflegte er es nicht aus der Hand des Fleischers zu nehmen, sondern holte es sich selbst vom Haken. Andererseits pflegte auch der

Fleischer kein Geld anzufassen, sondern ließ es in einen Topf mit Essig tun, den er zu dem Zweck bereitstellte. Die Käufer führten immer genügend Scheidemünzen mit sich, um auch jede ungerade Summe recht machen zu können und kein Wechselgeld annehmen zu müssen. Sie trugen Flaschen mit Parfümen und Räucherwerk in der Hand, und jedes Mittel, das man anwenden konnte, wurde auch angewendet; aber die Armen konnten sich auch das nicht leisten, und so waren sie allem preisgegeben.

In dieser Hinsicht gerade konnte man jeden Tag schaurige Geschichten hören. Manchmal fiel ein Mann oder eine Frau mitten auf dem Marktplatz tot um, denn viele Leute hatten die Pest am Leibe und wußten es nicht, bis das innerliche Gangrän ihr Lebenszentrum ergriff, und dann starben sie in wenigen Augenblicken. Daher rührte es, daß viele häufig ganz plötzlich auf diese Art auf der Straße verschieden, ohne daß vorher eine Warnung kam; andere hatten vielleicht noch Zeit, bis zur nächsten Bude oder bis zum nächsten Verschlag zu gehen, oder zu einem Toreingang, und dort niederzusitzen und zu sterben, wie ich vorher sagte.

Dies ereignete sich so häufig auf der Straße, daß wenn die Pest in einem Stadtteil so recht ins Wüten kam, man kaum über die Straße gehen konnte, ohne daß hier und dort mehrere Tote auf dem Boden lagen. Andererseits ließ sich beobachten, daß, während die Leute am Anfang bei einer solchen Gelegenheit noch stehenzubleiben pflegten und ihre Nachbarn herbeizurufen, später gar keine Notiz mehr davon genommen wurde; statt dessen ging man, wann immer man eine Leiche liegen sah, auf die andere Straßenseite, um ihr nicht nahezukommen; oder wenn es in einer engen Gasse war, kehrte man um und suchte sich einen anderen Weg, um das Geschäft, bei dem man gerade war, zuendezuführen; und immer wurde in diesen Fällen der

Leichnam liegen gelassen, bis die Beamten benachrichtigt waren und ihn holen kamen, oder bis zur Nacht die Totengräber mit dem Totenkarren kamen, ihn aufluden und wegschafften. Und die unerschrockenen Kerle, die diesen Dienst verrichteten, unterließen nicht, den Toten die Taschen zu untersuchen und ihnen, wenn sie, wie es bisweilen vorkam, gut angezogen waren, die Kleider auszuziehen und mitzunehmen, was sie nur bekommen konnten.

Aber um wieder von den Märkten zu sprechen. Die Fleischer gebrauchten die Vorsicht, immer ein paar Beamte zur Hand zu haben, die, wenn einer auf dem Markt starb, den Toten auf einen Handkarren hoben und ihn zum nächsten Friedhof brachten; und das kam so häufig vor, daß solche auf dem wöchentlichen Sterberegister nicht unter »Auf der Straße oder im Freien tot aufgefunden« eingetragen wurden, wie es heute geschieht, sondern unter der allgemeinen Rubrik der großen Seuche mitgezählt wurden.

Aber dann steigerte sich das Wüten der Pest so sehr, daß auch die Märkte, verglichen mit früheren Zeiten, nur noch sehr spärlich mit Nahrungsmitteln beliefert oder von Käufern aufgesucht wurden; und der Lordbürgermeister veranlaßte, daß die Landleute, die Lebensmittel in die Stadt brachten, an den Einfahrtstraßen angehalten wurden und dort ihre Waren feilboten; da verkauften sie an Ort und Stelle, was sie gebracht hatten, und kehrten sofort wieder zurück; und die Leute vom Land waren dessen nur froh, denn sie konnten ihre Sachen gleich am Eingang der Stadt verkaufen oder sogar auf offenen Feld, wie besonders auf den Feldern hinter Whitechapel, auf den Spitalfields*; ebenso auf den St. Georgs Feldern in Southwark, auf den Bunhill Feldern und auf einem großen Feld, das Wood's Close heißt, in der Nähe von Islington. Dorthin schickten

* Die Straße, die jetzt Spitalfields heißt, war damals tatsächlich noch offenes Feld. (Anmerkung aus der Edition von 1754.)

der Lordbürgermeister, die Stadträte und hohen Magistratsbeamten ihre Unterstellten und Dienstboten, für ihre Familien einzukaufen, während sie selbst sich soweit wie möglich innerhalb ihrer Häuser hielten, und ähnlich taten es viele andere; und seit man diese Methode befolgte, kamen die Leute vom Land mit der freudigsten Bereitwilligkeit und brachten Lebensmittel aller Art herbei, und äußerst selten stieß einem von ihnen etwas zu, was, wie ich glaube, zu dem Gerücht beitrug, sie seien auf wunderbare Art verschont worden.

Was meinen kleinen Hausstand angeht, so hatte ich, wie gesagt, einen Vorrat an Brot, Butter, Käse und Bier angelegt und nahm den Rat meines Freundes und Arztes an und schloß mich mit meinen Hausgenossen ein und nahm mir vor, lieber für ein paar Monate die Entbehrung einer fleischlosen Kost zu ertragen, als Fleisch unter Gefahr für unser Leben zu kaufen.

Aber obwohl ich meine Hausgenossen festsetzte, konnte ich meiner nimmersatten Neugier doch nicht soweit gebieten, daß ich selbst stets im Hause blieb; zwar kam ich gewöhnlich von Furcht und Entsetzen gepackt zurück, aber es litt mich dennoch nicht lange daheim; nur daß ich nicht so häufig mehr ausging wie vordem.

In der Tat oblagen mir einige kleinere Pflichten, wie zum Haus meines Bruders zu gehen, das in der Pfarre Coleman Straße lag und das er meiner Sorge anvertraut hatte, und dort ging ich hin, zuerst jeden Tag, aber später nur ein- oder zweimal in der Woche.

Bei diesen Gängen stieß ich auf viele gräßliche Szenen, so zum Beispiel, daß Menschen auf der Straße tot hinfielen, und auf Frauen, die schreckliche Schreie ausstießen und laut kreischten; in ihrer Todesangst stießen sie die Fenster ihrer Schlafkammern auf und schrien auf das gräßlichste und bestürzendste hinaus. Es ist unmöglich zu beschreiben, auf wie verschiedene Art in Haltung und Gebärde die armen Menschen ihre Leiden ausdrückten.

Als ich einmal durch den Tokenhouse Yard in Lothbury ging, öffnete sich plötzlich just über meinem Kopf mit Heftigkeit ein Fenster, und eine Frau schrie dreimal fürchterlich auf und rief dann: »Oh, Tod, Tod, Tod!« in einem Ton, den man nicht nachahmen kann und der mir mit einem Frösteln tief ins Mark drang. Es war auf der ganzen Straße niemand zu sehen, auch keines der anderen Fenster öffnete sich, denn die Leute waren jetzt niemals mehr neugierig, und es konnte ja auch keiner dem andern helfen, und so ging ich weiter in die Glocken-Gasse hinein.

Eben war ich in der Glocken-Gasse, auf der rechten Gehseite, als ein noch schrecklicherer Schrei ertönte, obgleich er nicht aus einem offenen Fenster kam; aber das ganze Haus mußte in einem Aufruhr des Schreckens sein, und ich konnte Frauen und Kinder schreiend und wie von Sinnen durch die Zimmer rennen hören, dann öffnete sich ein Dachkammerfenster, und aus einem der Fenster auf der anderen Seite der Gasse rief jemand und fragte: »Was gibt es?« worauf aus dem ersten Fenster die Antwort kam: »O Gott, der alte Herr hat sich aufgehängt!« Der andere fragte wiederum: »Ist er schon tot?« und der erste antwortete: »Ja, ja, ganz tot; ganz tot und kalt!« Dieser Mensch war ein Kaufmann und stellvertretender Stadtrat und sehr reich. Ich möchte seinen Namen nicht erwähnen, obwohl er mir bekannt ist, aber das wäre für die Familie peinlich, die jetzt wieder sehr erfolgreich ist.

Aber dies war nur einer; es ist kaum glaublich, was für grausige Fälle sich jeden Tag in einzelnen Familien ereigneten. Menschen, die in der Hitze des Fiebers oder in der Pein ihrer Geschwülste, die in der Tat unerträglich war, außer sich gerieten, rasend und wahnsinnig wurden und oft gewaltsam Hand an sich legten, sich zum Fenster hinausstürzten, sich erschossen etc.; Mütter, die im Irrsinn ihre eigenen Kinder mordeten; manche, die vom reinen Kummer überwältigt wurden, manche, die ohne jede Ansteckung, nur aus Schreck und Bestürzung starben; andere, die das Entsetzen in den Schwachsinn oder zu albernen Verrücktheiten trieb oder in Verzweiflung und Wahn oder wieder andere in melancholische Schwermut.

Der Schmerz der Geschülste im besonderen war äußerst heftig und für manche unerträglich; und man kann sagen, daß die Ärzte manch ein armes Geschöpf gar zu Tode gemartert haben. Wenn bei manchen die Geschwülste hart wurden, legten sie Ziehpflaster oder Breiumschläge auf, um sie zum Aufbrechen zu bringen, und wenn das nicht half, schnitten sie die Geschwüre und stachen sie auf, was fürchterlich war. Bisweilen wurde die Härte nur zu einem Teil durch die Gewalt der Krankheit, zum andern aber dadurch hervorgerufen, daß zu gewaltsam an ihnen herumkuriert wurde, und sie wurden so hart, daß sie sich mit keinem Instrument schneiden ließen, und dann brannte man sie mit Ätzmitteln, so daß viele, rasend vor Schmerzen, dabei starben, und manche mitten in der Operation.

In dieser äußersten Not legten manche Hand an sich, wie oben, und es gab ja auch zu wenig Hilfskräfte, um sie im Bett festzuhalten oder sie zu beaufsichtigen. Manche brachen auf die Straße aus, nackt vielleicht, und liefen dann geradewegs zum Fluß hinunter, und wenn sie nicht durch Wachmänner oder Polizisten aufgehalten wurden, stürzten sie sich ins Wasser, sobald sie es erreichten.

Es schnitt mir oft die Seele entzwei, das Stöhnen und Schreien zu hören, wenn sie so gequält wurden, aber wenn die Krankheit so ausschlug, galt es noch als die hoffnungsvollste ihrer Erscheinungsformen; denn sobald diese Geschwülste zum Aufbrechen und Auslaufen oder, wie die Wundärzte sagen, zur Ausscheidung gebracht werden konnten, wurde der Patient gewöhnlich wieder gesund; wohingegen diejenigen, die sogleich vom Tod getroffen wurden und die Anzeichen der Pest erst hinterher offenbarten, oft bis kurz vor dem Tod, ohne eine Veränderung zu spüren, umhergingen, manche bis zu dem Augenblick, wo sie umfielen, so wie es bei Schlaganfällen oder bei Epileptikern oft geschieht. Solche fühlten sich dann plötzlich sehr krank und konnten nur noch zu einer Bank oder einem Mauervorsprung oder sonst einem bequemeren Ort, der sich gerade bot, hinlaufen, oder wenn möglich noch bis in ihr eigenes Haus, wie ich es vorher erwähnte, und dort niedersitzen, schwach werden und sterben. Diese Art des Sterbens war ziemlich die gleiche wie bei denen, die an dem gewöhnlichen kalten Brand sterben; man stirbt wie in einer Ohnmacht und geht sozusagen im Traum dahin. Die, die so starben, hatten wenig davon gemerkt, daß sie überhaupt angesteckt waren, bevor der Brand sich durch den ganzen Körper gefressen hatte; nicht einmal die Ärzte konnten mit Sicherheit wissen, wie es mit ihnen stand, bis sie ihnen die Brust oder andere Körperteile öffneten und dann die Zeichen sahen.

Wir bekamen zu dieser Zeit eine Menge gräßlicher Geschichten zu hören, von Krankenwärtern und Wachmännern, die nach den Sterbenden sahen; nämlich, daß bezahlte Pfleger und Pflegerinnen die Seuchekranken, die sie warteten, barbarisch behandelten, sie verhungern, ersticken ließen oder mit anderen bösartigen Mitteln ihr Ende beschleunigten, das heißt, sie ermordeten; und daß Wachmänner, wenn sie ein verschlossenes Haus zu bewachen hatten, in welchem nur noch ein einziger Bewohner übrig war, und der vielleicht krank lag, in das Haus eindrangen und denjenigen umbrachten und ihn sogleich auf den Totenkarren warfen, so daß er, noch kaum erkaltet, ins Grab mußte!

Es läßt sich wohl nicht abstreiten, daß einige solcher Morde tatsächlich verübt wurden, und zwei Männer, glaube ich, wurden dafür in Gefängnishaft genommen, starben jedoch, bevor man ihnen den Prozeß machen konnte; und von drei anderen habe ich gehört, daß sie, zu verschiedenen Zeiten, von einer solchen Mordanklage freigesprochen wurden; ich muß indes sagen, daß ich nicht glaube, dies sei ein so allgemein verbreitetes Verbrechen gewesen, wie manche seither zu behaupten belieben; und es läßt sich auch kaum ein Grund dafür einsehen, denn wo die Menschen einmal so schwach waren, daß sie sich selbst nicht mehr helfen konnten – und solche wurden selten wieder gesund – da war gar keine Versuchung, einen Mord zu begehen, jedenfalls keine angesichts der Tatsache, daß dies sichere Todeskandidaten waren, die in kurzer Zeit sterben würden und keine Hoffnung mehr hatten.

Daß Raub und Diebstahl und üble Vergehen auch zu dieser schaudervollen Zeit im Schwange waren, will ich nicht leugnen. Die Macht der Habgier war in manchen so stark, daß sie jedes Risiko eingegangen wären, um zu stehlen und zu plündern; und besonders in Häusern, wo alle Parteien oder Einwohner tot waren, pflegten sie ohne Bedenken einzubrechen und, ohne der Gefahr der Ansteckung zu achten, den Toten sogar die Kleider wegzunehmen und das Bettleinen von den Bahren.

So muß es wohl bei der Familie in Houndsditch gewesen sein, wo ein Mann und seine Tochter – die übrige Familie war, wie ich annehme, schon vorher auf dem Totenkarren davongefahren worden – splitternackt aufgefunden wurden, jeder in seiner Kammer tot auf dem Boden liegend, und das Leinenzeug der Betten, aus denen sie anscheinend von den Dieben hinausgerollt worden waren, gestohlen und vollständig mitgenommen.

Man mußte in der Tat beobachten, daß in diesem ganzen Unglück die Frauen sich als die unbesonnensten, bedenkenlosesten und unvernünftigsten Geschöpfe zeigten, und da es eine große Anzahl gab, die als Krankenwärterinnen zur Pflege der Pestkranken herumgingen, wurden von ihnen in den Häusern, wo sie beschäftigt waren, viele kleine Diebereien begangen; und einige von ihnen wurden dafür öffentlich ausgepeitscht, während sie vielleicht besser als abschreckendes Beispiel hätten gehängt werden sollen, denn zu viele Häuser wurden bei diesen Gelegenheiten beraubt, bis schließlich Gemeindebeamte eingesetzt wurden, die die Vermittlung von Krankenwärterinnen an die Kranken übernahmen und darüber Buch führten, wen sie jedesmal empfohlen hatten, so daß sie die Betreffende zur Rechenschaft ziehen konnten, wenn in einem Haus etwas abhanden gekommen war.

Aber diese Diebstähle erstreckten sich hauptsächlich auf Kleidung, Leinzeug und was an Ringen oder Geld ihnen in die Hände fallen konnte, wenn der Patient, den sie zu versorgen hatten, starb; zu einer allgemeinen Plünderung jedoch kam es selten; und ich könnte von einer dieser Pflegerinnen berichten, die mehrere Jahre später, auf dem Totenbett, mit tiefstem Abscheu die Diebstähle eingestand, die sie während ihrer Zeit als Krankenwärterin begangen hatte und durch die sie sich in hohem Maße bereichert hatte. Aber was das Morden angeht, so kann ich nicht finden, daß in der Art, wie darüber berichtet wurde, jemals ein Beweis für ihre Tatsächlichkeit erbracht worden ist, ausgenommen wie oben.

Zwar erzählte man mir von einer Krankenschwester irgendwo, die einem im Sterben liegenden Patienten, den sie pflegte, ein nasses Tuch auf das Gesicht gelegt, nachdem er gerade ausgeatmet hatte, und so seinem Leben ein Ende gesetzt habe; und von einer anderen, die eine junge Frau, die in ihrer Pflege war, erstickt habe, als sie sich in einem Ohnmachtsanfall befand, aus dem sie wieder zu sich gekommen wäre; ob sie sie umbrachten, indem sie ihnen dies eingaben oder jenes, oder ob sie sie verhungern ließen, indem sie ihnen überhaupt nichts gaben – jede dieser Geschichten hatte immer zwei verdächtige Merkmale an sich, die mich veranlaßten, sie abzutun und sie alle als reine Erfindungen anzusehen, mit denen Leute einander beständig Angst machten. Das erste war, daß, wo immer wir davon hörten, der Schauplatz stets in das andere Ende der Stadt verlegt wurde, möglichst in entgegengesetzter Richtung und weit entfernt von da, wo es erzählt wurde. Wenn man es in Whitechapel hörte, dann hatte es sich in St. Giles zugetragen oder in Westminster oder Holborn oder jener Gegend der Stadt. Wenn man dort davon hörte, dann war es in Whitechapel oder in der Minoritenpfarre oder in Cripplegate geschehen. Wenn man es in der City hörte, war es in Southwark geschehen, und wenn man es in Southwark hörte, war es in der City geschehen und so fort.

Und das zweite Merkmal: Wo immer es sich abgespielt haben sollte, die Einzelheiten waren stets die gleichen, besonders daß ein feuchter Lappen einem Sterbenden auf das Gesicht gelegt worden sein soll und daß eine junge vornehme Dame erstickt worden sei; so war es offenbar, wenigstens nach meinem Dafürhalten, daß daran mehr Dichtung als Wahrheit war.

Ich muß jedoch zugeben, daß es seine Wirkung auf die Leute hatte, und insonderheit, daß sie, wie ich schon sagte, mehr darauf achteten, wen sie zu sich ins Haus nahmen und wem sie ihr Leben anvertrauten, und daß man sich nach Möglichkeit immer Empfehlungen geben ließ; und wenn solche mit Empfehlungen nicht zu finden waren, denn von denen gab es nicht allzuviele, wandte man sich an die Gemeindebeamten.

Aber auch hier lag wieder die größte Last auf den Schultern der Armen, die, wenn sie befallen wurden, weder Nahrung noch Arznei hatten, weder Arzt noch Apotheker, ihnen beizustehen, noch Krankenwärter, sie zu pflegen. Viele von ihnen starben elendig und ganz jammervoll zum Fenster hinaus um Hilfe, ja um Stillung ihres Hungers schreiend; aber es muß hinzugesetzt werden, daß wann immer man solche Notfälle von Einzelpersonen oder Familien dem Lordbürgermeister vortrug, stets Abhilfe geschaffen wurde.

Es trifft freilich zu, daß in manchen Häusern, wo die Menschen gar nicht sehr arm waren, doch wo man vielleicht Frau und Kinder weggeschickt und die Dienerschaft, so sie vorhanden gewesen war, entlassen hatte – ich sage, es trifft zu, daß viele solcher Menschen, um Kosten zu sparen, sich selbst eingeschlossen hatten und dann, ohne Hilfe, allein starben.

Ein Nachbar und Bekannter von mir, dem ein Ladenbesitzer in der Whitecross Straße oder daherum eine Summe Geld schuldete, schickte seinen Lehrling, einen jungen Burschen von etwa 18 Jahren, er solle versuchen, das Geld zu kassieren. Er kam zur Tür, und da er sie verschlossen fand, klopfte er ziemlich laut, und als er glaubte, jedoch nicht sicher war, von drinnen eine Antwort zu hören, wartete er und klopfte nach einer Weile nochmals und dann ein drittes Mal, worauf er jemand die Treppe hinabkommen hörte.

Schließlich erschien der Mann aus dem Hause an der Tür; er trug enge Unterhosen und eine gelbe Flanellweste, keine Strümpfe, ein Paar Schlaufenschuhe, eine weiße Kappe auf dem Kopf und, wie der junge Mann sagte, »den Tod im Gesicht«.

Als er die Tür öffnete, fragte er: »Warum störst du mich so?« Der Junge, obwohl ein wenig überrascht, antwortete: »Ich komme von So-und-so, und mein Herr schickt mich nach dem Geld, und, sagt er, Ihr wißt Bescheid.« »Sehr gut, Kind«, entgegnete die gespenstische Erscheinung, »sag in der Cripplegate Kirche Bescheid, wenn du vorbeikommst, sie sollen die Sterbeglocke läuten«; und schloß mit diesen Worten die Tür wieder und ging hinauf und starb noch am gleichen Tag, ja vielleicht in der gleichen Stunde. Dies hat mir der junge Mann selbst erzählt, und ich habe Grund, es zu glauben. Dies war, als die Pest noch nicht ihren Höhepunkt erreicht hatte. Ich glaube, es war im Juni, gegen Ende dieses Monats; es muß gewesen sein, bevor noch die Totenkarren herumfuhren und als sie noch für die Sterbenden die Glocke läuteten, und mit diesem Brauch war es, in jener Pfarre jedenfalls, bestimmt vor dem Juli vorbei, denn um den 25. Juli starben dort 550 oder mehr in der Woche, und da konnte man niemanden mehr mit Förmlichkeit bestatten, ob reich oder arm.

Ich habe oben gesagt, daß es trotz dieser schauerlichen Schreckenszeit überall und bei jeder Gelegenheit, wo eine Beute zu riechen war, von Dieben wimmelte, und daß diese Diebe meist Frauen waren. Eines Morgens gegen elf war ich beim Haus meines Bruders in der Pfarre Coleman Straße angelangt, wohin ich öfter ging, um nach dem Rechten zu schauen.

Das Haus hatte einen kleinen Hof mit einer Ziegelmauer und einem Tor, und innerhalb der Mauer waren die Lagerhäuser, wo mein Bruder Waren der verschiedensten Art aufbewahrte. Es traf sich, daß in einem dieser Lager mehrere Stapel hochkrempiger Damenhüte waren, die vom Lande stammten und, wie ich glaube, zur Ausfuhr, ich weiß nicht wohin, bestimmt waren.

Als ich mich der Tür meines Bruders näherte, die an einem Platz namens Swan Alley lag, wunderte ich mich, drei oder vier Frauen mit hochkrempigen Hüten auf dem Kopf zu treffen; und, wie ich mich hinterher erinnerte, trugen sie außerdem noch ein paar solcher Hüte in der Hand; aber da ich sie nicht aus meines Bruders Tür hatte kommen sehen

und auch nicht wußte, daß mein Bruder solche Dinge auf Lager hatte, fiel es mir nicht ein, irgend etwas zu ihnen zu sagen, sondern ich übequerte die Straße, um ihnen aus dem Weg zu gehen, wie es damals aus Furcht vor der Ansteckung üblich war. Aber als ich dem Tor näher kam, traf ich wieder eine Frau mit noch mehr Hüten, die aus dem Tor kam. »Was habt Ihr, meine Dame, dort zu tun gehabt?« sagte ich. »Da sind noch mehr Leute drinnen«, sagte sie, »ich hatte dort nichts anderes zu tun als die.« Ich beeilte mich, zu dem Tor zu kommen, und sagte nichts mehr zu ihr, und auf diese Weise kam sie davon. Aber als ich eben beim Tor war, sah ich zwei weitere Frauen, wieder mit Hüten auf dem Kopf und unter dem Arm, herauskommen und den Hof überqueren, worauf ich die Tür hinter mir zuwarf, so daß das Schnappschloß einsprang, und mich den Frauen zuwandte. »Fürwahr«, sagte ich, »was tut Ihr hier?« und griff nach den Hüten, um sie ihnen fortzunehmen. Die eine, die, wie ich gestehen muß, nicht nach einer Diebin aussah, sagte: »Wir mögen freilich im Unrecht sein, aber man hat uns gesagt, sie hätten keinen Besitzer. Bitte, nehmt sie zurück; und schaut dort hinüber, da sind mehr solche Kunden wie wir.« Sie weinte und sah mitleiderregend aus, also nahm ich ihr die Hüte ab, öffnete das Tor und hieß sie beide gehen, denn die Frauen taten mir wirklich leid; aber als ich nach dem Lagerhaus blickte, wie sie mir bedeutet hatte, da waren noch einmal sechs oder sieben, lauter Frauen, die Hüte für sich anprobierten, und so unbekümmert und ruhig, als seien sie in einem Hutladen und kauften für ihr Geld ein.
Ich war verdutzt, nicht nur durch den Anblick so vieler Einbrecher, sondern auch durch die Lage, in die ich mich versetzt sah; da sollte ich mir nun unter so vielen Leuten Geltung verschaffen, wo ich doch wochenlang so menschenscheu gewesen war, daß ich jedesmal auf die andere

Straßenseite auswich, wenn ich unterwegs jemandem begegnete!

Sie waren gleichfalls überrascht, wenn auch aus anderem Grund. Sie sagten mir alle, sie seien aus der Nachbarschaft und daß sie gehört hätten, jeder könne sich davon holen, und daß diese Hüte herrenloses Gut seien und dergleichen. Ich spielte zuerst den starken Mann, ging zum Tor zurück, zog den Schlüssel ab, so daß sie alle meine Gefangenen waren, drohte, sie allesamt im Magazin einzusperren und die Amtsgewalt herbeizurufen.

Sie baten und bettelten, versicherten, sie hätten das Tor offen vorgefunden und das Lagerhaus unverschlossen; und daß es bestimmt von jemand aufgebrochen worden sei, der Gegenstände von größerem Wert zu finden gehofft habe, und das war allerdings kein unvernünftiger Gedanke, denn das Schloß war erbrochen, und das Vorhängeschloß, das an der Außenseite angebracht war, hing lose, und von den Hüten waren nicht allzuviele verschwunden.

Schließlich sagte ich mir, daß dies nicht die Zeit war, grausam und hartherzig zu sein; und außerdem hätte es mir die Notwendigkeit auferlegt, viele Gänge zu machen, verschiedene Leute bei mir einzulassen und andere zu besuchen, über deren Gesundheitszustand ich völlig in Unkenntnis war; während gerade zu dieser Zeit die Pest so tobte, daß 4000 in einer Woche starben, hätte es mich, wollte ich Empfindlichkeit zeigen oder auch nur dem Hab und Gut meines Bruders Recht verschaffen, das Leben kosten können; so begnügte ich mich, ihre Namen aufzunehmen und von einigen, die zur nächsten Nachbarschaft gehörten, den Wohnort, und ihnen anzudrohen, mein Bruder werde sie, wenn er nach London zurückkehre, zur Rechenschaft ziehen.

Dann ging ich auf eine andere Tonart über und fragte sie, wie sie so etwas hätten tun können, zu der Zeit einer solchen allgemeinen Notlage und sozusagen Gottes furchtbarem Strafgericht ins Angesicht widerstehend, da doch die Pest so dicht vor ihrer Tür stehe und vielleicht – sie könnten es nicht wissen – schon bei ihnen im Hause sei und der Totenkarren möglicherweise in ein paar Stunden bereits vor ihrer Tür halten werde, um sie in ihr Grab zu fahren.

Ich hätte nicht sagen können, daß ich mit meiner Rede großen Eindruck auf sie machte, aber dann traf es sich, daß zwei Männer aus der Nachbarschaft herbeikamen; sie hatten den Streit gehört, und da sie meinen Bruder kannten – sie hatten beide einmal zu seinem Hauswesen gehört – kamen sie mir beizustehen. Nachbarn, die sie, wie gesagt, waren, kannten sie sogleich drei der Frauen und sagten mir, wer sie waren und wo sie wohnten; und sie hatten mir, scheint es, vorher wahre Angaben über sich gemacht.

Diese beiden Männer sind mit einer weiteren Erinnerung verknüpft. Der eine hieß John Hayward, und er war zu der Zeit Unterküster in der St. Stephen Pfarre in der Coleman Straße. Unterküster bedeutete damals soviel wie Totengräber und Leichenträger. Dieser Mann schaffte alle Toten, die in der großen Pfarre beerdigt wurden, in ihr Grab, oder half dabei, zuerst noch in der Form der feierlichen Bestattung, später, als man damit aufhörte, ging er mit Totenkarren und Glocke herum, um die Leichen aus den Häusern abzuholen, wo sie lagen, und schleppte viele von ihnen aus den Zimmern und durch die Häuser; denn dieser Sprengel war, und ist immer noch, besonders bemerkenswert ob der großen Zahl seiner schmalen Gäßchen und engen, langen Hinterhöfe, auf die kein Wagen einfahren konnte, so daß man dort die Leichen auf weiten Wegen zu Fuß herausholen mußte; von diesen Gäßchen stehen manche heute noch als Zeugen, so zum Beispiel White's Alley, Cross Key Court, Swan Alley, Bell Alley, White Horse Alley und viele mehr. Dorthinein gingen sie mit einer Art von Schubkarren und legten die Toten darauf und schafften sie damit zu dem Fahrzeug hinaus; dies war seine Arbeit, und er bekam die Pest nie, sondern lebte noch zwanzig Jahre danach und war bis zum Lebensende Küster in der Pfarre. Seine Frau war zur selben Zeit Krankenwärterin, von den Gemeindebeamten für ihre Ehrlichkeit überall empfohlen, und pflegte viele in der Gemeinde, bis sie starben, und auch sie wurde nicht angesteckt.

John gebrauchte nie ein anderes Mittel gegen die Infektion, als daß er Knoblauch und Raute im Mund hielt und Tabak rauchte. Das habe ich auch von ihm selber. Und seine Frau nahm Essig; sie wusch ihr Haar in Essig, besprengte ihre Kleider mit Essig, so daß sie immer feucht waren; und wenn der Gestank der Kranken, die sie wartete, einmal noch abstoßender war als gewöhnlich, so zog sie Essig in der Nase hoch und sprengte Essig auf ihr Kopftuch und hielt ein in Essig getränktes Taschentuch vor ihren Mund.

Es muß gesagt werden, daß die Armen, obwohl die Pest vornehmlich unter ihnen hauste, ihr dennoch am furchtlosesten begegneten und mit einer Art von störrischer Tapferkeit ihrer Arbeit nachgingen; ich muß es so nennen, denn es war weder auf Religion noch Überlegung gegründet; selten übten sie eine Vorsicht, sondern nahmen jede Beschäftigung an, die ihnen einen Lebensunterhalt bot, und wenn sie noch so gefährlich war. So zum Beispiel: die Pestkranken zu warten, die gesperrten Häuser zu bewachen, die seuchebefallenen Personen ins Pesthaus zu bringen, und was noch schlimmer war, die Toten ins Grab zu tragen.

Unter dieses John Haywards Augen und in seinem Dienstbereich war es auch, wo sich die Geschichte von dem Flötenspieler, der die Leute immer so belustigt hatte, zutrug, und John versicherte mir, daß sie wahr sei. Es hat geheißen, der Flötenspieler sei blind gewesen; aber wie ich von John hörte, war er nicht blind, sondern nur ein hilfloser, schwacher, alter Mann, der gewöhnlich gegen 10 Uhr abends seine Runde machte und flötend von Tür zu Tür ging; und die Leute luden ihn in die Schänken ein, wo er schon bekannt war, und gaben ihm zu essen und zu trinken und manchmal ein paar Pfennige; und als Gegengabe pflegte er zu flöten und zu singen und dummes Zeug zu reden, was die Leute unterhielt; und davon lebte er. Nur war es jetzt, wo die Dinge so standen, wie ich berichtet habe, eine sehr schlechte Zeit für solche Unterhaltung, doch der arme Mensch ging herum wie immer und war fast verhungert; und wenn jemand ihn fragte, wie es ihm gehe, so pflegte er zu antworten, der Totenkarren habe ihn diesmal noch nicht mitgenommen, aber sie hätten versprochen, ihn nächste Woche abzuholen.

Eines Abends geschah es, daß dieser arme Kerl, ob ihm jemand zuviel zu trinken gegeben hatte oder nicht – John Hayward sagte, er habe nicht getrunken, sondern sie hätten ihm nur in einer Schänke in der Coleman Straße ein wenig mehr als gewöhnlich zu essen gegeben, und der arme Kerl, an einen vollen Magen wohl schon eine ganze Weile nicht mehr gewohnt, lag ausgestreckt oben auf einer Bude oder einem Verschlag, in einem Toreingang in der Straße beim London Wall, auf Cripplegate zu, und schlief fest; und oben auf den gleichen Verschlag oder Marktstand hatten Leute aus der Gasse, an deren Ecke das Haus stand, als sie die Glocke hörten, die beim Kommen des Totenkarrens immer geläutet wurde, eine Leiche gelegt, einen Pesttoten, und sie hatten gemeint, daß der arme Mensch, der schon dort lag, genauso ein Toter sei, den Nachbarn dort hingebracht hätten.

Demgemäß, als John Hayward mit der Glocke und dem Totenkarren vorbeikam und zwei Tote auf dem Verschlag liegend fand, packten sie sie mit dem Instrument, das sie

dafür gebrauchten, und warfen sie auf den Wagen, und alldieweil schlief der Flötenspieler seinen gesunden Schlaf.
Von dort fuhren sie weiter und luden andere Leichen auf, bis sie, wie mir der gute John erzählte, ihn fast lebendig in dem Wagen begraben hatten; aber er ließ sich keinen Augenblick im Schlaf stören. Schließlich kamen sie zu dem Platz, wo die Toten in die Erde geworfen werden sollten, und das war, soweit ich mich entsinne, am Mount Mill; nun stand der Wagen gewöhnlich eine Weile still, bevor sie soweit waren, die traurige Ladung, die er fuhr, auszukippen; und sobald er anhielt, wachte der Mann auf und strampelte ein wenig, um seinen Kopf unter den Leichen hervorzubringen und rief dann, sich im Wagen aufrichtend: »He, wo bin ich?« Das entsetzte den Mann, der beim Wagen mit zur Hand ging, aber nach einer Pause faßte sich John Hayward und sagte: »Gott steh uns bei! Da ist jemand auf dem Wagen noch nicht tot!« und der andere rief und fragte: »Wer seid Ihr?« Der Mensch antwortete: »Ich bin der arme Flötenspieler. Wo bin ich hier?« »Wo Ihr seid?« sagte Hayward. »Nun, Ihr seid auf dem Totenkarren, und wir sind dabei, Euch zu begraben.« »Aber ich bin doch nicht tot, oder?« sagte der Flötenspieler, was sie ein wenig zum Lachen brachte, obwohl ihnen, so sagte John, zuerst der Schreck tüchtig in die Glieder gefahren war; so halfen sie ihm herunter, und dar arme Kerl ging seines Weges.
Ich weiß, daß es in der Geschichte heißt, er habe in dem Karren seine Pfeifen hervorgeholt und zu flöten angefangen und die Totengräber seien vor Angst davongelaufen; aber so erzählte John Hayward die Geschichte nicht, und daß er geflötet habe, davon sagte er nichts; sondern nur, daß er ein armer Flötenspieler war und daß er auf obige Art weggefahren worden sei, und ich bin fest überzeugt, daß dies die Wahrheit ist.

Es sei hier angemerkt, daß die Totenkarren in der City sich nicht an bestimmte Pfarrsprengel zu halten hatten, sondern ein Wagen fuhr durch mehrere Bezirke, je nach der Zahl der gemeldeten Toten; auch waren sie nicht verpflichtet, jeden Toten auf seinen Gemeindefriedhof zu bringen, sondern viele der Toten, die man in der City auflud, wurden aus Mangel an Platz auf einen Bestattungsgrund am Rande der Stadt geschafft.

Ich habe schon davon gesprochen, wie überraschend die Heimsuchung zuerst für die Leute kam. Man muß mir gestatten, einige meiner Beobachtungen nach der sittlichen und religiösen Seite hin hier anzuführen. Sicherlich ist niemals eine Stadt, jedenfalls keine von dieser Größe und Ausdehnung, so völlig unvorbereitet auf eine so furchtbare Heimsuchung betroffen worden, ob ich von den behördlichen Vorbereitungen sprechen soll oder von den religiösen. Es war in der Tat, als hätten sie keine Warnzeichen, keine Vorahnungen, keine Zukunftsbesorgnis gehabt, und infolgedessen waren die Vorkehrungen, die von seiten der Öffentlichkeit getroffen worden waren, unvorstellbar mangelhaft. Zum Beispiel hatten der Lordbürgermeister und die Sheriffs, als die Hüter der Ordnung, keinen Plan gefaßt, welche Verhaltensregeln zur allgemeinen Befolgung zu erlassen seien. Man hatte sich keinerlei Gedanken über Maßnahmen zur Armenfürsorge gemacht. Es gab im Besitz der öffentlichen Hand keine Magazine oder Lagerhäuser für Korn oder Mehl zur Versorgung der Armen; hätte man solche, wie das anderswo in Fällen dieser Art geschieht, angelegt, hätte man vielen notleidenden Familien, die jetzt ins ärgste Elend gerieten, helfen können, und zwar auf viel bessere Art, als es jetzt möglich war.

Über den Geldvorrat der Stadt kann ich nur wenig sagen. Die Londoner Stadtkammer galt als außerordentlich reich, und daß das nicht falsch war, konnte man aus den ungeheuren Summen schließen, die von ihr zum Wiederaufbau öffentlicher Gebäude nach dem Brand Londons verausgabt wurden; so wurden wiederaufgebaut: die Gildenhalle, Blackwell Hall, ein Teil von Leaden Hall, die Börse zur Hälfte, Session House, das Compter, die Gefängnisse in Ludgate, Newgate etc., mehrere der Kaianlagen und Ufertreppen und Landeplätze am Fluß; sie alle waren bei dem großen Feuer in London, im Jahre nach der Pest, entweder abgebrannt oder beschädigt worden; und es wurden auch neue Bauten errichtet, wie das Monument, Fleet Ditch mit seinen Brücken und das Hospital von Bethlem oder Bedlam etc. Aber möglicherweise hatten die Verwalter der Stadtfinanzen damals mehr Gewissensbedenken, das Geld der Witwen und Waisen anzubrechen, um damit den in Not geratenen Mitbürgern Mildtätigkeit zu erweisen, als in den darauffolgenden Jahren, um die Stadt zu verschönern und Gebäude zu erneuern; und doch wären im ersten Falle die verlorenen Gelder als viel besser angelegt betrachtet worden, und das Vertrauen in die öffentlichen Angelegenheiten hätte nicht so sehr unter Ärgernissen und Beschuldigungen gelitten.

Es muß anerkannt werden, daß die abwesenden Bürger aus der sicheren Entfernung, die sie für sich auf dem Lande gewonnen hatten, dennoch regen Anteil an dem Wohlergehen derer nahmen, die von ihnen zurückgelassen worden waren, und nicht vergaßen, mit großzügigen Spenden zur Hilfe für die Armen beizusteuern, und es wurden erhebliche Summen auch in den entlegensten Handelsplätzen Englands gesammelt; und, wie ich ebenfalls hörte, der Adel und die begüterten Schichten in ganz England hatten ein Herz für die beklagenswerte Notlage der City und sandten hohe Beträge zu Händen des Lordbürgermeisters und der Amtspfleger, um die Armen zu unterstützen.

Auch der König, so hat man mir gesagt, gab Anweisung, daß tausend Pfund in der Woche in vier Teilen vergeben würden: ein Viertel für die City und die Westminster-Freiheit; ein Viertel für die Bewohner der Southwark-Flußseite; ein Viertel für die Stadtfreiheit und die Teile der City, die nicht innerhalb der Stadtmauern lagen; und ein Viertel für die Vororte, die zur Grafschaft Middlesex gehörten, und den Osten und Norden der Innenstadt. Aber dies letzte gebe ich nur als einen Bericht vom Hörensagen wieder.

Sicher ist, daß der größte Teil der Armen oder der Schicht, die früher von ihrer Hände Arbeit oder vom Kleinhandel gelebt hatte, jetzt auf Wohltätigkeit angewiesen war; und wären nicht ungewöhnlich hohe Summen Geldes von wohltätigen und christlich gesinnten Menschen zu ihrem Unterhalt gestiftet worden, so hätte die City nicht durchkommen können. Es wurde ohne Frage über die Wohltätigkeitsausgaben und ihre gerechte Verteilung von den Amtspflegern Buch geführt. Aber da so erschreckend viele von den Beamten, durch deren Hände die Gaben verteilt wurden, starben und die meisten der Abrechnungsbücher darüber in dem großen Brand, der im nächsten Jahr ausbrach, verlorengingen – sogar der Amtssitz des Kämmerers und viele Papiere dort verbrannten –, konnte ich nie an den Rechnungsbericht kommen, obwohl ich keine Mühe gescheut habe, ihn einsehen zu können.

Es mag indes ein Hinweis sein für den Fall, eine ähnliche Heimsuchung kommt wieder über die Stadt, wovor Gott sie bewahren wolle, ich sage, es mag von Nutzen sein zu bemerken, daß durch die Obsorge des Lordbürgermeisters und der Stadträte, während der Zeit große Summen Geldes zur Unterstützung der Armen verteilen zu lassen, sehr viele Menschen, die sonst zugrunde gegangen wären, Hilfe fanden und am Leben blieben. Und hier möchte ich in eine kurze Erörterung eintreten, wie es um die Armen zu jener Zeit bestellt war und was man ihrem damaligen Schicksal entnehmen kann, um für die Zukunft zu lernen, womit man zu rechnen hat, sollte die Stadt wieder in eine ähnliche Bedrängnis geraten.

Zu Anfang der Pest, in dem Moment, als es feststand, daß die ganze Stadt der Heimsuchung verfallen würde – als, wie ich es geschildert habe, alle, die Freunde oder Besitzungen auf dem Lande hatten, sich mit ihren Familien absetzten, als man in der Tat glauben konnte, die ganze City selbst laufe zum Tore hinaus und niemand werde übrigbleiben – von dem Moment an war, das ist ganz sicher, der gesamte Handel und Wandel, mit Ausnahme dessen, was dem unmittelbaren Bedarf diente, zum Stillstand gekommen.

Dieser ganze Fall enthält so viel Lebenswahrheit und sagt so viel über die tatsächlichen Verhältnisse der Leute, daß ich der Meinung bin, ich kann gar nicht genug in seine Einzelheiten gehen, und will deshalb von jeder der verschiedensten Klassen oder Schichten, die unmittelbar von der Notlage in Mitleidenschaft gezogen wurden, gesondert sprechen. Zum Beispiel:

1. Alle Meister der Handwerksbetriebe, besonders solcher, die sich mit der Fertigung von Ornamenten und den weniger notwendigen Teilen von Kleidern und Möbeln befaßten, so wie Bänderweber und andere Weber, Gold- und Silberschmiede, Gold- und Silberfiligraneure, Näherinnen, Putzmacherinnen, Schuhmacher, Hutmacher und Handschuhmacher; ebenfalls Polsterer, Schreiner, Tischler, Brillenmacher und unzählige Gewerbe, die von solchen abhängen – ich sage, die Meister solcher Betriebe stellten die Arbeit ein, entließen ihre Gesellen und Arbeiter und lösten ihr Geschäft auf.

2. Da der Handel mit Waren zum Stillstand gekommen

war – denn nur sehr wenige Schiffe wagten sich den Fluß herauf und gar keines ging hinaus – wurden alle die überzähligen Zollbeamten, ebenso die Schiffer, Fuhrleute, Träger und all die Armen, deren Beschäftigung von den Kaufleuten abhing, sofort entlassen und ihres Broterwerbes beraubt.

3. Alle, die im Baugewerbe beschäftigt waren, hatten keine Arbeit, denn niemand hatte Lust, ein Haus zu bauen, wo so viele tausend Häuser plötzlich leer standen; dies allein machte alle die Arbeiter, die zu diesem Geschäft gehören, erwerbslos: Ziegler, Maurer, Zimmerleute, Schreiner, Gipser, Maler, Glaser, Schlosser, Klempner und alle die Gewerbezweige, die von diesen abhängen.

4. Da die Schiffahrt zum Erliegen gekommen war – unsere Schiffe liefen weder ein noch aus wie früher – waren alle Seeleute ohne Arbeit, und viele von ihnen auf der letzten und untersten Stufe des Elends angelangt; wie den Seeleuten erging es all den verschiedenen Handwerksleuten und Arbeitern, die mit Schiffsbau und Schiffsausrüstung zu tun hatten und davon lebten, so wie: Schiffszimmerleute, Kalfaterer, Seiler, Trockenküfer, Segelmacher, Ankerschmiede und andere Schmiede; Formmacher, Drechsler, Büchsenmacher, Schiffskrämer, Schiffsschnitzer und dergleichen. Die Kapitäne und die Meister dieser Gewerbe konnten vielleicht von ihrem Vermögen leben, aber die Schiffe lagen alle still, und so wurden die Arbeiter entlassen. Dazu kam, daß auch auf dem Fluß beinahe kein Boot mehr verkehrte, und alle oder der größte Teil der Fährleute, Stauer, Boots- und Schiffbauer waren ebenfalls außer Arbeit und Brot.

5. Alle Familien schränkten ihre Lebenshaltung soweit wie möglich ein, sowohl, die geflohen, wie die, die geblieben waren; so daß eine unübersehbare Menge von Lakaien, Dienstleuten, Gehilfen, Verkäufern, Buchhaltern

und ähnlichen Leuten, und besonders armen Dienstmägden, auf die Straße gesetzt wurden, wo sie, ohne Freund und ohne Hilfe, ohne Broterwerb und ohne Unterkunft, sich selbst überlassen blieben, und das war wirklich ein sehr trübes Kapitel.

Ich könnte hier noch näher auf die Einzelheiten eingehen, aber es mag genügen, wenn ich ganz allgemein sage, daß, wo alle Gewerbe stillagen, die Beschäftigung und die Arbeit und damit die Verdienstmöglichkeit der Armen unterbunden wurde; und zuerst gellte uns das Klagegeschrei der Armen recht jammervoll in den Ohren, obwohl durch die Austeilung milder Gaben das Elend weitgehend gemildert wurde. Viele flohen zwar in die Umgebung, aber Tausende von ihnen, die so lange in London geblieben waren, bis nichts als die Verzweiflung sie forttrieb, wurden unterwegs vom Tode ereilt, und so galten sie überall nur als die Boten des Todes; andere, die die Seuche mit sich schleppten, trugen sie unglückseligerweise bis in die äußersten Teile des Reiches.

Viele von diesen waren die bejammernswerten Opfer der Verzweiflung, die ich vorher erwähnte, und fielen der Vernichtung, die aus ihr folgte, anheim. Man kann von ihnen sagen, daß sie nicht an der Pest selbst, sondern an ihren Folgen umkamen, nämlich durch Hunger und Entbehrung und, in der Tat, dem Mangel an allem; waren sie doch ohne Wohnung, ohne Freunde, ohne Geld und ohne Erwerbsmöglichkeit, und oft konnte ihnen auch niemand helfen; denn viele von ihnen besaßen nicht, was wir einen legalen Anspruch nennen, und so konnten sie bei ihren Gemeinden keine Unterstützung beziehen, sondern die einzige Hilfe, die es für sie gab, konnten sie bei den Fürsorgeämtern beantragen, die ihre Hilfeleistungen, das muß man den Beamten zugutehalten, mit Sorgfalt und freundlicher Bereitwilligkeit austeilten, so wie sie es für angemes-

sen hielten; und so haben die, die in der Stadt blieben, eigentlich niemals den Mangel und die Not in dem Maße gespürt, wie die, die in der oben erwähnten Art hinausgezogen waren.
Soll doch jeder, dem es bekannt ist, wie groß die Zahl derer ist, die in unserer Stadt ihr tägliches Brot durch ihrer Hände Arbeit verdienen, seien sie nun geschulte Handwerker oder nur Arbeiter – ich sage, soll jeder einmal überlegen, in welch einen Zustand des Elends unsere Stadt geraten müßte, wenn sie plötzlich alle aus ihren Stellungen entlassen würden, die Arbeit aufhörte und Löhne nicht mehr gezahlt würden.
So geschah es bei uns zu der Zeit; und wären die Beträge an Geld, das von wohlmeinenden Menschen jeder Art, daheim wie auswärts, in Wohltätigkeit gespendet wurde, nicht außergewöhnlich groß gewesen, es hätte nicht mehr in der Macht des Lordbürgermeisters und der Sheriffs gelegen, Ruhe und Ordnung aufrechtzuerhalten. Auch war man, so wie die Dinge lagen, durchaus nicht ohne Besorgnis, daß die Verzweiflung die Leute zu den Tumulten treiben und sie so weit bringen könnte, daß sie die Häuser der Reichen plünderten und die Lebensmittelmärkte stürmten; in diesem Fall wären auch die Landleute, die ganz unbehindert und ohne Furcht Nahrungsmittel in die Stadt brachten, abgeschreckt worden, noch weiter zu kommen, und die Stadt wäre einer unvermeidlichen Hungersnot verfallen.
Aber der Klugheit des Lordbürgermeisters und des Stadtrats (innerhalb der Stadt; in den Vororten der Friedensrichter) war es zu danken, und der so reichlichen Unterstützung mit Geld von überall her, daß die Armen in Frieden gehalten wurden und ihre Nöte überall Abhilfe fanden, soweit es nur möglich war.
Zwei Dinge trugen außerdem dazu bei, Pöbelausschreitun-

gen zu verhindern. Eines war, daß tatsächlich die Reichen selber keine Lebensmittelvorräte in ihren Häusern angelegt hatten, wie sie freilich hätten tun sollen (wären sie klug genug gewesen, dies zu tun und hätten sie sich vollständig abgesperrt, wie es einige wenige taten, sie wären der Krankheit besser entgangen). Aber da es sich zeigte, daß es nicht der Fall war, hatte der Pöbel nicht den Anreiz, dort Lebensmittelvorräte zu finden, wenn sie einbrächen, was sie manchmal, das ist klar, sehr nahe daran waren zu tun; und hätten sie es getan, sie hätten den Untergang der ganzen Stadt besiegelt, denn es gab keine regulären Truppen, die ihnen Widerstand hätten leisten können, noch konnte die Bürgerwehr aufgebracht werden, die Stadt zu verteidigen, da niemand sich bereit fand, Waffen aufzunehmen.

Aber die Wachsamkeit des Lordbürgermeisters und der Obrigkeit, die noch vorhanden war (denn einige von ihnen, sogar Stadträte waren gestorben oder abwesend), wußte dies zu verhindern; und sie taten es auf die freundlichste und sanfteste Art, die man sich nur denken kann, so indem sie den Bedürftigsten mit Geld halfen, anderen Arbeit verschafften, und zwar besonders die Arbeit, die befallenen und gesperrten Häuser zu bewachen. Und da deren Zahl sehr groß war – es hieß, daß zu einer Zeit zehntausend Häuser gesperrt waren – und da jedes Haus zwei Wachmänner zur Bewachung hatte, nämlich einen für den Tag und einen für die Nacht, so ergab das sogleich Beschäftigungsmöglichkeit für sehr viele der brotlosen Männer.

Ähnlich stellte man die Frauen und Dienstmägde, die aus ihren Stellungen entlassen worden waren, als Wärterinnen an, um überall die Kranken zu pflegen, und dies verminderte ihre Zahl beträchtlich.

Und was, obwohl an sich ein trauriges Kapitel, sich doch auf seine Art als eine Erlösung darstellte, das war die Pest selbst, die von Mitte August bis Mitte Oktober auf das erschreckendste wütete und in dem Zeitraum dreißig- bis vierzigtausend gerade von den Menschen dahinraffte, die, wenn sie am Leben geblieben wären, durch ihre Armut eine unerträgliche Last gewesen wären; das heißt, die ganze Stadt hätte die Kosten ihres Unterhalts nicht bestreiten oder sie mit Nahrung versehen können; und sie wären im Laufe der Zeit, um sich am Leben zu halten, unausweichlich dazu getrieben worden, entweder die Stadt selbst oder die anliegenden Landgebiete zu plündern, und das hätte nicht nur die Stadt, sondern zu guter Letzt die ganze Nation in die äußerste Angst und Verwirrung gestürzt.

Man merkte den Menschen damals an, wie das große Unheil sie sehr bescheiden machte; denn es starben jetzt, neun Wochen lang hintereinander, Tag für Tag beinahe tausend Menschen, und das nach der Aufstellung der wöchentlichen Sterberegister, die ja doch, dessen bin ich gewiß, niemals die vollen Zahlen, sondern um viele Tausende zu wenig angaben, da die allgemeine Verwirrung zu groß war und die Tatsache, daß die Totenkarren ihr Werk zur Nachtzeit verrichteten, mancherorts eine Zählung überhaupt unmöglich machte.

Aber ob auch Schreiber und Küster bisweilen für Wochen ausfielen und so niemand genaue Zahlen wußte, so wurde dennoch die Arbeit an dem Register fortgeführt, und ich entnehme ihm meine Angaben, die ich hier wiedergebe:

	An allen Krankheiten zusammen	An der Pest
Vom 8. bis 15. August	5319	3880
Vom 15. bis 22. August	5568	4237
Vom 22. bis 29. August	7496	6102
Vom 29. August bis 5. September	8252	6988
Vom 5. bis 12. September	7690	6544
Vom 12. bis 19. September	8297	7165
Vom 19. bis 26. September	6460	5533
Vom 26. September bis 3. Oktober	5720	4929
Vom 3. bis 10. Oktober	5068	4327
	59870	49705

Der Großteil der Opfer wurde also in diesen zwei Monaten dahingerafft; denn während die Gesamtzahl aller, die an der Pest starben, sich auf 68590 belief, so haben wir hier innerhalb zweier Monate schon 50000 oder um eine Kleinigkeit weniger; man kann sagen 50000, denn wenn auch 295 daran fehlen, so fehlen auch, wenn man die Zeit zusammenrechnet, zwei Tage an vollen zwei Monaten.*

Wenn ich sage, die Gemeindebeamten gaben nicht die vollen Zahlen weiter oder machten keine verläßlichen Angaben, nun, so möge jeder sich fragen, wie Menschen hätten genau sein können, wenn die Zeit so furchtbare Bedrängnisse brachte und viele von ihnen selbst von der Krankheit ergriffen wurden und vielleicht zu dem Zeitpunkt, zu dem ihre Berichte abgegeben werden sollten, schon tot waren; ich spreche von den Gemeindeschreibern, neben untergeordneten Beamten; denn obwohl diese guten Leute jede Gefährdung auf sich nahmen, so waren sie doch beileibe nicht von dem allgemeinen Unglück ausgenommen –, wenn man zum Beispiel bedenkt, daß die Pfarre Stepney in einem Jahr 116 Küster, Totengräber und deren Helfer gehabt hat;

* Anm. d. Übers.: Es handelt sich um einen offensichtlichen Irrtum des Autors: Es fehlen nicht zwei Tage an zwei Monaten, sondern es sind zwei Tage mehr.

das schließt auch die Leichenträger, Klingler und die Fuhrleute der Leichenwagen mit ein.
Ihre Arbeit war in der Tat so beschaffen, daß sie ihnen nicht viel Muße ließ, eine genaue Zählung der Toten vorzunehmen, die alle zusammen im Dunkeln in eine Grube gehudelt wurden; und dieser Grube oder dem Graben sich zu nähern, bedeutete für jeden die äußerste Gefährdung. Ich konnte oft feststellen, daß in den Pfarren Aldgate und Cripplegate, Whitechapel und Stepney fünf-, sechs-, sieben- oder achthundert Tote in der Woche auf dem Register verzeichnet waren, während, wenn wir der Meinung derer, die ebenso wie ich die ganze Zeit über in der City gelebt haben, glauben dürfen, in Wirklichkeit in diesen Pfarren manchmal 2000 in der Woche starben; und ich habe es auch aus den Berechnungen eines Mannes, der dieser Frage mit aller nur möglichen Genauigkeit nachgegangen ist, daß in diesem einen Jahr in Wahrheit hunderttausend Menschen an der Pest gestorben sind, während es auf dem Sterberegister, unter der Rubrik Pesttote, nur 68 590 waren.
Wenn ich meine Meinung ausdrücken darf, so glaube ich, nach allem, was ich mit eigenen Augen gesehen und von anderen, die Augenzeugen waren, gehört habe, tatsächlich das gleiche, nämlich daß mindestens 100 000 Menschen an der Pest allein gestorben sind, nicht die anderen Krankheiten eingerechnet und nicht die, die im Freien und auf den Straßen und an versteckten Plätzen starben; denn wer außer dem Bereich der Verständigung, wie es genannt wurde, starb, wurde auf dem Totenregister nicht mitgezählt, obwohl er doch in Wirklichkeit auch zur Gesamtbevölkerung gehörte. Es war uns allen bekannt, daß mehr als genug verzweifelter Geschöpfe mit der Pest am Leib und durch ihr Unglück blödsinnig oder melancholisch geworden, wie es gar nicht selten vorkam, durch die Felder und Wälder irrten und sich in abgelegene, rauhe Orte verloren,

um irgendwo unter einen Busch oder eine Hecke zu kriechen und zu sterben.
Die Einwohner der in der Nähe liegenden Dörfer pflegten ihnen aus Mitleid Essen zu bringen und es in einer Entfernung niederzusetzen, so daß sie es sich holen konnten, wenn sie noch dazu imstande waren; und manchmal waren sie das nicht mehr, und wenn man das nächste Mal kam, fand man die armen Schlucker tot daliegen und das Essen unberührt. Die Zahl dieser Elenden war groß, und ich weiß von so vielen, die auf diese Weise umkamen, und oft auch so genau den Platz, daß ich glaube, ich könnte genau dort hingehen und jetzt noch ihre Knochen ausgraben; denn die Leute auf dem Land pflegten hinzugehen und in einer bestimmten Entfernung von ihnen ein Loch zu graben und dann mit langen Stangen, an deren Enden Haken waren, die Leichen in diese Löcher zu zerren und dann über ihnen von so weit, wie sie sie nur werfen konnten, die Erde aufzuschütten, wobei sie auf die Richtung des Windes achteten und von der Seite herankamen, die die Seeleute die Luvseite nennen, damit der Pesthauch der Leichen von ihnen weggeweht würde; und so schieden zahlreiche Menschen aus der Welt, ohne daß man ihren Namen wußte oder sie in irgendein Verzeichnis aufnahm, sei es das Sterberegister oder sonst eines.
Dies habe ich allerdings in der Hauptsache nur aus den Erzählungen anderer, denn ich ging selten auf die Felder hinaus, außer nach Bethnal Green und Hackney hin und wie ich es später noch schildern werde. Doch wenn ich einen Spaziergang machte, sah ich immer von weitem eine ganze Anzahl armer Wanderer; aber von ihrem Schicksal konnte ich wenig erfahren, denn ob es auf der Straße war oder auf freiem Feld – wenn man jemanden kommen sah, so war es die allgemeine Regel, auszuweichen; dennoch glaube ich, daß diese Berichte vollkommen wahr sind.

Nachdem dies mich dazu geführt hat, von meinen Gängen durch Straße und Feld zu sprechen, kann ich nicht zu vermerken auslassen, was für ein trostloser Ort die Stadt zu der Zeit war. An der großen Straße, wo ich wohnte, die als eine der breitesten aller Straßen Londons, jedenfalls in den äußeren Bezirken, bekannt ist, war die ganze eine Seite, wo die Metzger wohnten, mehr gleich einer grünen Wiese denn einer gepflasterten Straße, und die Leute gingen gewöhnlich mit Pferd und Wagen in der Mitte. Zwar war das letzte Ende der Straße, kurz vor der Whitechapel Kirche, nicht ganz gepflastert, aber auch wo sie gepflastert war, wuchs auf ihr das Gras; und das braucht noch nicht einmal wunderzunehmen, wo doch auf den großen Straßen mitten in der City, wie auf der Leadenhall Straße, der Bishopsgate Straße, Cornhill, ja sogar vor der Börse an verschiedenen Stellen das Gras wuchs; vom Morgen bis zum Abend waren weder Wagen noch Kutschen auf den Straßen zu sehen, außer ein paar Bauernwagen, die Wurzeln und Bohnen oder Erbsen, Heu und Stroh zum Markt fuhren, und von ihnen nur sehr wenige, verglichen mit früher. Was Kutschen angeht, so wurden sie kaum benutzt, außer um die Kranken ins Pesthaus und zu anderen Hospitälern zu fahren, oder ab und zu einen Arzt irgendwohin zu bringen, wo er es für angemessen hielt, sich auf einen Krankenbesuch zu wagen; denn eine Kutsche war in der Tat ein gefährliches Ding, und die Leute hatten keine Lust, sich in sie hineinzutrauen, weil sie nie wußten, wer in ihr zuletzt gefahren worden war; wurden doch, wie ich eben sagte, die Seuchekranken in Kutschen ins Pesthaus gebracht, und manchmal starben in ihnen die Leute unterwegs.

Es ist wahr, daß es, als die Pest einen solchen Höhepunkt erreichte, wie ich eben erwähnt habe, sehr wenige Ärzte gab, die sich zu den Kranken hinausrühren mochten, und sehr viele der hervorragendsten ihrer Fakultät waren gestorben, ebenso von den Wundärzten; denn jetzt war wahrhaftig eine schaurige Zeit, und ungefähr einen Monat lang starben, glaube ich, wenn man einmal die Totenregister außer acht läßt, nicht weniger als 1500 oder 1700 am Tag, einen Tag wie den andern.

Einer der schlimmsten Tage, die wir in der ganzen Zeit hatten, war, nach meinem Dafürhalten, ein Tag Anfang September, als auch gute Menschen schon zu meinen begannen, daß Gott beschlossen habe, dem Volk in dieser jammervollen Stadt den Garaus zu machen. Es war zu der Zeit, als die Pest sich vollends in den östlichen Bezirken ausgebreitet hatte. Die Pfarre Aldgate beerdigte, wenn ich meine Schätzung nennen darf, zwei Wochen lang mehr als tausend in der Woche, obwohl das Register nicht so viele angab; es kreiste mich so erschreckend schnell ein, daß es in Houndsditch, in der Minoritenpfarre und in den Vierteln der Aldgate Pfarre, die um Butcher Row herum und mit ihren Hintergassen in meiner Richtung liegen, unter zwanzig Häusern nicht eines gab, das noch von der Seuche frei war. Hier, sage ich, herrschte der Tod in jedem Winkel. Im Whitechapel Sprengel war es ähnlich bestellt, und wenn auch lange nicht so schlimm wie in der Pfarre, wo ich wohnte, so begruben sie doch nahezu 600 in der Woche, gemäß dem Register, und nach meiner Schätzung doppelt so viele. Ganze Familien, ja ganze Straßenzüge von Familien wurden zusammen hinweggefegt; soweit, daß es für Nachbarn nichts Seltenes mehr war, dem Klingler zuzurufen, er solle zu dem und dem Hause gehen und die Leute herausholen, denn sie seien alle miteinander tot.

Und in der Tat, das Werk der Leichenüberführung auf Wagen war nunmehr so widerlich und gefährlich geworden, daß man Beschwerden hören konnte, die Totenträger verabsäumten es, Häuser, in denen alle Einwohner tot waren, von Leichen auszuräumen, statt dessen seien manchmal die Leichen mehrere Tage unbeerdigt liegen geblieben, bis benachbarte Familien vom Gestank belästigt und in der Folge infiziert worden seien; und diese Nachlässigkeit der Dienstmänner war so, daß die Kirchvorsteher und Konstabler aufgefordert wurden, darauf zu achten, und sogar die Friedensrichter in den kleinen Vororten waren verpflichtet, ihr Leben aufs Spiel zu setzen, um sie zur schnelleren Erledigung anzuhalten; zahllose Totenträger starben nämlich an der Seuche, von den Leichen, denen sie so nahezukommen genötigt waren, infiziert. Und wäre nicht die Zahl der Armen, die Beschäftigung und Brot suchten (wie ich vorher schon sagte), so groß gewesen, daß die Not sie trieb, alles und jedes zu unternehmen und zu wagen, so hätte man niemals jemand für diese Arbeit gefunden. Und dann wären die Körper der Toten unbeerdigt liegengeblieben und wären auf schreckliche Weise vergangen und verwest.

Aber man kann es den Behörden nicht hoch genug anrechnen, daß sie für einen so geordneten Ablauf der Totenbestattung sorgten, daß, sobald einer von denen, die zum Wegschaffen und Begraben der Toten bestellt waren, krank wurde oder starb, wie es häufig der Fall war, sie sofort einen anderen an seine Stelle treten ließen, was freilich aufgrund der großen Zahl von Arbeitslosen, wie oben gesagt, nicht schwer war. Dies brachte es mit sich, daß ungeachtet der ungeheuren Zahl derer, die beinahe zur gleichen Zeit starben und krank lagen, dennoch die Toten jede Nacht weggeräumt und fortgeschafft wurden, so daß man von London niemals sagen konnte, die Lebenden seien nicht mehr imstande gewesen, die Toten zu begraben.

Je größer die Trübsal im Laufe der Schreckenszeit wurde, um so mehr nahm auch die Verstörtheit der Menschen zu, und tausend befremdende Dinge vollführten sie, die einen halbtoll vor Angst und die anderen in der Schmerzenspein ihrer Krankheit, und dies nahm das Mitgefühl sehr in Anspruch. Einige zogen brüllend und heulend und händeringend durch die Straßen; einige pflegten betend und mit zum Himmel erhobenen Händen umherzugehen, Gott um Erbarmen anrufend. Ich kann freilich nicht sagen, ob das nicht schon im Wahn geschah, aber mag es auch Wahn gewesen sein, es war jedenfalls das Anzeichen einer ernsteren Gesinnung, die diese gehabt haben mußten, als sie noch bei Sinnen waren, und es war, so wie es war, immer noch besser als das gräßliche Gebrüll und Geheul, das jeden Tag, und besonders am Abend, auf manchen Straßen zu hören war. Ich nehme an, von Solomon Eagle, dem berühmten Schwarmgeist, hat alle Welt gehört. Er, obwohl nirgends krank als im Kopf, zog umher und wies drohend auf das Strafgericht hin, das über der Stadt sei, und das tat er auf schauerliche Art, manchmal ganz nackt und mit einer Pfanne voll glühender Kohlen auf dem Kopf. Was er sagte oder wofür er sich ausgab, konnte ich allerdings nicht erfahren.

Ich möchte auch nicht darüber urteilen, ob jener Geistliche noch ganz bei Sinnen war oder nicht, oder ob er es aus reinem Eifer für das arme Volk tat, wenn er jeden Tag durch die Straßen Whitechapels ging und mit erhobenen Händen unaufhörlich die Worte aus der Liturgie der Kirche wiederholte: »Verschone uns, gütiger Gott; verschone Dein Volk, das Du mit Deinem kostbarsten Blut erlöst hast.« Ich sage, ich kann nichts Positives über diese Dinge sagen, weil dies für mich nur Szenen eines garstigen Schauspiels waren, das sich mir darbot, wenn ich durch mein Kammerfenster schaute (denn die großen Fenster öffnete ich selten), während ich die Zeit des heftigsten Wütens der Pest in freiwilligem Hausarrest verbrachte; das war, wie ich schon sagte, als viele schon zu der Meinung gelangt waren und sie auch aussprachen, daß keiner davonkommen werde; und eigentlich war ich auch schon so weit und verblieb deshalb zwei Wochen lang innerhalb des Hauses und rührte mich nicht hinaus. Aber ich konnte es nicht durchhalten. Außerdem gab es Leute, die, ungeachtet der Gefahr, nicht versäumten, dem öffentlichen Gottesdienst beizuwohnen, nicht einmal zu der gefährlichsten Zeit; und obwohl es zutrifft, daß sehr viele Geistliche tatsächlich ihre Kirchen abschlossen und, um der Sicherheit ihres Lebens willen, wie es andere auch taten, aufs Land flohen, so gilt das doch nicht für alle. Einige ließen sich nicht abschrecken, zu amtieren und weiterhin ihre Gemeinde bei anhaltendem Gebet und gelegentlichen Predigten und kurzen Ermahnungen zur Buße und Umkehr zu versammeln, und das solange wie nur einer kam, der ihnen zuhörte. Und die Reformierten taten das gleiche und benutzten sogar die regulären Kirchen, wo die Pfarrgeistlichkeit entweder tot oder geflohen war; in einer Zeit wie dieser konnte man es eben nicht so genau nehmen.

Es war in der Tat herzzerreißend anzuhören, wenn die armen sterbenden Menschenkinder jammernd und wehklagend nach Geistlichen riefen, die ihnen Trost spenden, mit ihnen beten und ihnen geistlichen Rat erteilen sollten; oder wenn sie zu Gott um Vergebung und Erbarmen flehten und laut ihre vergangenen Sünden bekannten. Es würde das verstockteste Herz bluten machen, die vielen Warnungen zu hören, die die Bußfertigen im Sterben an die anderen richteten, die Reue nicht zu verzögern und sie nicht auf den Tag der Bedrängnis zu verschieben; denn wenn die Not erst hereingebrochen sei, so wie jetzt, sei es für die Buße zu spät, dann sei nicht der rechte Augenblick, zu Gott zu rufen. Ich wünschte, ich könnte den lebendigen Ton jener Seufzer und Ausrufe wiederholen, die ich von solchen armen Menschenkindern hörte, wenn sie in ihrem Todesringen und ihrer Drangsal zum Letzten kamen, und ich könnte sie den, der dies liest, mithören lassen, so wie ich sie jetzt noch zu hören vermeine, denn der Ton scheint immer noch in meinen Ohren zu klingen.

Wenn ich hierüber doch nur in so bewegenden Worten zu sprechen wüßte, daß es den Leser bis in die tiefste Seele erschüttert, dann wäre es eine Freude für mich, diese Dinge aufgezeichnet zu haben, wie kurz und unvollständig auch immer.

Es gefiel Gott, mich immer noch verschont zu lassen, und ich war frisch und kerngesund, nur sehr ungeduldig, mich länger im Hause luftdicht einzukapseln, wie ich es vierzehn Tage lang oder so nun schon tat, und ich konnte mich nicht mehr zurückhalten, sondern ich mußte gehen und einen Brief an meinen Bruder zum Posthaus bringen. Und da bemerkte ich allerdings, was für ein tiefes Schweigen in den Straßen herrschte. Als ich zum Posthaus kam und gerade hineingehen wollte, um meinen Brief aufzugeben, sah ich in einer Ecke des Hofes einen Mann stehen und mit einem anderen sprechen, der zu einem Fenster herausschaute, und ein dritter hatte eben eine Tür der Amtsräume geöffnet. Mitten auf dem Hof lag eine kleine Lederbörse mit zwei Schlüsseln, die daran befestigt waren; es war Geld darin, aber niemand wollte sie anrühren. Ich fragte, wie lange sie dort schon liege; der Mann in dem Fenster sagte, sie liege dort schon beinahe eine Stunde, aber man habe sie nicht angerührt, denn man wisse ja nicht, ob nicht die Person, die sie verloren habe, zurückkommen und nach ihr suchen möchte. Ich war nicht so in Geldverlegenheit, und die Summe konnte auch nicht so groß sein, daß ich Lust verspürt hätte, mich daranzumachen und das Geld unter der Gefahr, in die ich dabei vielleicht lief, zu nehmen; so war ich eigentlich schon auf dem Weg nach Haus, als der Mann, der aus der Tür herausgetreten war, sagte, er wolle sie aufheben, aber freilich, wenn der rechtmäßige Eigentümer komme, so solle er sie gewiß zurückerhalten. Er ging also hinein und holte einen Eimer Wasser und setzte ihn dicht neben der Geldbörse nieder, dann ging er nochmals und holte etwas Schießpulver und streute reichlich davon auf die Börse, und dann machte er eine Zündlinie von diesem Pulver aus, das er lose auf die Börse gehäufelt hatte. Die Zündlinie reichte etwa zwei Yards weit. Danach ging er zum dritten Male hinein und kam mit einer rotglühenden Zange wieder, die er wohl für diesen Zweck vorbereitet hatte, und setzte zuerst die Zündlinie in Brand; das versengte die Börse und räucherte die Luft genügend aus. Aber damit war er noch nicht zufrieden, sondern er nahm dann die Börse mit der Zange hoch und hielt sie so lange, bis das heiße Eisen das Leder durchgebrannt hatte, und dann schüttelte er das Geld in den Wassereimer heraus und trug ihn hinein. Der Betrag war, wenn ich mich recht erinnere, ungefähr dreizehn Schillinge und einige blanke Heller und Kupferpfennige.

Es hätte vielleicht mehr als einen Armen gegeben, wie ich vorher bemerkte, der, wo es um Geld ging, sich nicht lange besonnen hätte zuzugreifen; aber man kann leicht aus dem, was ich hier schilderte, ersehen, daß die wenigen, die verschont blieben, zu der Zeit, als das Unheil so über die Maßen groß war, sich sehr in acht nahmen.

Ziemlich um die gleiche Zeit machte ich einen Weg über die Felder nach Bow hinaus; denn ich war sehr begierig zu erfahren, wie man sich auf dem Fluß unter den Schiffsleuten eingerichtet hatte; und da ich mit der Schiffahrt zu tun hatte, war mir der Gedanke gekommen, daß es auch eine sehr gute Art, sich vor der Ansteckung zu sichern, sein mußte, wenn man sich auf ein Schiff zurückzog; und während ich nachsann, wie ich meine Neugier in diesem Punkt befriedigen könnte, wandte ich mich von Bow aus durch die Felder nach Bromley, dann nach Blackwell hinunter, wo es die Ufertreppen zum Anlegen und Wasserholen gibt.

Hier sah ich einen armen Mann auf der Böschung oder der Seemauer, wie sie sie nennen, einhergehen, ganz allein. Ich ging auch eine Weile umher und sah, daß alle Häuser gesperrt waren. Schließlich kam ich mit dem armen Mann aus der Entfernung etwas ins Gespräch; zuerst fragte ich ihn, wie es den Leuten hierherum gehe. »Ach, mein Herr«, sagte er, »es ist zum Weinen; alle sind tot oder krank. Da sind sehr wenige Familien hier unten oder in dem Dorf«, (er zeigte auf Poplar), »wo nicht die Hälfte schon tot sind und die übrigen krank.« Dann deutete er auf ein Haus. »Dort sind alle tot«, sagte er, »und das Haus steht offen; keiner traut sich hinein. Ein armer Dieb hat sich hineingewagt, um etwas zu stehlen, aber er hat für seinen Diebstahl teuer bezahlen müssen, denn man hat auch ihn gestern zum Kirchhof getragen.« Dann wies er auf verschiedene andere Häuser. »Dort«, sagte er, »sind sie alle tot, Mann und Frau und fünf Kinder. Dort drüben die sind eingeschlossen; man sieht den Wachmann vor der Tür.« Und so sprach er noch von anderen Häusern. »Nun«, sagte ich, »und was tut Ihr hier so allein?« »Nun«, sagte er, »ich bin ein armer, geschlagener Mann; es hat Gott gefallen, daß ich noch nicht heimgesucht bin, obschon es meine Familie ist und eines meiner Kinder starb.« »Wie könnt Ihr dann sagen«, sprach ich, »daß Ihr nicht heimgesucht seid?« »Nun«, sagte er, »das da ist mein Haus« (und er zeigte auf ein sehr kleines, niedrig gebautes Haus), »und dort leben mein armes Weib und zwei Kinder«, sagte er, »wenn man das noch leben nennen kann, denn mein Weib und eines der Kinder haben die Heimsuchung, aber ich gehe nicht zu ihnen.« Und bei diesen Worten sah ich ihm in Fülle die Tränen die Wangen hinablaufen; und mir liefen sie auch, das kann ich versichern.

»Aber«, sprach ich, »warum geht Ihr nicht zu ihnen? Wie könnt Ihr Euer eigen Fleisch und Blut im Stich lassen?«

»Oh, mein Herr«, sagte er, »da sei Gott vor! Ich lasse sie nicht im Stich; ich arbeite für sie, soviel ich nur kann; und, Gott helfe mir, ich halte sie frei von Not«; und damit erhob er seine Augen zum Himmel, und wie ich seine Miene sah, wußte ich, daß ich auf einen Mann getroffen war, der kein Heuchler war, sondern ein ernster, frommer, guter Mensch; und seine Stoßgebete waren der Ausdruck der Dankbarkeit dafür, daß er in der Lage, in der er sich befand, sagen konnte, seine Familie leide keine Not. »Nun ja«, sagte ich, »das ist ein großer Glücksfall, so wie die Dinge für die Armen stehen. Aber wie lebt Ihr denn, und was hat Euch vor dem Unheil bewahrt, das uns allen droht?« »Nun, mein Herr«, sagte er, »ich bin Fährmann, und da ist mein Boot, und das Boot dient mir als Haus. Ich arbeite darin am Tage und schlafe darin zur Nacht; und wenn ich etwas bekomme, lege ich es auf den Stein«, sagte er und zeigte mir einen flachen Stein auf der anderen Straßenseite, ein gutes Stück von seinem Haus, »und dann rufe ich Hallo, bis sie mich hören; und sie kommen und holen es.«
»Gut, Freund, aber wie«, sagte ich, »könnt Ihr als Fährmann Geld verdienen? Nimmt denn in diesen Tagen noch jemand den Weg über das Wasser?« »Doch, mein Herr«, sagte er, »wo ich beschäftigt bin, sehr wohl. Seht Ihr dort die fünf Schiffe vor Anker liegen« (er zeigte den Fluß hinab, ein gutes Stück unterhalb der Stadt), »und seht Ihr die acht oder zehn Schiffe, die dort oben festgemacht haben?« (er zeigte nach oberhalb der Stadt), »all diese Schiffe haben Menschen an Bord, die Familien ihrer Reeder und Eigentümer und so fort, die sich eingeschlossen haben und an Bord wohnen, streng abgesondert, aus Furcht vor der Ansteckung; und ich versorge sie, indem ich Sachen für sie einhole, Briefe befördere, und was unbedingt notwendig ist, für sie tue, damit sie nicht an Land zu kommen brauchen; und jede Nacht mache ich mein Boot an einem der Beiboote dieser

Schiffe fest, und da schlafe ich dann, und Gott helf mir, ich bin bisher gut gefahren.«

»Ja, aber Freund«, sagte ich, »lassen sie Euch denn an Bord kommen, nachdem Ihr hier an Land gewesen seid, wo alles doch in so schrecklicher Verfassung und so verseucht ist?«

»Ach, was das betrifft«, sagte er, »so gehe ich sehr selten an Deck hinauf, sondern ich liefere, was ich bringe, in dem Beiboot ab, oder ich lege an und sie hissen es hoch. Aber auch wenn ich an Bord ginge, ich glaube nicht, daß ich ihnen Gefahr brächte, denn ich gehe nie in ein Haus an Land oder berühre jemand, nein, nicht einmal von meiner eigenen Familie; ich hole nur Lebensmittel für sie.«

»Ja, aber«, sagte ich, »das kann noch schlimmer sein, denn Ihr müßt diese Lebensmittel ja von irgend jemandem herhaben; und da dieser ganze Teil der Stadt so verseucht ist, ist es gefährlich, mit irgendwem auch nur zu sprechen, denn dieses Dorf ist sozusagen der Anfang von London, wenn es auch noch ein Stück davon weg liegt.«

»Das ist wahr«, sagte er, »aber Ihr versteht mich nicht recht; ich kaufe die Lebensmittel nicht hier ein. Ich rudere nach Greenwich hinauf und kaufe dort frisches Fleisch, und manchmal rudere ich auch nach Woolwich hinab und kaufe dort ein; dann gehe ich auf einzelstehende Gehöfte im Kentischen, wo man mich kennt, und kaufe Geflügel und Eier und Butter, und dann bringe ich zu den Schiffen von dem einen oder anderen, je nachdem was sie jedesmal bestellt haben. Ich komme selten hier an Land, und ich bin jetzt nur gekommen, um mein Weib zu rufen und zu hören, wie es meiner kleinen Familie ergeht, und ihnen etwas Geld zu geben, das ich gestern abend bekommen habe.«

»Armer Mensch!« sagte ich; »und wieviel hast du für sie zusammengebracht?«

»Ich habe vier Schillinge« sagte er, »und das ist viel Geld, so wie die Dinge jetzt mit den armen Leuten stehen; aber sie haben mir auch einen Sack Brot gegeben und einen gesalzenen Fisch und etwas Fleisch; so kommt alles zueinander.«

»Nun, und hast du es ihnen schon gebracht?« sagte ich.

»Nein«, sagte er; »aber ich habe gerufen, und mein Weib hat geantwortet, daß sie nicht gleich herauskommen könne, aber in einer halben Stunde, hofft sie, kann sie es tun, und ich warte auf sie. Arme Frau! sie ist ganz elend daran. Sie hat eine Geschwulst, und sie ist aufgegangen, und ich hoffe, sie wird gesund werden; aber das Kind, fürchte ich, wird sterben, jedoch es ist der Herr –«

Hier verstummte er und weinte sehr.

»Nun, wackerer Freund«, sagte ich, »du hast einen sicheren Tröster, wenn du dahin gelangst, dich in den Willen Gottes zu ergeben; Er verfährt mit uns allen nach Seiner Gerechtigkeit.«

»Oh, mein Herr«, sagte er, »es ist schon eine unendliche Gnade, wenn einer verschont wird, und wer bin ich, daß ich murren dürfte!«

»Sprichst du so?« sagte ich, »wieviel geringer ist dann mein Glaube als der deine?« Und hier überfiel mich meine Seele mit Vorwürfen: Wieviel fester war doch dieses armen Mannes Entschluß, in der Gefahr auszuhalten, gegründet als der meine; er hatte nicht, wohin er hätte fliehen können; er hatte eine Familie, die ihn zum Unterhalt verpflichtete, das hatte ich nicht; mein Ausharren war reine Vermessenheit, seines eine echte Unabkömmlichkeit und ein Vertrauen, das in Gott ruhte; und doch hatte er jede mögliche Vorsicht für seine Sicherheit gebraucht.

Ich wandte mich ein wenig von ihm ab, während diese Gedanken mich festhielten, denn ich konnte mich in der Tat der Tränen ebensowenig erwehren wie er.

Schließlich, nachdem wir noch etwas geplaudert hatten, öffnete die arme Frau die Tür und rief: »Robert, Robert.« Er antwortete und hieß sie einige Augenblicke warten, er

werde gleich kommen; er lief die offene Treppe zu seinem Boot hinunter und holte einen Sack herauf, in dem die Lebensmittel waren, die er von den Schiffen hergebracht hatte; und als er wieder oben war, rief er wieder Hallo. Dann ging er zu dem großen Stein, den er mir gezeigt hatte, und leerte den Sack und legte alles, schön geordnet, dort nieder, und dann zog er sich zurück; und seine Frau kam mit einem kleinen Jungen, um die Sachen zu holen, und er rief ihr zu, daß der-und-der Kapitän das-und-das geschickt habe, und der-und-der Kapitän jenes, und fügte zum Schluß hinzu: »Es kommt alles von Gott; sagt Ihm dafür Dank.« Als die arme Frau alles aufgenommen hatte, war sie zu schwach, um es auf einmal hineinzutragen, obwohl es so schwer gar nicht wog; so ließ sie den Zwieback, der in einem kleinen Beutel war, liegen, und der kleine Junge blieb da, um es zu bewachen, bis sie wiederkäme.
»Und habt Ihr ihr auch«, sagte ich zu dem Mann, »die vier Schillinge gegeben, die Ihr sagtet, sie seien Euer Wochenlohn?«
»Ja, ja«, sagte er; »Ihr sollt hören, daß sie es bestätigt.« Und er rief wieder: »Rachel, Rachel«, was wohl ihr Name war, »hast du das Geld gefunden?« »Ja«, sagte sie. »Wieviel war es?« fragte er. »Vier Schillinge und ein Heller«, sagte sie. »Gut, gut«, sagte er, »der Herr bewahre euch alle«; und damit wandte er sich zum Gehen.
Wie ich mich nicht enthalten konnte, Tränen zu dieses Menschen Geschichte beizusteuern, so konnte ich es auch nicht lassen, ihm mit einer Gabe auszuhelfen. Ich rief ihn also: »Horch, mein Freund«, sagte ich, »komm hierher, denn ich glaube, du bist so gesund, daß ich es mit dir wagen kann«; und so zog ich meine Hand heraus, die solange in der Tasche gewesen war; »hier«, sagte ich, »geh und ruf deine Rachel noch einmal und gib ihr auch von mir noch diese Stärkung. Gott wird niemals eine Familie verlassen, die so

auf Ihn vertraut, wie du es tust.« Und so gab ich ihm noch vier Schillinge, und hieß sie ihn auf den Stein legen und seine Frau rufen.

Ich habe keine Worte, um dieses armen Mannes Dankbarkeit auszudrücken, und er selbst wußte sie auch nicht anders als durch Tränen zu bekunden, die sein Gesicht hinunterströmten. Er rief seine Frau und sagte ihr, Gott habe das Herz eines Fremden gerührt, ihnen, nach Anhörung ihrer Nöte, so viel Geld zu schenken, und in dieser Art sprach er noch eine ganze Menge mehr. Die Frau machte desgleichen Zeichen ihrer Dankbarkeit, zum Himmel sowohl als zu mir, und hob das Geld voll Freude auf; und ich glaube nicht, daß ich das ganze Jahr hindurch jemals Geld ausgegeben habe, das besser angelegt war.

Ich fragte dann den armen Mann, ob die Seuche denn Greenwich noch nicht erreicht habe. Er sagte, nein, bis vor vierzehn Tagen noch nicht; aber er fürchte, daß sie inzwischen dort sei, aber nur in einem Viertel der Stadt, das nach Süden gegen die Deptford Brücke hin gelegen sei; er gehe lediglich zu einem Fleischer und zu einem Krämer, wo er gewöhnlich die Dinge kaufe, um die er geschickt werde, jedoch sei er sehr vorsichtig.

Ich fragte ihn dann, wie es komme, daß diese Leute, die sich da auf den Schiffen abgeschlossen hätten, nicht genügend Vorräte von allem Notwendigen besäßen. Er sagte, einige hätten das schon, aber manche seien andererseits erst dann an Bord gegangen, als die Angst sie trieb und es schon zu gefährlich war, zu den dafür in Frage kommenden Kaufleuten zu gehen und sich im großen einzudecken; und er versorge zwei Schiffe, und er zeigte sie mir, die wenig oder gar nichts an Vorräten angelegt hätten, außer Zwiebackbrot und Schiffsbier, und beinahe alles übrige habe er für sie eingekauft. Ich fragte ihn, ob es noch mehr Schiffe gebe, die sich abgesondert hätten so wie diese. Er sagte mir, ja, die ganze Strecke von dem Punkt gegenüber Greenwich bis in die Hafenplätze von Limehouse und Redriff hinein lägen alle Schiffe, die nur Platz finden könnten, zu zwei und zwei auf der Mitte des Stroms, und einige von ihnen hätten mehrere Familien an Bord. Ich fragte ihn, ob die Seuche noch nicht zu ihnen gelangt sei. Er sagte, er glaube nicht, außer auf zwei oder drei Schiffen, wo man nicht so wachsam gewesen war wie auf den anderen, die Matrosen am Anlandgehen zu hindern; und er sagte, es sei ein schöner Anblick, die Schiffe so den ganzen Pool hinauf liegen zu sehen.

Als er sagte, er werde nach Greenwich hinüberfahren, sobald die Flut einsetze, fragte ich, ob er mich mit ihm fahren lassen und mich wieder zurückbringen wolle, denn es liege mir viel daran, die Schiffe so aufgereiht zu sehen, wie er mir erzählt habe. Er sagte, wenn ich ihm mein Wort als Christ und aufrechter Mann geben wolle, daß ich nicht die Pest habe, dann sei er einverstanden. Ich versicherte ihm, daß ich sie nicht hatte; daß es Gott gefallen habe, mich zu veschonen; daß ich in Whitechapel wohnte, aber nicht die Geduld besäße, so lange im Hause zu bleiben, und daß ich mich so weit hinausgewagt hätte, um ein wenig frische Luft zu schöpfen, aber daß niemand in meinem Hause auch nur einen Hauch von der Pest habe.

»Nun gut, Sir«, sagte er, »da Euer gutes Herz Euch für mich und meine arme Familie zu Mitleid bewegt hat, könnt Ihr nicht so gefühllos sein und in mein Boot einsteigen, ohne wirklich ganz gesund zu sein, denn das würde nicht weniger bedeuten, als mich zu töten und meine ganze Familie ins Unglück zu stürzen.« Der arme Mann machte mir so zu schaffen, als ich ihn mit solch verständiger Sorge und auf solch liebevolle Art von seiner Familie sprechen hörte, daß ich es zuerst nicht über mich brachte, überhaupt mitzufahren. Ich sagte ihm, ich wolle mir lieber meine Neugier aufsparen, als ihn unruhig zu machen, obwohl ich sicher sei und sehr dankbar dafür, daß ich nicht mehr von der Pest an mir trage als der frischeste Mensch der Welt. Nun, er wollte auch nicht, daß ich es aufschöbe, und um mir zu beweisen, mit welcher Gewißheit er mir Vertrauen schenkte, drang er nunmehr in mich mitzufahren; und so stieg ich denn, als die Flut bis zu seinem Boot gekommen war, ein, und er fuhr mich nach Greenwich. Während er die Sachen einkaufte, die er zu kaufen beauftragt war, ging ich auf die Höhe des Hügels hinauf, zu dessen Füßen die Stadt liegt, und auf die Ostseite der Stadt, um eine Aussicht auf den Fluß zu haben. Wirklich, es war ein überraschender Anblick zu sehen, wieviele Schiffe da in Reihen lagen, immer zwei und zwei, und an manchen Stellen zwei oder drei solcher Reihen in der ganzen Breite des Flusses; und das nicht nur ganz bis zur Stadt hin auf der Flußstrecke, die der Pool heißt, zwischen Ratcliff und Redriff, sondern auch den ganzen Fluß abwärts, ja bis nach Long Reach hinunter, dessen Höhe das Entfernteste ist, was die Hügel uns zu sehen erlauben.

Ich kann die Zahl der Schiffe nicht schätzen, aber ich glaube, es müssen mehrere hundert Segel gewesen sein; und ich konnte diesem Ausweg, den man da gefunden hatte, nur Beifall zollen, denn zehntausend Menschen, vielleicht mehr, die mit dem Schiffsgewerbe zu tun hatten, waren hier sicherlich vor dem Toben der Seuche geschützt und lebten recht sicher und bequem.

Ich kehrte zufrieden mit meiner Tagereise und besonders mit meinem armen Freund in meine Wohnung zurück; und es freute mich auch zu sehen, daß für so viele Familien in der Zeit solcher Trübsal diese kleinen Zufluchtsorte geschaffen worden waren. Ich beobachtete dann, daß so, wie die Pest an Heftigkeit zunahm, die Schiffe mit Familien an Bord sich entfernten und weiter fort fuhren, bis zuletzt, so hat man mir erzählt, manche ganz auf See hinausgingen und an der Nordküste die Häfen und ungefährdeten Plätze aufsuchten, die sie am besten erreichen konnten.

Aber es war ebenfalls wahr, daß die Leute, die so das Land verlassen hatten und auf den Schiffen lebten, nicht vollkommen sicher vor der Ansteckung waren, denn viele starben und wurden über Bord in den Fluß geworfen, manche in Särgen, manche, wie ich hörte, auch ohne, und ihre Leichen konnte man öfters mit der Flut den Fluß hinauf und hinunter treiben sehen.

Aber ich glaube, ich kann so weit gehen zu sagen, daß bei den Schiffen, die dennoch infiziert wurden, es geschah, entweder weil man sich da zu spät besonnen hatte und erst dann auf das Schiff ausgewichen war, als man schon zu lange am Land verweilt hatte und die Pest bereits im Leibe trug, vielleicht ohne es selbst zu bemerken; und so ist die Pest nicht zu ihnen an Bord gekommen, sondern sie haben sie in Wahrheit selbst mitgebracht; oder es geschah auf jenen Schiffen, wo, wie es der arme Fährmann sagte, man nicht mehr genügend Zeit gehabt hatte, sich mit Lebensmittelvorräten einzudecken, sondern genötigt war, oft jemand ans Land zu schicken, um einzukaufen, oder Boote bei sich anlegen lassen mußte, die vom Ufer kamen. Und so wurde die Seuche zu ihnen eingeschleppt, ohne daß sie es merkten.

Und hier muß ich einmal die Feststellung treffen, daß eine merkwürdige Denkungsart der Londoner Bevölkerung zu der Zeit in äußerstem Grade zu ihrer eigenen Vernichtung beitrug. Die Pest begann, wie ich es geschildert habe, am anderen Ende der Stadt, in Long Acre, Drury Lane etc. und bewegte sich nur sehr allmählich und langsam auf die innere Stadt zu. Sie machte sich zuerst im Dezember bemerkbar, dann wieder im Februar, dann wieder im April, und immer nur recht wenig auf einmal; dann hörte sie bis Mai ganz auf, und noch in der letzten Woche im Mai gab es nur siebzehn Fälle, und alle in jenem Teil der Stadt; und diese ganze Zeit über, ja sogar noch bis dann 3000 in der Woche starben, hatten in Redriff und in Wapping und in Ratcliff, auf beiden Ufern, und beinahe auf der ganzen Southwark-Seite die Leute die mächtige Einbildung, daß sie nicht heimgesucht werden würden oder daß es zumindest bei ihnen nicht so schlimm sein werde. Manche hatten die Vorstellung, daß der Geruch von Pech und Teer und solcher anderen Stoffe wie Öl und Harz und Schwefelstein, die von allen im Schiffsbau tätigen Handwerksgewerben so viel gebraucht werden, sie bewahren werde. Andere führten als Beweis an, daß die Seuche, als sie in Westminster und St. Giles und St. Andrew aufs äußerste wütete, in ihrer Richtung gesehen wieder abnahm, und das war zum Teil auch wahr. Zum Beispiel:

Vom 8. bis 15. August:	
St. Giles	242
Cripplegate	886
Stepney	197
St. Margaret, Bermondsey	24
Rotherhithe	3
	1352

Vom 15. bis 22. August:	
St. Giles	175
Cripplegate	847
Stepney	273
St. Margaret, Bermondsey	36
Rotherhithe	2
	1333

N. B. – Es war zu beachten, daß die Fälle, die zu dieser Zeit für die Stepney Pfarre gezählt wurden, fast alle in jenem Teil der Pfarre waren, wo Stepney an Shoreditch angrenzt, und den wir heute Spitalfields nennen; die Stepney Pfarre kommt dort ganz dicht bis an die Kirchhofsmauer von Shoreditch heran; und die Pest, die zu der Zeit in St. Giles schon im Nachlassen war, wütete mit aller Heftigkeit in Cripplegate, Bishopsgate und Shoreditch; aber man hätte nicht zehn Todesfälle in der Woche in dem ganzen anderen Teil der Stepney Pfarre zählen können, die damals Limehouse, Ratcliff Highway und die heutigen Pfarren Shadwill und Wapping einschloß und sogar bis nach St. Catherine beim Tower reichte; und das blieb so, bis der ganze Monat August zu Ende ging. Aber später hatten sie dort dafür zu bezahlen, wie ich nach und nach noch berichten werde.

Dies, sage ich, gab den Leuten von Redriff und Wapping, Ratcliff und Limehouse ein solches Gefühl der Sicherheit, und so sehr gaukelten sie sich vor, die Pest werde vorübergehen, ohne sie zu berühren, daß sie weder daran dachten, aufs Land zu fliehen, noch sich einzuschließen. Ja, so wenig Sorgen machten sie sich, daß sie sogar Freunde und Verwandte aus der City in ihr Haus aufnahmen, und von anderswoher suchten verschiedene Leute tatsächlich Zuflucht in jenem Teil der Stadt, als sei dort ein Ort der Sicherheit, ein Ort, den Gott, so glaubten sie, übergehen und nicht heimsuchen werde, wie Er die übrigen heimsuchte.

Und dies war der Grund, daß sie dort, als die Pest dann über sie kam, bestürzter, weniger vorbereitet und viel ratloser waren als anderswo; denn als das Unheil bei ihnen ernstlich und mit Macht ausbrach, wie es im September und im Oktober wirklich geschah, gab es dann kein Entweichen aufs Land mehr, niemand ließ da noch einen Fremden nahekommen, nein, nicht einmal ihren Ortschaften durfte sich jemand nähern; und mehrere Leute, so habe ich mir erzählen lassen, die auf der Surrey-Seite ins Land hineinwanderten, sind in den Wäldern und Auen verhungert aufgefunden worden; die Gegend ist dort zugänglicher und waldiger als sonst so nahe bei London, und besonders um Norwood und die Gemeinden Camberwell, Dulwich und Lusum herum, und dort, scheint es, hatte niemand das Herz, den armen Notleidenden etwas zu reichen, aus Furcht vor der Ansteckung.

Diese Vorstellung, von der, wie ich sagte, die Leute in jenem

Stadtteil so durchdrungen waren, führte teilweise dazu, wie ich auch schon sagte, daß sie darauf verfielen, sich in Schiffen abzusondern; und wo sie das frühzeitig getan hatten und klug genug gewesen waren, sich so mit Lebensmitteln zu versehen, daß sie nicht genötigt waren, zum Einkaufen an Land zu gehen oder jemand mit Lieferungen an Bord kommen zu lassen – ich sage, wo sie das getan hatten, da waren sie bestimmt am allersichersten von allen aufgehoben; aber der Schreck war so groß, daß die Leute in ihrer Angst an Bord rannten ohne Brot zum Essen, und manche auf Schiffe, auf denen keine Besatzung war, die das Schiff hätte fortbewegen oder in einem Ruderboot hätte den Fluß hinabfahren können, um einzukaufen, wo man das ungefährdet tun konnte, und diese hatten zu leiden und wurden an Bord ebenso angesteckt wie an Land.
Wie die Reicheren auf Schiffe gingen, so machten sich die weniger Bemittelten auf die Kähne, Schaluppen, Hafen- und Fischerboote; und viele, besonders Fährleute, schliefen in ihren Booten; aber für sie wirkte es sich nicht so glücklich aus, besonders für die letzteren nicht, denn da sie um Proviant herumzufahren hatten und vielleicht dadurch, daß sie ihren Lebensunterhalt verdienen mußten, drang die Seuche unter ihnen ein und hielt eine furchtbare Ernte; viele der Fährleute starben allein in ihren Fährbooten, während sie auf einer Fahrt unterwegs waren, manche auf Deck, manche in der Kajüte, und wurden erst gefunden, als sie bereits in einem Zustand waren, in dem niemand sie anfassen oder ihnen nahekommen konnte.
Wirklich, das Schicksal der Menschen in diesem Seefahrtsviertel war sehr beklagenswert und verdiente das größte Mitgefühl. Aber ach! dies war eine Zeit, wo jedermann so sehr um seine eigene Sicherheit besorgt war, daß keiner Mitleid für die Nöte der anderen übrig hatte; denn jeder hatte den Tod sozusagen vor der Tür stehen, und bei vielen

war er schon im Haus, und sie wußten nicht, was sie tun oder wohin sie fliehen sollten.
Dies, sage ich, löschte alles Mitgefühl aus; Selbsterhaltung schien in der Tat das einzige Gesetz zu sein. Denn Kinder liefen von ihren Eltern fort, wenn die in äußersten Qualen dahinsiechten. Und manchmal, wenn auch nicht so häufig wie umgekehrt, taten Eltern das gleiche ihren Kindern an; ja, einige gräßliche Beispiele gab es, einmal waren es gar zwei in einer Woche, daß Mütter, rasend und außer sich vor Pein, ihre eigenen Kinder töteten; eine davon war nicht weit weg von meiner Wohnung, und das arme wahnverblendete Geschöpf lebte nicht einmal so lange, um sich bewußt zu werden, welche Sünde sie begangen hatte, geschweige denn, um dafür die Strafe zu empfangen.
Man darf sich allerdings nicht zu sehr wundern, denn die unmittelbar drohende Gefahr für unser Leben ertötete alle Innigkeit der Liebe, jedes Gefühl des Umeinanderbekümmertseins. Ich spreche im allgemeinen, denn es gab viele Beispiele von Zuneigung, Mitleiden und Pflichtbewußtsein, die unerschüttert blieben, und mit einigen davon wurde ich näher bekannt, das heißt, vom Hörensagen; denn für die Wahrheit der Einzelheiten kann ich die Bürgschaft nicht übernehmen.
Um eines dieser Beispiele anzuführen, möchte ich zunächst darauf hinweisen, daß in der ganzen Notzeit zu den bedauernswertesten Betroffenen die schwangeren Frauen gehörten, die, wenn die Stunde ihrer Wehen und der Niederkunft nahte, keinerlei Hilfe von irgend jemand finden konnten; weder Hebamme noch Nachbarsfrauen kamen zu ihrem Lager. Die meisten Hebammen waren tot, besonders die, die unter den Armen gewirkt hatten; und viele, von den angeseheneren Hebammen eigentlich alle, waren aufs Land geflohen; so war es beinahe unmöglich für eine Frau, die nicht einen unerhörten Preis bezahlen konnte, überhaupt

eine Hebamme zu bekommen, die ihr beistand; und wenn sie eine bekommen konnte, dann war sie meist ein ungeschicktes und ganz unwissendes Geschöpf; und die Folge davon war, daß eine ungewöhnliche und übergroße Zahl von Frauen in die äußerste Bedrängnis geriet. Einige kamen nieder, und dann verdarb die Unerfahrenheit und Unwissenheit dieser Frauen, die nur vorgaben, Hebammen zu sein, alles. Zahllose Kinder, kann man sagen, wurden durch die gleiche, wenn auch unentschuldbarere Ignoranz gemordet, die vorgab, die Mutter retten zu wollen, was immer aus dem Kind wurde; und nur zu oft gingen auf diese Art sowohl Mutter wie Kind verloren; und wenn gar die Mutter die Seuche hatte, gab es niemanden, der zu ihr ging, und dann kamen sie manchmal beide um. Bisweilen war die Mutter an der Pest gestorben und das Kind vielleicht erst halb geboren, oder geboren, aber noch nicht von der Mutter getrennt. Manche Frauen starben schon in den Wehen und gebaren gar nicht; und so vielfältig waren die Fälle dieser Art, daß man sie kaum alle übersehen kann.
Etwas davon kann man in den ungewöhnlichen Zahlen aufscheinen sehen, die auf den wöchentlichen Sterberegistern eingetragen stehen (obwohl ich weit davon entfernt bin, ihnen zuzugestehen, daß sie einen auch nur annähernd vollständigen Bericht geben), und zwar unter den Rubriken:

Wochenbett
Früh- und Totgeburten
Täuflinge und Kleinkinder

Nehmen wir die Wochen, in denen die Pest am heftigsten war, und vergleichen sie mit den Wochen des gleichen Jahres vor dem Ausbruch der Seuche. Zum Beispiel:

				Wochen-bett	Früh-geburten	Tot-geburten
Vom	3. Januar	bis	10. Januar	7	1	13
"	10. "	"	17. "	8	6	11
"	17. "	"	24. "	9	5	15
"	24. "	"	31. "	3	2	9
"	31. "	"	7. Februar	3	3	8
"	7. Februar	"	14. "	6	2	11
"	14. "	"	21. "	5	2	13
"	21. "	"	28. "	2	2	10
"	28. "	"	7. März	5	1	10
				48	24	100

				Wochen-bett	Früh-geburten	Tot-geburten
Vom	1. August	bis	8. August	25	5	11
"	8. "	"	15. "	23	6	8
"	15. "	"	22. "	28	4	4
"	22. "	"	29. "	40	6	10
"	29. "	"	5. Sept.	38	2	11
"	5. Sept.	"	12. "	39	23	—
"	12. "	"	19. "	42	5	17
"	19. "	"	26.	42	6	10
"	26. "	"	3. Oktober	14	4	9
				291	61	80

Zu der großen Verschiedenheit dieser Zahlen ist noch zu sagen und zu berücksichtigen, daß es – und darüber pflegten wir alle, die damals an Ort und Stelle weilten, einer Meinung zu sein – während der Monate August und September nicht ein Drittel soviel Menschen in der Stadt gab, wie es im Januar und im Februar gewesen waren. In einem Wort, eine durchschnittliche Zahl derer, die gewöhnlich an einem dieser drei Dinge starben, und die Zahl derer, die daran, wie ich höre, tatsächlich im Jahre zuvor starben, lautete so:

1664:	
Wochenbett	189
Früh- und Totgeburten	458
	647

Hingegen 1665:	
Wochenbett	625
Früh- und Totgeburten	617
	1242

Diese Ungleichheit, sage ich, verschärft sich noch erheblich, wenn man die Bevölkerungszahl in Betracht zieht. Ich maße mir nicht an, eine genaue Berechnung der Zahl der Bevölkerung, die zu der Zeit in der Stadt war, zu unternehmen, aber ich werde in diesem Betreff schrittweise zu einem Wahrscheinlichkeitsüberschlag zu kommen suchen. Was ich jetzt eben sagte, soll nur das Elend jener armen Menschenkinder beleuchten, von denen man wohl sagen könnte, wie es die Schrift tut: »Wehe den Frauen in jenen Tagen, die schwanger sind, und wehe denen, die ein Kind säugen!« Denn fürwahr, ein Wehe war es für sie ganz besonders.

Ich hatte zu nicht vielen der einzelnen Familien, wo diese Dinge sich zutrugen, Beziehungen, aber die Aufschreie der Bejammernswerten waren weit in der Ferne zu hören. Was die Schwangeren angeht, haben wir eine Berechnung vorliegen; 291 Frauen waren in neun Wochen im Kindbett gestorben, während in einem gewöhnlichen Jahr während der gleichen Zeit bei einer dreifachen Einwohnerzahl nur 84 aus derselben Ursache starben. Der Leser mag sich selbst die Proportion ausrechnen.

Es kann kein Zweifel bestehen, daß der Jammer für die stillenden Mütter ebenso groß war. Unser Sterberegister konnte darüber nur wenig Licht verbreiten, aber einiges erhellte es doch. Es waren einige mehr als gewöhnlich, die während der Stillzeit verhungerten, aber das war noch nichts. Das Elend fing erst an, als sie aus Mangel an Pflege verhungerten: Die Mutter starb, und dann fand man die ganze Familie und die Kinder mitsammen tot, einfach dem Mangel erlegen; und wenn ich meine Meinung sagen darf, so glaube ich, daß viele Hunderte armer hilfloser Kinder auf diese Weise umgekommen sind. Das nächste war, daß sie nicht verhungerten, sondern sich beim Stillen vergifteten. Ja, auch wenn die Mutter selbst stillte, vergiftete sie, hatte sie einmal die Ansteckung, vielleicht ohne es zu wissen, das Kind, das heißt, sie infizierte es mit ihrer Milch; und in solchen Fällen starb dann das Kind gar vor der Mutter. Ich darf nicht vergessen, der Nachwelt diese Mahnung zu hinterlassen: Sollte dieser Stadt wieder eine solche furchtbare Heimsuchung widerfahren, dann sollten alle schwangeren Frauen und stillenden Mütter, wenn sie es nur irgend ermöglichen können, den Ort verlassen, denn ihr Elend wird, wenn sie von der Krankheit befallen werden, das aller anderen Menschen übersteigen.

Ich könnte hier schaurige Geschichten erzählen, von lebenden Kindern, die man an der Brust ihrer Mutter oder ihrer Amme saugend fand, nachdem diese an der Pest gestorben war. Oder von einer Mutter in meiner Pfarre, die, da ihr Kind nicht wohl war, einen Apotheker rufen ließ, daß er das Kind anschaue; und als er kam, so wird erzählt, gab sie dem Kind gerade die Brust und war allem Anschein nach völlig wohlauf; aber als der Apotheker nähertrat, sah er die Anzeichen auf der Brust, mit der sie das Kind stillte. Er war zwar gewiß sehr erschrocken, aber da er die arme Frau nicht zu sehr beunruhigen wollte, bat er sie, sie möge ihm das Kind in den Arm geben; er nahm also das Kind, ging mit ihm zu einer Wiege, die dort stand, legte es hinein und fand, als er die Windeln öffnete, auch an dem Kind die Anzeichen, und beide starben, bevor er heimgelangen konnte, um dem

Vater des Kindes, dem er von ihrem Zustand gesagt hatte, eine vorbeugende Medizin zu schicken. Ob das Kind die stillende Mutter angesteckt hatte oder die Mutter das Kind, war nicht sicher, aber das letzte sehr wahrscheinlich. Oder wiederum von einem Kind, das man von einer Amme, die an der Pest gestorben war, zu den Eltern nach Hause brachte, doch die zärtliche Mutter ließ sich nicht davon abbringen, das Kind an sich zu nehmen, und legte es an ihre Brust, wodurch sie angesteckt wurde, und sie starb, und das Kind in ihren Armen war auch tot.

Es müßte das härteste Herz rühren, von den Fällen zu hören, die häufig vorkamen, daß zärtliche Mütter ihre geliebten Kinder umsorgten und umhegten und dann gar vor ihnen starben, und manchmal holten sie sich die Krankheit von ihrem Kind und starben, während das Kind, für das das liebevolle Herz sich geopfert hatte, alles überwand und davonkam.

Oder wie es einem Händler in East Smithfield erging, dessen Frau ihr erstes Kind unter dem Herzen trug und in die Wehen kam, mit der Pest im Leibe. Er konnte weder eine Hebamme bekommen, ihr beizustehen, noch eine Kindsamme, sie zu warten, und die beiden Mägde, die er gehabt hatte, waren beide davongelaufen. Er rannte von Haus zu Haus wie ein Verrückter, konnte aber keine Hilfe finden; alles, was er erreichen konnte, war, daß ein Wachmann, der vor einem wegen Infektion gesperrten Haus auf Posten stand, am nächsten Morgen eine Krankenpflegerin zu schicken versprach. Der arme Mann kehrte mit gebrochenem Herzen zurück, stand seiner Frau bei, so gut er konnte, versah den Dienst einer Hebamme, brachte das Kind tot zur Welt, und eine Stunde später starb seine Frau in seinen Armen; und er hielt ihren toten Körper fest umschlungen bis zum Morgen, als der Wachmann kam und die Amme brachte, wie er versprochen hatte; und als sie die Treppe heraufkamen, denn er hatte die Haustür offen oder nur eingeklinkt gelassen, fanden sie den Mann mit seiner toten Frau in den Armen dasitzen und so vom Kummer überwältigt, daß er in einigen Stunden danach starb, ohne irgendein Zeichen von Ansteckung, sondern nur von der Last seines Kummers erdrückt.

Ich habe auch von solchen gehört, die beim Tode ihrer Lieben vor unerträglichem Trauerschmerz irrsinnig geworden sind, und von einem im besonderen, der so vollständig von der Gewalt, die seine Geister erlitten, übermannt wurde, daß sein Kopf nach und nach in seinen Körper hineinsank, so tief zwischen die Schultern, daß sein Schopf nur noch sehr wenig über das Schulterbein hinausragte; nach und nach verlor er Stimme und klares Bewußtsein, und sein Gesicht lag, vornübergebeugt, auf seinem Schlüsselbein und konnte nicht anders hochgehalten werden, als daß ein anderer es mit den Händen hochrichtete; und der arme Mensch kam nie wieder ganz zu sich, sondern siechte beinahe ein Jahr lang in diesem Zustand dahin und starb. Und nie konnte man ihn seinen Blick erheben oder einen bestimmten Gegenstand ins Auge fassen sehen.

Ich kann es nicht unternehmen, von solchen Begebnissen wie diesen mehr als einen allgemeinen Überblick zu geben, weil es unmöglich war, sich über die Einzelheiten zu unterrichten, da doch öfter die ganzen Familien, in denen solches sich zugetragen hatte, von der Seuche dahingerafft wurden. Aber es gab zahllose Fälle dieser Art, die sich dem Ohr und dem Auge darboten, wenn man nur durch die Straßen ging, wie ich oben schon andeutete. Auch ist es nicht leicht, eine Begebenheit dieser oder jener Familie zuzuschreiben, ohne daß man eine ganze Reihe von ähnlich lautenden Parallelerzählungen vorfindet.

Aber da ich jetzt von der Zeit spreche, als die Pest im östlichsten Teil der Stadt wütete, wie die Leute dort sich so lange vorgegaukelt hatten, sie würden ungeschoren davonkommen, und wie überrascht sie dann waren, als es dennoch kam, wie es geschah (denn in der Tat, es kam über sie wie mit Waffengewalt) – ich sage, dies bringt mich wieder zu den drei armen Männern, die von Wapping aus loszogen, nicht wissend, wohin gehen und was tun, und die ich vorher schon erwähnte; einer ein Zwieback-Bäcker, einer ein Segelmacher und der dritte ein Schreiner, alle von Wapping oder da herum.

Die Verschlafenheit und das Sicherheitsgefühl waren dort, wie ich bemerkte, so stark, daß sie nicht nur keinerlei Vorsorge trafen, wie es andere taten, sondern sich brüsteten, sie seien sicher und die Sicherheit auf ihrer Seite; und viele Leute flohen aus der City und aus befallenen Vororten nach Wapping, Ratcliff, Limehouse, Poplar und so weiter, als Stätten der Sicherheit; und es ist keineswegs unwahrscheinlich, daß sie dadurch, daß sie dies taten, halfen, die Pest nur rascher in dieser Richtung fortzupflanzen, als sie sonst gekommen wäre. Denn obgleich ich durchaus dafür bin, daß die Leute sich davonmachen und eine Stadt wie die unsere beim ersten Anzeichen einer ähnlichen Heimsuchung räumen und daß alle Leute, die nur irgendeinen Unterschlupf haben, davon beizeiten Gebrauch machen und abreisen, so muß ich dennoch sagen, daß, wenn alle, die fliehen wollen, weg sind, diejenigen, die dableiben und es überstehen müssen, sich stocksteif auf der Stelle aufhalten sollten, wo sie sind, und nicht von einem Ende der Stadt oder einem Viertel ins andere hinüberwechseln; denn das ist der Fluch und das Unheil von allem, und sie schleppen in den Kleidern, die sie tragen, die Pest von Haus zu Haus.

Warum hatte man uns denn geheißen, alle Hunde und Katzen zu töten, wenn nicht deswegen, weil sie als Haustiere gern von einem Haus in das andere laufen und von einer Straße in die nächste und so die Effluvien oder ansteckenden Körperdünste von Kranken leicht in ihrem Pelz oder Haar mit herumtragen können? Und aus diesem Grunde geschah es, daß bei Beginn der Seuche ein Erlaß des Lordbürgermeisters und des Magistrats veröffentlicht wurde, gemäß dem Rat der Ärzte, daß alle Hunde und Katzen sofort getötet werden sollten, und ein Beamter wurde ernannt, dies durchzuführen.

Es ist unglaublich, wenn man sich auf dessen Bericht verlassen kann, welch eine Unzahl dieser Geschöpfe vernichtet wurde. Ich glaube, man sprach von vierzigtausend Hunden und fünfmal soviel Katzen; nun ja, wenige Häuser waren ohne Katze, manche hatten mehrere, manchmal fünf oder sechs in einem Haus. Alle möglichen Anstrengungen wurden auch unternommen, um die Mäuse und Ratten zu vertilgen, besonders die letzteren, indem man Rattengift und anderes für sie auslegte, und auch von ihnen wurde eine Unmenge vernichtet.

Ich dachte oft über den unvorbereiteten Zustand nach, in dem die gesamte Bevölkerung sich befand, als das Unheil zuerst über sie kam, und wie es nur aus Mangel an dem rechtzeitigen Ergreifen von Maßnahmen und Vorkehrungen, öffentlichen sowohl wie privaten, geschah, daß uns all die nachfolgende Wirrsal überfiel und eine so überaus große Zahl von Menschen in dem Unglück zugrunde ging, was, wenn geeignete Schritte unternommen worden wären, mit der Hilfe der Vorsehung hätte vermieden werden können und woraus die Nachwelt, wenn sie geneigt ist, einen Aufruf und eine Warnung entnehmen mag. Aber hierauf werde ich noch zurückkommen.

Ich komme wieder auf meine drei Männer zu sprechen. Ihre Geschichte enthält in jedem Kapitel eine Moral, und ihre ganze Aufführung und die von einigen, denen sie sich anschlossen, ist ein Muster, dem alle armen Männer folgen können und auch Frauen, wenn jemals eine solche Zeit wiederkehren sollte; und wenn es keinen anderen Zweck gab, um es aufzuzeichnen, so glaube ich, dies ist ein sehr guter, ob mein Bericht nun genau den Tatsachen entspricht oder nicht.

Zwei von ihnen sollen Brüder gewesen sein, der eine ein ehemaliger Soldat und jetzt ein Zwieback-Bäcker; der andere ein lahmer Seemann und jetzt ein Segelmacher; der dritte ein Schreiner. Sagte John, der Zwieback-Bäcker, eines Tages zu Thomas, seinem Bruder, dem Segelmacher: »Bruder Tom, was soll aus uns werden? Die Pest wird immer heißer in der Stadt, und sie breitet sich in dieser Richtung aus. Was sollen wir tun?«

»Wahrhaftig«, sagte Thomas, »ich weiß wirklich nicht, was wir tun sollen, denn ich meine, wenn sie hier nach Wapping kommt, dann wird man mich aus der Wohnung weisen.«

Und so fingen sie an, sich schon vor der Zeit Gedanken zu machen.

JOHN: »Dich aus der Wohnung weisen, Tom! Wenn das geschieht, dann möchte ich wissen, wer dich aufnehmen wird; denn die Leute sind jetzt so furchtsam voreinander, es gibt nirgends eine Unterkunft zu mieten.«

THOMAS: »Nun, die Leute, bei denen ich wohne, sind gute, nette Menschen und sind auch immer recht freundlich zu mir; aber sie sagen, ich gehe jeden Tag aus dem Haus zum Arbeiten, und das sei gefährlich; und sie reden davon, sich einzuschließen und niemand an sich herankommen zu lassen.«

JOHN: »Nun, sie haben recht, bestimmt, wenn sie sich entschließen wollen, trotz allem in der Stadt zu bleiben.«

THOMAS: »Ja, und vielleicht entschließe ich mich sogar auch und bleibe im Haus, denn außer einem Satz Segel, den mein Meister in Auftrag hat und den ich gerade fertigmache, bekomme ich wahrscheinlich für eine ganze Weile keine Arbeit mehr. Es rührt sich nichts im Geschäft, jetzt. Arbeiter und Dienstleute werden überall entlassen, und so könnte ich froh sein, wenn sie mich mit einschließen; aber ich sehe noch nicht, daß sie darauf bereitwilliger eingehen werden.«

JOHN: »Aber was willst du sonst tun, Bruder? Und was soll ich tun? Denn mir geht es beinahe so schlecht wie dir. Die Leute, bei denen ich wohne, sind alle aufs Land gegangen, mit Ausnahme einer Magd, und sie soll nächste Woche auch gehen und das Haus ganz abschließen, so daß ich sogar noch vor dir an die frische Luft gesetzt sein werde, und ich möchte gern auch fortgehen, wenn ich nur wüßte, wohin.«

THOMAS: »Wir waren beide verrückt, daß wir nicht gleich fortgegangen sind; damals hätten wir noch überall hingehen können. Jetzt kann man sich nicht mehr hinausrühren; wir werden verhungern, wenn wir es wagen, die Stadt zu verlassen. Sie werden uns nichts zu essen geben, nein, auch für unser Geld nicht, und uns nicht in die Ortschaften einlassen, noch viel weniger in ihre Häuser.«

JOHN: »Und was beinahe noch schlimmer ist, ich habe auch sehr wenig Geld, um weiterzukommen.«

THOMAS: »Was das betrifft, so könnten wir uns aushelfen. Ich habe ein bißchen, wenn auch nicht viel; aber, was ich dir sage, auf der Straße ist kein Vorwärtskommen. Ich kenne ein paar arme, ehrliche Kerle in unserer Straße, die haben versucht, sich auf die Reise zu machen, und in Barnet oder in Whetstone oder da herum haben die Leute gedroht, auf sie zu schießen, wenn sie es wagen sollten, weiterzugehen, und so sind sie ganz mutlos wieder zurückgekommen.«

JOHN: »Ich hätte mich von ihrem Feuer nicht abschrecken lassen, wenn ich dort gewesen wäre. Wenn sie mir für mein Geld Nahrung verweigerten, dann hätten sie sehen sollen, wie ich es mir vor ihren Augen einfach genommen hätte, und wenn ich Geld dafür bezahlt hätte, hätten sie auch nicht gesetzlich gegen mich vorgehen können.«

THOMAS: »Du sprichst wie ein alter Soldat, als ob du noch

immer in Holland wärst, aber dies ist eine ernste Angelegenheit. Die Leute haben ein gutes Recht, jeden fernzuhalten, von dem sie nicht sicher sind, daß er gesund ist – in einer solchen Zeit wie jetzt, und wir dürfen sie nicht ausplündern.«

JOHN: »Nein, Bruder, du verstehst die Sache falsch und mich auch. Ich würde niemanden ausplündern, aber wenn eine Stadt an der Straße sich weigern darf, mich auf der offenen Hauptstraße durch den Ort passieren zu lassen, und wenn sie mir für mein Geld Lebensmittel verweigern darf, so heißt das, eine Stadt hat das Recht, mich zum Hungertod zu verdammen, und das kann nicht wahr sein.«

THOMAS: »Aber sie nehmen dir nicht die Freiheit, wieder dorthin zurückzugehen, woher du gekommen bist, und darum verdammen sie dich nicht zum Hungertod.«

JOHN: »Aber die nächste Stadt hinter mir wird, nach der gleichen Regel, mir den Rückweg verwehren, und so lassen sie mich zwischen sich verhungern. Außerdem gibt es kein Gesetz, das mir verbietet, auf der Straße hinzugehen, wohin immer ich will.«

THOMAS: »Aber es wird so schwierig sein, sich mit ihnen in jeder Ortschaft an der Straße herumzustreiten, daß es nichts für arme Leute ist, so etwas, besonders zu einer solchen Zeit wie dieser, zu unternehmen.«

JOHN: »Nun, Bruder, unter diesen Umständen sind wir schlimmer daran als irgend jemand sonst, denn wir können weder weggehen noch hier bleiben. Ich komme mir wie einer der Aussätzigen von Samaria vor; wenn wir hier bleiben, müssen wir sicherlich sterben; ich meine besonders, so wie es um dich und mich bestellt ist, mit keinem eigenen Wohnhaus und ohne eine Unterkunft in jemandes anderen Haus. In einer solchen Zeit wie jetzt kann man nicht auf der Straße liegen; ebensogut könnten wir sogleich in den Totenkarren steigen. Darum sage ich, wenn wir hier bleiben, werden wir bestimmt sterben, und wenn wir fortgehen, können wir höchstens sterben; ich bin dafür, wir gehen.«

THOMAS: »Du willst gehen? Wohin willst du gehen, und was kannst du machen? Ich würde ebenso gern fortgehen wie du, wenn ich wüßte wohin. Aber wir haben keine Bekannten, keine Freunde. Hier sind wir geboren, hier müssen wir sterben.«

JOHN: »Schau her, Tom, das ganze Reich ist mein Geburtsland, nicht nur diese Stadt. Du könntest gerade so gut sagen, ich dürfe nicht aus dem Haus gehen, wenn es brennt, wie du sagst, ich dürfe die Stadt nicht verlassen, in der ich geboren wurde, wenn sie mit der Pest verseucht ist. Ich bin in England geboren, und ich habe ein Recht, in England zu leben, wenn ich kann.«

THOMAS: »Aber du weißt, jede vagabundierende Person kann, nach den Gesetzen Englands, aufgegriffen und zu ihrem letzten Wohnort zurückbefördert werden.«

JOHN: »Aber wie wollen sie aus mir einen Vagabunden machen? Ich möchte nichts als weiterwandern, und meine Gründe sind gesetzlich.«

THOMAS: »Aus welchen gesetzlichen Gründen können wir wohl vorgeben zu reisen oder besser zu wandern? Sie werden sich mit Worten nicht abspeisen lassen.«

JOHN: »Ist Flucht, um unser Leben zu retten, kein gesetzlicher Grund? Und wissen sie nicht alle, daß es nur allzu wahr ist? Niemand kann sagen, wir lügen.«

THOMAS: »Aber angenommen, sie lassen uns passieren, wohin sollen wir gehen?«

JOHN: »Irgendwohin, wo unser Leben sicher ist; das zu überlegen, ist Zeit genug, wenn wir aus dieser Stadt draußen sind. Wenn ich erst einmal von diesem schrecklichen Ort fort bin, dann ist es mir gleich, wohin ich gehe.«

THOMAS: »Wir werden in die schwierigsten Umstände geraten. Ich weiß nicht, was ich davon halten soll.«

JOHN: »Nun, Tom, überleg dir's noch ein bißchen.«
Dies war gegen Anfang Juli; und obwohl die Pest im Westen und Norden der Stadt Fortschritte machte, so waren doch ganz Wapping, wie ich vorher schon sagte, und Redriff und Ratcliff und Limehouse und Poplar, kurz, Deptfort und Greenwich waren auf beiden Flußseiten von der Hermitage und dem entsprechenden Punkt gegenüber ganz bis nach Blackwell hinunter vollkommen frei; es war nicht eine einzige Person in der ganzen Stepney Pfarre an der Pest gestorben, und keine einzige auf der Südseite der Whitechapel Straße, nein, niemand in all diesen Pfarren; und doch war die Zahl auf dem Totenregister in der gleichen Woche auf 1006 gestiegen.

Es war erst vierzehn Tage später, als die beiden Brüder sich wieder trafen, und dann sah der Fall ein wenig anders aus, und die Pest war außerordentlich weit vorangeschritten und die Zahl ihrer Opfer noch größer geworden; das Totenregister zeigte jetzt 2785 und stieg ungemein an, obwohl immer noch die beiden Flußufer, wie gesagt, sich recht gut hielten. Aber es fingen bereits in Redriff die ersten zu sterben an, und fünf oder sechs auch in Ratcliff Highway, als der Segelmacher, ziemlich außer Atem und verschreckt, zu seinem Bruder John kam; man hatte ihm schlechtweg seine Wohnung gekündigt, und er hatte nur eine Woche Zeit, sich umzusehen. Sein Bruder John war nicht besser dran, denn er war schon ausquartiert und hatte lediglich von seinem Meister, dem Zwieback-Bäcker, die Erlaubnis erbettelt, in einem Schuppen, der zur Werkstatt gehörte, zu bleiben, wo er nur auf Stroh schlief, über das ein paar Zwiebacksäcke oder Brotsäcke gebreitet wurden, und sich mit einigen von den gleichen Säcken zudeckte.

Jetzt beschlossen sie, da sie sahen, daß jede Beschäftigung für sie zu Ende und keine Arbeit und kein Lohn zu bekommen war, sich so gut es ging durchzuschlagen, um aus dem

Bereich der gräßlichen Seuche zu entkommen; und mit ein wenig gutem Haushalten würden sie versuchen, von dem, was sie hatten, zu leben, solange es reichte, und für das weitere arbeiten, wenn sie irgendwo Arbeit bekommen konnten, welcher Art immer sie auch sein mochte.

Während sie noch überlegten, wie sie ihr Vorhaben auf die beste Art in die Tat umsetzen könnten, erfuhr der dritte Mann, der mit dem Segelmacher sehr gut bekannt war, von dem Plan, und sie erlaubten ihm, mit von der Partie zu sein; und so bereiteten sie den Abmarsch vor.

Es zeigte sich, daß der Geldbesitz unter ihnen ungleich verteilt war, aber da der Segelmacher, der am besten versehen war, außer daß er lahm war, die wenigsten Aussichten hatte, durch Arbeiten auf dem Lande etwas zu verdienen, war er einverstanden, daß alles Geld, was sie hatten, in eine gemeinsame Kasse kam, unter der Bedingung, daß, wenn einer von ihnen mehr einnehmen sollte als ein anderer, er es alles ohne Murren in die gemeinsame Kasse geben sollte.

Sie beschlossen, sich mit so wenig Gepäck wie möglich zu beladen, denn sie wollten zunächst zu Fuß gehen und eine große Strecke zurücklegen, um wenn möglich in eine sichere Zone zu gelangen; und lange Beratungen hatten sie miteinander, bevor sie sich entscheiden konnten, welchen Weg sie nehmen sollten, und sie waren so weit von einer Einigung entfernt, daß sie bis zu dem Morgen des Abmarsches selbst noch keinen Beschluß gefaßt hatten.

Schließlich brachte der Seemann einen Gedanken vor, der den Ausschlag gab. »Erstens«, sagte er, »haben wir sehr heißes Wetter, und deswegen bin ich dafür, nach Norden zu gehen, so daß die Sonne uns nicht auf das Gesicht scheint und uns auf der Brust brennt und wir vor Hitze ersticken; und man hat mir gesagt, es sei nicht gut, sein Blut zu überhitzen zu einer Zeit, wo, man kann es nicht wissen, die Ansteckung vielleicht in der Luft liegt. Zum zweiten bin ich dafür, so zu gehen, daß wir nach Möglichkeit den Wind gegen uns haben, wenn wir losmarschieren, damit wir uns auf unserem Weg nicht vom Wind die Luft der Stadt nachblasen lassen müssen.« Diese beiden Vorsichtsregeln fanden Zustimmung für den Fall, daß der Wind, wenn sie sich nach Norden wandten, nicht gerade aus dem Süden kam.

Dann brachte John, der Bäcker, der Soldat gewesen war, seine Meinung vor. »Erstens«, sagte er, »erwarten wir alle nicht, unterwegs eine Unterkunft zu finden, und es wäre ein bißchen zu viel, einfach im Freien zu schlafen. Obwohl das Wetter warm ist, so kann es doch feucht und regnerisch sein, und wir haben doppelten Grund, in einer Zeit wie jetzt auf unsere Gesundheit achtzugeben; und deshalb«, so sprach er, »könntest du, Bruder Tom, der du ein Segelmacher bist, uns leicht ein kleines Zelt machen, und ich erbiete mich, es jeden Tag aufzustellen und wieder abzubauen, und was scheren uns alle Herbergen Englands noch; wenn wir ein gutes Zelt über dem Kopf haben, geht es uns gut genug.«

Der Schreiner widersprach und sagte, sie sollten das nur ihm überlassen; er erbiete sich, ihnen jede Nacht ein Haus zu bauen, mit Axt und Hammer, und auch wenn er sonst keine Werkzeuge habe, sollte es sie voll zufriedenstellen und ebenso gut wie ein Zelt sein.

Der Soldat und der Schreiner stritten eine Zeitlang über diesen Punkt, aber zuletzt erfocht der Soldat den Sieg für das Zelt. Der einzige Einwand dagegen war, daß es getragen werden mußte und ihr Gepäck zu sehr vermehren würde, wo doch das Wetter so heiß war; aber dem Segelmacher kam ein guter Glücksfall zu Hilfe, der diese Schwierigkeit beseitigte, nämlich sein Meister, für den er arbeitete, betrieb außer der Zeltmacherei auch eine Seilerei und hatte dafür ein kleines, dürres Pferdchen, das er jetzt nicht mehr brauchte, und da er den drei aufrechten Männern helfen wollte, schenkte er ihnen das Pferd zum Gepäcktragen; und für die Wenigkeit von drei Arbeitstagen, die unser Mann vor seiner Abreise für ihn noch leistete, überließ er ihm auch ein altes Toppsegel, das zwar schon etwas abgenutzt, aber ausreichend und mehr als groß genug war, um daraus ein sehr gutes Zelt zu machen. Der Soldat zeigte, wie es zu formen war, und unter seiner Anleitung fertigten sie rasch ihr Zelt und statteten es mit den zweckentsprechenden Stangen oder Stäben aus; und so waren sie für die Reise gerüstet, das heißt: drei Mann, ein Zelt, ein Pferd, ein Gewehr; der Soldat wollte nämlich nicht ohne Waffen gehen, denn jetzt, sagte er, sei er kein Zwieback-Bäcker mehr, sondern ein Freischärler.

Der Schreiner hatte einen kleinen Sack voll Handwerkszeug, so wie es ihm gut zustatten kommen konnte, wenn er irgendeine Arbeit erhalten sollte, um sich und sie alle zu ernähren. Das Geld, das sie hatten, taten sie alles in eine gemeinsame Kasse, und so traten sie ihre Reise an. Es scheint, daß an dem Morgen, an dem sie abmarschierten, der Wind, wie der Seemann anhand seines Taschenkompasses feststellte, aus Nordwest-bei-West wehte. So richteten sie ihren Weg, oder nahmen es sich jedenfalls vor, nach Nordwest.

Aber dann tauchte eine Schwierigkeit auf; da sie am diesseitigen Ende von Wapping, in der Nähe der Hermitage, aufbrachen und die Pest jetzt besonders in den nördlichen Bezirken der Stadt wie Shoreditch und Cripplegate sehr wütete, hielten sie es nicht für sicher, diesen Stadtteilen zu nahe zu kommen; darum wandten sie sich zuerst nach Osten und gingen über Ratcliff Highway bis nach Ratcliff Cross, und von dort ließen sie die Stepney Kirche immer noch zur Linken, da sie sich fürchteten, von Ratcliff Cross gleich nach Mile End hinüberzugehen; denn da wären sie dicht bei dem Friedhof vorbeigekommen, und der Wind, der jetzt eine mehr westliche Richtung zu haben schien, wehte direkt von den Vierteln her, wo die Pest am ärgsten war. Darum, sage ich, machten sie von Stepney aus einen großen Bogen und gingen nach Poplar und Bromley und kamen genau in Bow auf die große Straße.

Hier würde die Wache, die auf der Brücke von Bow postiert war, sie angehalten haben, aber sie kreuzten die Straße und entgingen dort jeder Nachprüfung und gelangten auf einem schmalen Weg, der, von hier aus gesehen, noch vor dem Ort Bow abzweigt, nach Old Ford. Die Konstabler waren überall sehr wachsam, nicht so sehr, scheint es, um Leute am Durchgehen zu hindern, als vielmehr um ihr Wohnenbleiben in den einzelnen Ortschaften zu vereiteln, und außerdem eines Gerüchtes wegen, das vor kurzem aufgekommen war und das, in der Tat, gar nicht so unwahrscheinlich war, nämlich daß die Armen in London, die aus Mangel an Arbeit, und so auch aus Mangel an Verdienst, Not litten und darbten, zu den Waffen gegriffen und einen Aufruhr verursacht hätten, und daß sie in alle Ortschaften rundherum kommen würden, um Nahrung zu rauben. Dies, sage ich, war nur ein Gerücht, und es konnte gut sein, daß es nichts weiter war. Aber es war auch nicht so weit entfernt davon, eine Tatsache zu sein, wie man geglaubt hat, denn einige Wochen später wurden die armen Leute durch die Not, die sie litten, so verzweifelt, daß sie nur mit großer Schwierigkeit davon zurückzuhalten waren, hinaus auf die freigelegenen Ortschaften zu laufen und dort alles, was ihnen in die Hände fiel, kurz und klein zu schlagen; und, wie ich vorher schon bemerkte, nichts hinderte sie daran, als daß die Pest so heftig wütete und so rasend über sie herfiel, daß sie eher zu Tausenden ins Grab gingen als in Rotten zu Tausenden aufs Land; denn in der Gegend um die Pfarren St. Sepulchre, Clerkenwell, Cripplegate, Bishopsgate und

Shoreditch, welches die Plätze waren, wo der Pöbel eine drohende Haltung annahm, griff die Seuche so wild um sich, daß in diesen wenigen Pfarren damals schon, wo die Pest noch gar nicht ihren Höhepunkt erreicht hatte, in den drei ersten Wochen des August nicht weniger als 5361 Menschen starben, während zur gleichen Zeit die Viertel um Wapping, Ratcliff, Rotherhithe, wie vorher beschrieben, noch kaum berührt waren oder nur sehr geringfügig; so daß, in einem Wort, obschon, wie ich vorher sagte, die kluge Amtsführung des Lordbürgermeisters und der Friedensrichter vieles tat, um zu verhindern, daß die Wut und Verzweiflung des Volkes in Aufruhr und Empörung ausbrach und daß, kurz gesagt, die Armen die Reichen ausraubten – ich sage, obschon sie vieles taten, so taten die Totenkarren mehr, denn wenn ich sagte, in fünf Pfarren allein starben in zwanzig Tagen über 5000, so kann man dreimal soviel für die Zahl der Kranken während der ganzen Zeit rechnen, denn einige wurden gesund, aber viele wurden jeden Tag neu krank und starben später. Außerdem muß man mir immer noch zu sagen erlauben, daß, wenn das Totenregister fünftausend angab, ich stets angenommen habe, es seien in Wirklichkeit beinahe doppelt soviele gewesen, denn es bestand kein Anlaß zu glauben, daß die Angaben, die dort gemacht wurden, richtig waren oder daß man dort, bei der Verwirrung, in der ich sie sah, auch nur in der Lage war, mit einiger Genauigkeit Buch zu führen.
Aber um zu meinen Wanderern zurückzukehren. Hier erst (in Old Ford) wurden sie überprüft, und da sie eher vom Lande als aus der Stadt zu kommen schienen, begegneten ihnen die Leute um so freundlicher; man sprach sie an, ließ sie in ein Wirtshaus eintreten, wo der Konstabler und seine Straßenwächter waren, gab ihnen zu trinken und etwas zu essen, was sie höchlichst erfrischte und stärkte; und hier kam ihnen der Gedanke, zu sagen, wenn man sie später

verhören sollte, sie kämen nicht von London, sondern sie kämen von Essex her.

Um diesen kleinen Betrug zu fördern, ließen sie sich von dem Konstabler in Old Ford den Gefallen tun, ihnen eine Bescheinigung auszustellen, daß sie von Essex her das Dorf passiert hätten und daß sie nicht in London gewesen seien, was, obwohl falsch in der allgemeinen Vorstellung, die in der Grafschaft von London herrschte, so doch dem Buchstaben nach richtig war, da Wapping oder Ratcliff weder zur Stadt noch zur Stadtfreiheit von London gehören.

Dieses Attest, an den Nachbar-Konstabler in Hamerton, einem der Weiler der Gemeinde Hackney, gerichtet, erwies sich ihnen so nützlich, daß es ihnen dort nicht nur ungehinderten Durchgang verschaffte, sondern eine vollgültige Gesundheitsbescheinigung von einem Friedensrichter, der sie ihnen, auf Ersuchen des Konstablers, ohne Schwierigkeiten ausstellte; und so passierten sie durch die lang hingestreckte Stadt Hackney (sie bestand damals aus verschiedenen einzelnen Weilern) und wanderten weiter, bis sie auf der Höhe von Stamford Hill auf die große Straße nach Norden gelangten.

Um diese Zeit fingen sie an müde zu werden, und so beschlossen sie hinter Hackney, kurz bevor ihr Feldweg auf die besagte große Straße mündete, ihr Zelt aufzuschlagen und ihre erste Nacht dort zu verbringen; und so taten sie es auch, nur mit dem Umstand, daß sie zudem eine Scheune oder ein scheunenähnliches Gebäude fanden, das sie zuerst so gründlich wie möglich durchsuchten, um sicher zu sein, daß niemand darin war, und gegen das gelehnt sie dann ihr Zelt errichteten. Sie taten dies auch deswegen, weil der Wind in der Nacht sehr stark wehte und sie in dieser Art des Unterkommens sowohl wie in der Kunst des Zeltbaus noch sehr unerfahren waren.

Dann gingen sie schlafen; aber der Schreiner, ein ernster

und nüchterner Mann und nicht einverstanden, daß man sich in der ersten Nacht so mir-nichts-dir nichts niederlegte, konnte nicht schlafen, und da auch seine Versuche einzuschlafen, nichts fruchteten, beschloß er aufzustehen, das Gewehr aufzunehmen und für seine Gefährten Wache zu halten. So ging er, mit dem Gewehr in der Hand, vor der Scheune auf und ab, denn die stand auf dem Feld nahe bei der Straße, aber innerhalb der Hecke. Er war noch nicht lange auf seiner Runde, da hörte er ein Geräusch, als ob da eine große Anzahl von Menschen näherkamen, und sie kamen, deuchte ihm, gerade auf die Scheune zu. Er weckte seine Gefährten nicht gleich, aber einige Minuten später, als der Lärm lauter und lauter wurde, rief ihm der Zwieback-Bäcker zu und fragte, was es gebe, und sprang rasch auch hoch. Der andere, der Segelmacher, der lahm und so am müdesten war, blieb noch im Zelt liegen.
Wie sie es erwartet hatten, kamen die Leute, die sie da hörten, gerade auf die Scheune zu, und einer unserer Wanderer rief sie an, so wie Soldaten es auf Wache tun: »Halt, wer da?« Die Leute antworteten nicht sofort, aber einer von ihnen sagte zu einem anderen, der hinter ihm kam: »Ach weh! welch eine Enttäuschung für uns«, sprach er, »da sind schon Leute vor uns; die Scheune ist besetzt.«
Darauf blieben sie alle stehen, als seien sie etwas überrascht, und es scheint, es waren ihrer ungefähr dreizehn im ganzen und einige Frauen unter ihnen. Sie hielten Rat miteinander, was sie tun sollten, und aus ihren Reden konnten unsere Wanderer bald entnehmen, daß sie gleichfalls arme, notleidende Menschen wie sie selbst waren, die Schutz und Sicherheit suchten; und außerdem brauchten unsere Wanderer nicht zu befürchten, daß sie hergekommen seien, um sie zu belästigen, denn auf die Worte »Halt, wer da?« konnten sie die Frauen, wie vor Schrecken, sagen hören: »Geht nicht näher zu ihnen. Woher wollt ihr wissen, daß sie

nicht die Pest haben?« Und als einer der Männer sagte: »Laßt uns mit ihnen sprechen«, sagten die Frauen: »Nein, auf keinen Fall. Wir sind so weit mit Gottes gnädiger Hilfe davongekommen; wir wollen uns nicht jetzt noch in Gefahr begeben, wir flehen euch an.«

Hieraus erfuhren unsere Wanderer, daß sie Menschen von guter, nüchterner Art waren und, wie sie selbst, auf der Flucht vor dem Tod; und so wie sie sich dadurch ermutigt fühlten, so sagte John zu seinem Kameraden, dem Schreiner: »Laßt uns auch sie ermutigen, so gut wir können«; und darum rief er ihnen zu »Hört an, ihr guten Leute«, sprach der Schreiner, »wir hören aus euren Reden, daß ihr vor demselben fürchterlichen Feind flieht wie wir. Habt keine Angst vor uns; wir sind unser nur drei arme Männer. Wenn ihr von der Seuche frei seid, werden wir euch nichts tun. Wir sind nicht in der Scheune, sondern hier in einem kleinen Zelt draußen, und wir werden euch Platz machen; wir können unser Zelt gleich wieder anderswo aufschlagen«; und hierauf begann eine Unterhaltung zwischen dem Schreiner, dessen Name Richard war, und einem von deren Männern, der sagte, er heiße Ford.

FORD: »Und könnt ihr uns versichern, daß ihr alles gesunde Männer seid?«

RICHARD: »Ja, es liegt uns sogar daran, euch das mitzuteilen, damit ihr euch nicht beunruhigt und glaubt, ihr seid in Gefahr; aber, wie ihr seht, möchten wir nicht, daß ihr euch in Gefahr begeben sollt, und deswegen sage ich euch, daß wir die Scheune nicht benutzt haben, und so wollen wir von ihr wegziehen, damit ihr sicher seid und wir auch.«

FORD: »Das ist sehr freundlich und liebenswürdig; aber wenn es für uns Grund gibt zu glauben, daß ihr gesund und frei von der Heimsuchung seid, warum sollten wir euch dann fortziehen machen, jetzt, wo ihr euch schon für die Nacht eingerichtet habt und euch vielleicht schon zur Ruhe niedergelegt habt? Wir werden in die Scheune gehen, wenn ihr erlaubt, um auch ein wenig auszuruhen, und wir brauchen euch nicht zu stören.«

RICHARD: »Gut, aber ihr seid mehr als wir. Ich hoffe, ihr könnt uns die Versicherung geben, daß auch ihr alle gesund seid, denn für uns seid ihr ebenso eine Gefahr wie wir für euch.«

FORD: »Gepriesen sei Gott, daß immerhin doch einige entkommen, wenn es auch nur wenige sind; was uns noch beschieden sein wird, wissen wir nicht, aber bis dato sind wir bewahrt.«

RICHARD: »Aus welchem Teil der Stadt kommt ihr? War da, wo ihr wohntet, die Pest schon hingekommen?«

FORD: »Oh ja, und sie war ganz furchtbar und schrecklich, sonst wären wir ja auch nicht geflohen; so sind wir jetzt weg, und von denen dort, glauben wir, werden nur sehr wenige übrigbleiben.«

RICHARD: »Aus welcher Gegend seid ihr?«

FORD: »Die meisten von uns sind aus der Cripplegate Pfarre, nur zwei oder drei aus Clerkenwell, aber auf der herüberen Seite.«

RICHARD: »Wie kommt es dann, daß ihr euch nicht früher aufgemacht habt?«

FORD: »Wir sind schon einige Zeit unterwegs und haben uns, so gut wir konnten, gemeinsam an diesem Ende von Islington aufgehalten, wo man uns erlaubte, in einem alten unbewohnten Haus zu schlafen, und wir hatten uns auch etwas eigenes Bettzeug und Hausrat mitgebracht; aber dann kam die Pest auch nach Islington herauf, und in der nächsten Nachbarschaft unserer armen Behausung wurde ein Haus befallen und gesperrt, und wir sind auf und davon vor Schreck.«

RICHARD: »Und in welche Richtung geht ihr?«
FORD: »Wo uns das Schicksal hinweht; wir wissen nicht wohin, aber Gott wird die führen, die zu Ihm aufschauen.«
Sie verhandelten dann nicht weiter, sondern kamen zu der Scheune herüber und gelangten mit einiger Schwierigkeit auch hinein. Es war nichts als Heu in der Scheune, und sie war beinahe ganz voll davon, aber sie machten es sich so gut sie konnten bequem und gingen zur Ruhe; doch unsere Wanderer beobachteten, daß bevor sie schlafen gingen, ein alter Mann, wie es scheint, der Vater von einer der Frauen, mit der ganzen Gesellschaft ein Gebet verrichtete und sie dem Segen und der Leitung der Vorsehung empfahl, bevor sie schlafen gingen.
Es wurde zu der Jahreszeit bald Tag, und da Richard der Schreiner den ersten Teil der Nacht Wache gehalten hatte, so löste ihn John der Soldat ab und übernahm den Posten bis zum Morgen, und er freundete sich mit den andern an. Es scheint, sie hatten, als sie Islington verließen, vorgehabt, nach Norden in die Richtung von Highgate zu gehen, aber sie waren in Holloway angehalten worden, und man ließ sie dort nicht weiter; so gingen sie querfeldein über die Hügel nach Osten und kamen beim Boarded River heraus; und sie umgingen weiter alle Ortschaften, ließen Hornsey auf der Linken und Newington auf der Rechten liegen und gelangten von jener Seite bei Stamford Hill auf die große Straße, so wie unsere drei Wanderer es von dieser Seite her getan hatten. Und jetzt gedachten sie, über den Fluß und in die Marschen zu gehen und dann den Eppinger Forst zu erreichen, wo sie hofften, man werde sie rasten lassen. Sie schienen nicht arm zu sein, jedenfalls nicht so arm, daß sie Mangel litten; zum mindesten hatten sie genug, um zwei oder drei Monate lang davon bescheiden zu leben und dann, sagten sie, sei zu hoffen, daß das kalte Wetter der Seuche Einhalt gebieten werde, oder sie werde wenigstens sich

ausgetobt haben und allmählich nachlassen, und wenn auch nur aus Mangel an Menschen, die noch übrig wären, um befallen zu werden.

Dies war weitgehend auch das Geschick unserer drei Wanderer, nur daß sie besser für die Reise ausgerüstet schienen und weiter fortzugehen beabsichtigten; denn was das anbelangt, so hatten jene nicht im Sinn, weiter als eine Tagereise fortzugehen, damit sie so alle zwei oder drei Tage Nachricht haben könnten, wie die Dinge in London standen.

Aber hier fanden sich unsere drei Wanderer in einer unerwarteten Behinderung, nämlich der durch ihr Pferd; denn dadurch, daß ihnen das Pferd ihr Gepäck beförderte, waren sie gezwungen, auf der Straße zu bleiben, während die Leute dieser anderen Reisegesellschaft quer über Felder und Straßen gingen, ob Pfad oder nicht, ob Weg oder kein Weg, ganz wie es ihnen gefiel, auch hatten sie keine Veranlassung, durch eine Ortschaft zu passieren oder ihr auch nur nahezukommen, außer sie wollten die notwendigen Dinge für ihren Unterhalt einkaufen, und in der Beziehung trafen sie allerdings auf große Schwierigkeiten; darüber an gegebener Stelle.

Unsere drei Wanderer jedoch waren genötigt, sich an die Straßen zu halten, oder sie hätten viel Flurschaden anrichten müssen, indem sie überall Zäune und Grenztore niederbrachen, um über die eingehegten Felder zu kommen, und das verabscheuten sie zu tun, wenn es sich vermeiden ließ.

Jedoch hatten unsere drei Wanderer nicht übel Lust, sich der anderen Gesellschaft anzuschließen und mit ihnen gemeinsame Sache zu machen; und nach einigem Hin- und Herüberlegen gaben sie ihren ersten Plan, der nach Norden gerichtet war, auf und beschlossen, den anderen nach Essex hinein zu folgen; so brachen sie am Morgen ihr Zelt ab, beluden ihr Pferd und liefen los, alle miteinander.

Sie hatten einige Schwierigkeit, am Fluß auf die Fähre zu kommen, denn der Fährmann fürchtete sich vor ihnen; aber nach einigem Unterhandeln aus der Entfernung war der Fährmann einverstanden, sein Boot an einen von der gewöhnlichen Überfahrtstelle abgelegenen Platz zu bringen und es dort zu lassen, so daß sie es nehmen konnten; und wenn sie übergesetzt hätten, wollte er, daß sie das Boot liegen ließen, und er würde es dann mit einem anderen Boot holen kommen, sagte er, was er aber, scheint es, erst nach über acht Tagen getan hat.

Hier versorgten sie sich, indem sie dem Fährmann im voraus Geld gaben, mit Nahrungsmitteln und Getränken, die er brachte und für sie im Boot zurückließ, jedoch nicht, wie ich sagte, ohne das Geld im voraus erhalten zu haben. Aber nun waren unsere Wanderer in großer Verlegenheit und Schwierigkeit, wie sie das Pferd hinüberbekommen sollten, da das Boot klein und dafür nicht geeignet war, und schließlich konnten sie sich nicht anders helfen, als das Gepäck abzuladen und das Pferd hinüberschwimmen zu lassen.

Vom Fluß marschierten sie auf den Forst zu, aber als sie nach Walthamstow kamen, weigerten sich die Leute dort, sie einzulassen, wie es ja überall der Fall war. Die Konstabler und ihre Wächter hielten sie fern und unterhandelten mit ihnen von weitem. Unsere Leute gaben über sich dieselbe Auskunft wie zuvor, aber hier glaubte man ihren Worten nicht, und man gab als Grund dafür an, es seien schon zwei oder drei Reisegruppen hierher gekommen und hätten das gleiche vorgegeben, aber hätten dann verschiedene Leute in den Ortschaften, die sie passierten, mit der Seuche angesteckt und seien danach von allen in der Gegend hart behandelt worden, obschon mit Recht, da sie es verdient hätten, daß bei Brentwood oder da herum mehrere von ihnen im offnen Feld umgekommen seien, ob an der

Pest oder rein an Mangel und Entbehrung, könnten sie nicht sagen.

Dies war freilich für die Leute von Walthamstow Grund genug, sehr vorsichtig zu sein; sie hatten ausgemacht, niemanden zu bewirten, über den sie nicht genau Bescheid wußten. Aber, wie Richard der Schreiner und einer der anderen Männern, die die Unterhandlung führten, ihnen sagten, war es kein Grund, um die Straße abzusperren und sich zu weigern, Leute durch die Stadt passieren zu lassen, die nichts anderes von ihnen wollten, als die Straße zu begehen; wenn ihre Leute sich vor ihnen fürchteten, dann könnten sie ja ins Haus gehen und die Tür abschließen; sie würden ihnen weder Höflichkeit noch Unhöflichkeit erweisen, sondern nur ihres Weges ziehen.

Die Konstabler und Straßenwächter ließen sich von Vernunftgründen nicht überzeugen und verharrten in ihrem Starrsinn und wollten von nichts hören, darum gingen die beiden, die mit ihnen gesprochen hatten, zu ihren Genossen zurück, um zu beratschlagen, was zu tun sei. Das Ganze war sehr entmutigend, und eine gute Weile wußten sie nicht, was sie tun sollten; aber zuletzt sprach John der Soldat und Zwieback-Bäcker, nachdem er eine Zeitlang überlegt hatte: »Kommt, überlaßt das weitere Unterhandeln mir.« Ihn hatten sie noch nicht gesehen, darum ließ er Richard den Schreiner sich daran machen und aus Baumästen einige Stangen schneiden und ihnen so gut er konnte, die Gestalt von Gewehren geben, und in kurzer Zeit hatte er fünf oder sechs ansehnliche Musketen, die man aus der Entfernung für nichts anderes halten würde; und da herum, wo bei einem Gewehr das Schloß ist, ließ er sie ein Tuch oder einen Lappen wickeln, was sie gerade hatten, so wie es die Soldaten bei feuchtem Wetter tun, um das Schloß ihrer Waffe vor Rost zu schützen; die übrigen Teile wurden mit Lehm oder Schlamm, was sich eben fand, verfärbt; und die ganze Zeit über hatten sich die anderen nach seiner Anweisung in zwei oder drei Gruppen unter Bäumen niedergelassen und dort in guter Entfernung voneinander Feuer gemacht.

Während dies geschah, rückte er selbst mit zweien oder dreien voran und schlug am Straßenrain das Zelt auf, in Sichtweite von der Schranke, die die Männer der Stadt errichtet hatten, und stellte einen Wachposten daneben, mit dem echten Gewehr, dem einzigen, das sie besaßen, und der schritt auf und ab, mit dem Gewehr auf der Schulter, so daß die Leute der Stadt ihn sehen konnten. Dann band er das Pferd an einen Pfahl in der Hecke dicht bei und sammelte ein paar trockene Reiser und entfachte auf der anderen Seite des Zeltes ein Feuer, so daß die Leute der Stadt das Feuer und den Rauch sehen, aber nicht erkennen konnten, was sie dabei taten.

Nachdem die Landleute ihnen mit großem Ernst eine ganze Weile zugeschaut hatten und nach allem, was sie sehen konnten, nicht umhin konnten anzunehmen, daß da eine große Menge beisammen war, fingen sie an unruhig zu werden, nicht so sehr darüber, wie sie sie loswerden sollten, als darüber, daß sie dort, wo sie waren, bleiben könnten; und zumal sie bemerkten, daß man Pferde und Waffen hatte, denn sie hatten ja ein Pferd und ein Gewehr bei dem Zelt gesehen, und sie hatten neben dem Straßenrand innerhalb der Umfriedung noch andere über das Feld gehen sehen, mit Musketen, wie sie meinten, auf der Schulter; ich meine, ein solcher Anblick versetzte sie sicherlich ganz furchtbar in Angst und Schrecken, und es scheint, sie gingen zu einem Friedensrichter, um zu fragen, was sie tun sollten.

Was der Friedensrichter ihnen anriet, weiß ich nicht, aber gegen Abend riefen sie von der Schranke aus, über die schon gesprochen worden ist, den Wachposten, der bei dem Zelt stand, an.

»Was wollt ihr?« fragte John.*

»Nun, wissen, was ihr vorhabt«, sagte der Konstabler.

»Vorhaben?« sagte John, »was wollt ihr denn, daß wir tun?«

KONSTABLER: »Warum verschwindet ihr nicht? Wozu bleibt ihr hier?«

JOHN: »Warum haltet ihr uns an, auf einer Reichsstraße, und nehmt euch heraus, uns zu verbieten, unseres Weges zu gehen?«

KONSTABLER: »Wir sind nicht gehalten, euch unsere Gründe mitzuteilen, obwohl wir euch wissen ließen, es sei wegen der Pest.«

JOHN: »Wir haben euch gesagt, daß wir alle gesund und von der Pest frei sind, worüber wir nicht gehalten waren, uns vor euch auszuweisen, und dennoch erlaubt ihr euch, uns auf der Straße anzuhalten.«

KONSTABLER: »Wir haben ein Recht, sie abzusperren, und unsere eigene Sicherheit verpflichtet uns dazu. Außerdem ist dies keine Reichsstraße; der Durchgang ist nur gestattet. Ihr seht, hier ist ein Tor, und wenn wir Leute passieren lassen, erheben wir einen Straßenzoll.«

JOHN: »Wir haben ein Recht wie ihr, für unsere Sicherheit zu sorgen, und ihr könnt sehen, daß wir um unser Leben auf der Flucht sind, und es ist sehr unchristlich und ungerecht, uns aufzuhalten.«

KONSTABLER: »Ihr könnt dorthin zurückgehen, wo ihr hergekommen seid; wir hindern euch nicht daran.«

JOHN: »Nein; es ist ein stärkerer Feind als ihr, der uns davon zurückhält, sonst wären wir auch gar nicht hierher gekommen.«

* Es scheint, John war im Zelt, aber als er den Anruf hörte, trat er heraus, nahm das Gewehr über die Schulter und sprach zu ihnen, als sei er der Posten, der von einem vorgesetzten Offizier dort auf Wache gestellt war.

KONSTABLER: »Nun, dann geht eben einen anderen Weg.«
JOHN: »Nein, nein; ich nehme an, ihr seht, daß wir euch und alle Leute eurer Gemeinde davonjagen können und durch eure Stadt kommen können, wenn wir nur wollen; aber da ihr uns hier angehalten habt, sind wir es zufrieden. Ihr seht, wir haben ein Lager bezogen, und hier werden wir wohnen bleiben. Wir hoffen, ihr werdet uns mit Lebensmitteln beliefern.«
KONSTABLER: »Wir euch beliefern! Was meint Ihr damit?«
JOHN: »Nun, ihr wollt doch nicht, daß wir verhungern, oder? Wenn ihr uns hier aufhaltet, müßt ihr uns verpflegen.«
KONSTABLER: »Unsere Verpflegung würde euch schlecht bekommen.«
JOHN: »Wenn ihr uns fasten laßt, dann werden wir uns selbst um so besser bedienen.«
KONSTABLER: »Wie, ihr wollt euch doch nicht etwa herausnehmen, euch bei uns zwangsweise einzuquartieren?«
JOHN: »Wir haben euch noch nicht mit Gewalt gedroht. Warum wollt ihr uns nur dazu nötigen? Ich bin ein alter Soldat, und hungern kann ich nicht, und wenn ihr meint, wir würden uns durch den Mangel an Lebensmitteln dazu bringen lassen zurückzugehen, dann irrt ihr euch.«
KONSTABLER: »Da ihr uns bedroht, werden wir dafür sorgen, daß wir euch standhalten können. Ich habe Order, die Grafschaft gegen euch zu den Waffen zu rufen.«
JOHN: »Jetzt seid ihr es, die drohen, nicht wir. Und da ihr auf Arglist sinnt, könnt ihr uns nicht verübeln, wenn wir euch keine Zeit dafür lassen; wir werden in wenigen Minuten unseren Marsch antreten.«*
KONSTABLER: »Was verlangt ihr denn von uns?«
JOHN: »Zuerst wollten wir nichts von euch, als durch die

* Dies machte dem Konstabler und den Leuten, die mit ihm waren, solche Angst, daß sie sofort den Ton änderten.

Stadt hindurchgelassen zu werden; wir hätten keinem etwas zuleide getan, und es wäre euch nichts verlorengegangen oder abhanden gekommen. Wir sind keine Diebe, sondern arme Menschen in Not und auf der Flucht vor der schrecklichen Pest in London, die jede Woche Tausende verschlingt. Wir verstehen nicht, wie ihr so unbarmherzig sein könnt.«

KONSTABLER: »Die Selbsterhaltung zwingt uns dazu.«

JOHN: »Wie! All euer Mitgefühl in einem solchen Notfall wie diesem zu ertöten?«

KONSTABLER: »Nun gut, wenn ihr den Weg über die Felder zu eurer Linken nehmen wollt und auf jener Seite hinter der Stadt herumgehen wollt, dann will ich mich bemühen, euch die Tore öffnen zu lassen.«

JOHN: »Dort können unsere Pferdeknechte* nicht mit dem Gepäck durchkommen; und es führt nicht auf die Straße, die wir gehen wollen, und warum sollten wir uns von euch von der Straße abbringen lassen? Außerdem, jetzt habt ihr uns hier den ganzen Tag aufgehalten, nur mit dem zu essen, was wir selbst mitgebracht haben. Ich finde, ihr solltet uns etwas zum Essen schicken, zu unserer Sättigung.«

KONSTABLER: »Wenn ihr anderswohin geht, schicken wir euch etwas.«

JOHN: »Das würde dazu führen, daß alle Städte in der Grafschaft ihre Wege vor uns versperren.«

KONSTABLER: »Wenn sie alle euch Lebensmittel liefern, was hättet ihr zu leiden? Ich sehe, daß ihr Zelte habt; ihr braucht keine Unterkünfte.«

JOHN: »Gut, wieviel Lebensmittel wollt ihr uns schicken?«

KONSTABLER: »Wieviele seid ihr?«

JOHN: »Wir wollen ja gar nicht soviel, daß es für uns alle reicht; wir sind in drei Gruppen. Wenn ihr uns Brot für

* Sie hatten alle zusammen nur ein Pferd.

zwanzig Mann und für ungefähr sechs oder sieben Frauen für drei Tage schickt und uns den Weg über das Feld, von dem Ihr sprecht, zeigen wollt, dann wünschen wir nicht, eure Leute unsertwegen in Furcht zu versetzen; wir werden den Umweg auf uns nehmen, um uns gefällig zu erweisen, obwohl wir so frei von der Seuche sind wie ihr.«*

KONSTABLER: »Und wollt Ihr uns versichern, daß Eure übrigen Leute uns nicht von neuem belästigen?«

JOHN: »Nein, nein, darauf könnt ihr euch verlassen.«

KONSTABLER: »Ihr müßt Euch auch verpflichten, daß keiner Eurer Leute einen Schritt näher kommt als bis da, wo die Lebensmittel, die wir euch schicken, niedergelegt werden.«

JOHN: »Nehmt mein Wort, daß wir es nicht tun werden.«

Und so schickten sie dann zwanzig Laibe Brot und zwei oder drei große Stücke gutes Rindfleisch dorthin und öffneten ihnen einige Tore, daß sie hindurchgehen konnten, aber keiner in der Stadt hatte den Mut, auch nur hinauszuschauen und sie abziehen zu sehen, und da es Abend war, hätte niemand, auch wenn er hingeschaut hätte, erkennen können, wie wenige sie waren.

Dies hatte John der Soldat zuwege gebracht. Aber es flößte der Grafschaft einen solchen Schrecken ein, daß, wären sie wirklich zwei- oder dreihundert gewesen, die ganze Grafschaft gegen sie in Waffen aufgestanden wäre und sie eingekerkert oder ihnen den Schädel eingeschlagen hätte.

Dies wurde ihnen bald zum Bewußtsein gebracht, denn zwei Tage später trafen sie verschiedene Trupps, zu Pferde und auch zu Fuß, die unterwegs waren, drei Kompanien von, wie sie sagten, mit Musketen bewaffneten Männern zu

* Hier rief er einem seiner Männer zu und hieß ihn Kapitän Richard die Order geben, mit seiner Kompanie unten an den Marschen entlang vorzurücken und in dem Forst wieder auf sie zu stoßen; was alles eine Finte war, denn sie hatten keinen Kapitän Richard und keine solche Kompanie.

verfolgen, die aus London ausgebrochen seien und die Pest am Leibe hätten und nicht nur die Seuche unter dem Volk verbreiteten, sondern das Land plünderten.

Als sie nun sahen, was die Folgen ihres Handelns waren, begriffen sie sogleich die Gefahr, in der sie schwebten, und beschlossen deshalb, auch auf den Rat von John dem Soldaten, sich wieder zu teilen. John und seine zwei Kumpane, mit dem Pferd, gingen fort, als ob nach Altham hin; die anderen gingen in zwei Gruppen, aber alle ein wenig auseinander, nach Epping.

Die erste Nacht lagerten sie alle im Walde und nicht weit voneinander entfernt, aber ohne das Zelt aufzuschlagen, damit das sie nicht verrate. Dafür machte sich Richard mit Axt und Beil an die Arbeit und baute aus Zweigen, die er von den Bäumen hieb, drei Zelte oder Laubhütten, in denen sie alle mit soviel Bequemlichkeit, wie sie dabei erwarten konnten, die Nacht verbrachten.

Die Lebensmittel, die sie aus Walthamstow hatten, gaben ihnen an diesem Abend reichliche Sättigung; und was den nächsten Tag anging, so überließen sie das der Vorsehung. Sie waren unter des alten Soldaten Leitung so gut gefahren, daß jetzt alle einverstanden waren, ihn zu ihrem Anführer zu machen, und das erste, was er in dieser Eigenschaft tat, leuchtete ihnen sehr ein. Er sagte ihnen, daß sie nunmehr weit genug von London entfernt seien; und da sie nicht mehr unbedingt auf das Land und seine Unterstützung angewiesen seien, sollten sie sich ebenso vorsehen, daß das Land nicht sie anstecke, wie daß sie nicht das Land ansteckten; mit dem wenigen Geld, das sie besäßen, müßten sie so sparsam umgehen, wie sie nur könnten; und wie er nicht wolle, daß sie an Gewalttätigkeit gegen die Landsleute dächten, so müßten sie doch darauf bedacht sein, bei dem Landvolk soviel Verständnis für ihre Lage zu finden, wie nur möglich. Sie alle fügten sich seiner Anweisung, und so ließen sie ihre drei Häuser stehen und gingen am nächsten Tag nach Epping. Der Hauptmann, denn so nannten sie ihn jetzt, und seine beiden Reisegefährten gaben auch ihren Plan, nach Waltham zu gehen, auf, und sie gingen alle zusammen.

Als sie in die Nähe von Epping kamen, hielten sie an und wählten sich einen geeigneten Lagerplatz aus, im offenen Wald, nicht sehr nahe der Hauptstraße, aber auch nicht weit davon nach Norden ab, inmitten eines kleinen Gebüsches von niedrigen Bäumen. Hier schlugen sie ihr bescheidenes Lager auf, das aus drei größeren Hütten bestand, aus Stangen gefertigt, die ihr Zimmermann und die, die ihm zur Hand gingen, abschnitten und in einem Kreis in die Erde stachen; dann banden sie oben die schmalen Enden alle zusammen und verstärkten die Seiten mit Zweigen von Bäumen und Büschen, so daß sie ganz dicht waren und warmhielten. Außerdem hatten sie noch eine kleinere Hütte, wo die Frauen für sich schliefen, und einen Unterstand für das Pferd.

Es traf sich, daß am nächsten oder übernächsten Tag in Epping Markt war, und Hauptmann John und einer der Männer gingen zum Markt und kauften einige Lebensmittel ein; das heißt, Brot und etwas Hammelfleisch und Rindfleisch; und zwei von den Frauen gingen auch hin, aber allein, so als ob sie nicht dazu gehörten, und kauften noch mehr. John nahm das Pferd, um es heimzubringen, und den Sack, in dem der Zimmermann sein Werkzeug trug, um alles darin zu verstauen. Der Zimmermann machte sich ans Werk und baute ihnen Bänke und Hocker zum Sitzen, so gut es sich aus dem Holz, das er zur Verfügung hatte, machen ließ, und eine Art von Tisch zum Essen.

Zwei oder drei Tage lang bemerkte sie niemand, aber dann kamen die Leute aus der Stadt in Scharen angerannt, um sich sie anzuschauen, und die ganze Gegend war über sie aufgebracht. Zuerst schienen die Leute Angst zu haben, ihnen näher zu kommen; und sie ihrerseits wünschten die Leute von sich fernzuhalten, denn es ging ein Gerücht, daß die Pest in Waltham sei und daß sie schon zwei oder drei Tage lang in Epping gewesen sei; so rief ihnen John zu, nicht zu ihnen zu kommen, »denn«, sagte er, »wir sind hier alle heil und gesund, und wir wollen uns nicht von euch die Pest herbringen lassen, während ihr womöglich sagt, wir hätten sie euch gebracht.«

Danach kamen die Gemeindebeamten und unterhandelten aus der Ferne mit ihnen und wünschten zu wissen, wer sie waren und mit welcher Befugnis sie sich erlaubten, an dieser Stelle sich festzusetzen. John antwortete sehr offen, sie seien arme, in Not befindliche Leute aus London, die vorausgesehen hätten, in welch elende Umstände sie geraten würden, wenn die Pest sich in der Stadt ausbreitete, und deshalb beizeiten, um ihr Leben zu retten, davongegangen seien; da sie keine Bekannten oder Verwandten hätten, zu denen sie hätten flüchten können, hätten sie sich zuerst in Islington niedergelassen, aber da dann auch in diese Stadt die Pest gekommen sei, hätten sie sich weiter davongemacht; und da sie angenommen hätten, die Leute in Epping würden ihnen den Zutritt zur Stadt verwehren, hätten sie also im Freien und im Walde ihr Lager aufgeschlagen, und sie wollten lieber all die Entbehrungen einer so unbequemen Behausung ertragen, als irgend jemand glauben oder befürchten zu lassen,sie brächten ihm Ungemach.

Zuerst fuhren die Eppinger sie rauh an und erklärten, sie müßten das Feld räumen; dies sei kein Platz für sie; und sie gäben nur vor, gesund und wohl zu sein, aber sie könnten, ob sie es wüßten oder nicht, mit der Pest behaftet sein und die ganze Gegend verseuchen, und man könne sie dort nicht dulden.

John setzte sich sehr ruhig eine ganze Weile mit ihnen

auseinander und wies darauf hin, daß London der Ort war, von dem sie alle, das heißt, die Stadtbewohner von Epping und das ganze Land rundherum, lebten; der Ort, dem sie die Erzeugnisse ihrer Äcker verkauften und an dem sie für ihre Landwirtschaft Gewinn erzielten; und so grausam gegen die Einwohner Londons zu sein oder gegen einige von denen, die ihnen so viel einbrächten, das sei sehr hart, und es werde ihnen sehr zuwider sein, wenn man sich später daran erinnerte und sie es dann erzählen hören würden, wie barbarisch, wie ungastlich und wie unfreundlich sie zu den Menschen von London gewesen seien, als sie angesichts des schrecklichsten Feindes der Menschheit die Flucht ergriffen; und werde dazu führen, den Namen eines Eppingers in der ganzen Stadt verhaßt zu machen und den Pöbel dazu veranlassen, ihn auf offener Straße mit Steinen zu bewerfen, wenn er auch nur zum Markt komme; und noch seien sie nicht sicher, daß sie nicht selbst auch heimgesucht würden, denn Waltham, wie er hörte, sei es bereits; und er halte es für eine große Härte, daß ihnen, die doch nur aus Furcht und ohne befallen zu sein, geflohen seien, die Freiheit verwehrt sein solle, auch nur unter freiem Himmel zu schlafen.

Die Eppinger entgegneten ihnen, sie sagten zwar immer, sie seien gesund und frei von Infektion, aber man habe dafür keinen Beweis; und man habe gehört, es sei da ein großer Haufe von Leuten in Walthamstow gewesen, die hätten genauso behauptet, gesund zu sein, wie sie es täten, aber dann hätten sie gedroht, die Stadt zu plündern und sich, mit Erlaubnis der Obrigkeit oder ohne, gewaltsam Durchgang zu verschaffen; es seien ihrer gegen zweihundert gewesen, und sie hätten Waffen und Zelte gehabt wie die holländischen Soldaten; und sie hätten die Stadt um Lebensmittel erpreßt, indem sie gedroht hätten, sich bei ihnen einzuquartieren, und sie hätten auf ihre Waffen verwiesen und die

Sprache von Soldaten gesprochen; und einige von ihnen seien nach Romford und Brentwood weitergezogen, das Land sei von ihnen verseucht und die Pest in diese beiden großen Städte eingeschleppt worden, so daß die Leute dort nicht mehr wie sonst auf den Markt zu gehen wagten; und es sei nun sehr wahrscheinlich, daß sie zu diesem Haufen gehörten; und wenn das stimme, verdienten sie, ins Gefängnis gesperrt und dort verwahrt zu werden, bis sie den Schaden, den sie angerichtet, wieder gutgemacht hätten, und zur Strafe für die Angst und den Schrecken, den sie der ganzen Gegend eingejagt hätten.

John antwortete, was andere Leute getan hätten, das gehe sie nichts an; und sie könnten ihnen versichern, daß sie alle zu einer Gruppe gehörten und daß sie niemals mehr an Zahl gewesen seien, als man jetzt sehe (was übrigens völlig wahr war); sie seien zwar in zwei verschiedenen Gruppen hergekommen, aber hätten sich unterwegs zusammengeschlossen, da ihre Sache die gleiche sei; sie seien bereit, jede Auskunft über sich zu erteilen, die einer nur wünschen mochte, und ihre Namen und Wohnorte anzugeben, so daß man sie für jedes Vorgehen, dessen sie vielleicht schuldig wären, zur Rechenschaft ziehen könne; die Stadtbewohner sähen ja selbst, daß sie sich in ein hartes Leben schickten und lediglich ein wenig Luft zum Atmen wollten, im Walde, wo es gesund sei; denn wenn die Luft hier nicht rein wäre, dann könnten sie nicht bleiben und würden abziehen, sollten sie etwas Ungesundes bemerken.

»Aber«, sagten die Stadtbewohner, »wir haben bereits Last genug mit unseren eigenen Armen, und wir müssen zusehen, daß sie nicht noch anwächst; wir nehmen nicht an, daß ihr uns die Sicherheit geben könnt, niemals unserer Gemeinde oder den Einwohnern zur Last zu fallen, genauso wenig wie die, daß ihr uns betreffs der Infektion nicht gefährdet.«

»Nun, seht her«, sagte John, »was das Zur-Last-fallen angeht, so hoffen wir, wir werden es nicht. Wenn ihr uns mit Lebensmitteln in unserer gegenwärtigen Notlage aushelft, werden wir uns dankbar zeigen; da keiner von uns von milden Gaben lebte, als wir noch daheim waren, werden wir uns verpflichten, euch voll zurückzuzahlen, wenn es Gott gefällt, uns unbeschadet zu unseren Familien und unserem Eigentum zurückkehren zu lassen und dem Volk von London die Gesundheit wiederzuschenken.

Und was das Sterben angeht, so versichern wir euch, daß, wenn einer sterben sollte, wir, die überleben, ihn begraben werden und euch keine Unkosten machen werden, es sei denn, wir sterben alle, und dann allerdings, da der letzte sich nicht selbst beerdigen kann, hättet ihr diese einmalige Auslage, die euch zu erstatten, so bin ich überzeugt«, sagte John, »er genug zurücklassen würde.

Auf der anderen Seite«, fuhr er fort, »wenn ihr vor unserer Not das Herz verschließt und uns keinerlei Unterstützung gewährt, werden wir von niemandem etwas mit Gewalt erpressen oder stehlen; sondern wenn wir nach Verbrauch von dem wenigen, das wir haben, Hungers sterben, so soll Gottes Wille geschehen.«

Diese vernünftige und beruhigende Rede Johns wirkte so auf die Stadtbewohner, daß sie fortgingen; und obwohl sie keine Zustimmung für ihr Verbleiben dort gaben, belästigten sie sie auch nicht mehr; und unsere armen Freunde konnten dort drei oder vier Tage ohne jede Störung verbringen. In dieser Zeit hatten sie eine Art von entfernter Bekanntschaft mit einem Viktualienhändler am Rande der Stadt geschlossen, dem sie von weitem zuriefen, ihnen dies oder jenes, was sie brauchten, zu bringen, und das sie dann in einiger Entfernung absetzen ließen und immer sehr ehrlich bezahlten.

Während dieser Zeit kamen die jüngeren Leute der Stadt

häufig recht nahe heran, und dann standen sie und schauten sie an und sprachen manchmal mit ihnen, über einen bestimmten Zwischenraum hinweg; und sie mußten vor allem die Beobachtung machen, daß gleich am ersten Sabbattage die fremden Menschen ganz zurückgezogen blieben, einen gemeinsamen Gottesdienst hielten und Psalmengesang hören ließen.

Dies und ein ruhiges, unaufdringliches Verhalten trug ihnen allmählich die gute Meinung des Landes ein, und die Leute fingen an, mit ihnen Mitleid zu empfinden und mit Wohlwollen über sie zu sprechen; die Folge davon war, daß an einem sehr nassen, regnerischen Abend ein Gutsbesitzer, der nicht weit weg wohnte, sich veranlaßt fühlte, ihnen einen kleinen Karren mit zwölf Garben oder Bündeln Stroh zu schicken, sowohl für sie selbst, um darauf zu schlafen, wie um ihre Hütten mit einem schützenden Dach zu versehen, das sie trocken hielt. Der Geistliche einer Pfarrgemeinde in der Nähe schickte ihnen, ohne von dem andern zu wissen, auch ungefähr zwei Scheffel Weizen und einen halben Scheffel weißer Bohnen.

Für diese Hilfe waren sie freilich nun sehr dankbar, und besonders das Stroh kam ihnen äußerst gelegen; denn obwohl der erfindungsreiche Zimmermann ihnen Rahmen gemacht hatte, in denen sie wie in Trögen lagen, und sie mit Baumblättern und was sie sonst bekommen konnten anfüllte und ihr ganzes Zelttuch verschnitten hatte, um ihnen Bettdecken zu machen, so lagen sie doch feucht und hart und ungesund, bis dieses Stroh kam, das für sie wie Federbetten war und, wie John sagte, willkommener, als es Federbetten zu einer anderen Zeit gewesen wären.

Nachdem dieser Herr und der Geistliche einmal angefangen und ein Beispiel der Nächstenliebe gegenüber unseren Wanderern gegeben hatten, folgten andere rasch

nach, und sie empfingen jeden Tag irgendeine freundliche Gabe dieser oder jener Art von den Leuten, in der Hauptsache jedoch von den Herrschaften, die rundherum in der Gegend wohnten. Manche schickten ihnen Stühle, Hocker, Tische und an Haushaltsgütern, was sie sonst verlauten ließen, daß sie benötigten; manche schickten ihnen Decken und Bettücher, manche schickten Tontöpfe und manche Küchengefäße, um darin Nahrungsmittel zu bestellen.
Durch diese Übung ermutigt, baute ihnen der Zimmermann in wenigen Tagen ein großes schuppenartiges Haus mit einem richtigen Dachstuhl und einem Obergeschoß, in dem sie warm wohnen konnten, denn das Wetter begann Anfang September feucht und kühl zu werden. Aber dieses Haus, mit seinem dichten Strohdach und seinen starken Seitenwänden, hielt die Kälte ziemlich gut ab. An einer Seite errichtete er zudem eine Lehmmauer mit einem Kamin darin, und ein anderer von ihnen setzte unter unsäglichen Mühen einen Schornstein auf den Kamin, damit der Rauch abzog.
Hier lebten sie ruhig und sicher, wenn auch nicht übermäßig bequem, bis zum Anfang September, wo sie die traurige Nachricht hören mußten, ob nun wahr oder nicht, daß die Pest, die in Waltham Abbey auf der einen und in Romford und Brentwood auf der anderen Seite schon sehr grassierte, auch nach Epping gekommen sei und nach Woodford und zu den meisten der Städtchen im Walde, und sie sei, so hieß es, hauptsächlich durch die Hausierer und die Leute, die mit Lebensmitteln zwischen London und dem Lande hin- und hergingen, eingeschleppt worden.
Wenn das zutraf, war es in offenem Widerspruch zu dem Gerede, das sich später überall in ganz England verbreitete, das ich jedoch, wie ich schon sagte, aus meiner Kenntnis nicht bestätigen kann, nämlich, daß die Marktleute, die Lebensmittel nach London brachten, niemals die Krankheit

bekommen oder auf das Land weitergetragen hätten; beides ist, so hat man mir versichert, unwahr.
Es kann sein, daß sie jedoch über Erwarten hinaus bewahrt blieben, ohne daß man von einem Wunder zu sprechen braucht; aber daß so viele gingen und kamen und nicht erfaßt wurden, das bedeutete für die armen Leute von London eine große Ermutigung, und sie wären vollends am Ende gewesen, wenn nicht die Händler, die die Lebensmittel auf die Märkte brachten, sich immer wieder so erstaunlich die Gesundheit bewahrt hätten oder sie zum mindesten mehr bewahrten als vernünftigerweise zu erwarten war.
Für unsere neuen Hausbewohner war nun der Kummer wieder größer, denn die Ortschaften ringsum waren tatsächlich befallen, und schon bekam jeder Angst, den andern auch nur das Notwendigste einkaufen zu lassen, und das machte es für sie sehr knapp, denn sie hatten nun wenig oder nichts, außer was ihnen die hilfsbereiten Herrschaften der Gegend zukommen ließen. Aber sie faßten wieder Mut, als andere Herrschaften, die ihnen bisher nichts geschickt hatten, von ihnen irgendwie zu hören bekamen und ihnen nun auch zu essen schickten, der eine ein großes Schwein, also ein Mastschwein, der andere zwei Schafe, und wieder einer schickte ihnen ein Kalb. Kurz, Fleisch hatten sie genug, und manchmal hatten sie Käse und Milch und all das. Knapp waren sie hauptsächlich mit Brot, denn wenn die Herrschaften ihnen Korn schickten, hatten sie nicht die Möglichkeit, es zu verbacken oder zu mahlen. Aus dem Grunde aßen sie die ersten beiden Scheffel Weizen, die sie geschenkt erhielten, als geröstete Körner, so wie es die alten Israeliten getan hatten, anstatt ihn zu mahlen und Brot daraus zu backen.
Schließlich fanden sie einen Weg, ihr Getreide zu einer Windmühle bei Woodford zu bringen und es dort mahlen zu lassen, und dann baute der Zwieback-Bäcker einen Herd,

so tief und trocken, daß er Zwieback-Kuchen einigermaßen gut darin backen konnte; und so kamen sie in die Lage, ohne Unterstützung oder Lieferungen von den Städten leben zu können; und das war gut so, denn die ganze Gegend war wenig später vollkommen verseucht, und gegen 120 Menschen sollen in den naheliegenden Ortschaften gestorben sein, eine erschreckend hohe Zahl für sie.
Hierüber berieten sie sich aufs neue; und jetzt brauchten ja die Städte nicht mehr in Angst zu sein, sie könnten sich in ihrer Nähe festsetzen; sondern im Gegenteil, jetzt hatten verschiedene Familien der ärmeren Bevölkerungsschicht ihre Häuser verlassen und sich Hütten im Walde gebaut, auf die gleiche Art, wie sie es getan hatten. Aber man mußte feststellen, daß einige dieser armen Leute, die so fortgezogen waren, auch in ihren Hütten oder Bretterbuden die Krankheit hatten; der Grund dafür war klar, nämlich: Es lag nicht daran, daß sie ins Freie gezogen waren,sondern daran (1.), daß sie nicht zeitig genug fortgezogen waren; das heißt, sie waren erst gegangen, als sie durch den uneingeschränkten Verkehr mit anderen Menschen, ihren Nachbarn, die Pest schon am Leibe hatten, jedenfalls (soviel wird man sagen können) der eine oder andere von ihnen, und so nahmen sie sie dorthin mit, wo sie hingingen. Oder
(2.) es lag daran, daß sie, nachdem sie sich aus der Stadt in Sicherheit gebracht hatten, so unvorsichtig gewesen waren, wieder zurückzukehren und sich unter die Kranken zu mischen.
Aber aus welchem von diesen beiden Gründen es auch gewesen sein mag, als unsere Wanderer erst sahen, daß die Pest nicht nur in den Ortschaften war, sondern in den Hütten und Lauben bei ihnen im Walde, da fingen sie freilich an, sich zu fürchten und an Aufbruch und Abzug zu denken; denn wären sie geblieben, hätten sie ihr Leben in offene Gefahr gebracht.

Man braucht sich nicht zu wundern, daß es sie höchlichst betrübte, den Platz, wo sie so freundlich aufgenommen worden und wo sie mit so viel Menschlichkeit und Nächstenliebe behandelt worden waren, verlassen zu müssen; aber die Notwendigkeit und die Gefahr für ihr Leben, das zu bewahren sie den weiten Weg hinausgekommen waren, gaben den Ausschlag, und sie sahen keine andere Möglichkeit. John jedoch dachte an etwas, das ihnen vielleicht zunächst weiterhelfen würde, nämlich daß er zuerst dem Herrn, der ihr Hauptwohltäter war, ihre Notlage anvertrauen und um seinen Beistand und Rat ersuchen wolle.

Der gute, liebenswürdige Herr riet ihnen zu, den Ort zu verlassen, sei doch zu befürchten, es könnte ihnen durch das heftige Wüten der Seuche überhaupt jeder Rückzug abgeschnitten werden; aber wohin sie gehen sollten, ihnen da eine Weisung zu geben, fand er sehr schwer. Schließlich fragte ihn John, ob er, da er doch ein Friedensrichter sei, ihnen anderen Friedensrichtern gegenüber, mit denen sie vielleicht zu tun haben würden, ihre Gesundheit bescheinigen wolle, so daß sie, was immer sonst ihnen beschieden sei, jedenfalls nicht zurückgewiesen werden könnten, wo sie nun doch schon so lange von London fort seien. Dies gewährte ihnen Seine Gnaden sofort, und er stellte ihnen amtliche Gesundheitsbescheinigungen aus, aufgrund derer sie frei waren, überall hinzureisen, wo sie wollten.

So hatten sie also ein vollgültiges Gesundheitsattest, das angab, sie seien in einem Ort in der Grafschaft Essex so lange ansässig gewesene, daß nach eingehender Untersuchung und Prüfung und nach einer Absonderung von jeglichem Umgang für mehr als vierzig Tage, ohne daß irgendein Anzeichen der Krankheit zu erkennen sei, sie also folglich als gesunde Menschen angesehen werden müßten und ohne Gefahr überall aufgenommen werden könnten, nachdem sie nunmehr, keineswegs weil irgend etwas bei ihnen oder einem der Ihren auf Ansteckung deute, sondern lediglich aus Angst vor der Pest, die an den Ort so-und-so gelangt sei, ihren Wohnsitz aufgegeben hätten.

Mit diesem Attest machten sie sich auf den Weg, wenn auch mit großem Widerstreben; und da John nicht geneigt war, zu weit fort von daheim zu gehen, zogen sie nach den Marschen bei Waltham. Aber hier trafen sie einen Mann, einen Schleusenwächter scheint es, bei einem Wehr oder Staudamm, der das Wasser für die Lastkähne, die den Fluß hinauf- und hinabfahren, steigen läßt, und der machte ihnen Angst mit Schauergeschichten, daß die Krankheit sich über alle Orte am Fluß und in der Nähe des Flusses ausgebreitet habe; jedenfalls auf der Seite von Middlesex und Hertfordshire; so zum Beispiel sei sie in Waltham, in Waltham Cross, in Enfield und Ware und allen Ortschaften an der Straße; so fürchteten sie sich, dorthin zu gehen, obschon es scheint, der Mann hatte ihnen nur einen Schrekken eingejagt, und es war gar nicht wahr.

Jedoch machte es ihnen Angst, und sie beschlossen, quer durch den Wald nach Romford und Brentwood zu gehen; aber sie hörten, dort seien Leute in Menge, die von London in dieser Richtung geflohen seien und nun den sogenannten Hainault Forst unsicher machten, der sich bis in die Nähe von Romford erstreckte; und diese Leute, ohne Unterhalt oder Bleibe, führten nicht nur ein kümmerliches Leben und litten in Wald und Feld, wo ihnen niemand half, bitterste Not, sondern seien, so hieß es, von dieser Not so zum Äußersten getrieben, daß sie viele Gewalttaten in der Grafschaft verübten, raubten und plünderten und Vieh töteten und dergleichen; und andere hätten sich Hütten und Schlupfwinkel neben der Straße gebaut und bettelten mit einer Aufdringlichkeit, die an freches Fordern grenze; und darum sei die Grafschaft sehr in Unruhe, und man habe einige von ihnen festnehmen müssen.

Dies gab ihnen, einerseits, zu verstehen, daß sie anstelle der Hilfsbereitschaft und Freundlichkeit, die sie dort gefunden hatten, wo sie bislang gewesen waren, nur harte Herzen und verschlossene Türen finden würden; und daß sie, andererseits, überall wo sie hinkämen, verhört werden würden, und daß ihnen von seiten anderer, die in der gleichen Lage wie sie waren, Gewalttätigkeit drohe.

Nachdem sie das alles erwogen hatten, kehrte John, ihr Hauptmann, im Namen aller zu ihrem guten Freund und Wohltäter zurück, der ihnen immer geholfen hatte, und ihm ihren Fall wahrheitsgemäß darlegend, bat er ehrerbietig um seinen Rat; der riet ihnen ebenso freundlich, wieder ihr altes Quartier zu beziehen, oder wo nicht, nur ein wenig weiter von der Straße wegzuziehen, und er wußte ihnen auch einen geeigneten Platz zu sagen; und da sie bei dieser Jahreszeit – es ging auf Michaeli zu – dringend lieber ein festes Haus zum Obdach wollten als nur Laubhütten, suchten sie, bis sie ein altes verfallenes Haus fanden, das früher einmal ein Jagdhaus oder eine Sommervilla gewesen war, sich aber jetzt in einem Zustand befand, in dem man es kaum bewohnen konnte, und der Gutsherr, zu dessen Besitz es gehörte, gab seine Zustimmung, daß sie damit anfangen dürften, was sie konnten.

Der erfindungsreiche Schreiner und unter seiner Anleitung alle übrigen machten sich an die Arbeit, und in nur wenigen Tagen hatten sie es soweit instandgesetzt, daß es ihnen allen für den Fall schlechten Wetters Schutz bot; und den alten Kamin und den alten Backofen, die sie darin vorfanden, aber in Trümmern, die stellten sie beide wieder her, so daß sie sie in Gebrauch nehmen konnten, und indem sie an allen Seiten Schuppen und An- und Ausbauten errichteten, hatten sie bald Platz für alle in dem Haus geschaffen.

Was ihnen vor allem fehlte, waren Bretter, um Fensterläden, Fußböden, Türen und noch allerlei anderes zu machen;

aber da sie die Gunst des obigen Herrn besaßen und auf diese Weise die Gegend ihnen wohlgesinnt war, und vor allem weil man wußte, daß sie alle wohlauf und kerngesund waren, half ihnen jeder mit dem aus, was er entbehren konnte.

Hier ließen sie sich nun endgültig nieder und beschlossen, nicht mehr fortzuziehen. Sie sahen deutlich, mit welcher schreckhaften Verängstigung man überall in der Grafschaft jedem begegnete, der aus London kam, und daß sie nirgends Zutritt erhalten würden, es sei denn unter den äußersten Schwierigkeiten, jedenfalls keine freundliche Aufnahme und Unterstützung, wie sie sie hier gefunden hatten.

Allerdings, obwohl sie große Hilfe und Unterstützung von den Herrschaften und den Leuten ringsherum fanden, so mußten sie doch vieles erdulden, denn das Wetter wurde im Oktober und im November kalt und feucht, und sie waren an solches Ungemach nicht gewöhnt; so erkälteten sie sich die Glieder und wurden krank, aber die Pest bekam keiner; und so kehrten sie etwa im Dezember wieder nach Hause in die Stadt zurück.

Ich bringe diese Geschichte so ausführlich, vor allem um Rechenschaft zu geben, was aus der großen Zahl von Leuten wurde, die, gleich nachdem die Krankheit nachgelassen hatte, wieder in der Stadt erschienen; denn, wie ich berichtet habe, sehr viele von denen, die vermögend waren und auf dem Lande ein Ausweichquartier besaßen, waren dort hingeflohen. Ebenso waren, als das Wüten der Pest sich so schrecklich steigerte, wie ich es schilderte, die Bürger des Mittelstands, die keine Freunde hatten, überallhin auf das Land geflohen und blieben, wo sie nur unterkommen konnten, ob sie nun Geld hatten, um sich zu versorgen, oder nicht. Die, die Geld hatten, flohen immer am weitesten fort, weil sie in der Lage waren, ihren Unterhalt zu bestreiten; aber die, die mittellos waren, litten, wie ich schon sagte, großen Mangel und gingen oft notgedrungen dazu über, ihren Bedarf auf Kosten des Landes zu decken. Auf diese Weise wurde das Land von ihnen in große Unruhe versetzt, und manchmal wurden sie festgenommen, wenn man dann freilich auch kaum wußte, was man mit ihnen machen sollte und immer sehr zurückhaltend war, sie zu bestrafen, aber oft zwang man sie auch von einem Ort zum andern, bis sie wieder nach London zurückkehren mußten.

Ich habe, seit ich diese Geschichte von John und seinem Bruder kannte, weiter herumgehört und erfahren, daß eine Menge von den armen, bedrängten Menschen, wie oben, nach jeder Richtung aufs Land geflohen waren; und manche von ihnen hatten kleine Schuppen und Scheunen und Vorwerke, um darin zu leben; und sie haben sehr viel Entgegenkommen von den Landbewohnern finden können und besonders, wenn sie eine auch nur notdürftig zufriedenstellende Auskunft über sich geben konnten und vor allem, wenn sie nicht zu spät von London aufgebrochen waren. Andere wiederum, und ihre Zahl war groß, bauten sich kleine Hütten und Notwohnungen in den Feldern und Wäldern, oder lebten wie Einsiedler in Höhlen und Erdlöchern oder sonst an einem Platz, den sie finden konnten, und sie litten dort, das ist sicher, große Not, so sehr, daß viele von ihnen wieder umkehren mußten, wie groß auch immer die Gefahr war; und so fanden sich diese kleinen Hütten oft leer, und die Landleute nahmen an, daß ihre Bewohner tot, an der Pest gestorben, darin lägen, und wagten sich aus Furcht nicht in die Nähe, nein, noch eine ganze Zeit nicht; und es ist auch gar nicht unwahrscheinlich, daß mancher von den unglücklichen Herumirrenden so ganz allein gestorben sein mag, manchmal vielleicht einfach aus Mangel an Hilfe, so wie man zum Beispiel in einer solchen Hütte einen Mann tot auffand, und auf einem Feldtor ganz in der Nähe waren mit seinem Messer in ungleichmäßigen Buchstaben die folgenden Worte eingekerbt, aus denen man entnehmen mag, daß einer von ihnen davongekommen ist oder daß einer starb und von dem andern beerdigt wurde, so gut es ging:

»s'St ein ELEnD,
wir Sind AM eNd,
AllE BeIdE.«

Ich habe schon davon gesprochen, was ich über die Verhältnisse, die unter den seefahrenden Leuten den Fluß hinab herrschten, erfahren konnte; wie die Schiffe vom Ufer ablagen, in Reihen hintereinander aufgereiht, die ganze Strecke vom Pool hinunter, so weit ich sehen konnte. Man hat mir erzählt, sie lagen auf gleiche Art gar bis nach Gravesend hinab und manche noch weit darüber hinaus, eigentlich überall oder jedenfalls überall dort, wo sie vor Wind und Wetter Sicherheit fanden; auch habe ich nicht gehört, daß die Pest jemals einen der Menschen an Bord dieser Schiffe erreicht hat, außer bei denen, die oben im Pool lagen, oder noch weiter oberhalb wie bei Deptford Reach, und diese Leute gingen freilich auch oft an Land, in die kleinen Städte und Dörfer und auf die Gutshöfe, um frische Lebensmittel, Geflügel, Schweine, Kälber und so fort für ihre Verpflegung zu kaufen.

Ebenso erfuhr ich, daß die Fährleute auf dem Fluß oberhalb der Brücke alles daransetzten, um sich, den Fluß hinauf, so weit sie konnten, fortzubegeben und daß viele von ihnen ihre ganzen Familien auf den Booten hatten, die sie mit Dächern aus Segeltuch verdeckten und zum Schlafen innen mit Stroh auslegten, und daß sie so das ganze Ufer bei den Marschen entlang lagen; einige bauten sich aus ihren Segeln kleine Zelte und blieben in ihnen den Tag über am Ufer, und abends gingen sie wieder in die Boote; und auf diese Weise waren die Flußufer, so habe ich gehört, mit Booten und Menschen gesäumt, solange sie nur etwas zum Leben hatten oder auf dem Lande bekommen konnten; und die Leute auf dem Lande waren in der Tat sehr bereitwillig, sowohl die Herrschaften wie die anderen, in diesen und anderen Fällen zu helfen, sie waren jedoch keineswegs willens, sie in ihre Städte und Häuser aufzunehmen, was man ihnen auch nicht verdenken kann.

Da war ein unglücklicher Zeitgenosse, von dem ich Kenntnis erhielt; er war auf grauenvolle Weise heimgesucht worden, dergestalt, daß seine Frau und seine Kinder tot waren, und nur er und zwei Hausmägde übrig, nebst einer ältlichen Frau, einer nahen Verwandten, die sie alle, die jetzt gestorben waren, nach Kräften gepflegt hatte. Dieser kummerbeladene Mann ging auf ein Dorf, das nahe der Stadt lag, aber nicht mehr zu ihrem Verwaltungsgebiet gehörte, und da er ein leeres Haus fand, erkundigte er sich nach dem Eigentümer und kaufte das Haus. Ein paar Tage später bestellte er einen Wagen, ließ ihn mit Sachen beladen und sie zu dem Haus hinfahren; die Dorfbewohner wehrten sich dagegen, daß er mit dem Wagen angefahren kam, aber nach einigem Streit und mit etwas Nachdruck brachten die Männer, die den Wagen fuhren, ihn durch die Straße und bis vor die Tür des Hauses. Dort gebot ihnen der Konstabler erneut Einhalt und wollte ihnen nichts hineinzutragen erlauben. Der Mann ließ die Sachen abladen und vor die Tür stellen und schickte den Wagen fort; darauf schleppten sie den Mann vor einen Friedensrichter; das heißt, sie forderten ihn auf zu gehen, und er tat es. Der Richter gebot ihm, die Sachen mit dem Wagen wieder abfahren zu lassen, was er ablehnte; daraufhin befahl der Richter dem Konstabler, die Männer mit dem Wagen zu verfolgen und zurückzubringen, und sie die Sachen wieder aufladen und wegfahren zu lassen oder sie in den Block zu spannen, bis sie gefügig würden; und wenn man sie nicht mehr finden könne und der Mann auch nicht zugebe, daß man seine Sachen fortschaffe, dann solle man sie an Haken von der Haustür fortschleifen und auf der Straße verbrennen lassen. Der arme Mann ließ hierauf in seiner Bedrängnis die Sachen wieder abholen, indem er sich laut und jammervoll über die Härte seines Fall beklagte. Es half ihm nichts; Selbsterhaltung nötigte die Leute zu solchen strengen Maßnahmen, an denen ihnen unter anderen Umständen nie gelegen gewesen wäre. Ob dieser arme Mann gestorben ist oder überlebte, kann ich nicht sagen, aber es hat geheißen, daß er zu der Zeit schon die Pest am Leibe hatte; und vielleicht hat man das nur gesagt, um die Art, wie man mit ihm verfuhr, zu rechtfertigen; es war nicht unwahrscheinlich, daß entweder er oder seine Sachen oder beides Gefahr bedeuteten, wo doch erst so kürzlich seine ganze Familie der Seuche erlegen war.

Ich weiß, man hat den Einwohnern der London benachbarten Städte viele Vorwürfe gemacht ob ihrer Grausamkeit gegen die armen Menschen, die in ihrer Bedrängnis vor der Ansteckung davonrannten, und viele sehr harte Dinge sind geschehen, wie schon aus dem zu ersehen ist, was bisher erzählt wurde; ich muß aber auch hinzufügen, daß, wo immer es anging, den Menschen ohne offensichtliche eigene Gefahr wohltätigen Beistand zu leisten, man gern und willig geholfen und gespendet hat. Da jede Ortschaft tatsächlich Richter in eigener Sache war, so wurden die armen Menschen, die in ihrer Hilflosigkeit hinausgelaufen waren, oft übel behandelt und wieder in die Stadt zurückgetrieben; und das führte zu einer endlosen Reihe von lauten Beschwerden und Ausfällen gegen die Landstädte und machte solches Geschimpfe sehr populär.

Und dennoch, trotz aller Vorsicht gab es, mehr oder weniger, keine einzige Ortschaft von einiger Bedeutung innerhalb von zehn (oder, wie ich glaube, zwanzig) Meilen im Umkreis der Stadt, die nicht, mehr oder weniger, infiziert wurde und ihre Toten hatte. Von einigen habe ich die Listen gesehen, wie sie aufgezeichnet wurden, zum Beispiel:

In	Enfield	32	In	Deptford	623
"	Hornsey	58	"	Greenwich	231
"	Newington	17	"	Eltham und Lusum	85
"	Tottenham	42	"	Croydon	61
"	Edmonton	19	"	Brentwood	70
"	Barnet und		"	Romford	109
"	Hadleigh	43	"	Barking Abbot	200
"	St. Alban	121	"	Brentford	432
"	Watford	45	"	Kingston	122
"	Uxbridge	117	"	Staines	82
"	Hertford	90	"	Chertsey	18
"	Ware	160	"	Windsor	103
"	Hoddesdon	30		cum aliis	
"	Waltham Abbey	23			
"	Epping	26			

Noch etwas anderes kann es gewesen sein, was die Leute auf dem Land so streng mit den Stadtbürgern umgehen ließ, und besonders mit den ärmeren, und das war, was ich vorher schon angedeutet habe, nämlich daß da eine scheinbare Neigung oder gar ein böser Hang bei denen, die angesteckt waren, bestand, die andern anzustecken.

Es sind große Debatten unter unseren Ärzten gehalten worden, was den Grund dafür angeht. Einige meinen, daß es in der Natur der Krankheit liege und daß sie jeden, der von ihr ergriffen worden ist, mit einer Art von Raserei erfüllt und mit einem Haß auf die eigene Art, als ob da eine Bosheit aufbreche, nicht nur in der Seuche, sich weiter mitzuteilen, sondern in der Natur des Menschen selbst, die ihn, mit einem üblen Willen oder dem bösen Blick, dazu bringt, daß er – wie man es von einem tollwütigen Hund

sagt, der, obwohl vorher die sanfteste Kreatur seiner Art – dann doch über den ersten, der vorbeikommt, herfällt und ihn beißt, und nicht nur solche, sondern auch jemand, dem er bislang ergeben gehorchte.
Andere machten die Verderbnis der menschlichen Natur verantwortlich, die es nicht ertragen könne, sich selbst elender als andere seiner eigenen Spezies zu wissen, und von so etwas wie dem unfreiwilligen Wunsch beseelt sei, alle Menschen möchten so unglücklich oder in einer so schlimmen Lage sein wie sie selbst.
Andere wieder meinen, es sei nur eine Art von Verwirrung gewesen, in der sie nicht wußten und nicht achteten, was sie taten, und infolgedessen unbekümmert um Gefahr oder Sicherheit waren, nicht nur für andere in ihrer Umgebung, sondern auch für sich selbst. Und freilich, wenn Menschen einmal so weit sind, sich gehenzulassen und sich nicht mehr um Gefahr oder Sicherheit für sich selbst zu kümmern, dann kann man sich nicht so sehr wundern, wenn sie sich auch um anderer Leute Sicherheit nicht sorgen.
Ich aber entschied mich bei dieser gewichtigen Frage für eine Antwort und Lösung, die das Ganze aus einem anderen Gesichtspunkt betrachtete, indem ich sagte: Ich leugne die Voraussetzung. Im Gegenteil, sagte ich, die Tatsachen verhalten sich in Wirklichkeit so, daß dies eine allgemeine Beschwerde war, die von den Bewohnern der anliegenden Dörfer gegen die Stadtbürger erhoben wurde, um jene Härten und Unnachgiebigkeiten, von denen so viel die Rede war, zu rechtfertigen oder wenigstens zu entschuldigen; und so kann man sagen, sie beklagten sich übereinander, weil beide Seiten gegeneinander im Unrecht waren; das heißt, die Städter drängten zuerst, obschon sie die Pest am Leibe hatten, in der Zeit der Not gastliche Aufnahme zu finden und beklagten sich dann über die Grausamkeit und Ungerechtigkeit der Landbevölkerung, die ihnen den Zu-

tritt verwehrte und sie mit Hab und Gut und Familie wieder zurückzugehen zwang; und die Landbewohner fühlten sich überrumpelt von den Städtern, die gewissermaßen bei ihnen einbrachen, ohne viel zu fragen, und beschwerten sich nun, die Pestkranken seien nicht nur rücksichtslos gegen andere gewesen, sondern hätten es sogar darauf abgesehen, sie anzustecken; keines von beiden war wirklich war, das heißt, jedenfalls nicht so, wie man es ausmalte.
Es spricht zwar manches für den Alarm, der auf dem Land häufig gegeben wurde, daß die Leute Londons entschlossen seien, mit Gewalt herausgezogen zu kommen, nicht nur um sich zu sättigen, sondern um zu plündern und zu rauben; oder wenn es hieß, sie liefen ohne jede Kontrolle mit der Pest im Leibe auf den Straßen herum; und niemand sorge dafür, daß Häuser gesperrt würden, um die Kranken zu hindern, die Gesunden anzustecken; während man doch, um den Londonern Gerechtigkeit widerfahren zu lassen, sagen muß, daß nichts von alledem vorgekommen ist, außer in solch besonderen Fällen wie ich oben erwähnte, oder in ähnlichen. Es wurde vielmehr alles mit solcher Sorgfalt geregelt, und unter der Obhut des Lordbürgermeisters und der Stadträte, in den Außenbezirken der Friedensrichter und Gemeindevorsteher usw., wurde in Stadt und Vororten so mustergültig Ordnung gehalten, daß London allen Städten der Welt ein Vorbild sein kann für die gute Regierung und die ausgezeichnete Ordnung, die überall aufrechterhalten wurde, auch zu der Zeit des heftigsten Wütens der Seuche und als die Leute in der äußersten Bedrängnis und Bestürzung waren. Aber hierüber werde ich an gegebener Stelle sprechen.
Eines, das muß bemerkt werden, war hauptsächlich der Klugheit der Behörden zu verdanken und sollte zu ihren Ehren erwähnt werden, nämlich die Mäßigung, die sie bei der großen und schwierigen Aufgabe des Absperrens der

Häuser übten. Es ist wahr, das Absperren der Häuser war, wie ich schon sagte, ein Gegenstand großen Unmuts, und ich kann sagen, zu der Zeit der einzige Gegenstand des Unmuts unter den Leuten; denn das Einschließen der Gesunden im gleichen Haus mit den Kranken wurde als eine fürchterliche Maßnahme angesehen, und die Klagen der so Eingeschlossenen waren sehr belastend. Man konnte sie bis auf die Straße hören, und manchmal waren sie so, daß sie Empörung auslösten, wenn auch häufiger Mitgefühl. Es gab für sie keine andere Möglichkeit, mit einem ihrer Freunde zu sprechen, als vom Fenster aus, und dort erhoben sie dann ein so eindringliches Wehklagen, daß sie denen, mit denen sie sprachen, oft das Herz bewegten, und auch anderen, die im Vorbeigehen von ihrem Leid hörten; und da diese Klagen sich oft gegen die Starrköpfigkeit, und oft Unverschämtheit der Wachmänner richteten, die vor ihrer Tür postiert waren, so fiel die Antwort dieser Wachmänner anzüglich genug aus, und die Leute, die von der Straße zu den besagten Familien sprachen, konnten auf Beleidigungen gefaßt sein; dafür und für ihre Schikanen gegen die Familien sind sieben oder acht von ihnen, glaube ich, an verschiedenen Orten umgebracht worden; ich weiß nicht, ob ich sagen soll: ermordet worden oder nicht, denn ich kann auf die einzelnen Fälle nicht eingehen. Zwar waren diese Wachmänner im Dienst und versahen den Posten, auf den sie von einer gesetzlichen Autorität gestellt worden waren; und einen öffentlichen Ordnungsbeamten bei der Ausübung seines Dienstes zu töten, wird, in der Sprache des Rechtes, immer Mord genannt. Aber sie waren ja durch die obrigkeitliche Bestallung oder durch den Auftrag, unter dem sie handelten, nicht berechtigt, zu den Leuten, die unter ihrer Bewachung standen, oder zu irgend jemand, der sich um sie kümmerte, beleidigend und ausfällig zu sein; so konnte man, wenn sie das taten, sagen, das waren sie selbst und nicht ihr Amt, sie handelten als private Personen, nicht als öffentliche Bedienstete; und, folgerichtig, wenn sie sich durch so ungehöriges Benehmen etwas zuschulden kommen ließen, so fiel diese Schuld auf ihr eigenes Haupt; und sie hatten in der Tat so sehr die empörten Flüche des Volkes auf sich geladen, ob verdient oder nicht, daß, was immer ihnen zustieß, sie niemand bemitleidete und jedermann geneigt war zu sagen, es geschehe ihnen recht, was es auch war. Auch kann ich mich nicht entsinnen, daß je einer für das, was den Wachmännern bei den Häusern angetan wurde, bestraft worden wäre, jedenfalls nicht so, daß es der Rede wert war.

Welch eine Vielfalt von Listen man anwandte, um aus den gesperrten Häusern zu entweichen und hinauszugelangen, auf welche Weise man die Wachmänner täuschte oder überwältigte und dann davonkam, habe ich bereits aufgezeichnet und werde nichts mehr darüber sagen. Aber das muß ich sagen, die Behörden haben wirklich in vielen Fällen etwas für die Familien getan und sich ihrer angenommen, und besonders dadurch, daß sie aus solchen Häusern die Kranken, wenn sie einverstanden waren, entweder in das Pesthaus oder sonst an einen Ort wegschaffen ließen oder dafür die Erlaubnis gaben; manchmal willigten sie auch ein, daß die nichtkranken Personen einer Familie, wenn die Auskunft über sie lautete, sie seien gesund, wegzogen; sie mußten dann nur in dem Haus, zu dem sie sich begaben, so lange in Quarantäne bleiben, wie man es von ihnen verlangte.

Auch die Mühe, die man sich bei den Behörden gab, arme Familien, die befallen waren, zu versorgen – mit dem Notwendigen zu versorgen, sage ich, mit Arznei sowohl wie Nahrung –, war groß, und man begnügte sich dabei nicht damit, den dafür bestellten Beamten die erforderlichen Anordnungen zu geben, sondern die Stadträte kamen in

Person und zu Pferde häufig zu solchen Häusern geritten und ließen die Leute an den Fenstern fragen, ob man ihnen gebührlich zu Diensten sei oder nicht; und auch, ob sie etwas Dringendes bräuchten und ob die Dienstleute immer ihre Botschaften überbracht und eingeholt hätten, was sie wünschten, oder nicht. Und wenn sie mit ja antworteten, war alles in Ordnung; aber wenn sie sich beklagten, sie würden schlecht versorgt und die Dienstleute täten nicht ihre Pflicht oder behandelten sie unhöflich, dann wurden sie (die Dienstleute) meistens entfernt und andere an ihre Stelle gesetzt.

Zwar mochten solche Beschwerden ungerechtfertigt sein, und wenn der Dienstmann Beweise zur Hand hatte, um den Obrigkeitsvertreter zu überzeugen, daß er im Recht war und die Leute ihm Unrecht getan hatten, dann blieb er im Amt, und sie wurden zurückgewiesen. Aber eine genaue Untersuchung war hier nicht gut möglich, denn die Parteien konnten auf der Straße und vom Fenster aus nur sehr schlecht Rede und Antwort stehen, so wie die Dinge nun einmal lagen. Die Obrigkeitsvertreter entschieden sich deshalb dafür, im allgemeinen eher den Leuten recht zu geben und den Dienstmann abzusetzen, weil das immer noch das geringere Übel war und die weniger schlimmen Folgen hatte; wenn man sah, daß dem Dienstmann Unrecht geschehen war, konnte man ihn leicht dafür entschädigen, indem man ihm einen anderen Posten der gleichen Art gab; wenn hingegen die Familie zu leiden hatte, gab es nichts, um es wiedergutzumachen, und der Schaden war vielleicht nicht mehr zu beheben, da es ja um ihr Leben ging.

Die verschiedensten solcher Fälle ereigneten sich immer wieder zwischen den Wachmännern und den eingesperrten Leuten, abgesehen davon, was ich vorher über das Entweichen erwähnte. Da waren die Wachmänner manchmal abwesend, manchmal betrunken, manchmal eingeschlafen,

wenn die Leute sie brauchten, und so etwas wurde immer unweigerlich schwer bestraft, wie es auch recht war.
Aber trotz allem, was in diesen Fällen geschah oder hätte geschehen können, brachte das Absperren der Häuser – so daß, wer gesund war, mit denen, die krank waren, zusammen festgesetzt wurde – große Unzuträglichkeiten mit sich, von denen man manche wahrhaft tragisch nennen muß und die der näheren Betrachtung wert gewesen wären, hätte der Raum dafür ausgereicht. Aber das Gesetz hatte es so bestimmt, es hatte als seinen hauptsächlichen Zweck das öffentliche Wohl im Auge, und all das Unrecht, das bei seiner Ausführung den einzelnen zugefügt wurde, muß auf Rechnung des öffentlichen Wohlergehens gesetzt werden.
Es ist bis auf den heutigen Tag zweifelhaft, ob dies, im ganzen gesehen, irgend etwas dazu beigetragen hat, die Infektion aufzuhalten, und ich kann allerdings nicht sagen, daß es das getan hätte, denn nichts glich der Wut und der Raserei, mit der die Infektion zu der Zeit um sich griff, wo sie am heftigsten war, und das obwohl die befallenen Häuser so zuverlässig und so wirksam abgesperrt waren, wie es nur möglich war. Sicher ist, daß, wenn alle befallenen Personen wirklich eingeschlossen worden wären, kein Gesunder hätte von ihnen angesteckt werden können, weil sie ihm gar nicht nahegekommen wären. Aber die Sache war so, und ich will das hier nur erwähnen, nämlich, daß die Infektion sich unmerklich fortpflanzte und zwar durch solche Personen, die nicht sichtbarlich befallen waren und die weder wußten, wen sie ansteckten, noch von wem sie angesteckt worden waren.
Ein Haus in Whitechapel war um einer erkrankten Magd willen geschlossen worden, die nur Flecken hatte, die Anzeichen waren bei ihr noch nicht hervorgetreten, und sie wurde gesund; doch diese Leute erhielten nicht die Erlaubnis, sich hinauszurühren, weder um Luft zu schöpfen, noch

um sich Bewegung zu verschaffen, vierzig Tage lang. Mangel an frischer Luft, Furcht, Zorn, Streitereien und all die anderen kummervollen Begleiterscheinungen solch einer ärgerlichen Behandlung stürzten die Dame des Hauses in ein Fieber, und Visitatoren kamen ins Haus und sagten, es sei die Pest, obwohl die Ärzte erklärten, sie sei es nicht. Jedoch die Familie wurde gezwungen, ihre Quarantäne von neuem zu beginnen, nur auf den Bericht des Visitators oder Gesundheitsinspektors hin, obwohl an ihrer vorigen Quarantäne nur noch wenige Tage bis zum Ende fehlten. Dies bedrückte sie so mit Zorn und Gram und schränkte sie räumlich so sehr, wie auch schon vorher, ein, und dazu dieser Mangel an frischer Luft zum Atmen, daß die meisten der Familie krank wurden, der eine an diesem Gebrechen, der andere an jenem, in der Hauptsache an Skorbut-Krankheiten; nur einer bekam eine heftige Kolik; bis, nach mehreren Verlängerungen ihrer Quarantäne, irgend jemand, der mit den Visitatoren, als sie die Kranken inspizieren kamen, mitging, in der Hoffnung, ihre Freigabe zu erwirken, die Pest ins Haus mitbrachte und sie alle ansteckte, und die meisten von ihnen starben, nicht als hätten sie schon vorher die Pest gehabt, sondern weil ihnen Menschen, die sie mit aller Vorsicht davor hätten schützen sollen, die Pest ins Haus brachten. Und so etwas geschah häufig, und es war in der Tat eine der schlimmsten Folgen des Absperrens von Häusern.

Mir wurde um diese Zeit ein kleines Ungemach auferlegt, das mich zuerst sehr besorgt und bekümmert machte, mich jedoch, wie sich herausstellte, keinem großen Unheil aussetzte; und das war, daß ich von dem Stadtrat von Portsoken Ward zu einem der Gesundheitsinspektoren für die Häuser meines Reviers ernannt worden war. Wir waren eine große Pfarre und hatten nicht weniger als achtzehn Gesundheitsinspektoren, wie unsere amtliche Bezeichnung lautete; die

Leute nannten uns Visitatoren. Ich bemühte mich mit allen Kräften, von einer solchen Ernennung freizukommen, und brachte bei des Stadtrats Stellvertreter viele Gründe vor, um mich auszureden; insbesondere führte ich an, daß ich ganz gegen das Absperren der Häuser eingestellt sei und daß es eine große Härte sein würde, mich in den Dienst einer Sache zu zwingen, die meiner Anschauung zuwiderlaufe und von der ich ernstlich glaubte, daß sie dem Zweck, für den sie gedacht war, nicht entspreche; aber das einzige Zugeständnis, das ich erreichen konnte, war, daß, während man gewöhnlich vom Lordbürgermeister für die Dauer von zwei Monaten auf diesen Posten berufen wurde, ich nur auf drei Wochen verpflichtet sein sollte, ihn auszufüllen, unter der Bedingung jedoch, daß ich dann einen geeigneten Stellvertreter fände, der die übrige Zeit für mich ableistete, und das war, kurz gesagt, ein sehr geringes Entgegenkommen, da es sehr schwer war, irgend jemand dazu zu bringen, ein solches Amt anzunehmen, der auch fähig war, damit betraut zu werden.

Das Absperren der Häuser hatte allerdings eine Wirkung, die, dessen bin ich mir bewußt, von Bedeutung war, nämlich daß auf diese Weise die befallenen Leute festgehalten wurden, die sonst große Unruhe und Gefahr gebracht hätten, indem sie mit der Krankheit im Leibe in den Straßen umhergelaufen wären, und das hätte sich, wenn sie erst im Delirium waren, auf das furchtbarste ausgewirkt, wie sich zu Anfang schon sehr deutlich zeigte, bevor sie noch so festgehalten wurden; ja, so rückhaltlos waren sie damals, daß sie, wenn sie arm waren, herumgingen und an den Haustüren bettelten und erklärten, sie hätten die Pest, und um Lappen baten, um sich zu verbinden, oder was ihnen sonst im Zustand des Deliriums einfiel.

Eine unglückselige vornehme Dame, die Frau eines begüterten Bürgers, wurde (wenn die Geschichte wahr ist) von

einem dieser Menschen auf der Aldersgate Straße ermordet, oder dort herum. Er ging, zweifellos völlig von Sinnen, die Straße entlang und sang; die Leute meinten, er sei nur betrunken, aber er selber sagte, er habe die Pest, was, so scheint es, zutraf; und als er dieser Dame begegnete, wollte er sie küssen. Sie war furchtbar erschrocken, da er ein sehr ungehobelter Geselle war, und sie lief vor ihm davon, aber die Straße war sehr menschenleer und niemand nahe genug, um ihr zu helfen. Als sie bemerkte, daß er sie einholen werde, wandte sie sich um und versetzte ihm mit solcher Gewalt einen Stoß, daß er, schwach wie er war, rücklings zu Boden stürzte. Aber unglücklicherweise war sie ihm so nahe, daß er sie ergreifen konnte und sie hinunterzog, und er kam vor ihr wieder hoch, überwältigte sie und küßte sie; und, was das Schlimmste war, nachdem er es getan hatte, sagte er ihr, er habe die Pest und warum solle nicht auch sie sie haben, so wie er sie habe? Sie war vorher schon erschrokken genug gewesen, zumal sie gerade schwanger war; aber als sie ihn sagen hörte, er habe die Pest, schrie sie laut auf und verfiel in eine Ohnmacht oder vielmehr in einen Herzanfall, an dem sie, obwohl sie sich ein wenig erholte, in nur wenigen Tagen starb, und ich habe nie gehört, ob sie die Pest hatte oder nicht.
Ein anderer befallener Mann kam und klopfte an der Haustür eines Mitbürgers, wo man ihn sehr gut kannte; der Diener ließ ihn ein, und er, als er hörte, der Hausherr sei oben, rannte hinauf und trat in den Raum, wo die ganze Familie gerade beim Abendessen war. Sie standen zuerst auf, ein wenig überrascht, da sie nicht wußten, was los war, aber er hieß sie ruhig sitzen bleiben, er sei nur gekommen um von ihnen Abschied zu nehmen. Sie fragten ihn: »Aber Mr. –, wo wollen Sie hin?« »Wollen?« sagte er, »ich habe die Krankheit und werde morgen abend sterben.« Man kann sich vorstellen, wenn auch nicht beschreiben, in wel-

cher Bestürzung sie alle waren. Die Frauen und Töchter des Hauses, noch ganz junge Mädchen, waren beinahe zu Tode erschrocken und sprangen auf, die eine zu dieser Tür hinausrennend, die andere zu jener, die einen treppauf, die anderen treppab, und als sie sich wieder einigermaßen zusammengefunden hatten, schlossen sie sich in ihre Zimmer ein und schrien zum Fenster hinaus um Hilfe, als hätten sie vor Schreck den Verstand verloren. Der Hausherr, ein wenig gefaßter als sie, obgleich auch sowohl entsetzt wie gereizt, wollte schon Hand an ihn legen und ihn in seiner Wut die Treppe hinunterwerfen, aber dann überlegte er doch ein wenig, in welchem Zustand sich der Mann befand und wie gefährlich es wäre, ihn anzufassen, und ein Schauder packte ihn, und er stand still wie vom Schlag gerührt. Der arme Mensch, im Kopfe ebenso krank wie am Körper, stand die ganze Zeit ebenso still, als habe es ihm die Sprache verschlagen. Schließlich wandte er sich um und sagte: »Ach!« mit aller scheinbaren Ruhe, die man sich vorstellen kann, »steht es so mit euch allen? Störe ich euch alle etwa? Nun, ich kann auch nach Hause gehen und dort sterben.« Und so ging er sofort hinunter. Der Diener, der ihn eingelassen hatte, ging ihm mit einer Kerze nach, fürchtete sich jedoch, an ihm vorbeizugehen und ihm die Tür zu öffnen, und blieb darum auf der Treppe stehen, um zu sehen, was er tun würde. Der Mann ging und öffnete die Tür und ging hinaus und warf die Tür hinter sich zu. Es hat eine ganze Weile gedauert, bis die Familie sich von dem Schrecken erholte, aber da sich keine üblen Folgen einstellten, haben sie Gelegenheit gehabt, davon später, und das kann man glauben, mit großer Genugtuung zu sprechen. Obschon der Mann gegangen gewesen sei, habe es einige Zeit gedauert, ja, so wurde es erzählt, einige Tage, bevor sie sich von der Aufregung, in der sie gewesen seien, erholt hätten; und sie hätten sich im Hause nicht wieder wohlgefühlt, bevor sie nicht alle möglichen Sorten von Räucherwerk in jedem Raum abgebrannt hätten und möglichst viel Rauch von Pech, von Schießpulver und von Schwefel entfacht hätten, alle sich einzeln umgekleidet und die Kleider gewaschen hätten und so fort. Was den armen Menschen angeht, so kann ich mich nicht erinnern, ob er leben blieb oder starb.

Es ist völlig sicher, daß, wären die Kranken nicht durch die Absperrungen in den Häusern festgehalten worden, Scharen von ihnen, die bei hohem Fieber im Delirium und wahnsinnig waren, ständig die Straßen auf und ab gelaufen wären; und auch so tat das eine ganze Anzahl von ihnen und bedrohte jeden, den sie trafen, mit aller Art von Gewalttätigkeit, genau so wie ein tollwütiger Hund drauflosrennt und jeden, den er trifft, beißt; auch kann ich nicht daran zweifeln, daß, hätte eines dieser von der Krankheit vergifteten Geschöpfe, während es von der Raserei der Seuche erfaßt war, irgendeinen Mann oder irgendeine Frau gebissen, diese, ich meine die so verwundete Person wäre ebenso sicher unheilbar infiziert gewesen, wie jemand, der schon vorher krank war und die Anzeichen am Leibe trug.

Ich hörte von einem befallenen Menschen, der außerhalb des Bettes im Hemd, so schmerzten und peinigten ihn die Geschwülste, von denen er drei am Körper hatte, herumlief und die Schuhe anzog und den Rock anlegen wollte, woran ihn aber die Krankenschwester hinderte, indem sie ihm den Rock entriß; da warf er sie zu Boden, überrannte sie, lief die Treppe hinab und im Hemd auf die Straße und geradewegs auf die Themse zu; die Krankenschwester lief hinter ihm her und rief der Wache zu, ihn aufzuhalten; aber der Wachmann fürchtete sich und hatte Angst, ihn anzufassen, und ließ ihn laufen; er rannte darauf die Stillyard Treppe hinab, riß sich das Hemd vom Leibe, sprang in die Themse, und, guter Schwimmer der er war, schwamm er bis ganz hinüber; und da die Flut gerade hereinkam, wie man es nennt, das heißt, der Strom nach Westen floß, erreichte er das andere Ufer erst bei den Falcon Treppen; er stieg an Land, und da er dort zu der nächtlichen Stunde niemand sah, rannte er, nackt wie er war, eine gute Weile durch die Straßen, bis er dann, das Wasser stand mittlerweile hoch, wieder in den Fluß stieg und zum Stillyard zurückschwamm, an Land ging, die Straße wieder hinauf bis zu seinem Hause lief, an die Tür klopfte, die Treppe hinauf und in sein Bett ging; und diese Schreckenskur soll ihn von der Pest geheilt haben, das heißt, die heftige Bewegung seiner Arme und Beine habe die Stellen, wo er die Geschwülste hatte, gedehnt, nämlich unter den Armen und an den Lenden, und habe sie zur Reife gebracht, so daß sie aufbrachen, und das kalte Wasser habe das Fieber in seinem Blut niedergeschlagen.

Ich habe nur noch hinzuzufügen, daß ich dies genau so wenig wie manches andere als Tatsache aus meiner eigenen Erfahrung berichte, für deren Wahrheit ich einstehen könnte, und besonders den Umstand nicht, daß der Mann durch sein sonderbares Abenteuer geheilt worden sei, was mir, muß ich gestehen, nicht recht glaubhaft vorkommt; aber es mag zur Bestätigung dienen, daß die Leidenden, wenn sie ins Delirium kamen oder, wie wir sagen, ihnen der Kopf zu leicht wurde, häufig auf die verrücktesten Dinge verfielen; und wie unendlich viel mehr davon hätte es gegeben, wenn diese Menschen nicht durch das Absperren der Häuser festgehalten worden wären; und das war meiner Meinung nach das Beste, wenn nicht das einzige Gute überhaupt, was bei dieser strengen Methode herauskam.

Andererseits waren die Klagen und das Murren gegen die Sache selbst sehr bitter. Es pflegte allen, die vorbeigingen, das Herz zu zerreißen, wenn sie die erbarmungswürdigen Schreie jener befallenen Menschen hörten, die vor Heftigkeit der Schmerzen oder Hitze des Blutes von Sinnen waren und entweder eingeschlossen oder vielleicht an Bett und Stühlen festgebunden, damit sie sich nicht wehtun könnten; und sie erhoben immer ein grauenhaftes Jammergeschrei, daß man sie einsperre und ihnen nicht erlaube, in Freiheit zu sterben, wie sie es nannten, und wie sie es sonst getan hätten.

Dies Umherlaufen der kranken Personen auf der Straße war sehr arg, und die Behörden taten ihr Äußerstes, um es zu unterbinden; aber da es gewöhnlich nachts und immer ganz plötzlich war, daß solche Versuche gemacht wurden, konnten die Beamten nicht immer zur Hand sein, um es zu verhindern; und auch wenn am Tage Kranke herausgelangten, waren die zuständigen Beamten nicht geneigt, sich mit ihnen einzulassen, denn da sie alle, wenn sie erst in dieses Stadium kamen, schwer verseucht waren, waren sie noch ansteckender als gewöhnlich und sie anzufassen gehörte zum Gefährlichsten, was man tun konnte. Sie hingegen rannten meist einfach drauflos, ohne zu wissen, was sie taten, bis sie tot umfielen oder bis sie sich so erschöpft hatten, daß sie hinsanken und dann vielleicht in einer halben Stunde oder einer Stunde starben; und, was am mitleiderregendsten zu hören war, sie kamen mit Bestimmtheit innerhalb dieser halben Stunde oder Stunde wieder völlig zu sich und erhoben dann ganz gramvolle und durchdringende Schreie und Klagerufe, wenn sie sich in tiefem Schmerz ihres Zustandes bewußt wurden. Dies kam besonders häufig vor, ehe die Verordnung über das Versperren der Häuser so strikt durchgeführt wurde, denn zu Anfang waren die Wachmänner nicht so unnachsichtig und streng darin, die Leute drinnen zu halten, wie sie es später waren; das heißt, bevor sie, ich meine einige von ihnen, schwer dafür bestraft wurden, daß sie ihre Pflicht vernachlässigten und die Leute, die unter ihrer Obhut standen, davonschlüpfen ließen oder ein Auge zudrückten, wenn sie außer Hauses gingen, ob gesund oder krank. Aber als sie merkten, daß die Beamten, die ihr Verhalten zu kontrollieren hatten, entschlossen waren, sie zur Erfüllung ihrer Pflicht anzuhalten oder sie für ihre Nachlässigkeit zu bestrafen, nahmen sie es genauer, und die Leute wurden streng abgeschlossen; das aber nahmen die so übel und ertrugen es mit solchem Widerstreben, daß man die Äußerungen ihres Unmuts kaum beschreiben kann. Aber es bestand eine absolute Notwendigkeit dafür, das muß man zugeben, es sei denn, man hätte beizeiten andere Maßnahmen ergriffen, und dafür war es jetzt zu spät.

Wäre gerade dieses, daß die Kranken, wie geschildert, abgesondert wurden, damals bei uns nicht durchgeführt worden, London wäre der schreckensreichste Ort gewesen, den es je auf der Welt gegeben hat; es wären, nach menschlichem Ermessen, ebensoviele Menschen auf der Straße gestorben wie jetzt in den Häusern starben; denn als die Seuche auf ihrem Höhepunkt war, machte sie gewöhnlich wahnsinnig und irre, und wenn einer das war, dann konnte man ihn nicht mehr anders dazu bringen, im Bett zu bleiben, als mit Gewalt; und viele, die nicht angebunden waren, stürzten sich zum Fenster hinaus, wenn sie bemerkten, daß man sie zur Tür nicht hinausgehen ließ.

Es ist dem Mangel an gegenseitigem Verkehr in dieser Notzeit zuzuschreiben, daß es für eine Einzelperson unmöglich war, zur Kenntnis all der außergewöhnlichen Fälle zu gelangen, die sich in den verschiedenen Häusern abspielten; insbesondere glaube ich, es ist bis auf den heutigen Tag niemals bekannt geworden, wieviele Menschen im Delirium sich in der Themse ertränkten und in dem Fluß, der von den Marschen her bei Hackney vorbeikommt und den wir gewöhnlich Ware Fluß oder den Hackney nannten. Was die Angaben auf dem wöchentlichen Sterberegister angeht, so waren es da zwar immer nur wenige; auch konnte man bei denen nie wissen, ob sie durch einen Unfall ertrunken waren oder nicht. Aber ich glaube, ich kann eine größere Anzahl von solchen zusammenrechnen, die in jenem Jahr innerhalb des Bereichs meiner Kenntnis und Beobachtung tatsächlich ertrunken sind, als auf dem Sterberegister insgesamt angegeben wurde, denn viele der Leichen wurden nie gefunden, obwohl die Personen als vermißt bekannt waren; und das gleiche gilt von anderen Arten der Selbstvernichtung. Es gab sogar einen Mann, in der Whitecross Straße oder in ihrer Nähe, der sich selbst in seinem Bett verbrannt hat; die einen sagten, er habe es selbst getan, die anderen meinten, es sei die Bosheit der Krankenwärterin gewesen, die ihn pflegte; aber daß er die Pest hatte, darin waren alle sich einig.

Es war auch eine gnädige Fügung der Vorsehung, und ich habe während der Zeit oft daran denken müssen, daß keine Feuersbrände, oder wenigstens keine größeren, während des Jahres in der Stadt ausbrachen; wenn das nämlich der Fall gewesen wäre, wäre es sehr schrecklich geworden; und die Leute hätten das Feuer entweder einfach brennen lassen müssen oder in großen Ansammlungen und Haufen zusammenkommen, ohne auf die Gefahr der Ansteckung zu achten, ohne sich vor den Häusern in acht zu nehmen, die sie betraten, oder vor den Sachen, die sie anpackten, oder vor den Personen, mit denen sie in Berührung kamen. Aber es war so, daß, ausgenommen das Feuer in der Cripplegate Pfarre und zwei oder drei kleinere Feuersbrünste, die gleich ausgelöscht wurden, kein Unheil dieser Art in dem ganzen Jahr eintraf. Man erzählte uns eine Geschichte von einem Haus an der sogenannten Swan Gasse, die von der Goswell Straße in der Nähe der Mündung der Old Straße auf die St. John Straße führt, dort sei eine Familie so schrecklich von der Krankheit mitgenommen worden, daß sie alle im

Hause starben. Der letzte habe tot am Boden gelegen und habe sich, so nimmt man an, dort niedergestreckt, um gerade vor dem Feuer zu sterben; das Feuer sei dann anscheinend aus dem Herd, der voll Holz war, gefallen und habe die Dielen und die Bohlen ergriffen und gerade bis dicht an die Leiche heran weiter gebrannt, habe die Leiche aber nicht berührt, obwohl die Frau wenig mehr als ihr Hemd anhatte, und sei von selber ausgegangen, das übrige Haus unversehrt lassend, obwohl es ein leicht gebautes Holzhaus gewesen sei. Wieviel daran wahr gewesen sein mag, kann ich nicht ausmachen, aber die Stadt, die im nächsten Jahr heftig unter Feuer zu leiden haben sollte, hatte in diesem Jahr von diesem Unheil sehr wenig zu spüren.

In der Tat, wenn man die Wahnsinnszustände bedenkt, in welche die Schmerzensqual die Menschen versetzte, und die vielen verrückten Dinge, welche sie, wie ich erwähnte, verrichteten, sobald man sie in ihrer Tollheit allein ließ – dann kann es einen nur sehr wundernehmen, daß es nicht mehr Unglücksfälle dieser Art gab.

Es ist mir oft die Frage gestellt worden, und ich kann leider nicht sagen, daß ich je eine treffende Antwort darauf zu geben gewußt hätte, wie es kam, daß so viele befallene Leute sich auf offener Straße sehen ließen, während doch zur gleichen Zeit Häuser, welche befallen wurden, mit solcher Wachsamkeit erfaßt und allesamt gesperrt und unter Bewachung gestellt wurden, wie es geschah.

Ich gestehe, ich weiß nicht, welche Antwort ich darauf geben soll, es sei denn die, daß es in einer so großen und dicht bevölkerten Stadt wie der unseren unmöglich war, jedes Haus, das infiziert wurde, sofort als ein solches zu ermitteln, oder alle Häuser, die infiziert wurden, zu sperren; so daß die Leute die Freiheit besaßen, auf den Straßen umherzugehen, eigentlich ohne Einschränkung, wenn sie

nicht als zu dem-und-dem befallenen Haus gehörig bekannt waren.
Es ist wahr, daß, wie die verschiedenen Ärzte unserem Lordbürgermeister berichteten, die Ansteckung zu bestimmten Zeiten so rasend um sich griff und die Leute so rasch erkrankten und so schnell starben, daß es unmöglich war und schlechterdings sinnlos, von Haus zu Haus zu gehen und nachzuforschen, wer krank war und wer gesund, oder sie mit aller Genauigkeit, die die Sache erforderte, abzusperren, wo doch beinahe jedes Haus in einer ganzen Straße befallen war und vielerorts manchmal sämtliche Bewohner eines Hauses; und was noch schlimmer war, in der Zeit, bis es bekannt wurde, daß ein Haus befallen war, waren gewöhnlich die meisten der infizierten Personen bereits mausetot und die übrigen, aus Angst eingesperrt zu werden, auf und davon, so daß es wirklich nicht viel Sinn hatte, ein Haus als infiziert zu bezeichnen und es abzusperren, wenn die Seuche bereits ihr gräßliches Werk getan und von dem Hause wieder Abschied genommen hatte, bevor es sich eigentlich herausgestellt hatte, daß die Familie überhaupt in Mitleidenschaft gezogen worden war.
Dies sollte genügen, um jeden vernünftigen Menschen zu überzeugen, daß es nicht in der Macht der Behörden lag oder durch eine noch so kluge menschliche Verfahrensweise zu erreichen war, die Ausbreitung der Seuche zu verhindern, und daß darum dieses Absperren der Häuser ein völlig unzureichendes Mittel zu diesem Zweck war. In der Tat schien es in gar keiner Weise zum Gemeinwohl etwas beizutragen, das gleichgekommen wäre oder in einem Verhältnis gestanden hätte zu der schmerzlichen Last, die es den einzelnen Familien, die so eingesperrt wurden, auferlegte; und soweit ich von der Öffentlichkeit angestellt wurde, diese harte Maßnahme zu leiten, fand ich häufig Gelegenheit zu sehen, daß sie außerstande war, ihrem

Zweck zu dienen. Zum Beispiel, wenn ich, wie man es von mir wünschte, als Visitator oder Gesundheitsinspektor bei den einzelnen Familien, welche infiziert waren, nähere Nachforschungen anstellte, kamen wir selten zu einem Haus, wo die Pest sichtbarlich aufgetreten war, ohne daß einige aus der Familie sich bereits auf und davon gemacht hatten. Die Behörden pflegten dies zu verübeln und den Gesundheitsinspektoren vorzuwerfen, sie seien bei ihren Inspektionen und Prüfungen zu lax. Dabei waren die Häuser infiziert, lange bevor man es erfuhr. Nun hatte es mir, nachdem ich erst die Hälfte der mir bestimmten Zeit, welche zwei Monate war, in diesem gefährlichen Amt gewesen war, genügt, um zu der Einsicht zu gelangen, daß wir auf keine andere Art imstande waren, zur Kenntnis des wahren Zustands einer Familie zu kommen, als entweder an der Tür oder bei den Nachbarn nachzufragen. Was nun die Möglichkeit betrifft, in jedes Haus hineinzugehen und es zu durchsuchen, so hätte so etwas keine Obrigkeit den Einwohnern zu bieten gewagt, auch hätte sich kein Bürger dafür bereit gefunden, denn es hätte uns der sicheren Ansteckung und dem Tod ausgesetzt und den eigenen sowohl wie den Ruin unserer Familien bedeutet; auch würde kein rechtschaffener Bürger, und darauf hätte man sich verlassen können, in der Stadt geblieben sein, wenn er solch rücksichtsloser Behandlung unterworfen worden wäre.

Angesichts der Tatsache, daß wir auf keine Art den wahren Sachverhalt erfahren konnten als durch Erkundigungen bei den Nachbarn oder bei der Familie selbst, auf welche Auskünfte kein rechter Verlaß war, mußte unabänderlich die Angelegenheit in ihrer oben geschilderten Ungewißheit verbleiben.

Zwar war ein Familienoberhaupt verpflichtet, dem Gesundheitsinspektor seines Bezirks zwei Stunden, nachdem er es entdeckt hatte, von jeder Person, die in seinem Hause krank wurde, Meldung zu erstatten, das heißt, von jedem, der die Zeichen der Infektion hatte, aber sie fanden so viele Wege, dies zu umgehen und ihre Unterlassung zu entschuldigen, daß sie die Meldung selten erstatteten, bevor sie Maßnahmen ergriffen hatten, jeden, der im Sinne hatte zu entfliehen, aus dem Haus entfliehen zu lassen, ob er nun krank war oder gesund. Solange das so war, ist es leicht einzusehen, daß man sich auf das Sperren der Häuser als eine hinreichende Methode, die Seuche aufzuhalten, keineswegs verlassen konnte, denn, wie ich anderswo schon gesagt habe, viele von denen, die so aus jenen befallenen Häusern davongingen, hatten die Pest längst im Leibe, ob sie auch redlich meinen mochten, gesund zu sein. Und mancher von diesen war es dann, der auf der Straße ging, und plötzlich fiel er um und war tot, nicht weil er plötzlich von der Seuche getroffen war, so wie von einer Kugel, die auf einen Streich tötet, sondern weil er in Wahrheit schon lange vorher die Infektion im Blut gehabt hatte; nur daß sie, da sie im Verborgenen an den Lebenskräften zehrte, erst in Erscheinung trat, als sie mit tödlicher Macht nach dem Herzen griff, und dann starb der Patient in einem Augenblick, wie an einer plötzlichen Ohnmacht oder einem Schlaganfall.

Ich weiß, daß sogar einige unserer Ärzte eine Zeitlang glaubten, jene, die so auf der Straße starben, würden erst in dem Moment erfaßt, wo sie umfielen, als hätte sie ein Schlag vom Himmel getroffen, so wie Menschen vom Blitz getötet werden, aber sie ließen sich dann eines Besseren belehren; denn wenn man an solchen nach ihrem Tode eine Leibesuntersuchung vornahm, fand man immer entweder die Zeichen an ihnen oder andere schlüssige Beweise, daß die Krankheit länger in ihnen wirksam gewesen war, als man hätte vermuten mögen.

Dies war oft der Grund, daß wir Gesundheitsinspektoren,

wie gesagt, nicht in Erfahrung bringen konnten, wann die Seuche in einem Hause eingekehrt war, bevor es zu spät war, um es zu sperren, und manchmal hörten wir es erst, nachdem alle, die darin zurückgeblieben waren, tot waren. An der Petticoat Lane waren zwei Häuser zusammen infiziert worden und mehrere Personen krank; aber es wurde so gut verborgen gehalten, daß der Gesundheitsinspektor, der mein Nachbar war, davon keine Kenntnis erhielt, bis ihm die Meldung überbracht wurde, die Leute seien alle tot und der Totenkarren möge dort vorbeifahren, um sie abzuholen. Die beiden Familienoberhäupter hatten ihre Handlungsweise aufeinander abgestimmt und alles so eingerichtet, daß, wenn der Gesundheitsinspektor in der Nachbarschaft war, sie gewöhnlich dort beide zugleich auftauchten und füreinander Rede standen, das heißt logen; oder sie brachten irgendwen in der Nachbarschaft dazu auszusagen, daß bei ihnen alles wohlauf sei oder jedenfalls nichts anderes bekannt sei; aber dann machte der Tod es unmöglich, das Geheimnis länger zu wahren, und als die Totenkarren in der Nacht zu beiden Häusern gerufen wurden, wußte es jedermann. Aber als der Gesundheitsinspektor den Konstabler die Häuser sperren hieß, da war niemand mehr darin als drei im Sterben Liegende, zwei in einem Haus und einer in dem andern, und in jedem Haus eine Krankenwärterin, die zugeben mußte, daß fünf Personen schon vorher beerdigt worden waren, daß die Häuser seit neun oder zehn Tagen befallen waren und daß, was die übrigen der beiden Familien angeht, deren es viele waren, sie sich davongemacht hätten, manche krank, manche gesund oder ob gesund oder krank ungewiß.

Ähnlich war es in einem anderen Haus der gleichen Straße: Ein Mann, dessen Familie befallen worden war, der aber durchaus nicht willens war, sich einsperren zu lassen, sperrte, als er es nicht mehr länger verheimlichen konnte, sich selbst ein; das heißt, er setzte ein großes rotes Kreuz auf seine Haustür, mit den Worten: »Herr, habe Erbarmen mit uns«, und täuschte so den Gesundheitsinspektor, der glaubte, es sei durch den Konstabler geschehen, auf Anordnung des anderen Gesundheitsinspektors, denn es gab für jeden Bezirk oder Revierkreis deren zwei. Auf diese Weise hatte er freien Austritt und Eintritt aus seinem Haus und wieder hinein, ganz nach Belieben, ungeachtet der Tatsache, daß es befallen war, bis schließlich der Trick herauskam, und dann machte er sich mit dem gesunden Teil seiner Dienerschaft und Familie auf und davon, und so wurden sie tatsächlich nicht eingesperrt.

Diese Dinge machten es sehr schwer, wenn nicht unmöglich, wie ich schon sagte, die Ausbreitung einer Seuche durch Sperren von Häusern zu verhindern; es sei denn, die Leute empfänden das Sperren ihrer Häuser als keine Belastung und wären darum soweit damit einverstanden, daß sie den Behörden getreulich und pflichtgemäß von ihrer Infizierung Meldung erstatteten, sobald sie selbst sie erkannt hätten; aber da man dies von ihnen nicht erwarten kann und man den Gesundheitsinspektoren, wie oben, nicht zumuten kann, in die Häuser hineinzugehen, um Haussuchungen zu halten, so wird immer alles Gute, das das Absperren der Häuser für sich hat, zunichte gemacht werden, und wenige Häuser werden beizeiten gesperrt werden, außer denen der Armen, die nichts verheimlichen können, und wenn Leute sich durch den Schreck und die Bestürzung verraten, in die die Sache sie versetzt hat.

Ich konnte mich von dem gefährlichen Amt, in dem ich da war, freimachen, nachdem ich jemandes anderen Zulassung erwirkt hatte, den ich mit etwas Geld gewonnen hatte, es anzunehmen; und so war ich anstelle der zwei Monate, die vorgesehen waren, nicht länger als drei Wochen im Dienst; aber lange war auch das, wenn man bedenkt, daß es im

Monat August war, während welcher Zeit die Seuche mit großer Heftigkeit in unserem Teil der Stadt zu wüten begann.

In der Ausübung dieses Amtes konnte ich unter meinen Nachbarn nicht mit meiner Meinung zurückhalten, was dieses Einsperren der Menschen in ihren Häusern betraf; wir sahen dabei ganz klar, daß die Härte, welche angewendet wurde, bitter genug in sich selbst, noch einen besonderen Einwand gegen sich hatte, nämlich daß sie nicht, wie ich schon sagte, ihrem Zweck diente, da ja die Krankheitsbefallenen Tag für Tag auf der Straße umhergingen; und es war unser aller gemeinsame Meinung, daß eine Methode, nach welcher man für den Fall, daß ein Haus heimgesucht wurde, die Gesunden von den Kranken hätte trennen können, in vieler Hinsicht weit vernünftiger gewesen wäre, indem dann niemand bei den Kranken geblieben wäre, als diejenigen, welche, in einem solchen Falle, bleiben zu dürfen ersucht hätten und einverstanden gewesen wären, daß man sie mit einsperrt.

Unser Plan, die Gesunden von den Kranken zu entfernen, richtete sich nur auf die Häuser, welche befallen waren, und die Kranken festzusetzen war keine Gefangensetzung; wer sich ohnehin nicht hinausrühren konnte, würde sich nicht beklagen, solange er bei Sinnen war und vernünftig denken konnte. Allerdings, wenn sie ins Delirium und in die Erregungszustände kamen, dann pflegten sie gegen die Grausamkeit des Eingeschlossenseins aufzubegehren; aber was die Entfernung derer, die gesund waren, angeht, hielten wir es für höchst vertretbar und richtig, daß sie, um ihrer selbst willen, von den Kranken entfernt würden und, um der anderen Leute Sicherheit willen, sich für eine Weile abgesondert halten sollten, so daß man sehen konnte, sie seien gesund und stellten für andere keine Ansteckungsgefahr dar; und wir meinten, zwanzig oder dreißig Tage seien dafür genug.

Wenn man nun eigens zu dem Zweck Häuser bereitgestellt hätte, daß die Gesunden darin diese Halb-Quarantäne hätten verbringen können, dann hätten sie gewiß in einer solchen Abgeschiedenheit viel weniger Grund gehabt, sich benachteiligt zu fühlen, als wenn sie mit den Kranken zusammen in den Häusern, in denen sie wohnten, eingeschlossen wurden.

Man muß hier jedoch bemerken: Nachdem die Begräbnisse so zahlreich wurden, daß man nicht mehr die Glocken läuten, trauern oder weinen konnte oder Schwarz füreinander tragen, wie man es früher immer getan hatte, ja nicht einmal mehr Särge für die Verstorbenen anfertigen konnte – auf die Dauer schien da die Macht der Seuche so groß geworden zu sein, daß man, kurz und gut, überhaupt kein Haus mehr absperrte. Man ließ es dabei bewenden, daß alle Mittel dieser Art gebraucht worden waren, bis sie sich als zwecklos erwiesen hatten und daß die Pest sich mit einer unwiderstehlichen Gewalt ausbreitete; so wie im darauffolgenden Jahr das Feuer um sich griff und mit solcher Macht brannte, daß die Bürger verzweifelt ihre Bemühungen, es zu löschen, aufgaben – ebenso kam es bei der Pest am Ende so weit, daß die Leute nur noch still dasaßen und einander anschauten, offenbar völliger Verzweiflung ergeben; ganze Straßen schienen ausgestorben und nicht nur gesperrt, sondern ihrer Bewohner entleert zu sein; Türen waren offen gelassen, Fenster standen klappernd im Wind, weil in leeren Häusern niemand da war, sie zu schließen. Mit einem Wort, die Menschen begannen sich ihrer Furcht anheimzugeben und zu glauben, alles, was zur Abhilfe unternommen wurde, sei vergeblich und nichts sei zu erwarten als vollständiger Untergang; und gerade in diesem Höhepunkt der allgemeinen Verzweiflung gefiel es Gott, innezuhalten und die Wut der Ansteckung in solcher Art abzuschwächen, daß es wieder, wie der Beginn, ganz unverhofft kam, und so allen sichtbar zu machen, daß es Seine eigene Hand war, die, wenn auch nicht ohne die Vermittlung durch Zweitursachen, wirkte, worauf ich an gegebener Stelle noch eingehen werde.

Aber ich muß immer noch von der Pest auf ihrem Höhepunkt sprechen. Sie wütete bis zur Austilgung, und die Leute gerieten in ihrer schrecklichen Fassungslosigkeit, wie ich sagte, bis in tiefe Verzweiflung. Es ist kaum glaublich, zu welchen Ausschreitungen die Menschen sich in dieser Siedehitze der Seuche von ihren Leidenschaften hinreißen ließen, und dies, glaube ich, war genauso bewegend wie alles übrige. Was könnte einen Menschen, der noch im vollen Besitz seiner Geisteskräfte ist, mehr ergreifen, was könnte einen tieferen Eindruck auf sein Gemüt machen, als zu sehen, wie ein Mann, beinahe nackt, aus seinem Hause oder vielleicht seinem Bette auf die Straße kommt, von Harrow Alley her, einem belebten Kreuzungs- und Sammelpunkt von Gäßchen, Hinterhöfen und Durchgängen an der Butcher Row in Whitechapel – ich sage, was könnte ergreifender sein, als zu sehen, wie dieser Mann auf die offene Straße kommt, singend und tanzend herumrennt und tausend ausgelassene Gesten macht, während fünf oder sechs Frauen und Kinder hinter ihm herlaufen, heulend und ihn um des Herrn willen anflehen zurückzukommen, und die Hilfe anderer erbitten, ihn zurückzubringen, aber alles vergebens, da niemand wagt, Hand an ihn zu legen oder ihm nahe zu kommen?

Dies war ganz ungemein schmerzlich und quälend für mich, der ich das ganze von meinem Fenster aus beobachtete; denn die ganze Zeit über befand sich der arme geplagte Mensch in akuter, äußerster Schmerzenspein, hatte er doch, wie es hieß, zwei Geschwülste am Körper, welche man nicht zum Aufbrechen oder Auseitern bringen konnte; aber durch starke Ätzmittel, die sie ihm auflegten, hofften die

Ärzte, so scheint es, sie aufzubrechen, und diese Ätzmittel hatten sie jetzt gerade angewendet, und sie brannten in seinem Fleisch wie mit heißen Eisen. Ich kann nicht mehr sagen, was aus diesem armen Kerl wurde, aber ich glaube, er tobte noch weiter in dieser Weise umher, bis er umfiel und starb.

Kein Wunder, daß der Anblick der City selbst erschreckend war. Das übliche Gedränge der Menschen auf der Straße, das auch aus unserem Viertel Zustrom erhielt, hatte aufgehört. Die Börse war zwar nicht geschlossen, aber niemand ging mehr hin. Die Pestfeuer waren am Ausgehen; durch einen scharfen, heftigen Regen waren sie für einige Tage beinahe erloschen. Aber das war nicht alles; einige der Ärzte bestanden darauf, daß sie für die Gesundheit der Bevölkerung nicht nur ohne Nutzen, sondern schädlich seien. Hierüber machten sie viel Wesens und erhoben Klage beim Lordbürgermeister darob. Andere Mitglieder der gleichen Fakultät hingegen, und ebenso hervorragende, widersprachen ihnen und gaben ihre Gründe an, warum die Feuer nützlich waren und sein mußten, um die Heftigkeit der Seuche zu lindern. Ich kann von den Argumenten hüben und drüben keinen vollständigen Bericht geben; nur daran erinnere ich mich, daß die einen viel an den anderen auszusetzen hatten. Die einen waren für Feuer, aber sie müßten Holz brennen und nicht Kohle oder sogar besondere Sorten von Holz, so wie ganz besonders Föhrenholz oder Zedernholz, wegen der starken Ausdünstungen von Terpentin; andere waren für Kohle und nicht für Holz, wegen des Schwefels und Erdpechs; und wieder andere waren für keines von beiden. Zuletzt verfügte der Lordbürgermeister, es sollten keine Feuer mehr sein und hauptsächlich aus diesem Grund, daß nämlich die Pest so unbändig sei, daß sie, wie man deutlich sehe, allen Maßnahmen trotze und nach Anwendung aller Mittel, um ihr Einhalt zu gebieten, eher anzuwachsen als abzunehmen scheine; aber freilich stammte diese Resignation der Obrigkeiten eher aus der Unmöglichkeit, irgendein Mittel erfolgreich anwenden zu können, als aus dem Widerwillen, sich in Gefahr zu begeben oder die Last und Sorge des Amtes zu tragen; denn, um ihnen Gerechtigkeit widerfahren zu lassen, sie setzten Leib und Leben ein. Aber nichts half; die Seuche wütete, und die Leute waren jetzt verschreckt und verängstigt bis zum Äußersten, so sehr, daß sie, wie ich sagen möchte, sich selbst aufgaben und, wie ich vorher schon erwähnte, sich ihrer Verzweiflung überließen.

Aber man möge mir die Bemerkung gestatten, daß, wenn ich sage, die Leute überließen sich ihrer Verzweiflung, ich damit nicht das meine, was man religiöse Verzweiflung nennt, oder ein Verzweifeln an ihrem Schicksal in der Ewigkeit, sondern ich meine ihre Hoffnungslosigkeit, daß sie der Seuche entkommen oder die Pest überleben könnten, die, wie sie sahen, mit solch unwiderstehlicher Gewalt wütete, daß wirklich nur ganz wenige, die von ihr während der Höhepunktszeit im August und September erfaßt wurden, davonkamen; und was sehr eigenartig war und im Gegensatz zu dem gewöhnlichen Verlauf, den sie im Juni, Juli und Anfang August nahm, wo, wie ich berichtete, viele befallen wurden und noch viele Tage weiterlebten, bis sie dann abgingen, nachdem sie das Gift eine lange Zeit in ihrem Blut gehabt hatten: Im Gegensatz dazu starben jetzt die meisten, die während der letzten beiden Wochen im August und der drei ersten Wochen im September ergriffen wurden, gewöhnlich in höchstens zwei oder drei Tagen, und viele noch am gleichen Tag, an dem sie befallen wurden; ob das an den Hundstagen lag oder ob, wie unsere Astrologen sich auszudrücken beliebten, der Einfluß des Hundssterns diese bösartige Wirkung ausübte, oder ob alle diejenigen, die den Keim der Ansteckung schon vorher in sich trugen, ihn gerade zu der Zeit alle miteinander zur Reife brachten, weiß ich nicht; aber dies war die Zeit, wo berichtet wurde, daß mehr als dreitausend Menschen in einer Nacht starben; und solche, die uns glauben machen wollen, sie hätten es ganz besonders genau beobachtet, behaupten, daß sie alle in dem Zeitraum von zwei Stunden starben, nämlich zwischen ein Uhr und drei Uhr morgens.

Was die Plötzlichkeit angeht, mit der die Menschen jetzt mehr als früher starben, so gab es dafür unzählige Beispiele, und ich könnte mehrere aus meiner Nachbarschaft anführen. Eine Familie, außerhalb der Bars und nicht weit von mir, war am Montag scheinbar noch wohlauf, alle zehn, die sie in dem Hause waren. An dem Abend wurde eine Magd und ein Lehrling krank, und kaum waren sie am nächsten Morgen gestorben, als der andere Lehrling und zwei der Kinder erfaßt wurden, von denen eines am gleichen Abend starb, die beiden anderen am Mittwoch. In einem Wort, bis zum Samstagmittag waren der Hausherr, die Hausherrin, vier Kinder und vier Dienstboten alle dahin, und das Haus stand völlig leer, außer daß eine alte Frau kam, um sich der Habseligkeiten für den Bruder des Hausherrn anzunehmen, der weit fort lebte und nicht erkrankt war.

Viele Häuser blieben da verwaist zurück, und alle Bewohner wurden tot davongetragen; so waren insbesondere in einem Hintergäßchen, das auf derselben Seite noch weiter hinter den Bars bei dem Zeichen von Moses und Aaron abzweigte, mehrere Häuser, die alle zusammen, so hieß es, nicht mehr einen einzigen Lebenden beherbergten; und manche, die in einigen dieser Häuser als die letzten gestorben waren, hatten schon ein bißchen zu lange gelegen, bevor sie herausgeholt wurden, um beerdigt zu werden; der Grund dafür war nicht, wie einige ganz unzutreffend geschrieben haben, daß die Lebenden nicht ausreichten, um die Toten zu begraben, sondern daß die Sterblichkeit in der Gasse oder an dem Hof so groß war, daß niemand mehr übrig war, um den Totengräbern oder Küstern zu melden, daß da Tote zu beerdigen waren. Man hat erzählt – was daran wahr ist, weiß ich nicht –, daß einige dieser Leichen schon so zerfallen und in Fäulnis übergegangen waren, daß man sie nur mit Schwierigkeiten fortschaffen konnte; und da die Leichenkarren nicht näher herankommen konnten als bis zum Tor der Gasse an der High Street, war es nur um so schwieriger, sie zum Verladen zu bringen, aber ich kann nicht mit Gewißheit sagen, wieviele Leichen dort liegengeblieben waren. Ich bin sicher, daß es gewöhnlich nicht so war.

Ich habe erwähnt, wie die Leute in einen Zustand geraten waren, der sie am Leben verzweifeln ließ und dem sie sich überließen, und eben dies hatte nun eine merkwürdige Wirkung, die drei oder vier Wochen anhielt; das war, es machte sie kühn und wagemutig, sie hielten sich nicht mehr im Haus zurückgezogen, sondern verloren die Scheu voreinander und gingen dahin und dorthin und überallhin und begannen wieder miteinander zu sprechen. So sagte etwa einer zum andern: »Ich frage dich nicht, wie es dir geht, und sage auch nicht, wie es mir geht; denn das ist bestimmt, daß wir alle hingehn; drum ist es gleich, ob einer krank ist oder gesund«; und so liefen sie ohne jede Vorsicht, wohin und zu wem es sich eben traf.

Es brachte die Leute nicht nur in öffentliche Gesellschaft miteinander, sondern es brachte sie auch in erstaunlichen Massen in die Kirchen. Sie kümmerten sich nicht mehr vorsorglich, wem sie nah und wem sie fern säßen, welche ekelerregenden Gerüche ihnen begegneten oder in welchem Zustand die andern sich befänden, sondern sie betrachteten sich alle als tote Menschen und kamen ohne die geringste Ängstlichkeit in die Kirchen und drängten sich zusammen, als ob ihr Leben im Vergleich zu dem Werk, das zu vollbringen sie dort hingekommen waren, nichts wert wäre. In der

Tat, der Eifer, den sie durch ihr Kommen zeigten, und der Ernst und die Andacht, die sie durch die Aufmerksamkeit bekundeten, mit der sie zuhörten, machte es offensichtlich, welch einen Wert die Menschen alle dem Gottesdienst beimessen würden, wenn sie jedesmal, wenn sie zur Kirche gehen, dächten, es werde das letzte Mal für sie sein.
Auch war es nicht ohne noch andere auffallende Wirkungen, räumte es doch jede Art von Vorurteil oder Gewissensbedenken hinsichtlich der Person fort, die sie auf der Kanzel fanden, wenn sie zur Kirche kamen. Es kann keinem Zweifel unterliegen, daß in einer so allgemeinen und schrecklichen Katastrophe mit den andern auch viele Geistliche der Pfarrkirchen umgekommen waren; und andere hatten nicht die Kraft gehabt auszuhalten, sondern waren, sowie sie einen Weg fanden davonzukommen, aufs Land fortgezogen. Da dann einige Pfarrkirchen ganz unbesetzt und verlassen waren, hatten die Leute keine Skrupel, solche Reformierte, denen man ein paar Jahre zuvor kraft eines Parlamentsgesetzes, Act of Uniformity genannt, alle Einkünfte entzogen hatte, nunmehr in die Kirchen zum Predigen zu holen; auch machte der Klerus in diesem Fall keine Schwierigkeiten, deren Mitwirkung zuzulassen; die Folge war, daß viele von denen, die sie die stummgemachten Prediger nannten, bei dieser Gelegenheit ihren Mund aufgetan erhielten und öffentlich zum Volk predigten.
Hier können wir die Bemerkung machen, und ich hoffe, man wird es nicht für unangebracht halten, wenn ich es einfüge, daß die Aussicht auf den nahen Tod Menschen, die den Willen zum Guten haben, bald miteinander versöhnen würde, und daß es hauptsächlich der Bequemlichkeit, die wir im Leben haben und mit der wir diese Dinge weit von uns wegschieben, zuzuschreiben ist, daß Zwist entfacht wird, Groll gehegt wird, Vorurteile, christlicher Nächstenliebe und Einheit zum Trotz, so festgehalten und so weit

getrieben werden unter uns, wie es geschieht. Noch ein Pestjahr, und alle diese Differenzen wären beglichen; ein naher Umgang mit dem Tod oder mit Krankheiten, die den Tod androhen, würde die Galle aus unserem Gemüt abschöpfen, Feindseligkeiten unter uns beseitigen und uns dazu bringen, die Dinge mit anderen Augen anzusehen, als wir es bislang taten. Wie die Leute, die es immer mit der Kirche gehalten hatten, zu dieser Zeit keinen Anstoß daran nahmen, daß Reformierten erlaubt wurde, ihnen zu predigen, so waren die Reformierten, die mit einer ungewöhnlichen Voreingenommenheit von der Gemeinschaft der Kirche von England abgefallen waren, nunmehr einverstanden, in deren Pfarrkirchen zu kommen und sich an dem Gottesdienst zu beteiligen, dessen Form sie vorher mißbilligt hatten; aber sowie der Schrecken der Seuche nachließ, kehrten alle diese Dinge wieder in ihre weniger wünschenswerten alten Geleise zurück und nahmen den Lauf, den sie immer genommen hatten.

Ich erwähne dies lediglich als historische Tatsache. Ich habe nicht im Sinn, mich zu ereifern, um eine oder beide Seiten zu einem friedlicheren Auskommen miteinander zu bewegen. Ich sehe keine Wahrscheinlichkeit dafür, daß eine solche Rede passend oder erfolgreich sein würde; die Kluft scheint eher größer zu werden, und die Tendenz geht eher auf weiteres Auseinanderrücken als auf Annäherung, und wer bin ich, daß ich von mir glauben sollte, ich sei fähig, die eine oder die andere Seite zu beeinflussen? Aber das möge man mich noch einmal wiederholen lassen: Es ist keine Frage, daß der Tod uns alle miteinander versöhnen wird; jenseits des Grabes werden wir alle wieder Brüder sein. Im Himmel, in den, so möchte ich hoffen, wir alle kommen werden, welcher Partei oder Konfession wir auch sind, werden wir weder Voreingenommenheit noch Engstirnigkeit finden; dort werden wir eines Glaubens und einer

Meinung sein. Warum wir uns nicht einigen können, Hand in Hand zu dem Ort zu gehen, wo wir rückhaltlos ein Herz und eine Seele sein werden und einander in der vollkommensten Harmonie zugetan – ich sage, warum wir das nicht schon hier tun können, dazu kann ich nichts sagen, und ich will auch weiter nichts mehr darüber sagen, als daß es zu beklagen bleibt.

Ich könnte lange bei den Schrecknissen dieser grauenvollen Zeit verweilen und damit fortfahren, die Szenen zu beschreiben, die sich jeden Tag unter uns abspielten: die gräßlichen Absonderlichkeiten, zu welchen der Fieberwahn die Kranken trieb; wie die Straßen sich jetzt mit Schrekkensszenen zu füllen begannen und Familienmitglieder einander zum Abscheu wurden. Aber nachdem ich ja bereits, wie es oben geschah, von dem einen Mann berichtet habe, der in seinem Bett festgebunden war und sich nicht anders zu befreien wußte, als mit einer Kerze, die unglücklicherweise in seiner Reichweite stand, das Bett in Flammen zu setzen und der so sich selbst im Bett verbrannte; und von dem andern, der vor unerträglichen Schmerzen, die er doch zu ertragen hatte, nackt auf der Straße tanzte und sang, die eine Ekstase von der andern nicht mehr unterscheidend; ich sage, nachdem ich diese Dinge erwähnt habe, was kann ich noch hinzufügen? Was kann man sagen, um dem Leser ein noch eindringlicheres Bild von dem Elend dieser Zeit zu geben oder ihm eine noch vollkommenere Vorstellung von einer vielgesichtigen Not zu übermitteln?

Ich muß gestehen, daß es jetzt fürchterlich wurde, daß ich manchmal am Ende all meiner guten Vorsätze angelangt war und daß ich nicht mehr die Zuversicht besaß, die ich am Anfang gehabt hatte. Wie diese Endzeit die anderen auf die Straße brachte, so trieb sie mich heim, und nachdem ich meine Reise nach Blackwell und Greenwich hinunter gemacht hatte (ein Ausflug, von dem ich berichtete), hielt ich mich hinfort fast ausschließlich im Hause auf, so wie ich es ungefähr zwei Wochen lang vorher getan hatte. Ich habe schon gesagt, daß ich es mehrere Male bereute, so wagemutig in der Stadt geblieben zu sein und nicht mit meinem Bruder und seiner Familie fortgegangen zu sein, aber es war dafür nun zu spät; und ich blieb eine ganze Weile zurückgezogen und im Hause, bevor meine Ungeduld mich hinausführte, und dann berief man mich, wie gesagt, zu diesem häßlichen und gefährlichen Dienst, und das brachte mich wieder hinaus; aber da das vorbeiging, während noch der Höhepunkt der Seuche andauerte, zog ich mich wieder zurück und verbrachte noch weitere zehn oder zwölf Tage drinnen, während derer viele grauenhafte Schauspiele unmittelbar von meinem eigenen Fenster aus auf unserer Straße zu sehen waren, so zum Beispiel das, wie aus der Harrow Alley jenes arme verrückte Menschenkind in seiner Qual singend herausgetanzt kam; und davon gab es viele andere. Kaum ein Tag oder eine Nacht verging, ohne daß dieses oder jenes Schrecknis sich am Ende dieser Harrow Alley ereignete; dort wohnten lauter arme Leute, von denen die meisten zum Metzgergewerbe gehörten oder zu Berufen, die mit der Metzgerei zu tun haben.

Ab und zu pflegten dichte Haufen von Menschen aus diesem Gäßchen herauszuquellen, die meisten davon Frauen, und ein fürchterliches Geschrei zu machen, das sich aus Kreischen, Heulen, Zurufen mischte und überkreuzte und aus dem wir nicht klug werden konnten. Beinahe die ganze Zeit der Nacht stand der Totenkarren am Ende des Gäßchens, denn wäre er hineingefahren, er hätte nicht wieder wenden können, auch wäre er ohnehin nicht weit hineingekommen. Dort, sage ich, stand er, um die Toten in Empfang zu nehmen, und da der Friedhof nur ein kleines Stück entfernt war, so pflegte er, wenn er voll davongefahren war, in kurzem wieder zurück zu sein. Es ist unmöglich, die ganz schauderhaften Schreie und den Lärm zu beschreiben, den die Leute vollführten, wenn sie die Leichen ihrer Kinder und Freunde zu dem Karren herausbrachten, und an der Zahl gemessen, hätte man glauben sollen, daß niemand mehr übriggeblieben sei, oder aber daß da eine Bevölkerung, die für eine kleine Stadt ausgereicht hätte, in dieser Straße lebte. Mehrere Male riefen sie: »Mord«, bisweilen »Feuer!«, aber man konnte leicht ersehen, daß das alles irres Gerede war, die Klagen leidender und schmerzgetrübter Menschen.

Ich glaube, es war um diese Zeit überall so, denn die Pest wütete fünf oder sechs Wochen lang noch schlimmer, als ich es bislang schilderte, und das steigerte sich so weit, daß am Ende sogar jene mustergültige Ordnung verlorenging, die ich so sehr unserer Obrigkeit zugute gehalten habe, nämlich daß zur Tagzeit keine Leichen und keine Beerdigungen auf der Straße zu sehen waren; jetzt zwang die Notwendigkeit, auf eine kurze Zeit darüber hinwegzusehen, wenn es einmal anders war.

Eines kann ich hier nicht übergehen, und ich hielt es in der Tat für außerordentlich, jedenfalls schien es ein auffallender Hinweis der göttlichen Gerechtigkeit zu sein, nämlich daß alle die Propheten, Astrologen, Wahrsager, und was sich Hellseher, Zauberer und ähnliches nannte, Horoskopsteller und Traumdeuter und solches Volk, daß sie alle fort und verschwunden waren; nicht einen konnte man davon mehr finden. Man hat mir glaubwürdig versichert, daß eine große Anzahl von ihnen in den Sturmtagen der Pest umgekommen ist, nachdem sie in der Hoffnung, große Vermögen zu machen, in der Stadt zu bleiben sich unterfangen hatten; und in der Tat war ihr Gewinn für eine Zeit nur allzu groß, durch die Verrücktheit und die Dummheit der Leute. Aber jetzt waren sie stumm; viele von ihnen waren zur immerwährenden Ruhe gegangen, ihr eigenes Schicksal hatten sie eben nicht vorherzusagen vermocht, sich selbst hatten sie das Horoskop nicht stellen können. Man ist boshaft genug gewesen zu sagen, daß alle von ihnen starben. Das zu behaupten möchte ich mir nicht erlauben; aber soviel muß ich zugeben: ich habe niemals gehört, daß auch nur einer von ihnen, nachdem die Katastrophe vorbei war, wieder aufgetreten ist.

Aber um zu den Beobachtungen zurückzukehren, die ich während dieses furchtbaren Teils der Heimsuchung für mich selber machte. Ich bin jetzt, wie gesagt, bis zum Monat September gekommen, welcher wohl der fürchterlichste September gewesen ist, den London je erlebte; denn nach allen Chroniken, welche ich von vorhergehenden Heimsuchungen, die in London waren, gesehen habe, läßt sich nichts damit vergleichen, da doch die Zahl auf dem wöchentlichen Sterberegister für die Zeit vom 22. August bis zum 26. September beinahe 40000 betrug, und das waren nur fünf Wochen. Im einzelnen lauteten die Registereintragungen wie folgt:

Vom 22. August bis 29. August	7496
Vom 29. August bis 5. September	8252
Vom 5. September bis 12. September	7690
Vom 12. September bis 19. September	8297
Vom 19. September bis 26. September	6460
	38195

Dies war an sich schon eine erstaunliche Zahl, aber wenn ich nun die Gründe hinzufüge, die mich glauben lassen, daß diese Zählung mangelhaft war, und zwar um ein Beträchtliches, dann würde der Leser, wie ich selbst, keine Bedenken haben anzunehmen, daß in all diesen Wochen mehr als zehntausend in der Woche starben, und das Woche für Woche, und vorher und nachher mehrere Wochen lang eine entsprechende Anzahl. Die Verwirrung unter den Leuten, besonders innerhalb der City, war zu der Zeit unaussprechlich. So groß war das Schrecknis, daß zuletzt die Männer, die zum Fortschaffen der Leichen bestimmt waren, ihre Kraft verließ; ja einige von ihnen starben, obwohl sie die Pest gehabt und überstanden hatten, und manch einer von ihnen fiel um, als er gerade einen Toten trug, mag sein, neben dem Grab, in das er ihn eben hinabwerfen wollte; und diese Verwirrung war größer in der City, weil sie sich da mit der Hoffnung geschmeichelt hatten, sie seien schon entkommen und die Bitternis des Todes sei vorbei. Ein Totenkarren, so erzählte man uns, der nach Shoreditch herauffuhr, wurde von den Fuhrleuten im Stich gelassen, oder der eine, der noch übrig war, starb auf dem Weg, und die Pferde zogen weiter, warfen den Karren um, und die Leichen blieben liegen, hierhin und dorthin in gräßlicher Art verstreut. Ein anderer Totenwagen wurde, scheint es, in dem großen Massengrab in Finsbury Fields gefunden; der Fuhrmann war tot oder hatte sich davongemacht, und die Pferde waren zu nahe herangelaufen, so daß der Wagen hineinfiel und auch die Pferde mit hinunterzog. Es wurde die Meinung vertreten, der Fahrer sei auch mit hineingestürzt und der Wagen sei über ihn gefallen, weil man nämlich seine Peitsche unter den Leichen sehen konnte; aber das war wohl, nehme ich an, nur so eine Mutmaßung.

In unserer Aldgate Pfarre hat man mehrere Male, so habe ich gehört, die Totenkarren voll mit Leichen beladen am Friedhofstor stehen sehen, aber weder Glöckner noch Kutscher noch sonst jemand war dabei; in so einem Fall, wie auch in vielen anderen, wußte niemand, wieviele Tote man in dem Karren hatte; sie wurden ja auch bisweilen mit Stricken von Balkonen und von Fenstern hinabgelassen; und manchmal waren es die Totenträger, manchmal andere Leute, die sie zu dem Karren schafften; und, wie die

Männer selber zugaben, niemand kümmerte sich darum, die genaue Zahl festzustellen.
Die Wachsamkeit der Behörden wurde jetzt auf die härteste Probe gestellt, und das, so muß man offen sagen, kann auch bei dieser Gelegenheit gar nicht genug Anerkennung finden; welche Anstrengung sie auch immer dafür aufwenden mußten, zwei Dinge wurden niemals vernachlässigt, weder in der City noch in den Vororten:
1. Lebensmittel waren immer in ausreichender Menge zu haben, und auch ihr Preis war kaum nennenswert erhöht.
2. Keine Leichen blieben unbeerdigt oder unbedeckt liegen; und wenn man von einem Ende der Stadt zum andern ging, so konnte man zur Tagzeit kein Leichenbegängnis oder eine Spur davon sehen, mit wenigen Ausnahmen, wie ich oben sagte, in den drei ersten Septemberwochen.
Dieser letzte Punkt wird vielleicht kaum Glauben finden, wenn man auf die Berichte schaut, die andere seither veröffentlicht haben und in denen sie davon sprechen, daß die Toten unbegraben liegenblieben, was mit Bestimmtheit völlig falsch ist; jedenfalls muß es, wenn es irgendwo vorgekommen ist, in Häusern gewesen sein, wo die Lebenden die Toten verlassen hatten, nachdem sie Wege gefunden hatten, wie ich bemerkt habe, zu entweichen, und wo darum den Beamten keine Meldung erstattet worden war. Aber all das hat in diesem Fall nichts zu bedeuten; denn das weiß ich ganz gewiß, da ich doch selbst ein wenig dieserhalb in meiner Pfarre zur Aufsicht herangezogen wurde – und die Verheerungen, die die Pest dort anrichtete, waren im Verhältnis zur Einwohnerzahl ebenso groß wie irgendwo sonst – ich sage, ich weiß es gewiß, daß es keine Leichen gab, die unbestattet blieben; das heißt keine, von denen der zuständige Beamte wußte; keine, aus Mangel an Leuten, die sie wegschafften, und an Bestattern, die sie in die Erde brachten und zudeckten; und das mag für diesen strittigen

Punkt genügen; denn wenn etwas liegengeblieben sein mag, in Häusern und Löchern wie in der Moses-und-Aaron-Gasse, so hat das nichts zu sagen; denn es ist vollkommen sicher, daß sie beerdigt wurden, sobald sie nur gefunden wurden. Was den ersten Punkt betrifft, nämlich den über die Lebensmittel und deren Knappheit und Teuerung, so muß ich, obwohl ich schon vorher davon gesprochen habe und es später wiederum tun werde, dennoch folgendes hier bemerken:

1. Besonders der Brotpreis war kaum erhöht; denn zu Anfang des Jahres, nämlich in der ersten Märzwoche, wog das Penny-Weizenbrot zehnundeinhalb Unzen; und zur Zeit des Höhepunktes der Seuche bekam man es mit neunundeinhalb Unzen, und teurer wurde es nie, nein, den ganzen Sommer über nicht. Und zu Anfang November wurde es wieder mit zehnundeinhalb Unzen verkauft; dergleichen, glaube ich, hat man bisher noch nie und in keiner Stadt gehört, bei einer so furchtbaren Heimsuchung.

2. Auch gab es (worüber ich mich sehr wunderte) keinen Mangel an Bäckern oder Backöfen, die für die Versorgung der Bevölkerung mit Brot arbeiteten; dies allerdings wurde von einigen Kreisen behauptet, daß ihre Mägde, wenn sie mit dem Teig zum Backhaus gingen, um ihn backen zu lassen, wie es damals die Sitte war, bisweilen mit der Krankheit zurückkamen, das heißt mit der Pest im Leibe.

Während der ganzen Schreckenszeit gab es, wie ich vorher gesagt habe, nur zwei Pesthäuser, von denen man Gebrauch machte, nämlich eines in den Feldern hinter Old Street und eines in Westminster; und es wurde auch kein Zwang ausgeübt, um Menschen dort hinzuschaffen. Freilich war ein Zwang in diesem Fall auch gar nicht nötig, denn es gab Tausende von armen leidenden Leuten, die, da sie sich nicht selbst helfen, einrichten und versorgen konnten, sondern ganz auf Wohltätigkeit angewiesen waren, sehr froh gewesen wären, hätte man sie dort hingebracht und sich ihrer angenommen. Dies war allerdings der eine wunde Punkt, glaube ich, den man in der ganzen Art, wie die Stadtbehörden vorgingen, finden konnte, daß niemand zu dem Pesthaus zugelassen wurde, außer es wurde dafür bezahlt oder eine Sicherheit für die Bezahlung gestellt, entweder gleich bei der Aufnahme oder nach der Heilung bei der Entlassung, denn es wurden sehr viele wirklich wieder als gesund entlassen; und in diesen Anstalten wurden ausgezeichnete Ärzte eingestellt, so daß es vielen Leuten dort sehr gut erging, worauf ich noch zurückkommen werde. Den Hauptanteil der dort Untergebrachten stellte, wie ich schon sagte, die Klasse der Hausbediensteten, die sich, wenn sie zu den notwendigen Einkäufen für ihre Herrschaft unterwegs waren, angesteckt hatten und dann, sobald sie zu Hause krank wurden, fortgeschafft wurden, um die übrigen des Hauses zu bewahren; und sie wurden dort so gut gepflegt, die ganze Zeit der Heimsuchung hindurch, daß im ganzen nur 156 aus dem Londoner Pesthaus und 159 aus dem von Westminster beerdigt wurden.

Wenn ich sage, es hätte mehr Pesthäuser geben sollen, so will ich damit nicht im entferntesten sagen, man hätte alle Kranken in solche Anstalten zu gehen zwingen sollen. Hätte man das Sperren der Häuser unterlassen und die Kranken aus ihren Wohnungen raschestens in Pesthäuser geschafft, wie einige es vorgeschlagen haben, so würde es, scheint es, damals sowohl wie bei späteren Gelegenheiten, nur noch schlimmer gewesen sein als es war. Schon das Überführen der Kranken hätte eine Ausbreitung der Seuche zur Folge gehabt, und das um so mehr, als ein bloßes Fortschaffen das Haus, in dem der Kranke gelegen hatte, nicht wirksam von der Krankheit reinigen konnte, so daß die übrigen Hausgenossen, die dann ja Freizügigkeit besaßen, sie mit Bestimmtheit auf andere übertragen hätten.

Auch hätten die Methoden, die man in jedem Privathaus angewendet haben würde, um die Krankheit zu verheimlichen und die von ihr befallenen Personen zu verstecken, dahin geführt, daß bisweilen ganze Familien von der Seuche ergriffen worden wären, ehe ein Visitator oder Gesundheitsinspektor es erfahren hätte. Außerdem hätte die ungeheure Anzahl von Menschen, welche zur gleichen Zeit krank gewesen wären, die Fassungskraft der öffentlichen Pesthäuser bei weitem überstiegen, und es wäre den Vertretern der Behörden unmöglich gewesen, sie zu entdecken und fortzuschaffen.

Darüber machte man sich in jenen Tagen viele Gedanken, und ich habe oft gehört, wie davon gesprochen wurde. Der Obrigkeit machte es genug zu schaffen, die Leute dazu zu bringen, daß sie sich mit dem Sperren ihrer Häuser abfanden, und wie ich berichtet habe, täuschten sie auf viele Art die Wachmänner und gelangten heraus. Aber diese Schwierigkeit zeigte mit aller Deutlichkeit, daß auf andere Weise vorzugehen sich als undurchführbar erwiesen hätte, denn sie hätten niemals zwangsweise die Kranken aus ihren Betten und Wohnungen hinauszubringen vermocht. Die Beamten des Lordbürgermeisters hätten dafür nicht ausgereicht, sondern um das zu versuchen, hätte man eine ganze Armee von Beamten gebraucht; und die Leute hinwiederum wären aufgebracht bis zum Äußersten gewesen und hätten diejenigen, die gewagt hätten, sich in Angelegenheiten zu mischen, die sie selbst oder ihre Kinder oder Verwandten betrafen, umgebracht, was immer die Folgen davon gewesen wären; und so hätte man die Leute, die ohnehin schon in einer Gemütsverfassung von kaum vorstellbarer Verwirrung waren – ich sage, man hätte sie völlig zum Wahnsinn getrieben; statt dessen zogen die Obrigkeitsvertreter es in vielfacher Hinsicht vor, sie mit Milde und Mitgefühl zu behandeln, nicht aber mit rücksichtsloser

Gewaltanwendung, wie es der Fall gewesen wäre, hätten sie die Kranken aus ihren Häusern schleppen lassen oder ihnen auferlegt, sie selbst fortzuschaffen.

Das bringt mich wieder dazu, der Zeit Erwähnung zu tun, als die Pest zuerst ausbrach, ich meine, als es gewiß wurde, daß sie sich über die ganze Stadt ausbreiten werde; damals ließen es sich zuerst die Wohlhabenderen gesagt sein und machten sich schleunigst auf, um die Stadt zu verlassen. Es war wirklich so, wie ich es beschrieb, daß das Gedränge auf der Straße so groß war, der Kutschen, Pferde, Wagen und Karren, die da Leute hinausfuhren und -zogen, so viele waren, daß es aussah, als ob die ganze Stadt davonlaufe; und wären zu dem Zeitpunkt irgendwelche Verfügungen erlassen worden, die Anlaß zur Bestürzung gegeben hätten, insbesondere solche, die sich unterfangen hätten, den Leuten Weisungen zu erteilen, die ihren eigenen Entschlüssen zuwidergelaufen wären, es hätte City sowohl wie Vororte in den wildesten Aufruhr versetzt.

Aber die Obrigkeit war klug genug, den Leuten Anlaß zu geben, sich ermutigt zu fühlen, man traf sehr gute Anordnungen zur Verkehrsregelung, sah auf gute Ordnung in den Straßen und gab den Bürgern aller Klassen jede erdenkliche Möglichkeit.

Zunächst faßten der Lordbürgermeister und die Sheriffs, der Stadtrat und eine bestimmte Anzahl von Mitgliedern der Gemeinderäte oder ihre Stellvertreter den Entschluß und gaben ihn bekannt, nämlich daß sie selbst die Stadt nicht verlassen, sondern stets zur Verfügung stehen würden, um überall Ruhe und Ordnung aufrechtzuerhalten und auf jedem Gebiet für Gerechtigkeit zu sorgen; ebenso um den Armen die Gaben der öffentlichen Wohltätigkeit zuzuteilen; und, in einem Wort, um ihre Pflicht zu tun und sich des Vertrauens, das von seiten der Bürgerschaft auf sie gesetzt worden war, nach besten Kräften würdig zu erweisen.

In Verfolgung dieser Grundsätze hielten der Lordbürgermeister, die Sheriffs usw. mehr oder weniger täglich Ratssitzungen, um die Entscheidungen zu treffen, die sie für die Aufrechterhaltung von Ruhe und Ordnung für notwendig erachteten; und obwohl sie die Bevölkerung mit aller nur möglichen Behutsamkeit und Sachtheit anfaßten, so wurden doch freche Schurken jeder Art, wie Diebe, Einbrecher, Leichenfledderer und Ausplünderer der Kranken gehörig bestraft, und verschiedene Ächtungserklärungen gegen solche wurden durch den Lordbürgermeister und den Stadtrat immer wieder veröffentlicht.

Auch wurde allen Konstablern und Gemeindevorstehern unter Androhung schwerer Strafe auferlegt, in der Stadt zu bleiben oder solche fähigen und geeigneten Ersatzmänner zu stellen, wie sie die Anerkennung eines stellvertretenden Stadtrates oder eines Gemeinderatsmitglieds fänden, und für die sie sich verbürgen müßten; und diese Bürgschaft galt auch für den Todesfall, daß sie nämlich dann sogleich andere Konstabler anstelle der hingeschiedenen aufstellen würden.

Diese Dinge wirkten ungemein beruhigend auf die Gemüter der Leute, besonders auf ihren ersten Schrecken hin, als schon von einem so allgemeinen Auszug die Rede war, daß für die Stadt die Gefahr bestanden hätte, von allen ihren Bewohnern, mit Ausnahme der Armen, vollständig verlassen zu werden, und dem Lande die Plünderung und Verwüstung durch das niedere Volk gedroht hätte. Und die Obrigkeit zeigte kein Versagen, und sie standen alle ihren Mann, so tapfer, wie sie es versprochen hatten; der Lordbürgermeister und die Sheriffs waren dauernd auf den Straßen und dort, wo die Gefahr am größten war, und wenn sie es auch nicht gern hatten, von zu großen Besuchermassen umdrängt zu werden, haben sie doch in Notfällen den Leuten niemals den Zutritt zu sich verweigert und immer mit aller Geduld ihre Bekümmernisse und Beschwerden angehört. Der Lordbürgermeister ließ sich eigens eine niedrige Galerie in seinem Saal errichten, auf der er ein wenig Abstand von der Menge nehmen konnte, wenn er sich Beschwerden anhörte, so daß sein Erscheinen ihm möglichst geringe Gefahr brachte.

Ebenso nahmen die zuständigen Beamten, Lordbürgermeisters Dienstleute genannt, ihre Amtspflichten beständig wahr und verrichteten ihren Dienst der Dienstordnung gemäß; und wenn einer von ihnen krank wurde oder sich ansteckte, wie es bei einigen geschah, wurde sogleich ein neuer eingestellt, um seinen Platz einzunehmen und für ihn Dienst zu tun, solange bis sich entschied, ob der andere leben oder sterben würde.

Auf die gleiche Art verfuhren die Sheriffs und Stadträte in ihren einzelnen Bezirken und Revieren, in denen sie ihres Amtes walteten, und die dem Sheriff unterstellten Offiziere oder Sergeanten wurden angewiesen, ihrerseits Befehle von den zuständigen Stadträten entgegenzunehmen, so daß die Rechtspflege in keinem einzigen Falle Unterbrechung erlitt.

Als nächstes ließ man es sich besonders angelegen sein, dafür zu sorgen, daß die Bestimmungen über die Freiheit der Märkte eingehalten wurden, und zu diesem Zweck waren an jedem Markttag entweder der Lordbürgermeister oder einer der Sheriffs oder alle beide zu Pferde unterwegs, um über die Befolgung der Vorschriften zu wachen und dafür Sorge zu tragen, daß die Leute vom Land jede mögliche Ermutigung fanden und bei ihrer Anfahrt zum Markt und ihrer Rückfahrt danach völlig unbehelligt blieben, und daß auf den Straßen keine anstoßerregenden oder furchteinflößenden Szenen zu sehen waren, die sie hätten erschrecken und vom weiteren Kommen abhalten können.

Auch wurden die Bäcker besonderen Bestimmungen unterworfen, und der Obermeister der Bäckerinnung wurde, zusammen mit seinen Beiräten, angehalten, für die Durchführung der Magistratsanordnungen zu sorgen und auf das genaue Gewicht des Brotes zu achten, welches jede Woche vom Lordbürgermeister festgesetzt wurde, und alle Bäcker waren verpflichtet, ihre Backöfen ständig unter Feuer zu halten, unter Strafe, die Privilegien eines Freimanns der Stadt London einzubüßen.

Auf diese Weise war Brot immer in ausreichender Menge zu haben und so billig wie zu gewöhnlichen Zeiten, wie ich oben schon sagte; und die Lebensmittel gingen auf dem Markt nie aus, und das war so erstaunlich, daß ich mich oft darüber wunderte und mir selbst Vorwürfe machte, so ängstlich und vorsichtig mit dem Ausgehen zu sein, während doch die Leute vom Lande frei und unbekümmert zum Markt kamen, als ob es so etwas wie eine Seuche oder die Gefahr, sie sich zuzuziehen, in der Stadt gar nicht gäbe.

Es war in der Tat ein lobenswerter Punkt in der Amtsführung der genannten Behörden, daß die Straßen immerfort sauber und von allem, was auf irgendeine Art Schrecken erregen konnte, freigehalten wurden; so waren keine Leichen zu sehen oder sonst unziemliche oder unangenehme Dinge, außer, wenn gerade einer plötzlich auf der Straße umgefallen und gestorben war, wie ich es oben erwähnte, und diese wurden dann gewöhnlich mit einem Tuch oder einer Decke zugedeckt oder auf den nächsten Kirchhof geschafft, bis zur Nacht. Alle notwendigen Arbeiten, die die Empfindungen verletzten, weil sie sowohl grauenvoll wie gefährlich waren, wurden in der Nacht verrichtet; wenn die Leichen Pestkranker fortzuschaffen waren oder Tote zu beerdigen oder verseuchte Kleider zu verbrennen, es wurde des Nachts getan; und alle Leichen, die in die großen Massengräber auf den Friedhöfen oder Bestattungsgründen kamen, wie ich es geschildert habe, wurden in der Nacht dort hingeschafft, und alles mußte vor Tagesanbruch eingedeckt und zugeschüttet sein. So daß während der Tageszeit nicht das kleinste Anzeichen von dem Unheil zu sehen oder zu hören war, mit Ausnahme dessen, was man aus der Leere der Straßen und manchmal aus den wilden Aufschreien und bewegten Klagen der Leute, die aus den Fenstern drangen, und aus der Anzahl der gesperrten Häuser und Werkstätten entnehmen konnte.

Nun war es mit der Stille und der Leere der Straßen in der City nicht so schlimm wie weiter außerhalb, ausgenommen nur einen bestimmten Zeitabschnitt, als, wie ich es erörtert habe, die Pest nach Osten vordrang und sich über die ganze City verbreitete. Es war in der Tat eine gnädige Fügung Gottes, daß die Pest zuerst nur an einem Ende der Stadt ausbrach, wie es des langen und breiten berichtet worden ist, und dann schrittweise auf die anderen Stadtteile übergriff und bis zu uns herüber, nach Osten zu, erst kam, nachdem sie im westlichen Teil der Stadt ihre Wut ausgetobt hatte; und so ließ sie in der einen Richtung nach, während sie in der anderen anwuchs. Sie begann zum Beispiel in der Stadtgegend von St. Giles und Westminster, und sie hatte in der ganzen Gegend dort ihren Höhepunkt um die Mitte des Juli; das heißt in St. Giles in den Feldern, St. Andrew, Holborn, St. Clement Danes, St. Martin in den Feldern und in Westminster. Gegen Ende Juli ging sie in diesen Pfarren zurück; und nach Osten schreitend nahm sie zu in Cripplegate, St. Sepulchre, St. James, Clerkenwell und St. Bride und Aldersgate. Während sie in diesen Pfarren herrschte, blieben die City und alle Pfarren auf dem Southwark Ufer und ganz Stepney, Whitechapel, Aldgate, Wapping und Ratcliff kaum berührt, so daß die Leute dort unbekümmert ihrem Geschäft nachgingen, ihr Gewerbe ausübten, ihre Werkstätten in Betrieb hielten und weithin

über die City, die östlichen und nordöstlichen Vororte und Southwark frei miteinander verkehrten, beinahe als ob die Pest unter uns gar nicht erschienen wäre.
Auch als der Norden und die nordwestlichen Außenbezirke dann mit voller Wucht betroffen waren, das heißt Cripplegate, Clerkenwell, Bishopsgate und Shoreditch, waren die übrigen Stadtteile immer noch erträglich daran. Zum Beispiel stand das Totenregister, alle Krankheiten inbegriffen, für die Zeit vom 25. Juli bis zum 1. August folgendermaßen:

St. Giles, Cripplegate	554
St. Sepulchre	250
Clerkenwell	103
Bishopsgate	116
Shoreditch	110
Stepney Pfarre	127
Aldgate	92
Alle 97 Pfarren innerhalb der Stadtmauern	228
Alle Pfarren in Southwark	205
Gesamtsumme	1785

Also, um es zusammenzufassen, es starben in der Woche in den beiden Pfarren von Cripplegate und St. Sepulchre zusammen um achtundvierzig Personen mehr als in der City, allen östlichen Vororten und den Southwark Pfarren zusammengenommen. Das führte dazu, daß der Ruf der City, gesund zu sein, in ganz England und besonders in den Grafschaften und Marktflecken der näheren Umgebung, woher unsere Versorgung mit Lebensmitteln hauptsächlich stammte, sich viel länger erhielt, als die Gesundheit selbst; denn wenn die Leute vom Land bei Shoreditch und Bishopsgate oder bei Old Street und Smithfield das Stadtgebiet betraten, dann konnten sie in den Außenbezirken die Straßen leer und die Häuser und Werkstätten versperrt und die wenigen Menschen, die sich draußen zeigten, auf der Mitte der Straße gehen sehen. Wenn sie aber in die City hineinkamen, so sah dort alles besser aus, und die Märkte und die Geschäfte waren geöffnet, und die Menschen gingen auf den Straßen umher wie gewöhnlich, nur waren es nicht ganz so viele wie sonst; und das blieb so bis Ende August und Anfang September.

Aber dann wendete sich das Blatt gänzlich; die Seuche ließ im Westen und in den nordwestlichen Vororten nach, und das ganze Gewicht der Krankheit verlagerte sich auf die City und die östlichen Vororte und auf das Southwark Ufer, und zwar auf das erschreckendste.

Dann fing allerdings auch die City arg auszuschauen an, die Werkstätten wurden geschlossen, und die Straßen verödeten. Auf den Hauptstraßen freilich zwang die Notwendigkeit die Leute dazu, sich in vielerlei Angelegenheiten zu bewegen; und um die Mitte des Tages pflegte dort eine ziemliche Menge von Leuten zu sein, aber am Morgen und am Abend konnte man auch dort kaum jemand sehen, nein, nicht einmal auf der Cornhillstraße und auf der Cheapside.

Diese Beobachtungen von mir wurden reichlich bestätigt durch die wöchentlichen Sterberegister für diese Wochen, aus welchen ich, soweit sie die von mir erwähnten Pfarren betreffen und den Überlegungen, die ich anstellte, Nachdruck verleihen, einen Auszug folgen lasse.

Der Wochenbericht des Registers, der diese Abnahme der Bestattungen im Westen und Norden der Stadt aufzeigt, lautet folgendermaßen:

Vom 12. bis 19. September:

St. Giles, Cripplegate	456
St. Giles in den Feldern	140
Clerkenwell	77
St. Sepulchre	214
St. Leonard, Shoreditch	183

Stepney Pfarre	716
Aldgate	623
Whitechapel	532
In den 97 Pfarren innerhalb der Stadtmauern	1493
In den 8 Pfarren auf der Southwark Flußseite	1636
Insgesamt	6070

Hier ist eine auffallende Änderung der Dinge freilich unverkennbar, und eine traurige Änderung war es, und hätte sie noch zwei Monate länger angehalten, als es der Fall war, es wären nur sehr wenige Menschen am Leben geblieben. Aber dann wollte es, sage ich, die gnädige Fügung Gottes, daß als die Dinge so standen, der Westen und der Norden, die am Anfang so fürchterlich heimgesucht worden waren, sich, wie man sehen kann, sehr erholten; und wie bei uns die Leute von der Straße verschwanden, so fingen sie dort an, sich wieder herauszuwagen, und nach einer oder zwei Wochen änderte sich das Bild weiter, das heißt, so daß der andere Teil der Stadt aufatmen konnte. Zum Beispiel:

Vom 19. bis 26. September:

St. Giles, Cripplegate	277
St. Giles in den Feldern	119
Clerkenwell	76
St. Sepulchre	193
St. Leonard, Shoreditch	146
Stepney Pfarre	616
Aldgate	496
Whitechapel	346
In den 97 Pfarren innerhalb der Stadtmauern	1268
In den 8 Pfarren auf der Southwark Flußseite	1390
Insgesamt	4927

Vom 26. September bis 3. Oktober:

St. Giles, Cripplegate	196
St. Giles in den Feldern	95
Clerkenwell	48
St. Sepulchre	137
St. Leonard, Shoreditch	128
Stepney Pfarre	674
Aldgate	372
Whitechapel	328
In den 97 Pfarren innerhalb der Stadtmauern	1149
In den 8 Pfarren auf der Southwark Flußseite	1201
Insgesamt	4328

Und jetzt war das Elend der City und der genannten Ost- und Südbezirke in der Tat besiegelt; denn wie man sehen kann, lag das Hauptgewicht der Seuche nunmehr dort, das heißt, in der City und in den acht Pfarren jenseits des Flusses und auch in den Pfarren Aldgate, Whitechapel und Stepney; und dies war die Zeit, in der das Totenregister auf solch ungeheuerliche Zahlen anstieg, wie ich es vorher erwähnt habe: acht- oder neun-, ja, ich glaube, zehn- oder zwölftausend starben in der Woche; denn es ist meine feste Überzeugung, daß man niemals zu einer den Tatsachen entsprechenden Berechnung der Zahlen gelangen konnte, aus den Gründen, die ich bereits anführte.

Es hat da ein ganz hervorragender Arzt neuerdings einen lateinisch geschriebenen Bericht über jene Tage und seine Beobachtungen veröffentlicht, und der sagt, es seien in einer Woche zwölftausend Menschen gestorben und davon viertausend in einer einzigen Nacht; allerdings kann ich mich nicht entsinnen, daß es je eine einzelne Nacht von so außerordentlicher Verhängnisschwere gegeben hätte, daß so viele in ihr starben. Jedoch bestätigt all dies, was ich oben

über die Ungenauigkeit der Sterberegister usw. gesagt habe, worauf ich später noch zurückkommen werde.
Und hier möge man mir erlauben, wenngleich es wie eine müßige Wiederholung erscheinen mag, mich nochmals an eine Beschreibung des elenden Zustands zu machen, in welchem sich zu der Zeit die City selbst und die Gegend, in der ich wohnte, befanden. Die City und diese anderen Stadtteile waren, ungeachtet der großen Zahl derer, die aufs Land gezogen waren, mit Menschen überfüllt, und vielleicht kam das daher, daß die Leute lange Zeit in dem festen Glauben gelebt hatten, in die City oder nach Southwark und auch nach Wapping oder Ratcliff werde die Pest gar nicht kommen; ja, so sicher fühlten sich die Leute in dem Punkt, daß viele aus den Vororten im Westen und Norden in diese östlichen und südlichen Bezirke umzogen, so als seien sie dort sicher, wodurch sie, wie mir ausgemacht erscheint, die Pest dort hinbrachten, vielleicht früher, als sie sie sonst dort bekommen hätten.
Hier sollte ich auch zum Nutzen der Nachwelt eine weitere Bemerkung hinterlassen, betreffs der Art und Weise, wie die Leute einander ansteckten; es waren nämlich nicht nur die Kranken, von denen die andern, die noch gesund waren, die Krankheit unmittelbar empfingen, sondern oft auch solche, die sich wohlfühlten. Um mich näher zu erklären: Mit den Kranken meine ich diejenigen, welche als krank bekannt waren, sich zu Bett gelegt hatten, in ärztlicher Behandlung standen oder Geschwülste und Geschwüre am Leibe hatten und dergleichen; vor diesen konnte sich jeder in acht nehmen; sie lagen entweder im Bett oder befanden sich in einem Zustand, der nicht zu verheimlichen war.
Mit den sich Wohlfühlenden meine ich solche, die sich die Ansteckung geholt hatten und sie in sich und in ihrem Blute trugen, aber in ihrer äußeren Erscheinung keine Folgen davon sehen ließen; ja, sie waren vielleicht dessen selbst

nicht gewahr, wie viele es tagelang nicht waren. Diese atmeten überall und auf jeden, dem sie nahekamen, den Tod aus; ja, selbst ihre Kleider enthielten die Ansteckung, ihre Hände konnten die Dinge, die sie anfaßten, infizieren, besonders wenn sie warm und schwitzig waren, und sie gerieten gewöhnlich auch sehr leicht ins Schwitzen.

Bei diesen Leuten konnte man es nun unmöglich wissen, und manchmal wußten sie, wie gesagt, selbst nicht, daß sie infiziert waren. Diese Menschen waren es auch, die so häufig auf der Straße ohnmächtig wurden und umfielen; denn es kam oftmals vor, daß sie bis zum letzten draußen herumgingen, bis sie dann plötzlich in Schweiß ausbrachen, schwach wurden, sich an einer Tür niedersetzten und starben. Freilich nahmen sie, wenn sie sich so befanden, alle Kraft zusammen, um heim in ihre eigene Wohnung zu kommen, wo sie dann manchmal, gleich nachdem sie eingetroffen waren, verschieden; in anderen Fällen liefen sie herum, bis sich die Zeichen an ihnen einstellten, merkten es aber dennoch selbst nicht und starben eine oder zwei Stunden nach ihrer Heimkunft, obwohl sie, solange sie draußen gewesen waren, sich wohlauf gefühlt hatten. Dies waren die gefährlichen Leute; dies waren die Leute, vor denen die Gesunden sich hätten fürchten sollen; aber es war freilich andererseits unmöglich, sie zu erkennen.

Und das ist der Grund, warum es bei einer Heimsuchung unmöglich ist, die Ausbreitung der Pest, auch bei der äußersten menschlichen Wachsamkeit, zu verhindern, daß es unmöglich ist, die Infizierten von den Gesunden zu unterscheiden und daß auch die Infizierten selbst es niemals mit Sicherheit wissen können. Ich kannte einen Mann, der den ganzen Pestsommer im Jahr 1665 hindurch sich in London frei herumbewegte und ein Gegengift oder Cordial mit sich führte, um es einzunehmen, wenn er sich in Gefahr glaubte, und er besaß ein Mittel, um die Gefahr zu erkennen oder um sich warnen zu lassen, wie ich es vorher und nachher nie wieder angetroffen habe. Wie weit man sich darauf verlassen kann, weiß ich nicht. Er hatte eine Wunde am Bein, und jedesmal wenn er unter Leute kam, die nicht ganz gesund waren, und die Ansteckung auf ihn eindrang, dann, sagte er, merkte er es an diesem Signal, nämlich daß die Wunde in seinem Bein zu brennen anfing und blaß und weiß aussah; sobald er sie dann brennen fühlte, war es Zeit für ihn, sich zu verabschieden oder sich durch Einnehmen seines Tranks zu feien, welchen er zu diesem Zweck stets bei sich trug. Nun stellte er, scheint es, recht häufig fest, daß seine Wunde zu brennen anfing, wenn er in Gesellschaft mit solchen war, die sich ganz gesund glaubten und die voreinander auch so erschienen; er aber pflegte dann sogleich aufzustehen und ganz offen zu sagen: »Freunde, hier ist jemand im Raum, der die Pest hat« und somit die Versammlung aufzuheben. Dies war in der Tat ein getreulicher Mahner für alle, daß diejenigen der Pest nicht entgehen werden, die in einer befallenen Stadt mit jedermann ohne Unterschied Umgang pflegen, daß die Menschen sie haben, ohne es zu wissen, und daß sie sie ebenfalls weitergeben, ohne zu wissen, daß sie sie selbst haben; und unter diesem Gesichtspunkt ist es unzureichend, die Kranken von den Gesunden zu scheiden, wenn man nicht einen Fall zurückverfolgen kann, und auch alle die absondert, mit denen der Kranke jemals Umgang gehabt hat, auch schon zu der Zeit, bevor er selbst wußte, daß er krank war; aber niemand könnte sagen, wie weit man da zurückzugehen habe oder wo man aufhören könne; denn niemand weiß, wann oder wo oder wie er sich die Ansteckung zugezogen hat oder von wem.

Dies sehe ich als den Grund dafür an, daß soviel Leute davon sprachen, die Luft sei verdorben und verseucht und daß es nicht not tue achtzugeben, mit wem man Umgang habe, weil die Ansteckung ja in der Luft sei. Ich habe manchen in dieser Hinsicht völlig fassungslos vor Überraschung gesehen. »Ich bin niemals irgendwem nahe gekommen, der die Seuche hatte«, hieß es dann bestürzt »ich habe mit niemandem als mit lauter blühend gesunden Menschen verkehrt, und trotzdem habe ich die Pest bekommen!« »Es muß mich bestimmt vom Himmel getroffen haben«, sagt ein anderer und sieht es von ernsterer Seite. Und der erste beteuert weiter: »Ich bin nie der Pest oder einem Pestkranken nahe gekommen; es muß gewiß in der Luft sein. Wir nehmen den Tod in uns auf, wenn wir atmen, und darum ist es der Wille Gottes; man kann sich dem nicht widersetzen.« Und dies veranlaßte zuletzt viele Leute, als sie erst an die Gefahr gewöhnt waren, weniger besorgt zu sein und gegen Ende und zur Zeit des Höhepunktes auch weniger Vorsicht anzuwenden als zu Anfang. Sie pflegten dann mit einer Art türkischem Vorherbestimmungsglauben zu sagen, wenn es Gott gefalle, sie zu treffen, dann sei es ganz einerlei, ob sie hinausgingen oder zu Hause blieben; sie könnten doch nicht davonkommen, und deswegen gingen sie unbedacht herum, sogar in befallene Häuser und unter erkrankte Freunde; besuchten die Kranken und, kurz gesagt, schliefen im gleichen Zimmer mit ihren Frauen und Verwandten, auch wenn sie infiziert waren. Und was war die Folge? Genau das gleiche, was in der Türkei die Folge ist und in all den Ländern, in denen sie sich so verhalten, nämlich daß sie ebenfalls angesteckt wurden und zu Hunderten und Tausenden starben.

Fern sei es mir, die rechte Furcht vor Gottes Strafgerichten herabzumindern und die Ehrerbietung gegen Seine Vorsehung, denn solcher Gesinnung sollen wir uns stets befleißigen, wenn eine Gelegenheit dazu ruft wie diese. Zweifellos ist eine Heimsuchung in sich ein Schlag vom Himmel für die Stadt oder das Land oder das Volk, die getroffen werden;

eine Botschafterin Seiner Rache und ein lauter Ruf an jenes Volk oder Land oder Stadt, sich zu demütigen und Buße zu tun, entsprechend jenem Wort des Propheten Jeremias (VIII, 7–8): »Plötzlich rede ich wider ein Volk und Königreich, daß ich es ausrotten, zerbrechen und verderben wolle. Wo sichs aber bekehrt von seiner Bosheit, dawider ich rede, so soll mich auch reuen das Unglück, das ich ihm gedachte zu tun.« Und gerade um den Gemütern der Menschen die Furcht Gottes, wie sie sich solchen Fügungen gegenüber gehört, einzuprägen, nicht aber um sie zu vermindern, habe ich in diesen Aufzeichnungen das Vergangene festgehalten.

Ich sage darum, ich will niemandem die Achtung versagen, weil er die Ursache dieser Geschehnisse unmittelbar in die Hand Gottes verlegt und in den Willen und die Absicht Seiner Vorsehung; nein, im Gegenteil, es gab viele wunderbare Bewahrungen vor der Seuche und Heilungen von Personen, die schon befallen waren, und dies deutet in den betreffenden Einzelfällen auf eine einzigartige und außergewöhnliche Führung durch die Vorsehung, und ich betrachte meine eigene Gesunderhaltung als beinahe ein Wunder und zeichne sie mit aller Dankbarkeit auf.

Aber wenn ich von der Pest als von einem körperlichen Übel spreche, das von natürlichen Ursachen herrührt, dann müssen wir auch seine Verbreitung so ins Auge fassen, wie sie tatsächlich durch natürliche Mittel geschieht; und die Pest ist ja auch deshalb nicht weniger ein Strafgericht, weil sie dem Zusammenhang menschlicher Ursachen und Wirkungen unterliegt; denn obwohl die göttliche Macht den gesamten Plan der Natur entworfen hat und die Natur in ihrem Lauf unterhält, hat es doch die gleiche Macht für gut befunden, Ihre eigenen tätigen Beziehungen zum Menschen, sei es die der Gnade oder die der Bestrafung, auf dem gewöhnlichen Wege natürlicher Ursachen verlaufen zu lassen, und es gefällt Gott, vermittels dieser natürlichen Ursachen als Seiner gewöhnlichen Wirkensweise zu handeln, wobei Er sich nichtsdestoweniger als Ausnahme Seine Macht vorbehält, auf übernatürliche Art zu handeln, wenn Er dazu Anlaß sieht. Nun ist es klar, daß im Falle einer Seuche kein zwingender außergewöhnlicher Anlaß für ein übernatürliches Eingreifen besteht, da doch der gewöhnliche Lauf der Dinge vollständig ausreichend und all der Wirkungen fähig zu sein scheint, die der Himmel im allgemeinen mit dem Ausbruch einer Seuche beabsichtigt. Unter diesen Ursachen und Wirkungen ist diese unsichtbare Übertragung der Krankheit, durch ihre Nichtwahrnehmbarkeit und Nichtvermeidbarkeit, ein mehr als ausreichendes Mittel, die Unerbittlichkeit der göttlichen Rache durchzusetzen, ohne daß man deshalb von übernatürlichen Ereignissen und Wundern zu sprechen braucht.

Die Krankheit selbst war von so scharf eindringender Natur, und die Ansteckung wurde auf so unmerkliche Art empfangen, daß auch die genaueste Vorsicht, so sehr sie angebracht war, uns nicht sichern konnte. Aber man muß mir die Ansicht zugestehen, und ich habe frisch in meiner Erinnerung so viel Beispiele, die mich davon überzeugen, daß ich glaube, niemand wird ihrer Beweiskraft widerstehen können – ich sage, man muß mir erlauben, der Ansicht zu sein, daß kein Mensch in unserer ganzen Nation sich je die Krankheit oder die Ansteckung zuzog, es sei denn er empfing sie auf dem gewöhnlichen Wege der Übertragung von jemandem oder von jemandes Kleidern oder jemandes Berührung oder Ausdünstung, der sie vorher selbst empfangen hatte.

Die Art und Weise, in der sie zuerst nach London gelangte, beweist dies ebenfalls, nämlich vermittels der Handelsgüter, die von Holland herübergebracht wurden und die dorthin aus der Levante eingeführt worden waren; dann ihr erstes Ausbrechen in einem Haus am Long Acre, wo diese Güter angeliefert und zuerst geöffnet worden waren; ihre Ausbreitung von diesem Haus auf andere Häuser durch den Verkehr mit solchen, denen man die Krankheit nicht ansah; die Infizierung von Gemeindebeamten, die mit den Toten zu tun hatten, und ähnliches mehr. Dies sind anerkannte Beweise für meinen Hauptgrundsatz, daß die Pest von Person zu Person und von Haus zu Haus voranschritt, und nicht anders. Eine Nachbarin, die von der Erkrankung der Dame aus dem ersten Haus hörte, ging sie zu besuchen und kam nach Hause und brachte ihrer Familie die Pest mit, und sie starb und mit ihr alle in ihrem Haushalt. Von einem Geistlichen, den man gerufen hatte, mit der ersten Kranken in dem zweiten Haus zu beten, hieß es, er sei sofort krank geworden und mit mehreren aus seiner Familie gestorben. Da wurden die Ärzte nachdenklich, denn sie hätten nicht im Traum gleich an eine allgemeine Seuche gedacht. Aber die Ärzte, die nun entsandt wurden, die Leichen zu untersuchen, versicherten der Bevölkerung, daß es nicht mehr und nicht weniger als die Pest sei, mit allem Entsetzlichen, was dazugehört, und daß die Gefahr einer allgemeinen Verseuchung bestehe, da bereits so viele Leute mit den Kranken und Infizierten in Berührung gekommen seien und, wie man annehmen könne, sich von ihnen die Ansteckung geholt hätten, daß es unmöglich sei, dem noch Einhalt zu gebieten.

Hier stimmte die Meinung der Ärzte mit dem, was ich später beobachtete, überein, nämlich daß die Gefahr sich unmerklich verbreitete; denn die Kranken konnten niemanden anstecken als diejenigen, die sich ihnen bis auf Reichweite näherten, aber der eine Mann, der zwar die Infektion empfangen hat, es aber nicht weiß, sondern frei überall herumgeht wie ein Gesunder, der kann die Pest an tausend Leute weitergeben, und die wiederum an eine entsprechend noch größere Anzahl, und weder die Person, die die Infektion weiterträgt, noch die, die sie empfängt, weiß etwas davon, und vielleicht fühlen sie die Wirkungen auch einige Tage danach noch nicht.

So bemerkten zum Beispiel viele Personen in dem Verlauf dieser Heimsuchung, daß sie infiziert waren, erst dann, als sie zu ihrer unbeschreiblichen Überraschung die Zeichen an sich auftreten sahen; und danach lebten sie selten noch sechs Stunden, denn diese Flecken, wie sie die Zeichen nannten, waren in Wirklichkeit die Schwärzungen des Brandes oder abgestorbenes Fleisch in kleinen Knäufen, so groß wie ein Silberpenny und so hart wie ein Stück Schwiele oder Horn; so daß, wenn die Krankheit erst so weit gediehen war, nichts mehr als nur der sichere Tod folgen konnte, und doch hatten sie, wie ich sagte, nichts davon gewußt, infiziert zu sein, und sich nicht einmal unpäßlich gefühlt, bis diese tödlichen Erkennungszeichen sich bei ihnen einstellten. Aber jedermann muß zugeben, daß sie im hohen Grade vorher infiziert waren und es schon geraume Zeit gewesen sein mußten und daß folglich ihr Atem, ihr Schweiß, ja schon ihre Kleider viele Tage zuvor ansteckend gewirkt hatten.

Die große Vielfalt von Fällen, die so verliefen, mögen die Ärzte besser imstande sein, im Gedächtnis zu behalten als ich; aber einige kamen in den Bereich meiner Beobachtung oder meines Erzählenhörens, und ich will einige anführen.

Da war ein gewisser Mitbürger, der bis zum Monat September, wo das Schwergewicht der Seuche sich immer mehr auf die City verlagerte, unversehrt und unberührt gelebt hatte, und er war mächtig aufgeräumt und etwas zu stolz, so muß man es wohl nennen, wenn er erzählte, wie wenig er sich fürchte, wie er sich immer vorgesehen habe, niemals einem, der die Krankheit hatte, nahe zu kommen. Sagte da ein anderer Bürger, einer seiner Nachbarn, eines Tages zu ihm:

»Seid Eurer Sache nicht zu sicher, Mister...; es ist schwer zu sagen, wer krank ist und wer gesund ist, sehen wir doch manchen in diesem Augenblick frisch und wohlauf dem äußeren Anschein nach, und eine Stunde drauf ist er tot.« »Das stimmt«, sagte der erste Mann, denn er war nicht vermessen in seinem Sicherheitsgefühl, sondern war nur so lange Zeit gut durchgekommen, und das hatte manchen, wie ich schon sagte, besonders in der City allmählich zu gleichgültig gemacht. »Das stimmt«, sagte er also; »ich glaube nicht, daß ich nichts zu befürchten habe, aber ich hoffe, daß ich mit niemand zusammen gewesen bin, der Gefahr hätte bringen können.« »Nein?« versetzte sein Nachbar. »Wart nicht Ihr vorgestern abend mit Mr.... zusammen in der Bullenkopf-Schenke in der Gnaden-Kirchen-Straße?« »Ja«, sagte der erste, »das war ich; aber da war niemand, den wir vernünftigerweise für gefährlich hätten halten können.« Daraufhin sagte sein Nachbar nichts mehr, da er ihn nicht beunruhigen wollte; aber das machte den nur noch wißbegieriger, und je mehr sein Nachbar sich zurückhielt, um so ungestümer wurde er, und er geriet so sehr in Hitze, daß er laut sagte: »Nun, er wird doch nicht tot sein, oder?« Worauf sein Nachbar immer noch schwieg, aber einen Blick nach oben warf und etwas vor sich hin murmelte; da erbleichte der erste Mann und brachte nicht mehr hervor als: »Dann bin auch ich ein toter Mann«, und ging sogleich heim und schickte nach dem nächsten Apotheker, um sich ein vorbeugendes Mittel geben zu lassen, denn er hatte bislang noch nichts von Kranksein gespürt; aber der Apotheker, als er ihm das Hemd öffnete, stieß einen Seufzer aus und sagte nur noch: »Sei Gott Euch gnädig«, und der Mann starb in wenigen Stunden.

Nun mag ein jeder, von einem Fall wie diesem ausgehend, selbst urteilen, ob es mit behördlichen Maßnahmen möglich ist, sei es durch Sperren von Häusern oder Fortschaffen der Kranken, einer Seuche Einhalt zu gebieten, die sich von Mensch zu Mensch fortpflanzt, und zwar auch dann, wenn einer sich vollkommen wohlfühlt und vielleicht viele Tage lang nichts von einem Krankwerden spürt.

Es mag hier am Platz sein zu fragen, wie lange man annehmen kann, daß einer den Keim der Ansteckung in sich hat, bevor sie sich auf ihre unselige Art offenbart, und wie lange einer umhergehen mag, dem Anschein nach ganz gesund, und dennoch allen, die ihm nahekommen, Anstekkung bringend. Ich glaube, nicht einmal die erfahrensten Ärzte können auf diese Frage unumwundener antworten als ich es könnte; und vielleicht mag ein laienhafter Beobachter etwas wahrnehmen, was ihrer Beobachtung entgeht. Es scheint die Meinung der Ärzte im allgemeinen zu sein, daß die Krankheit in den Lebensgeistern schlafend liegt oder in den Blutgefäßen, und dort eine beträchtliche Zeit verbleibt. Warum sonst verlangen sie von denen, die aus seucheverdächtigen Orten in einen Hafen kommen, die Quarantäne? Vierzig Tage sind, sollte man meinen, zu lange für die Natur, um mit einem Feind wie diesem zu ringen, ohne entweder gesiegt oder sich ergeben zu haben. Aber ich könnte mir nach allem, was ich selbst beobachtet habe, auch nicht denken, daß einer länger als fünfzehn oder zum höchsten sechzehn Tage infiziert ist und immer noch auf andere ansteckend wirkt; auf Grund dieser Überlegungen geschah es auch, daß man in der City, wenn ein Haus gesperrt worden und jemand darin an der Pest gestorben war, nach sechzehn oder achtzehn Tagen jedoch sonst niemand in der Familie ein Zeichen von Erkrankung gab, nicht mehr weiter streng war und nichts dagegen einwendete, daß sie im stillen das Haus verließen; auch pflegte sich vor ihnen dann keiner mehr zu fürchten, sondern die Leute glaubten eher, sie seien nun um so mehr gefeit, nachdem sie sich unverwundbar erwiesen hatten, wo der Feind in ihrem eigenen Haus gewesen war; manchmal freilich mußten wir feststellen, daß das Übel sich noch viel länger verborgen gehalten hatte.

Aus allen diesen Beobachtungen kann ich nur eine Schlußfolgerung ziehen – mag auch die Vorsehung mein Verhalten anders gelenkt haben, so ist es doch meine Überzeugung, und die Nachwelt soll es sich so von mir verschreiben lassen: Die beste Medizin gegen die Pest ist, vor ihr davonzulaufen. Ich weiß, daß die Leute sich Mut einreden, indem sie sich sagen, Gott sei imstande, uns inmitten der Gefahr am Leben zu erhalten, und Er sei imstande, uns zu ereilen, wenn wir glauben, wir seien außer Gefahr; und das ließ Tausende in der Stadt zurückbleiben, deren Leichen dann wagenweise in die großen Gruben gingen und die, wenn sie vor der Gefahr geflohen wären, vor dem Unheil bewahrt worden wären; jedenfalls ist es wahrscheinlich, daß sie bewahrt worden wären.

Und würden bei einer zukünftigen Gelegenheit dieser oder ähnlicher Art die Menschen nur diesen fundamentalen Grundsatz gehörig beherzigen, ich bin überzeugt, es würde sie zu ganz anderen Maßnahmen zur Sicherung der Bevölkerung führen, als man sie im Jahre 1665 ergriff und als sie sonst irgendwo ergriffen wurden und zu meiner Kenntnis gelangten. Kurz gesagt, sie würden darauf halten, daß die Menschen in kleinere Gruppen aufgeteilt würden und sich beizeiten weiter auseinander begäben, und so würden sie verhindern, daß eine ansteckende Seuche dieser Art, die doch in der Tat hauptsächlich für eng zusammenlebende Gruppen von Menschen gefährlich ist, eine Million Menschen zu einer Körperschaft vereinigt vorfindet, wie es ungefähr damals der Fall war und wie es bestimmt wieder der Fall sein würde, wenn die Seuche jemals wieder auftreten sollte.

Die Pest gleicht einem großen Feuer: Wo nur ein paar Häuser aneinanderstoßen, da kann es, wenn es ausbricht, auch nur ein paar Häuser niederbrennen; oder wenn es in einem alleinstehenden Hause, etwa in einem Einzelgehöft, ausbricht, kann es nicht mehr als dieses einzelne Gebäude niederbrennen. Aber wenn es in einer dichtgebauten Ortschaft oder Stadt ausbricht und erst einmal richtig am Brennen ist, da steigert sich seine Wut immerfort, es rast durch den ganzen Ort und verzehrt alles, was es nur erreichen kann.

Ich könnte viele Pläne vorlegen, in deren Befolgung die Behörden dieser Stadt, wenn sie wieder unter der Bedrohung eines solchen Feindes (Gott verhüte es!) stünden, sich des größten Teiles der zu ihr gehörigen gefährlichen Bevölkerung entledigen könnten; ich meine damit die bettelnden, hungerleidenden, von der Hand in den Mund lebenden Armen, und unter ihnen besonders diejenigen, die man im Fall einer Belagerung die unnützen Mäuler nennt; wenn man diese, was nicht nur klug, sondern auch zu ihrem eigenen Vorteil wäre, hinausgeschafft hätte und wenn die wohlhabenden Leute sich selbst und ihre Kinder und Diener hinausbeförderten, dann wäre die Stadt tatsächlich in einem so entleerten Zustand, daß nicht mehr als ein Zehntel der Bevölkerung noch beisammen wäre, um der Seuche einen Angriffspunkt zu bieten. Aber angenommen, sie machten noch den fünften Teil aus, dann wären zweihundertfünfzigtausend Menschen übrig, und wenn die Pest auf sie loskäme, wären sie dadurch, daß sie auf so großem Raum verteilt wohnten, viel besser in der Lage, sich gegen Ansteckkung zu schützen, und viel weniger ihren Wirkungen ausgesetzt, als wenn die gleiche Anzahl von Menschen auf engem Raum zusammengedrängt lebte, so wie in kleineren Städten wie Dublin oder Amsterdam oder ähnlichen.

Zwar sind bei dieser letzten Pest Hunderte, ja Tausende von

Familien hinausgeflohen, aber leider taten es viele zu spät und starben nicht nur auf der Flucht, sondern schleppten die Seuche mit sich in die Lande, in die sie kamen, und infizierten diejenigen, bei denen sie Sicherheit gesucht hatten. Das machte alles wieder zuschanden, weil gerade das, was das beste Mittel gewesen wäre, der Pest entgegenzuwirken, zum Werkzeug ihrer Verbreitung wurde. Das ist wieder ein Beweis dafür und bringt mich auf das zurück, was ich vorher nur kurz andeuten konnte, aber jetzt hier mit mehr Ausführlichkeit behandeln muß, nämlich daß manch einer noch viele Tage, nachdem er das Gift der Krankheit in sich hatte und seine Lebensgeister so ergriffen waren, daß es kein Davonkommen mehr gab, doch noch dem Augenschein nach gesund umherging und, alldieweil er das tat, andere in Gefahr brachte; ich sage, das oben Berichtete ist wieder ein Beweis dafür; denn solche Leute infizierten jede Ortschaft, durch die sie kamen, und ebenso die Häuser, in die sie aufgenommen wurden. Auf diese Art geschah es, daß beinahe alle die großen Städte Englands, die eine mehr, die andere weniger, von der Pest heimgesucht wurden, und immer pflegten sie dort einem zu erzählen, dieser oder jener Londoner habe sie ihnen herübergebracht.

Es darf nicht, wenn von diesen wirklich gefahrbringenden Menschen die Rede ist, übergangen werden, daß sie, meiner Meinung nach, vollständig im Unwissen über ihren Zustand waren; denn wenn sie tatsächlich gewußt hätten, wie es um sie stand, dann hätten sie rechte vorbedachte Mörder sein müssen, um noch weiter draußen unter gesunden Menschen umherzugehen, und es hätte dann allerdings jenen Vorwurf bestätigt, von dem ich vorher gesprochen habe und von dem ich glaubte, daß er nicht berechtigt sei, nämlich daß die Befallenen im äußersten Grade unvorsichtig seien, was die Ansteckung anderer betraf, und eher darauf aus, es dazu kommen zu lassen als nicht; und ich glaube, daß gerade der genannte Umstand es war, der diesen Vorwurf aufkommen ließ, von dem ich immer noch hoffen möchte, daß er in Wirklichkeit nicht den Tatsachen entsprach.

Ich will nicht bestreiten, daß kein Einzelfall ausreicht, um eine so allgemeine Behauptung zu rechtfertigen, aber ich könnte eine Reihe von Leuten benennen, und sie sind heute noch lebenden Nachbarn oder Familienmitgliedern bekannt, die das Gegenteil bis zum Extrem bewiesen haben. Ein Mann, ein Familienvater in meiner Nachbarschaft, hatte die Pest; er glaubte, er habe sie von einem armen Arbeiter, der bei ihm eingestellt war, bekommen, denn er hatte ihn in dessen Hause aufgesucht, irgendeiner Arbeit wegen, die er zu Ende geführt haben wollte; schon als er an der Tür des Arbeiters stand, hatte ihn eine Befürchtung beschlichen, aber er war nicht sicher gewesen; erst am nächsten Tage zeigte es sich, und die Krankheit packte ihn arg; worauf er sich sofort in ein Nebengebäude tragen ließ, das er auf seinem Hofe hatte und wo es über einer Werkstatt – der Mann war ein Kupferschmied – eine Kammer gab. Dort lag er, und dort starb er, und er wollte sich von keinem seiner Nachbarn pflegen lassen, sondern von einer auswärtigen Krankenschwester; und er erlaubte weder seiner Frau noch seinen Kindern noch seiner Dienerschaft, zu ihm hinauf in das Zimmer zu kommen, damit sie sich nicht ansteckten, sondern er sandte ihnen durch die Krankenschwester seinen Segen und ließ sie ihnen über eine Entfernung seine Gebete für sie hersagen, und das alles aus Besorgnis, er könne die Pest auf sie übertragen; so aber, wußte er, konnte ihnen, solange sie ferngehalten wurden, nichts geschehen.

Und hier muß ich noch bemerken, daß die Pest – und ich nehme an, alle Seuchen tun es – je nach Körperkonstitution verschieden wirkte; manche waren auf der Stelle von ihr übermannt, und es kam zu heftigem Fieber, Erbrechen, unerträglichem Kopfweh, Schmerzen im Rücken, bis dann der Patient vor Qualen tobte und raste; andere bekamen Schwellungen und Geschwüre im Nacken oder an den Lenden oder in den Achselhöhlen, die, solange sie nicht zum Aufgehen gebracht werden konnten, ihnen unerträgliche Schmerzen und Martern bereiteten; wieder andere hingegen wurden, wie ich es geschildert habe, lautlos befallen, das Fieber zehrte an ihren Lebensgeistern im verborgenen, und sie merkten kaum etwas davon, bis sie in eine Ohnmacht, eine Bewußtlosigkeit fielen und ohne Schmerzen verschieden.

Ich bin nicht Arzt genug, um mich im besonderen mit den Gründen und Ursachen dieser unterschiedlichen Wirkung ein und derselben Seuche und ihrem bei den einzelnen verschiedenen Auftreten zu befassen; es ist hier auch nicht meine Aufgabe, die Beobachtungen, welche ich tatsächlich machte, aufzuzeichnen, denn die Ärzte haben das mit viel mehr Sachkenntnis, als ich es könnte, selber getan; außerdem mag meine Meinung in manchem von der ihren abweichen. Ich berichte hier nur, was ich von einzelnen Fällen weiß oder mir zu Ohren gekommen ist oder was ich davon glaube, und zwar soweit es in den Bereich fiel, den ich überschauen konnte, und ich betrachte die verschiedenartige Natur der Seuche, wie sie in den einzelnen Fällen, die ich berichte, zum Ausdruck kam; dies jedoch mag auch noch dazu gehören, daß, obschon die Fälle der erstgenannten Art, nämlich die der offenen Heimsuchung, der Schmerzen wegen für die Kranken selbst die schlimmeren waren – ich meine diejenigen, welche so an Fieber, Erbrechen, Kopfweh, Schmerzen und Geschwülsten litten, und auf so grausige Art starben –, so hatten doch die zuletzt genannten den schlimmeren Stand in der Krankheit; denn bei der ersten Art kam es häufig vor, daß sie wieder gesund wurden, besonders wenn die Geschwüre aufgingen, aber bei der letzteren bedeutete es unweigerlich den Tod; keine Heilung, keine Hilfe war möglich, nichts konnte folgen als der Tod. Und diese Art war auch für die Mitmenschen der Betroffenen schlimmer, weil sie, wie oben, insgeheim und unbemerkt von den andern oder von ihnen selbst denen den Tod brachten, mit denen sie umgingen; das Gift verschaffte sich unaufhaltsam einen Zugang in das fremde Blut, auf eine Art, die zu beschreiben oder auch nur zu begreifen unmöglich ist.

Dieses Anstecken und Angestecktwerden, ohne daß die Beteiligten etwas davon bemerkten, erhellt aus zwei Hauptarten damals häufig vorkommender Fälle; und es wird wohl kaum einen Lebenden geben, der während der Seuchezeit in London gewesen ist und nicht von den beiden Arten eine Reihe von Fällen gehört hätte.

1. Väter und Mütter gingen umher, als ob sie ganz gesund seien, und das glaubten sie auch selbst, bis sie unvermerkt ihre ganze Familie angesteckt und deren Untergang bewirkt hatten, was zu tun sie weit von sich gewiesen hätten, wenn sie selbst die geringste Befürchtung gehabt hätten, daß sie krank waren und eine Gefahr bedeuteten. Eine Familie, deren Geschichte ich gehört habe, wurde auf diese Weise von dem Vater infiziert; und die Pest begann sich an einigen von ihnen früher zu zeigen, als er sie an sich selbst feststellte. Aber als man der Sache genauer nachging, zeigte es sich, daß er schon einige Zeit befallen war, und sobald es ihm aufging, daß seine Familie von ihm selbst vergiftet worden war, verlor er den Verstand, und er hätte gewaltsam Hand an sich gelegt, hätten die, die ihn versahen, ihn nicht davon zurückgehalten, und in wenigen Tagen starb er.

2. Der zweite typische Fall war, daß häufig Menschen nach bestem Wissen und nach allem, was sie an sich selbst mehrere Tage lang beobachtet hatten, gesund waren und

nichts weiter verspürten als ein wenig Appetitlosigkeit oder eine leichte Übelkeit im Magen; ja, manche behielten einen kräftigen und sogar heißhungrigen Appetit und litten lediglich etwas unter Kopfweh, und wenn sie dann einen Arzt holten, um zu erfahren, was ihnen fehle, da stellte sich dann, zu ihrer größten Überraschung heraus, daß sie am Rande des Grabes standen, die Zeichen am Körper hatten und die Pest bei ihnen bis zur Unheilbarkeit vorgeschritten war.

Es war ein sehr trauriger Gedanke, daß solche Personen wie die zuletzt erwähnten vielleicht schon eine oder zwei Wochen lang wandelnde Zerstörer gewesen waren; und daß so ein Mensch diejenigen ins Verderben gestürzt hatte, die zu retten er sein Leben gewagt haben würde, daß er den Tod auf sie ausgeatmet hatte, wenn er vielleicht seine eigenen Kinder zärtlich küßte und umarmte. Und doch ist es gewiß so gewesen und sogar oft, und ich könnte viele einzelne Fälle, wo es so war, anführen. Wenn also der Schlag so unsichtbar niedergeht, wenn der Pfeil so unbemerkbar fliegt und nicht entdeckt werden kann, wozu taugen da noch all solche Maßnahmen wie Sperren der Häuser oder Fortschaffen der Kranken? Diese Maßnahmen können nur bei denen ergriffen werden, deren Krankheit oder Ansteckung offensichtlich ist; während doch zur gleichen Zeit Tausende von Menschen unter den andern sind, die zwar gesund aussehen, aber trotzdem alldieweil für alle, mit denen sie zusammenkommen, den Tod mitbringen.

Dies machte unseren Ärzten häufig Kopfzerbrechen und besonders auch den Apothekern und den Wundärzten, weil sie nicht wußten, wie sie zwischen gesund und krank unterscheiden sollten; sie alle gaben zu, daß es tatsächlich so war, daß viele Leute die Pest schon im Blut hatten, daß sie bereits an ihren Lebensgeistern zehrte und daß sie selber eigentlich wandelnde verfaulte Leichname waren, deren

Atem Ansteckung und deren Schweiß Gift bedeutete, daß sie aber trotzdem so gesund anzuschauen waren wie andere und selbst nicht einmal etwas ahnten; ich sage, sie alle gaben zu, daß dies tatsächlich zutraf, aber sie wußten nicht, wie sie zu einer Diagnose kommen sollten.

Mein Freund Dr. Heath war der Meinung, man könne es am Geruch ihres Atems erkennen; jedoch wer, so sagte er, wird es wagen, an diesem Atem zu riechen, nur um sich zu vergewissern? Muß er doch dafür den Gestank der Pest in sein eigenes Gehirn hinaufziehen, um an dem Geruch die Unterscheidung zu treffen! Ich habe gehört, nach der Meinung anderer könne man es erkennen, indem man den Betreffenden auf ein Stück Glas hauchen lasse; in dem Niederschlag des Atems könne man dann durch ein Mikroskop lebende Wesen sehen, von wunderlicher, ungeheuerlicher und abschreckender Gestalt, wie Drachen, Schlangen, Ottern und schrecklich anzuschauende Teufel. Aber hier möchte ich doch die Wahrheit in Frage stellen, und wie ich mich erinnere, hatten wir zu jener Zeit auch gar keine Mikroskope, mit denen wir das Experiment hätten machen können.

Wieder ein anderer Gelehrter vertrat die Ansicht, der Atem einer solchen Person würde auf der Stelle einen Vogel vergiften und töten; und zwar nicht nur einen kleinen Vogel, sondern auch einen Hahn oder eine Henne, und wenn er eines dieser Tiere nicht gleich töte, so würde doch an ihnen die sogenannte Hühnerdarre hervorgerufen werden; insbesondere würden alle Eier, die ein Huhn dann noch lege, faul sein. Dies sind jedoch Ansichten, die ich niemals durch Experimente erhärtet sah oder für die ich die Bestätigung von Zeugen gehört hätte; so gebe ich sie weiter, wie ich sie vorgefunden habe, nur mit dieser Bemerkung noch, daß ich nämlich glaube, die Wahrscheinlichkeiten sprechen sehr für sie.

Einige haben vorgeschlagen, solche Personen sollten stark auf warmes Wasser hauchen, und dann würde sich ungewöhnlicher Schaum bilden, oder auf verschiedene andere Materien, besonders solche von klebriger Substanz, bei denen sich leicht Schaum bildet und bestehen bleibt.
Aber im großen ganzen, fand ich, war diese Seuche solcherart, daß es unmöglich war, die Ansteckung zu entdecken oder ihre Übertragung von einem auf den andern durch irgendeine menschliche Kunst zu verhindern.
Hier ist in der Tat ein schwieriger Punkt, über den ich bis heute nicht ganz hinweggekommen bin, und meines Wissens gibt es überhaupt nur eine einzige Antwort darauf, nämlich diese: Der erste Pestkranke war etwa am 20. Dezember 1664 gestorben und zwar am Long Acre oder dort herum; es hieß, daß dieser erste sich die Ansteckung von einem Paket Seide geholt hatte, das von Holland herübergekommen und in jenem Haus geöffnet worden war.
Aber danach hörten wir nichts mehr davon, daß jemand an der Pest gestorben sei oder daß an jenem Ort die Pest herrsche; erst am 9. Februar – das war ungefähr sieben Wochen später – wurde noch einer aus dem gleichen Hause beerdigt. Die Sache wurde dann aber vertuscht, und lange Zeit waren wir, wenigstens nach außen hin, vollkommen beruhigt; denn es erschien ja auf dem wöchentlichen Register niemand mehr als an der Pest gestorben, bis dann am 22. April wieder zwei Personen, nicht aus demselben Haus, aber aus derselben Straße, beerdigt wurden; und soweit ich mich erinnern kann, waren sie aus dem Haus, das dem ersten benachbart war. Dies war nach einem Zwischenraum von neun Wochen geschehen, und danach hatten wir wieder für zwei Wochen Ruhe, und dann brach es in mehreren Straßen aus und breitete sich nach allen Seiten hin aus. Die Frage scheint nun also zu lauten: Wo blieben diese ganze Zeit über die Keime der Infektion? Wie kam es, daß sie so

lange innehielt und nicht länger? Entweder die Seuche ging nicht durch körperliche Übertragung unmittelbar von einem auf den andern über, oder wenn sie es tat, dann mußte der Körper imstande sein, auch mit der Infektion weiterzuleben, ohne daß viele Tage, ja Wochen lang, die Krankheit sich offenbarte; das konnte nicht nur eine Quarantäne lang dauern, sondern eine Soissantäne: nicht nur vierzig Tage, sondern sechzig Tage und länger.

Zwar gab es, wie ich anfangs bemerkte und wie es vielen, die aus der Zeit noch am Leben sind, wohl bekannt ist, einen sehr strengen Winter und einen drei Monate anhaltenden Frost, und das, so meinen die Ärzte, hat der Seuche Einhalt gebieten können; aber dagegen müssen die Gelehrten mir einzuwenden erlauben, daß, wenn die Krankheit nach ihrer Vorstellung sozusagen nur eingefroren war, sie gleich einem gefrorenen Fluß ihre alte Kraft und Stärke wiedererlangt hätte, sobald Tauwetter einsetzte; der hauptsächliche Rückgang war jedoch bei unserer Seuche von Februar bis April, und das war, nachdem der Frost nachgelassen hatte und das Wetter mild und warm geworden war.

Es gibt noch eine andere Lösung für diese ganze Schwierigkeit, und ich glaube, meine eigene Erinnerung kann sie erbringen; sie besteht darin, daß ich die Tatsache bestreite, es sei in jenen langen Zwischenräumen, nämlich vom 20. Dezember bis zum 9. Februar und von da bis zum 22. April, niemand an der Pest gestorben. Die wöchentlichen Totenregister stellen das einzige Gegenzeugnis dar, aber diese Register sind nicht, jedenfalls nicht für mich, vertrauenswürdig genug, um einer Hypothese als Grundlage zu dienen oder eine Frage von solcher Wichtigkeit zu entscheiden; es war nämlich zu der Zeit unser aller, und ich glaube mit gutem Grund gefaßte Meinung, daß die Täuschung bei den Gemeindebeamten, den Leichenbeschauern lag, oder wer sonst von Amts wegen über die Verstorbenen und die Krankheiten, an denen sie gestorben waren, Bericht zu erstatten hatte; und da die Leute sich zu Anfang sehr dagegen sträubten, ihre Nachbarn glauben zu lassen, ihre Häuser seien infiziert, so brachten sie es mit Geld oder auf andere Art dahin, daß man bei ihren Toten andere Krankheiten als Todesursachen angab; und so wurde es, das weiß ich, nachher vielerorts gehandhabt, ich glaube, ich kann sagen, überall wo die Seuche hinkam, wie man aus dem ungeheuren Anwachsen der Zahlen ersehen kann, die auf dem Register während der Zeit der Seuche unter den Rubriken anderer Krankheiten eingetragen wurden. So war es zum Beispiel in den Monaten Juli und August, also als die Pest auf ihren Höhepunkt zuging, etwas ganz Gewöhnliches, daß man von tausend bis zwölfhundert, ja bis fünfzehnhundert Tote in der Woche unter anderen Todesursachen fand. Nicht daß die Zahlen jener Krankheiten sich wirklich in dem Maße erhöht hätten, sondern der Grund war, daß so viele Familien und Häuser, in denen tatsächlich die Pest war, sich die Gunst verschafft hatten, für ihre Toten, um ein Sperren ihrer Häuser zu vermeiden, andere Krankheiten als Todesursache eingetragen zu bekommen. Zum Beispiel:

An anderen Krankheiten als der Pest Verstorbene:

Vom 18. Juli bis 25. Juli	942
Vom 25. Juli bis 1. August	1004
Vom 1. August bis 8. August	1213
Vom 8. August bis 15. August	1439
Vom 15. August bis 22. August	1331
Vom 22. August bis 29. August	1394
Vom 29. August bis 5. September	1264
Vom 5. September bis 12. September	1056
Vom 12. September bis 19. September	1132
Vom 19. September bis 26. September	927

Nun bestand gar kein Zweifel, daß die meisten von diesen,

oder doch ein großer Teil von ihnen, an der Pest gestorben waren, nur hatte man die Beamten dazu gebracht, sie wie angegeben aufzuführen, und die Zahlen einiger dieser vorgeschützten Krankheitsarten lauteten:

	Fieber	Fleckfieber	Übersättigung	Zahnfäule	Gesamtsumme
1. Aug. bis 8. Aug.	314	174	85	90	663
8. Aug. bis 15. Aug.	353	190	87	113	743
15. Aug. bis 22. Aug.	348	166	74	111	699
22. Aug. bis 29. Aug.	383	165	99	133	780
29. Aug. bis 5. Sept.	364	157	68	138	727
5. Sept. bis 12. Sept.	332	97	45	128	602
12. Sept. bis 19. Sept.	309	101	49	121	580
19. Sept. bis 26. Sept.	268	65	36	112	481

Es gab noch eine Reihe von anderen Krankheitsarten, die im gleichen Verhältnis zunahmen, und es ist leicht zu durchschauen, daß sie es aus dem nämlichen Grunde taten; da waren: Altersschwäche, Schwindsucht, Erbrechen, Vereiterung, Bauchgrimmen und ähnliches, und man konnte nicht zweifeln, daß viele davon Pestkranke waren; aber da es für die Familien von äußerster Wichtigkeit war, nicht als pestbefallen bekannt zu werden, wenn es sich irgend vermeiden ließ, so griff man zu jedem erdenklichen Mittel, um es abzuleugnen, und wenn jemand im Hause starb, versuchte man es bei den Gesundheitsinspektoren und Leichenbeschauerinnen zu erreichen, daß eine andere Todesursache angegeben wurde.

Dies, sage ich, ist die Erklärung für den langen Zeitraum, der, wie gesagt, zwischen den ersten Meldungen von Pesttoten auf dem Register und der Zeit der offenen und nicht mehr zu verheimlichenden Verbreitung der Pest lag.

Außerdem verraten die Register aus jener Zeit selbst den wahren Tatbestand; denn während der Pest keine Erwähnung getan wurde und nichts von ihrem Anwachsen zu bemerken war, nachdem man sie einmal erwähnt hatte, so war es doch offenbar, daß es ein Anwachsen jener Krankheiten gab, welche der Pest am verwandtesten sind; zum Beispiel hieß es da: acht, zwölf, siebzehn Tote am Fleckfieber, aber gleichzeitig keiner oder nur sehr wenige an der Pest; wo doch früher einer, drei oder vier die gewöhnlichen Zahlen in der Woche für diese Krankheit waren. Ebenso nahmen die Beerdigungen, wie ich schon berichtet habe, in der betreffenden Pfarre und den ihr benachbarten Pfarren mehr als anderswo zu, und doch war nie die Pest als die Ursache dafür angegeben; all das zeigt uns, daß die Infektion weitergegeben wurde und die Seuche ihren natürlichen Fortpflanzungsweg einhielt, obwohl es uns so schien, als habe sie zu der Zeit aufgehört und sei dann auf unerklärliche Art wiedergekommen.

Es kann auch sein, daß die Infektion in anderen Stücken jenes Güterpakets verblieben sein mag, in welchem sie ursprünglich bei uns ankam und das man vielleicht gleich vollends auspackte; oder sie hielt sich in den Kleidern dessen, der zuerst infiziert wurde; denn ich kann mir nicht denken, daß jemand von der Ansteckung ergriffen wird und trotz seines zum sicheren Tode führenden Zustandes sich einer so guten Gesundheit erfreuen kann, daß er neun Wochen lang nicht einmal selbst etwas davon bemerkt; jedoch wenn das der Fall ist, dann ist es nur ein um so schlüssigerer Beweis für das, was ich behaupte, nämlich daß die Ansteckung sich in dem Anschein nach gesunden Menschen aufhält und von ihnen auf andere, mit denen sie Umgang haben, übertragen wird, ohne daß es weder die einen noch die anderen wissen.

Groß war damals die Verwirrung gerade dieserhalb, und als die Leute sich erst überzeugen ließen, daß man die Anstekkung auf diese erstaunliche Weise von Personen, die anscheinend gesund sind, empfing, begannen sie außerordentlich zurückhaltend und mißtrauisch gegen jeden zu werden, der ihnen nahekam. Einmal, an einem allgemeinen Gebetstage – ob es ein Sabbat war oder nicht, weiß ich nicht mehr – geschah es in der Aldgate Kirche, daß in einer Bank voller Menschen eine Frau plötzlich vermeinte, einen üblen Geruch zu riechen. Sofort glaubte sie, die Pest sei in der Bank, flüsterte ihre Idee oder ihren Verdacht der nächsten zu und steht dann auf und verläßt die Bank. Die Nachbarin packte es auch sogleich und ebenso alle andern; und jedermann in der Bank und in zwei oder drei anschließenden stand auf und verließ die Kirche, ohne daß einer gewußt hätte, was ihn belästigt hatte und von wem es kam.

Dies ließ gleich jeden wieder dieses oder jenes Präparat schlucken, so wie es die alten Weiber verschrieben oder wie es vielleicht auch die Ärzte verschrieben, um die Infektion durch den Atem anderer zu verhindern; und das ging so weit, daß, wenn man in eine irgend nur besuchte Kirche eintrat, einem am Eingang ein solches Durcheinander der Gerüche entgegenwehte, wie man es beim Eintritt in einen Apotheker- oder Drogistenladen nicht so stark findet, wenn es dort auch gesünder sein mag. In einem Wort, die ganze Kirche war wie eine Riechflasche; in einer Ecke duftete alles nach Parfümen; in der anderen nach allen möglichen Drogen und Kräutern, Balsamen und Aromaten; in der nächsten wieder nach Riechsalz und alkoholischen Essenzen, eben ganz wie jeder sich zur eigenen Bewahrung versehen hatte. Doch konnte ich beobachten, daß, nachdem der Glaube oder vielmehr die Überzeugung von den Leuten Besitz ergriffen hatte, daß, wie gesagt, die Infektion so von anscheinend gesunden Menschen weitergetragen wird, die Kirchen und Gebetshäuser viel schwächer besucht wurden, als es zu anderen Zeiten zuvor der Fall war. Das muß man aber von den Menschen in London sagen, daß während der ganzen Zeit der Pest die Kirchen oder Gebetshäuser niemals ganz geschlossen wurden und daß die Leute nicht nachließen, sich zur öffentlichen Verehrung Gottes einzufinden, ausgenommen nur, wenn in einer Pfarre die Seuche mit ganz besonderer Heftigkeit wütete, und dann auch nur für die Zeit, die das anhielt.

In der Tat war nichts erstaunlicher als zu sehen, mit welcher Beherztheit die Leute zum öffentlichen Gottesdienst gingen, auch noch zu der Zeit, in der sie sich bei jedem anderen Anlaß fürchteten, aus dem Hause zu gehen; dies meine ich für die Zeit, bevor die Verzweiflung, von der ich sprach, sie überkam. Es war ein Beweis, wie außerordentlich stark die City zur Zeit der Seuche bevölkert war, obwohl doch eine so große Zahl Menschen gleich beim ersten Alarm aufs Land gezogen war und so viele später in die Wälder flohen, als das ungemeine Anwachsen der Seuche ihnen immer mehr Schrecken einflößte. Denn wenn man an den Sabbat-Tagen in die Kirche kam und die Menschenfülle sah, die sich dort drängte, und besonders in den Stadtteilen, wo die Pest nachgelassen hatte oder noch nicht ihren Höhepunkt erreicht hatte, da konnte man nur staunen. Aber darauf werde ich gleich noch zu sprechen kommen. Vorläufig möchte ich zu dem Punkt der gegenseitigen Ansteckung zurückkehren und zwar zum Anfang, wo die Leute noch keine richtige Vorstellung hatten, wie die Ansteckung von einem zum andern vor sich ging. Da hielt man sich nur vor denen zurück, die akut erkrankt waren, also wenn einer eine Kappe auf dem Kopf trug oder Tücher um den Hals, wie es die taten, die dort Geschwülste hatten. Denn das war ja auch abschreckend. Aber wenn wir einen Herrn sahen, der tadellos gekleidet war, die Handschuhe in der Hand und den Hut auf dem Kopf und das Haar glatt gekämmt trug, da hatten wir nicht die geringste Befürchtung, und lange Zeit hindurch pflegten die Leute uneingeschränkten Umgang, besonders mit ihren Nachbarn und Bekannten. Aber als die Ärzte uns versicherten, die Gefahr komme ebenso von den Gesunden, das heißt, von den scheinbar Gesunden, wie von den Kranken und daß oft gerade diejenigen, die sich vollkommen unbetroffen fühlten, mit dem schlimmsten Ausgang rechnen mußten – als dies allmählich von den Leuten soweit verstanden wurde, daß man sich gemeinhin danach richtete und auch die Gründe einsah, da fingen sie an, sage ich, gegen jeden mißtrauisch zu werden, und eine ganze Menge von Leuten schloß sich ein, um überhaupt nicht mehr hinaus und unter Menschen zu gehen, und wenn einer sich draußen mit Krethi und Plethi abgegeben hatte, so ließen sie ihn nicht in ihr Haus, oder sie ließen ihn nicht nahekommen, jedenfalls nicht so nahe, daß er in die Reichweite ihres Atems oder ihres Riechens kam, und wenn sie gezwungen waren, mit Fremden aus der Entfernung zu sprechen, so pflegten sie stets von Vorbeugemittel im Mund oder in ihren Kleidern zu haben, um die Ansteckung abzuwehren und fernzuhalten.

Es muß zugegeben werden, daß die Leute, als sie erst diese Vorsichtsmaßnahmen ergriffen, weniger der Gefahr ausgesetzt waren, und die Seuche brach in diese Häuser nicht mit dem Ungestüm ein, wie sie es vordem bei anderen getan hatte; und Tausende von Familien wurden auf diese Weise gerettet, wenn man so sagen darf, ohne der Fügung der Vorsehung etwas streitig zu machen.

Aber in die Köpfe der Armen etwas hineinzuhämmern war unmöglich. Ihre Gemütsart blieb so impulsiv, wie sie immer war. Groß war ihr Geschrei und Gezeter, wenn es sie ergriffen hatte, aber solange sie sich wohl befanden, waren sie bis zum Unfug leichtsinnig gegen sich selbst, töricht und unbelehrbar. Wo sie eine Anstellung finden konnten, dort griffen sie bei jeder Art von Arbeit zu, und wenn sie noch so gefährlich und ansteckungsbringend war; wenn man ihnen zuredete, dann pflegten sie zu antworten: »Man muß Gottvertrauen haben; wenn es mich trifft, dann sollte es so sein, und mit mir ist eben Schluß«, und ähnliches. Oder so: »Was soll ich denn tun? Ich kann nicht verhungern. Ich mag ebensowohl die Pest bekommen wie Hungers sterben. Ich habe keine Arbeit mehr; was bleibt mir übrig? Ich muß dies tun oder betteln gehen.« Angenommen es handelte sich um das Totenbestatten oder um Krankenwärterdienste oder um das Bewachen der befallenen Häuser, all das war schrecklich riskant, aber sie hatten immer nur das gleiche dazu zu sagen. Zwar war die Not geltend zu machen eine Rechtfertigung, die man einsehen mußte, und man konnte wohl keine bessere finden; aber sie sprachen auch so, wenn die Not nicht so groß war. Diese Haltung, es darauf ankommen zu lassen, trug ihnen ein, daß die Pest mit einem wahren Ungestüm unter ihnen hauste, und dies, zusammen mit den kläglichen Umständen, unter denen sie von der Krankheit befallen wurden, war auch der Grund, daß sie so haufenweise dahinstarben; denn ich könnte nicht sagen, daß ich je an ihnen beobachtet hätte, daß ihr Haushalten um einen Deut besser wurde, wenn sie dann – ich spreche von den Handarbeit verrichtenden Armen, solange sie gesund waren – Geld verdienten, als zuvor; sondern sie gaben es mit der gleichen verschwenderischen Genußsucht aus wie je und dachten wieder nicht an das Morgen; so daß sie dann, wenn die Krankheit zu ihnen kam, sogleich in der äußersten Not waren, durch den Hunger ebenso wie durch die Krankheit, durch den Mangel an Nahrung nicht weniger als durch den Mangel an Gesundheit.

Dieses Elend der Armen mit meinen eigenen Augen zu sehen hatte ich viele Gelegenheit, manchmal auch die wohltätige Unterstützung, die einige fromme Menschen ihnen täglich angedeihen ließen, indem sie solchen Armen Hilfe sandten und sie mit Nahrung, Medizinen und anderem

versorgten, so wie sie fanden, daß sie es brauchten; in der Tat schuldet man es gerechterweise der Gesinnung der Menschen jener Tage, hier zu vermerken, daß nicht nur große Summen, sehr große Summen Geldes an den Lordbürgermeister und die Stadträte zu dem wohltätigen Zweck, den unbemittelten Kranken zu helfen und Unterhalt zu geben, gesandt wurden, sondern daß auch sehr viele Menschen privat jeden Tag große Summen Geldes zur Unterstützung der Armen verteilten und Leute ausschickten, um sich über die Lage einzelner Familien, wenn sie in Not geraten und befallen waren, zu erkundigen und ihnen Hilfe zukommen zu lassen; ja, einige fromme Damen waren so vom Eifer für das gute Werk entflammt und hatten ein so starkes Vertrauen, es werde ihnen für die Erfüllung der edlen Pflicht der Nächstenliebe der Schutz der Vorsehung gewiß sein, daß sie in eigener Person umhergingen und Almosen an die Armen verteilten und sogar arme Familien, ob sie gleich krank und befallen waren, in deren Häusern selbst besuchten; sie stellten Krankenwärterinnen an, um die zu pflegen, die der Pflege bedurften, und beauftragten Apotheker und Wundärzte, die ersten, ihnen Medizinen und Behandlungsmittel zu liefern oder was sie sonst brauchten, die andern, die Geschwülste und Tumoren aufzuschneiden und zu verbinden, wo solches nottat; so brachten sie den Armen Segen, sowohl durch handgreifliche Unterstützung wie durch inniges Gebet.
Ich möchte es nicht zu behaupten unternehmen, wie einige das tun, alle diese wohltätigen Menschen seien von der Epidemie verschont geblieben; aber soviel kann ich sagen, daß ich keinen gekannt habe, dem etwas zugestoßen wäre, und das erwähne ich zur Ermutigung anderer, die sich im Falle einer gleichen Not befinden; und wenn es wahr ist, daß, wer den Armen gibt, dem Herrn borgt und von Ihm zurückgezahlt erhalten wird, so braucht man nicht zu zwei-

feln, daß wer sein Leben für die Armen wagt, um ihnen in solch einem Elend Trost und Hilfe zu bringen, auch hoffen darf, in seinem Werk beschützt zu werden.

Dabei war diese ungewöhnliche Nächstenliebe nicht das Vorrecht einiger weniger, sondern (ich komme von diesem Thema nicht so leicht los) die Wohltaten der Begüterten, aus der Stadt und den Vororten sowohl als vom Lande her, kamen so reichlich, daß, um es in einem Wort zu sagen, eine erstaunliche Zahl von Menschen, die sonst unvermeidlich entweder am Hunger oder an der Krankheit hätten umkommen müssen, durch diese Mittel unterstützt und unterhalten werden konnten; und obwohl ich nie zu einer genauen Kenntnis gelangen konnte (das ist wohl niemandem gelungen), was auf diese Weise zusammengekommen ist, so glaube ich doch, was ich einen kritischen Beobachter dieser Angelegenheit sagen hörte: Es seien nicht nur viele tausend Pfund gespendet worden, sondern viele hunderttausend Pfund, um den Armen unserer in Bedrängnis und Not geratenen Stadt zu helfen; ja, jemand hat mir versichert, er könne mehr als hunderttausend Pfund in der Woche aufrechnen, die von den Gemeindevorstehern in den verschiedenen Pfarrsakristeien, vom Lordbürgermeister und den Stadträten in den verschiedenen Stadtbezirken und Revieren, und auf besondere Anweisung des Hofes, beziehungsweise der Friedensrichter in den einzelnen Gebieten, verteilt wurden, und dies zusätzlich zu den Liebesgaben, die von frommer Hand ausgeteilt wurden, so wie ich es eben beschrieb; und das hielt viele Wochen hintereinander an.

Zugegeben, daß dies eine sehr große Summe ist; aber wenn es zutrifft, daß in der Cripplegate Pfarre allein 17800 Pfund in einer Woche zur Unterstützung der Armen ausgeteilt wurden, wie ich es habe durchaus glaubwürdig berichten hören, dann braucht auch die andere Zahl nicht unwahrscheinlich zu sein.

Man muß dies ohne Zweifel zu den vielen anfallenden Gnadenerweisen der Vorsehung rechnen, die unserer großen Stadt zuteil wurden und von denen noch manch anderer der Aufzeichnung wert wäre – ich sage, dies war ganz besonders auffallend, daß es Gott gefiel, auf diese Art die Herzen der Menschen in allen Teilen des Reiches zu rühren, daß sie mit so freudiger Bereitwilligkeit für die Unterstützung der Armen in London spendeten, wovon die erfreulichen Folgen sich allenthalben bemerkbar machten und besonders darin, daß viele Tausende am Leben erhalten wurden und ihre Gesundheit wiedererlangten und daß Familien, wiederum zu Tausenden, dem Hungertod entgingen.

Und wo ich jetzt bei den gnädigen Fügungen der Vorsehung zur Zeit der Epidemie bin, kann ich nicht umhin, wieder darauf zu sprechen zu kommen, was ich zwar schon öfter in anderem Zusammenhang erwähnt habe, ich meine die Art des Fortschreitens der Pest; wie sie an einem Ende der Stadt begann und sich nur langsam und allmählich von Stadtviertel zu Stadtviertel fortbewegte, gleich einer dunklen Wolke, die über unsern Köpfen dahinzieht: Während sie an einer Stelle sich zusammenballend den Himmel bedeckt, läßt sie an der anderen die Sonne hindurchbrechen; ebenso war es mit dem Verlauf der Pest: während sie in Richtung von Westen nach Osten voranwütete, ließ sie im Westen wieder nach, und dadurch wurden die Stadtteile, die noch nicht ergriffen waren oder verschont blieben, und die, wo die Pest sich bereits ausgetobt hatte, gewissermaßen freigestellt, um den anderen beizustehen und zu helfen. Hätte sich hingegen die Seuche über das ganze Stadtgebiet und die Vororte auf einmal verbreitet und ihre Wut überall zugleich entfaltet, wie sie es seither an manchen Orten im Ausland getan hat, wäre die gesamte Einwohnerschaft überwältigt worden und es wären zwanzigtausend am Tage gestorben, wie es in

Neapel geschehen sein soll, so wären die Leute nicht imstande gewesen, einander zu helfen und beizustehen.

Denn wo die Pest einmal war und ihre ganze Macht fühlen ließ, dort waren die Leute, das muß gesagt werden, freilich sehr elend daran, und ihre Niedergeschlagenheit war unbeschreiblich. Aber kurze Zeit noch bevor die Pest bei ihnen angelangt war, oder gleich nachdem sie wieder fort war, waren die Leute wie ausgewechselt; und ich komme nicht darum herum zuzugestehen, daß eben in uns allen zu der Zeit zu viel von der allgemeinen Schwäche des Menschen zu finden war, nämlich das, was Erlösung brachte, zu vergessen, sobald die Gefahr vorbei ist. Aber ich komme später noch darauf zurück.

Es darf nicht vergessen werden, hier etwas über den Stand des Handels während der Zeit der Epidemie zu berichten, und zwar sowohl was den Außenhandel wie den Handel im eigenen Lande betrifft.

Bezüglich des Außenhandels braucht nicht viel gesagt zu werden. Die Handelsnationen Europas fürchteten sich alle vor uns; kein Hafen in Frankreich, Holland, Spanien oder Italien wollte unsere Schiffe einlassen oder mit uns verhandeln; mit den Holländern standen wir freilich auf keinem guten Fuß, waren wir doch in einem erbitterten Krieg mit ihnen, aber wenn wir schon in schlechtem Stande waren, nach außen hin zu kämpfen, wer hatte mit einem so fürchterlichen Feinde daheim zu ringen?

Unsere Kaufleute waren entsprechend mattgesetzt; ihre Schiffe konnten nirgendwo hinfahren, das heißt nirgends hin außerhalb Englands; ihre Produkte und Waren, alles, was aus unserem Land stammte, wurde im Ausland nicht angerührt. Man fürchtete sich ebenso vor unseren Gütern wie vor unseren Menschen; und man hatte freilich Grund dazu, denn unsere Wollstoffe nahmen die Infektion ebenso in sich auf wie menschliche Körper, und wenn sie von infizierten Personen verpackt wurden, dann konnten sie die Ansteckung mitbekommen und waren so gefährlich anzufassen wie ein Mann, der die Ansteckung hatte; und wenn deshalb ein englisches Schiff irgendwo in einem fremden Lande ankam und sie seine Ladung überhaupt an Land nahmen, ließen sie immer die Ballen öffnen und an eigens dafür bestimmten Plätzen lüften. Aber was von London kam, durfte nicht in den Hafen einlaufen, noch viel weniger die Ladung löschen, ganz gleich, was man ihnen bot; diese Strenge übten sie besonders in Spanien und Italien gegen die Londoner. In der Türkei und den Inseln des Archipels, wie sie hießen, sowohl auf denen, die den Türken, wie denen, die den Venezianern gehörten, waren sie nicht ganz so streng. Zu Anfang fand man überhaupt keinen Widerstand; und vier Schiffe, die in der Themse für Italien geladen hatten, das heißt für Livorno und Neapel, fuhren, als sie dort keine Einfahrt bekamen, weiter nach der Türkei und durften dort ohne Schwierigkeit ihre Ladung löschen; nur daß sie an Ort und Stelle feststellten, daß manches von ihrer Ladung für den Verkauf in dem Lande nicht geeignet war; anderes war an Kaufleute in Livorno adressiert, und so hatten die Kapitäne der Schiffe kein Recht und keine Weisung, über die Ware anders zu verfügen; das hatte für die Handelsherren große Unzuträglichkeiten im Gefolge. Aber schließlich war das nur eine Unumgänglichkeit des Geschäftsweges, und die Kaufleute in Livorno und Neapel schickten, als man sie benachrichtigte, von sich aus andere Schiffe, um die Waren, die für ihre Häfen bestimmt waren, entgegenzunehmen und, was davon für die Märkte von Smyrna und Iskenderun ungeeignet war, wieder mitzunehmen.

Die Unzuträglichkeiten waren in Spanien und Portugal noch größer, denn sie wollten dort unter keinen Umständen unseren Schiffen, besonders denen von London, gestatten, in ihre Häfen einzulaufen, geschweige denn Ladung abzusetzen. Es wurde erzählt, eines unserer Schiffe habe heimlich seine Waren ausgeladen, darunter einige Ballen englischen Tuchs, Baumwolle, Unterzeug und ähnliche Sachen, da hätten die Spanier alles verbrennen lassen und die Männer, die das Anlandbringen besorgt hätten, mit dem Tode bestraft. Dies war teilweise, glaube ich, sogar wahr, obwohl ich es nicht mit Bestimmtheit behaupten will; aber es ist keineswegs unwahrscheinlich, da sie doch sahen, daß die Gefahr wirklich sehr ernst war, da die Pest in London so sehr wütete.

Ich hörte ebenfalls, die Pest sei von einigen unserer Schiffe in jene Länder eingeschleppt worden, und besonders in die Hafenstadt Faro, im Königreich Algarve, das dem König von Portugal gehörte, und dort seien einige Personen gestorben, aber das ist nicht bestätigt worden.

Doch obwohl die Spanier und Portugiesen sich so abweisend gegen uns verhielten, so ist es doch andererseits ganz sicher, daß, da die Pest sich ja, wie gesagt, zuerst ziemlich auf die Gegend um Westminster beschränkte, das Handelszentrum der Stadt, also die City und die Docks, bis mindestens Anfang Juli völlig gesund war, und die Schiffe auf dem Fluß bis Anfang August; denn bis zum ersten Juli waren in der ganzen City nur sieben Menschen gestorben, und nur sechzig innerhalb der Stadtfreiheit, und nur einer in all den Pfarren Stepney, Aldgate und Whitechapel, und nur zwei in den acht Pfarren von Southwark. Aber im Ausland unterschied man das nicht; die schlimme Nachricht war einmal durch die ganze Welt gegangen, daß die Stadt London von der Pest befallen sei, und da fragte niemand mehr, wie die Infektion voranschritt oder in welchem Stadtteil sie angefangen hatte und wie sie ihren Weg nahm.

Außerdem wuchs sie dann, als sie sich erst auszubreiten begann, so rasch an, und die Totenregisterzahlen sprangen so rasch in die Höhe, daß es keinen Sinn hatte, die Berichte abzuschwächen oder etwas zu unternehmen, daß die Menschen im Ausland dächten, es sei weniger schlimm als es war; aus dem, was auf den wöchentlichen Totenregistern stand, wußten sie genug; und daß es in der Woche zweitausend oder drei- oder viertausend Tote gab, das reichte aus, um die ganze handeltreibende Welt aufzuschrecken, und als es in der darauffolgenden Zeit auch in der City selbst so schrecklich herging, war man überall, sage ich, sehr auf der Hut vor uns.

Und man kann sicher sein, daß der Kunde von diesen Dingen, wenn sie weitergetragen wurde, unterwegs nichts verloren ging. Die Pest war schon an sich schlimm genug und die Drangsal der Menschen sehr groß, wie man aus dem, was ich berichtet habe, wohl entnehmen kann. Aber das Gerücht machte es noch unendlich viel größer, und so durfte man sich nicht wundern, daß unsere Freunde im Ausland, wie die Korrespondenten meines Bruders, etwa in Portugal und in Italien, wo er seine hauptsächlichen Handelsbeziehungen hatte, es dort erzählen hörten, in London stürben zwanzigtausend Menschen in der Woche; die Leichen lägen haufenweise unbeerdigt; es gebe nicht genug Lebende, um die Toten zu bestatten, oder Gesunde, um sich der Kranken anzunehmen; das ganze Königreich sei gleichermaßen verseucht, so daß die Krankheit allgemein verbreitet sei, wie es in jenen Ländern unerhört war; und sie konnten uns kaum glauben, als wir ihnen eine Darstellung der Dinge, wie sie tatsächlich waren, zusandten: Daß nicht mehr als ein Zehntel der Bevölkerung gestorben war, daß noch 500000, die die ganze Zeit über in der Stadt verblieben waren, lebten; daß jetzt die Leute wieder auf den Straßen zu spazieren begännen und die Geflüchteten zurückkehrten; daß es auf der Straße nicht mehr an dem üblichen Gedränge fehle und daß höchstens die einzelnen Familien ihre Verwandten und Nachbarn vermißten, und so weiter. Ich sage, sie konnten dies nicht glauben; und wenn man heute in Neapel oder in anderen Städten an der italienischen Küste nachfragen würde, so würden sie einem dort immer noch erzählen, daß vor so vielen Jahren eine schreckliche Pest in London gewesen ist, während welcher, wie oben, zwanzigtausend Menschen in der Woche gestorben sind, und so fort, geradeso wie wir in London es haben berichten hören, es sei im Jahre 1656 in der Stadt Neapel eine Pest gewesen, während welcher zwanzigtausend Menschen am Tage gestorben seien, und das war, dafür habe ich sehr gute Anhaltspunkte, völliger Unsinn.

Aber diese ausschweifenden Gerüchte waren sehr nachteilig für unseren Handel, außerdem ungerecht und verleumderisch in sich selbst, denn es dauerte lange Zeit, nachdem die Pest schon völlig vorbei war, bis unser Handel sich in jenen Ländern wieder erholen konnte; und die Flamen und die Holländer, aber besonders die letzteren, nutzten es sehr zu ihrem Vorteil aus; sie hatten den ganzen Markt für sich allein, und sie kauften sogar in verschiedenen Gegenden Englands, wo die Pest nicht war, unsere Erzeugnisse auf und brachten sie nach Holland oder Flandern, und von dort führten sie sie nach Spanien oder Italien aus, als seien sie von ihnen selbst hergestellt worden.

Aber manchmal kam man ihnen dahinter, und sie wurden bestraft, das heißt, ihre Güter wurden beschlagnahmt und auch die Schiffe; denn wenn es zutraf, daß unsere Erzeugnisse ebenso wie unsere Menschen verseucht waren und daß es gefährlich war, englische Güter aufzupacken und ihren Geruch zu atmen, dann spielten die Leute, die diesen heimlichen Handel betrieben, mit der Gefahr, die Ansteckung nicht nur in ihr eigenes Land zu bringen, sondern auch die Länder, an welche sie diese Güter lieferten, zu infizieren, und wenn man bedenkt, wieviele Menschenleben

durch eine solche Handlungsweise hätten verlorengehen können, dann muß man sagen, daß bei diesem Geschäft Männer von Gewissen sich nicht hätten beteiligen dürfen.
Ich möchte es nicht zu behaupten unternehmen, daß von diesen Leuten irgendein Schaden, ich meine dieser Art, angerichtet worden ist. Aber ich fürchte, diesen Vorbehalt kann ich nicht machen, was unser eigenes Land angeht; denn entweder durch die Londoner Bevölkerung oder durch die Geschäftstätigkeit, die den Kontakt mit allen möglichen Leuten in jeder Grafschaft und jeder wichtigeren Stadt notwendig machte, ich sage, auf diese Weise wurde die Pest früher oder später über das ganze Königreich verbreitet, so daß sie wie in London auch in allen größeren Städten und Ortschaften herrschte, besonders in den Gewerbe- und Geschäftszentren und in den Seehäfen; und früher oder später wurden alle Orte von Bedeutung in England heimgesucht, der eine mehr, der andere weniger, und auch das Königreich Irland an manchen Stellen, aber nicht so allgemein. Wie es der Bevölkerung Schottlands erging, hatte ich keine Gelegenheit ausfindig zu machen.
Es muß darauf hingewiesen werden, daß, während die Pest so heftig in London andauerte, die Außenhäfen, wie sie genannt wurden, sich eines sehr lebhaften Handels erfreuten, besonders mit nahegelegenen Ländern und mit unseren eigenen Kolonien. Die Städte Colchester, Yarmouth und Hull führten zum Beispiel von dieser Seite Englands nach Holland und nach Hamburg die Erzeugnisse ihres Hinterlandes aus, während monatelang der Handel mit London praktisch völlig ausfiel; ebenso nahmen die Städte Bristol und Exeter über den Hafen Plymouth einen ähnlichen Vorteil mit Spanien, den Kanarischen Inseln, Guinea und den Westindischen Inseln wahr und besonders mit Irland; aber da dann die Pest sich, nachdem sie in London im August und September ein solches Ausmaß angenommen

hatte, nach allen Richtungen hin ausbreitete, wurden nach und nach alle oder die meisten dieser Städte und Ortschaften infiziert, und damit geriet der Handel sozusagen unter ein allgemeines Embargo oder kam zum völligen Erliegen, wie ich noch des weiteren erörtern werde, wenn ich auf den Binnenhandel zu sprechen komme.

Eines jedoch muß noch gesagt werden: Was die Schiffe, die von draußen heimkamen, angeht, und das waren gewiß nicht wenige, so waren manche schon eine beträchtliche Zeit in irgendwelchen Weltteilen unterwegs, oder sie hatten bei ihrer Ausfahrt noch nichts von einer Seuche gewußt, oder jedenfalls nicht von einer so fürchterlichen; diese kamen unbedenklich den Fluß heraufgefahren und lieferten ihre Ladung ab, wie es ihre Schuldigkeit war, ausgenommen nur in den beiden Monaten August und September; da lag dann das Hauptgewicht der Seuche, wenn ich so sagen darf, unterhalb von London Bridge, und niemand wagte für eine Weile, sich in Geschäften sehen zu lassen. Aber da dies nur wenige Wochen dauerte, gingen die heimkehrenden Schiffe, besonders solche, deren Ladung keine verderblichen Güter enthielt, kurz vor dem Pool* vor Anker, oder soweit hinunter, wie das Süßwasser des Flusses reicht, etwa bis zur Mündung des Medway; in ihn waren mehrere hineingelaufen, und andere lagen am Nore oder auf der Hope unterhalb Gravesend. Bis Ende Oktober hatte sich eine sehr große Flotte heimkehrender Schiffe eingefunden, so wie man seit vielen Jahren nicht dergleichen gesehen hatte.

Zwei Handelszweige wurden auf dem Wasserwege die ganze Zeit der Pest hindurch weitergeführt, und zwar mit keiner oder kaum einer Unterbrechung, und das war ein

* Jene Stelle im Fluß, wo die Schiffe festmachen, wenn sie heimkommen, wird der Pool genannt, und er umfaßt den ganzen Fluß mit beiden Ufern, vom Tower bis zum Cuckold's Point und nach Limehouse.

Glück und ein Trost für die arme, bedrängte Bevölkerung der Stadt: Es waren der Küstenhandel mit Getreide und der Newcastle-Handel mit Kohle.

Der erste wurde vornehmlich von kleineren Schiffen wahrgenommen, die vom Hafen Hull aus und von anderen Orten am Humber große Ladungen Getreide aus Yorkshire und Lincolnshire in die Stadt brachten. Des weiteren wurde der Getreidehandel von Lynn in Norfolk und von Wells, Burnham und Yarmouth, alles Orte in der gleichen Grafschaft, betrieben; ein dritter Sektor lag um den Medway Fluß; Milton, Feversham, Margate und Sandwich waren dort die Ausgangspunkte und auch alle anderen kleinen Hafenplätze an der Küste von Essex und Kent.

Es gab auch mit der Suffolk-Küste einen sehr regen Handelsverkehr in Getreide, Butter und Käse; diese Schiffe hielten den Warenzustrom aufrecht und ohne Unterbrechung kamen sie bis zu dem Marktplatz herauf, der heute noch unter dem Namen Bear Key bekannt ist, und dort lieferten sie ausreichende Mengen von Getreide an, als die Zufuhr auf dem Landweg zum Erliegen kam und die Bauersleute von vielen Dörfern her nicht mehr recht kommen mochten.

Dies war wieder zum großen Teil der klugen Amtsführung des Lordbürgermeisters zuzuschreiben, der es sich angelegen sein ließ, die Kapitäne und die Besatzungen der Schiffe vor Gefahr zu schützen, wenn sie heraufkamen, indem er veranlaßte, daß ihnen das Getreide auch außerhalb der Marktzeiten abgenommen wurde, wenn sie es wünschten (was sie indes sehr selten taten), und daß die Faktoreien die Getreideladungen ohne Verzug löschten und übernahmen, so daß die Besatzungen kaum Anlaß hatten, ihre Schiffe zu verlassen; das Geld wurde ihnen stets an Bord gebracht und in einen Eimer mit Essig getan, bevor es kassiert wurde.

Der andere Handelszweig befaßte sich mit Kohlelieferungen von Newcastle am Tyne, und ohne diese wäre die Stadt in arge Verlegenheit gekommen; denn nicht nur auf den Straßen, sondern auch in den Privathäusern wurden große Mengen Kohle gebrannt, auch während der ganzen Sommerzeit und als das Wetter am heißesten war, und das geschah auf Anraten der Ärzte. Einige zwar sprachen sich dagegen aus und ließen sich nicht davon abbringen, daß, die Häuser und Zimmer geheizt zu halten, nur ein Mittel sei, der Krankheit Vorschub zu leisten, denn diese sei ja gerade eine Hitze erzeugende Gärung im Blut; sie verbreite sich bekanntlich bei warmem Wetter und nehme zu, bei kaltem aber gehe sie zurück; und darum, so behaupteten sie, sei Wärme das Schlimmste bei ansteckenden Krankheiten, denn die Ansteckung gedeihe und gewinne Kraft im heißen Wetter und pflanze sich, sozusagen, in der Hitze fort.

Andere gaben zu, daß Hitze des Klimas der Infektion förderlich sein könne, da schwüles, heißes Wetter die Luft mit Ungeziefer erfülle und unzählbare Scharen giftiger Lebewesen gedeihen lasse, die in unserer Nahrung, in den Pflanzen und sogar in unseren Körpern entstehen; und schon ihr Geruch könne die Infektion verbreiten; weiter, daß eine Erwärmung der Luft oder eine Hitzezeit, wie wir es gewöhnlich beim Wetter nennen, schlaff und schwach mache, die Lebensgeister ermüde, die Poren öffne und uns für Ansteckungen oder üble Einflüsse empfänglicher mache, sie mögen von schädlichen Pestdünsten ausgehen oder von sonst etwas, das in der Luft ist; was aber die Hitze eines Feuers angehe, besonders die Hitze eines Kohlenfeuers, das wir im Hause oder um uns zu wärmen unterhalten, so glaubten sie, deren Wirkweise sei gänzlich verschieden; diese Hitze sei nicht von der gleichen Art, sondern jäher und ungestümer Natur, nicht dazu angetan, gedeihen zu lassen, sondern alle jene schädlichen Dünste zu verzehren und zu zerstreuen, die die andere Art von Hitze eher ausströme und verweilen lasse, als sie aufzulösen oder aufzubrauchen. Außerdem hieß es, die schwefel- und salpeterhaltigen Bestandteile, die oft zusammen mit der Pechsubstanz, welche brennt, in der Kohle gefunden werden, trügen alle dazu bei, die Luft zu klären und zu reinigen und sie für das Atmen gesund und sicher zu machen, nachdem die schädlichen Partikeln, wie oben, vertrieben und aufgebraucht seien.

Die letztere Meinung war zu der Zeit vorherrschend und, wie ich gestehen muß, wohl mit gutem Grunde, denn die Erfahrung der Stadtbewohner bestätigte sie; viele Häuser, in deren Zimmern ständig ein Feuer brennend erhalten wurde, wurden auch niemals befallen; und ich muß aus meiner eigenen Erfahrung hinzufügen, daß ich gefunden habe, das Unterhalten eines kräftigen Feuers machte unsere Zimmer angenehm und gesund und wirkte ebenso auf uns selbst, und ohne das, das ist meine feste Überzeugung, wäre es nicht so gewesen.

Aber ich komme auf den Kohlenhandel zurück. Es bereitete nicht geringe Schwierigkeiten, ihn aufrechtzuerhalten, und zwar besonders deswegen, weil die Holländer, mit denen wir uns ja zu der Zeit im offenen Kriege befanden, zu Anfang eine ganze Reihe unserer Kohlenschiffe gekapert hatten, so daß die übrigen vorsichtig wurden und nur noch in ganzen Flottenverbänden fuhren. Aber nach einiger Zeit bekamen entweder die Freibeuter Angst, sie zu kapern, oder ihre Herren in den Niederlanden fürchteten sich und verboten es ihnen, um nicht die Pest ins Land zu holen, und daran taten sie bestimmt gut.

Zu ihrer eigenen Sicherheit verfügte der Lordbürgermeister, daß jeweils nur eine beschränkte Anzahl der Kohlenschiffe aus dem Norden zugleich bis zum Pool hinaufkommen solle, und ließ Ladekähne und die Schiffe von Holzhändlern, Kohlenverkäufern und Anlegestellenbesitzern dafür herrichten und bereitstellen, daß sie bis nach Deptford

und Greenwich und manchmal noch weiter hinunter den Kohlenschiffen entgegenfuhren, um sie zu entladen.
Andere lagerten große Mengen Kohlen auf bestimmten Plätzen ab, wo die Schiffe bis ans Ufer heranfahren konnten, so etwa in Greenwich, Blackwell und an anderen Orten; dort wurde die Kohle wie zum Verkauf auf große Haufen geschüttet, wurde dann aber abgeholt, sobald die Schiffe, die sie gebracht hatten, wieder fort waren, und so kamen die Seeleute mit den Flußschiffen gar nicht in Berührung, nicht einmal so weit, daß sie einander auch nur aus der Nähe gesehen hätten.
Doch all diese Vorsichtsmaßnahmen konnten nicht verhindern, daß die Seuche dennoch in den Kohlenhandel, das heißt auf die Kohlenschiffe, drang, und so mußte eine große Anzahl von Seeleuten an ihr sterben; und was noch schlimmer war, sie schleppten die Seuche mit nach Ipswich und Yarmouth, nach Newcastle am Tyne und an andere Orte an der Küste, und dort, besonders in Newcastle und in Sunderland, raffte sie viele Menschen dahin.
Das Brennen so vieler Feuer, wie oben, verbrauchte allerdings in der Tat ungewöhnlich große Mengen von Kohle; und nachdem die Schiffe, ich weiß nicht mehr, ob durch widriges Wetter oder Einwirkung des Feindes, ein oder zwei Male ausgeblieben waren, ging der Preis für Kohle außerordentlich in die Höhe, stieg bis auf vier Pfund je Chaldron, aber er ließ bald nach, als die Schiffe wieder kamen, und da sie dann später ungehindertere Fahrt hatten, war der Preis während des übrigen Jahres recht erträglich.
Die Feuer, die auf öffentlichen Plätzen beim Ausbruch der Pest gebrannt wurden, hätten der Stadt, so habe ich mir ausgerechnet, mindestens gegen 200 Chaldrons Kohle in der Woche gekostet, wenn sie weiterunterhalten worden wären, und das war immerhin eine ganz beträchtliche Menge; aber da man es für notwendig hielt, sparte man

nicht. Als jedoch einige Ärzte sich gegen die Feuer aussprachen, ließ man sie nach vier oder fünf Tagen ausgehen. So waren die Feuer angeordnet worden:

Eines am Zollhaus, eines am Billingsgate, eines bei Queenhithe, eines an den Drei Kränen; eines in der Blackfriars Gasse und eines am Tor von Bridewell; eines an der Ecke Leadenhall Straße und Gnadenkirche; eines am Nordtor und eines am Südtor der Königlichen Börse; eines an der Gilden-Halle und eines am Tor von Blackwell Hall; eines vor des Lordbürgermeisters Tür am St.-Helenen-Platz, eines am Westeingang von St. Paul und eines am Eingang der Bow Church. Ich kann mich nicht mehr entsinnen, ob an den City-Toren eines brannte, aber am Fuß der Brücke war eines, gerade bei der St.-Magnus-Kirche.

Ich weiß, einige Leute haben später über das Experiment gezetert und behauptet, es seien wegen dieser Feuer nur um so mehr Leute gestorben; aber ich habe noch keinerlei Beweise gesehen, die sie für ihre Behauptung vorgelegt hätten, und ich kann es auch wirklich in gar keinem Betracht glauben.

Es bleibt noch, einen Bericht über den Stand des heimatlichen Binnenhandels in England während der Schreckenszeit zu geben, besonders was Handel und Gewerbe in der City betrifft. Beim ersten Ausbrechen der Seuche gab es, wie man wohl leicht verstehen wird, eine sehr große Bestürzung unter den Leuten, und die Folge war ein allgemeiner Stillstand des Geschäftslebens, ausgenommen in den notwendigen Versorgungsgütern; aber auch da gab es keinen Rückgang, da so viele Menschen geflohen waren und eine so erhebliche Anzahl stets krank war, um die vielen, die starben, nicht zu erwähnen; und so konnten nicht mehr als zwei Drittel, wenn es schon mehr als die Hälfte war, von dem Verbrauch an Versorgungsgütern übrigbleiben, gegen früher gemessen.

Es gefiel dem Herrgott, uns ein Jahr der Fülle an Getreide und Obst zu bescheren, nicht jedoch an Heu und Gras; auf diese Weise war Brot billig, aufgrund der reichen Getreideernte. Fleisch war billig, aufgrund des Futtermangels; aber Butter und Käse waren, aus dem gleichen Grund, teuer, und Heu wurde auf dem Markt gleich hinter Whitechapel Bars zu vier Pfund das Fuder verkauft. Aber dies tat den Armen keinen Abbruch. Es gab einen außerordentlichen Überfluß an allen Arten von Obst, wie Äpfel, Birnen, Pflaumen, Kirschen, Weintrauben, und sie waren, weil es weniger Abnehmer waren, billig; aber dies ließ die Armen zuviel davon essen und brachte ihnen Durchfall, Bauchgrimmen, Übersättigung und ähnliche Übel, von denen sie leicht in die Pest verfielen.

Aber es soll ja vom Handel die Rede sein. Das Wichtigste war, daß der Export zum Erliegen kam oder doch an großen Unterbrechungen und erheblichen Schwierigkeiten litt, und die natürliche Folge war das allgemeine Einstellen der Produktion, die gewöhnlich für den Export bestimmt war; und obwohl die Kaufleute im Auslande manchmal dringend um Ware baten, so konnte doch wenig versandt werden, da man den englischen Schiffen, wie ich schon sagte, so weitgehend die Zufahrt sperrte, daß keines irgendwo in den Hafen gelangte.

Dies machte allem Gewerbe, das für den Export arbeitete, in ganz England ein Ende, ausgenommen in einigen Außenhäfen; und auch dort hörte es bald auf, denn sie alle bekamen die Pest, der Reihe nach. Aber obwohl sich das in ganz England bemerkbar machte, so war es doch noch schlimmer, daß aller Warenverkehr für den heimischen Verbrauch, besonders derjenige, der gewöhnlich seinen Weg über London genommen hatte, plötzlich aussetzte, da ja in der City der Geschäftsbetrieb eingestellt war.

Die verschiedensten Gewerbe, Handwerker und Mechaniker, waren in der City, wie ich vorher schon sagte, ohne Arbeit, und das führte dazu, daß unzählige Handwerksgesellen und Arbeiter aller Arten fortgeschickt und entlassen wurden, da ja in diesen Betrieben nichts mehr getan wurde, außer was absolut notwendig war.

Aus diesem Grunde stand das Gros der unverheirateten Männer mittellos da und ebenso die Familien, deren Lebensunterhalt davon abhing, daß das Familienhaupt Arbeit hatte; ich sage, dies brachte sie ins äußerste Elend; und ich kann nur beteuern, wie sehr es der Stadt London zur Ehre gereicht und noch lange Zeit, solange man hiervon spricht, gereichen wird, daß man imstande war, die Not so vieler Tausender, die dann krank wurden und Mangel litten, mit wohltätiger Fürsorge zu beheben, so daß man mit gutem Gewissen sagen kann, niemand sei vor Hunger umgekommen, jedenfalls solange die Behörden in Kenntnis gesetzt wurden.

Dieser Stillstand unserer Geschäftstätigkeit mit dem Lande hätte die Leute dort in noch größere Schwierigkeiten gebracht, wenn nicht die Meister bestimmter Gewerbe, Kleidermacher und andere, bis zur Erschöpfung ihrer Vorräte und Mittel mit der Herstellung ihrer Waren fortgefahren hätten, um die Armen beschäftigt zu halten, in der Erwartung, daß sobald die Krankheit nachlasse, eine um so lebhaftere Nachfrage nach ihren Erzeugnissen den vorübergehenden Rückgang wettmachen werde. Aber da das sich nur die reichen Meister leisten konnten, viele aber nicht die Mittel dafür besaßen, litt das Gewerbe in England große Verluste, und die Armen in ganz England bekamen es zu spüren, was allein die Pest in London bedeutete.

Freilich brachte ihnen das nächste Jahr durch eine weitere schreckliche Katastrophe, die über die Stadt kam, eine volle Entschädigung; so stürzte die Stadt durch die eine Katastrophe das Land in Armut und Leiden, und durch die andere, ebenfalls schrecklicher Natur, machte sie das Land zum Ausgleich wieder wohlhabend; denn eine unübersehbare Menge von Haushaltsgütern, Bekleidungsgegenständen und anderen Sachen, neben ganzen Speichern voll von Waren und Erzeugnissen, wie sie aus allen Teilen Englands kommen, wurden in dem Jahre nach dieser furchtbaren Heimsuchung bei dem Brande Londons vernichtet. Es ist unglaublich, was das für ein Geschäft im ganzen Königreich in Gang setzte, diese Verluste wieder gutzumachen und den Bedarf aufzuholen; so daß, kurz gesagt, jede arbeitsfähige Hand im Lande eingesetzt wurde, und das reichte mehrere Jahre lang kaum aus, um den Markt zu versorgen und die Nachfrage zu befriedigen. Die ausländischen Märkte waren alle ebenfalls leer von unseren Gütern, so lange hatte die Unterbrechung durch die Pest bis zur Wiederzulassung des Handels gedauert; und zusammen mit dem außergewöhnlichen Bedarf, der daheim anfiel, ergab das einen raschen Abfluß für alle möglichen Waren; und so hat man niemals einen solchen Handel und Wandel in ganz England gesehen wie in den sieben ersten Jahren nach der Pest und nach dem Brand von London.

Es bleibt mir nun noch übrig, etwas von den gnädigen Seiten des schrecklichen Strafgerichts zu sagen. In der letzten Woche im September setzte die Krise der Pest ein, und ihre Wut ließ nach. Ich erinnere mich, wie mein Freund Dr. Heath mich in der Woche davor besuchte und mir sagte, er sei sicher, das Schlimmste werde nun in ein paar Tagen vorüber sein; aber als ich dann sah, daß das Totenregister für die Woche die höchste Zahl im ganzen Jahr, 8297 Tote an allen Krankheiten, verzeichnete, zankte ich mit ihm deswegen und fragte ihn, wie er denn zu einem solchen Schluß komme. Er war jedoch um eine Antwort nicht so verlegen, wie ich gemeint hatte. »Schau her«, sagte er, »nach der Zahl derer, die gegenwärtig krank und infiziert sind, hätten letzte Woche zwanzigtausend und nicht nur achttausend sterben müssen, wenn die alte Todesseuche noch so stark gewesen wäre, wie sie vor zwei Wochen war; damals führte sie in zwei oder drei Tagen zum Tode, jetzt braucht sie nie weniger als acht oder zehn dafür, und damals wurde nicht mehr als einer unter fünfen wieder gesund, während ich jetzt beobachte, daß nicht mehr als zwei unter fünfen dahingehen. Und, laß es dir gesagt sein, das nächste Mal wird das Totenregister gesunken sein, und du wirst viel mehr Leute wieder gesund werden sehen als bisher; denn mögen auch sehr viele jetzt überall infiziert sein und ebensoviele jeden Tag neu krank werden, so viele wie schon verschieden sind, werden nicht mehr sterben, denn die Bösartigkeit der Krankheit hat nachgelassen«; und er fügte hinzu, er beginne jetzt zu hoffen oder sogar mehr als nur zu hoffen, daß die Seuche ihre Krise hinter sich habe und am Ausklingen sei; und genau so war es, denn in der nächsten Woche, der letzten, wie gesagt, im September, nahm das Totenregister um beinahe zweitausend ab.

Zwar hatte die Pest immer noch ein schreckliches Ausmaß, und die Zahl auf dem nächsten Totenregister betrug nicht weniger als 6460 und die Woche darauf 5720; aber dennoch war meines Freundes Beobachtung richtig, und es zeigte sich tatsächlich, daß die Leute schneller gesundeten und in größerer Anzahl als bis dato; freilich, wenn das nicht so gekommen wäre, was wäre aus der City von London geworden? Denn nach den Angaben meines Freundes gab es nicht weniger als 60000, die zu der Zeit die Ansteckung hatten, von denen, entsprechend dem oben Gesagten, 20477 starben und nahezu 40000 wieder gesund wurden; während, nach den zuvor herrschenden Verhältnissen, wahrscheinlich 50000 von ihnen gestorben wären, wenn nicht noch mehr, und weitere 50000 noch dazu krank geworden wären; denn, in einem Wort, die gesamte Bevölkerung verfiel der Krankheit, und es sah aus, als ob niemand davonkommen werde.

Aber wie recht mein Freund mit seiner Bemerkung gehabt hatte, erwies sich ein paar Wochen später noch deutlicher, denn der Rückgang hielt an, und nach zwei Oktoberwochen nahm die Zahl um 1843 ab, so daß die Zahl der Pesttoten nur 2665 betrug; und in der darauffolgenden Woche waren es wieder 1413 weniger, obwohl es doch so klar zutage lag, wie ungemein viele Menschen krank waren; ja, es waren ihrer viel mehr denn je, und in großen Mengen wurden sie jeden Tag neu krank, aber die Bösartigkeit der Seuche hatte nachgelassen.

So jäh war die Reaktion unserer Bevölkerung (ob es überall in der Welt so ist oder nicht, habe ich hier nicht im einzelnen nachzuprüfen, aber bei uns konnte ich es nur zu deutlich sehen), daß die Leute, wie sie bei ihrer anfänglichen Angst vor der Ansteckung einander aus dem Wege gegangen und des andern Haus gemieden und aus der Stadt geflohen waren, vor lauter, wie mir schien, unbesonnener und übertriebener Furcht, so jetzt, als es sich herumsprach, daß die Seuche nicht mehr so ansteckend war wie vordem und daß sie, wenn man sie bekam, nicht mehr so todbringend war, und als man jeden Tag Leute sehen konnte, die nach einem ernstlichen Erkranktsein wieder aufstanden – so faßten sie jetzt, sage ich, solch einen überstürzten Mut und wurden so leichtsinnig gegen sich selbst und die Infektion, daß sie wegen der Pest nicht mehr Umstände machten als mit einem gewöhnlichen Fieber, ja vielleicht noch weniger. Sie begaben sich nicht nur bedenkenlos in die Gesellschaft solcher, die Geschwülste und Karbunkel am Leibe hatten, und mochten die auch eitern ud somit ansteckend sein, sondern aßen und tranken auch mit ihnen, ja gingen in deren Häuser, um sie zu besuchen, und sogar bis in die Stuben, wo sie krank lagen.

Das konnte ich nicht als sehr vernünftig ansehen. Mein Freund Dr. Heath räumte ein, und es war auch eine allgemeine Erfahrungstatsache, daß die Seuche so ansteckend war wie je und immer noch genau so viele ergriff wie früher; nur behauptete er, es stürben nicht mehr so viele von denen, die krank wurden; aber ich glaube, viele starben dennoch dieweil, und die Seuche war immer noch furchtbar, die Wunden und Schwellungen waren schmerzhaft genug und die Todesgefahr aus den Umständen der Krankheit noch keineswegs gebannt, wenn auch der Tod seltener eintrat als vorher; all dies und dazu die ungewöhnliche Langwierigkeit der Heilung, der Ekelhaftigkeit der Krankheit und viele andere Gesichtspunkte reichten aus, einen Mann von dem Zusammenleben in einer gefährlichen Gemeinschaft mit Erkrankten abzuschrecken und ihn sich ebenso ängstlich vor einer Ansteckung hüten zu lassen wie zuvor.

Ja, und da war noch etwas, was Furcht davor einflößte, mit der Seuche auch nur zu tun zu haben, und das war das schreckliche Brennen der Ätzmittel, die die Wundärzte den Geschwülsten auflegten, um sie zum Aufbrechen und Auseitern zu bringen; ohne das war die Todesgefahr nämlich sehr groß und zwar noch bis zum Ende. Und auch der unerträgliche Schmerz der Geschwülste, der die Leute zwar nicht mehr zu Raserei und Wahnsinn trieb, wie es vorher war und wie ich es an einzelnen Beispielen schilderte, jedoch dem Patienten unsägliche Qualen zufügte; und wer da befallen wurde, der, mochte er auch mit dem Leben davonkommen, machte denen bittere Vorwürfe, die ihm gesagt hatten, es bestehe keine Gefahr, und bedauerte wehmütig seinen Leichtsinn und seine Unbesonnenheit, sich dem ausgesetzt zu haben.

Und nicht immer endete das unvorsichtige Verhalten der Leute damit, denn eine große Anzahl von denen, die sich so aller Vorsicht begeben hatten, mußten noch Schlimmeres erdulden, und obwohl viele durchkamen, so starben doch auch viele; jedenfalls hatte es für die Öffentlichkeit die mißliche Folge, daß die Zahl der Beerdigungen langsamer abnahm als sie es sonst getan hätte. Die Kunde hatte sich wie ein Blitz in der Stadt verbreitet und von den Köpfen der Leute Besitz ergriffen, kaum daß das erste größere Absinken der Zahlen auf dem Register bekannt wurde; und in den nächsten beiden Wochen mußten wir dann feststellen, daß das Absinken sich nicht im gleichen Verhältnis fortgesetzt hatte; den Grund dafür erblicke ich darin, daß die Leute so unbedacht in die Gefahr hineinliefen und alle ihre frühere Zurückhaltung und Vorsicht und Bedachtsamkeit aufgaben, die sie bis dahin geübt hatten, in dem sicheren Verlaß darauf, daß die Krankheit sie nicht ergreifen werde, und wenn, sie nicht an ihr sterben würden.

Die Ärzte mißbilligten diese Gedankenlosigkeit der Leute mit aller Macht und gaben gedruckte Verhaltensregeln heraus, die sie über das ganze Stadtgebiet und die Vororte verbreiten ließen; sie rieten darin den Leuten, in ihrer Zurückhaltung fortzufahren und weiterhin die äußerste Vorsicht in ihrem täglichen Umgang walten zu lassen, ungeachtet des Nachlassens der Seuche, die mit der Gefahr drohe, die ganze Stadt in einen Rückfall zu stürzen; und sie warnten, daß ein solcher Rückfall noch gefährlicher und todbringender sein könne als die ganze bis dahin erlebte Heimsuchung; dafür führten sie viele Gründe und Beweise an, um den Leuten das einleuchtend zu machen, aber sie sind zu lang, um sie hier wiederzugeben.

Es war jedoch alles umsonst; die übermütigen Geschöpfe waren so erfüllt von ihrer ersten Freude und der Überraschung, mit Gewißheit ein erhebliches Absinken auf den Registern zu sehen, daß sie für alle weiteren Schreckensdrohungen unzugänglich blieben und nichts anderes hören wollten, als daß die Bitterkeit der Todesängste vorbei war; und es hatte nicht mehr Sinn, ihnen zureden zu wollen als dem Ostwind; und sie öffneten ihre Läden, gingen in den Straßen umher und ihren Geschäften nach und ließen sich mit jedem, der ihnen begegnete, in ein Gespräch ein, ob es sich um Geschäftliches handelte oder nicht, und ohne sich nach dem Gesundheitszustand des Betreffenden zu erkundigen oder auch nur eine Gefahr zu fürchten, selbst wenn sie wußten, er war nicht gesund.

Diese törichte, übereilte Verhaltensweise kostete einer großen Anzahl von Menschen das Leben, die sich mit großer Sorgfalt und Vorsicht abgeschlossen und sozusagen in Abgeschiedenheit von der ganzen Menschheit gelebt hatten und auf diese Weise, mit Hilfe der göttlichen Vorsehung, die ganze heißeste Zeit der Seuche hindurch bewahrt worden waren.

Diese leichtsinnige und unvernünftige Aufführung, sage ich, ging bei den Leuten so weit, daß schließlich die Geistlichkeit darauf aufmerksam wurde und ihnen sowohl die Torheit als die Gefahr davon vor Augen hielt; und dies brachte ein wenig Besserung, und man wurde wieder vorsichtiger. Aber gegen eine andere Erscheinung konnte auf diese Art nichts ausgerichtet werden; da nämlich das erste Gerücht vom Nachlassen der Pest sich nicht nur in der Stadt, sondern auch auf das Land hin verbreitet hatte, zeitigte es dort eine ähnliche Wirkung, und die Leute hatten es so satt, entfernt von London zu leben, und waren so erpicht darauf zurückzukehren, daß sie ohne Furcht und ohne weitere Umstände in die Stadt strömten und sich wieder auf den Straßen ergingen, als sei alle Gefahr vorüber. Das war freilich befremdlich zu sehen, denn obwohl noch 1000 bis 1800 Menschen in der Woche starben, so strömten die Leute dennoch zur Stadt, als ob alles in bester Ordnung sei.

Die Folge davon war, daß die Registerzahlen gleich in der ersten Novemberwoche wieder um 400 anstiegen; und wenn ich den Ärzten glauben darf, so wurden in der Woche mehr als 3000 krank, die meisten von ihnen außerdem Neuangekommene.

Ein gewisser John Cook, ein Barbier im St. Martin-le-Grand-Viertel, war dafür ein typisches Beispiel; ich meine für die übereilte Rückkehr der Leute, als die Pest nachzulassen begann. Dieser John Cook hatte die Stadt mitsamt seiner Familie verlassen, hatte sein Haus verschlossen und war aufs Land gegangen, wie viele andere; und als er vernahm, die Pest sei im November so weit zurückgegangen, daß nur noch 905 in der Woche an allen Krankheiten zusammen gestorben waren, wagte er sich wieder auf den Weg nach Hause. Er hatte in seiner Familie zehn Personen; das heißt er selbst, seine Frau, fünf Kinder, zwei Lehrlinge und eine Dienstmagd. Er war noch keine Woche wieder im Hause, hatte die Werkstatt wieder in Betrieb und sein Geschäft im Gang, als die Seuche in seiner Familie ausbrach, und innerhalb von ungefähr fünf Tagen waren sie alle tot, außer einem; das heißt, er selbst, seine Frau, alle fünf Kinder und die beiden Lehrlinge waren gestorben, nur die Dienstmagd blieb am Leben.

Aber das Erbarmen Gottes war größer, als wir für die übrigen Grund hatten zu erhoffen; den die Bösartigkeit der Seuche hatte sich, wie ich schon sagte, verbraucht, die Pest hatte sich erschöpft, und außerdem kam das Winterwetter nun mit Riesenschritten heran, und die Luft war klar und kalt infolge einiger scharfer Fröste; und da die Kälte sich noch steigerte, wurden die meisten Erkrankten wieder gesund, und die Stadt fing an, ihre Gesundheit wiederzuerlangen. Zwar gab es noch einige Nachzüglerfälle der Pest, bis sogar in den Dezember hinein, wo die Registerzahlen sich wieder um nahezu 100 vermehrten; aber das ging vorüber,

und nach kurzer Zeit fing alles an, in sein altes Geleise zu kommen. Und wundervoll war es zu sehen, wie die Stadt plötzlich wieder voller Menschen war, so daß es einem Fremden nicht aufgefallen wäre, wie viele fehlten. Und was die Wohnungen angeht, so mangelte es nirgends an Bewohnern, leere Häuser waren wenig oder gar nicht zu sehen, und wenn es sie gab, so gab es dafür genug Mieter.
Ich wünschte, ich könnte sagen, daß so wie sich das Angesicht der Stadt erneuert hatte, auch die Lebensart der Leute eine Auffrischung erfuhr. Zweifellos gab es viele, die ein aufrichtiges Gefühl für ihre Befreiung behielten und der hoheitsvollen Macht, die sie in einer so gefahrvollen Zeit beschützt hatte, von Herzen dankbar waren; es wäre sehr unfreundlich, wollte man in einer so volkreichen Stadt anders urteilen, in der die Leute gewiß noch so fromm waren, wie sie es zur Zeit der Heimsuchung bewiesen hatten; doch abgesehen von dem, was man innerhalb bestimmter Familien oder an einzelnen von solcher Haltung antreffen konnte, muß man sagen, daß die allgemeine Übung des Volkes die gleiche war wie zuvor und kaum einen Unterschied erkennen ließ.
Einige meinten sogar, es sei schlimmer geworden; die Moral des Volkes sei von dem Zeitpunkt an gesunken; die Leute, von der Gefahr, die sie durchgemacht hatten, verhärtet, seien seither, wie Seeleute nach dem Sturm, böser, stumpfsinniger, unbedenklicher und in ihren Lastern und Sünden verhärteter denn je; aber so weit möchte ich nicht gehen. Es würde einen Geschichtsband von nicht geringer Dicke anfüllen, wolle man im einzelnen berichten, welche Stufen die Entwicklung durchlief, bis alles wieder in die alte Ordnung und ins gewohnte Fahrwasser zurückkam.
In manchen Gegenden Englands herrschte jetzt die Seuche mit der gleichen Heftigkeit, wie es in London gewesen war; die Städte Norwich, Peterborough, Lincoln, Colchester und

andere Orte wurden jetzt heimgesucht; und die Behörden in London begannen Vorschriften zu erlassen, wie man sich im Verkehr mit diesen Städten zu verhalten habe. Allerdings konnte man nicht einfach den dortigen Leuten verbieten, nach London zu kommen, weil es unmöglich war, sie zu unterscheiden, und so mußten, nach vielen Beratungen, der Lordbürgermeister und die Stadträte die Sache fallen lassen. Alles, was sie tun konnten, war, die Bevölkerung zu warnen und ihr einzuschärfen, mit Leuten, von denen bekannt sei, daß sie aus solchen befallenen Orten kämen, keinen häuslichen Umgang zu pflegen.

Aber sie hätten ebensogut in die Luft reden können, denn die Londoner glaubten sich nunmehr so immun gegen die Pest, daß sie über alle Ermahnungen erhaben waren; sie schienen sich darauf zu verlassen, daß die Luft wieder rein war und daß die Luft wie ein Mensch war, der, nachdem er die Pocken gehabt hat, nicht mehr angesteckt werden kann. Dies brachte die Vorstellung wieder auf, daß die Ansteckung in der Luft liege und daß es so etwas wie eine Übertragung der Krankheit von den Kranken auf die Gesunden nicht gebe; und diese Flausen beherrschten die Leute so, daß gesund und krank, alles miteinander und durcheinander umherlief. Nicht einmal die Moslems, die, besessen von dem Glauben an die Vorherbestimmung, nichts von Krankheitsübertragung, sie bestehe, worin sie will, halten, hätten störrischer sein können als die Leute in London. Gesund, wie sie aus der heilsamen Landluft in die Stadt zurückkamen, machten sie sich nichts daraus, in die gleichen Häuser, die gleichen Stuben, ja die gleichen Betten zu gehen mit solchen, die mit der Krankheit behaftet und noch nicht wieder gesund geworden waren.

Einige mußten tatsächlich für ihr unbekümmertes Drauflosdraufloshandeln mit dem Leben bezahlen; eine unzählbare Menge wurde krank, und die Ärzte hatten mehr zu tun als je, mit dem einzigen Unterschied, daß die Patienten jetzt häufiger wieder gesundeten; das heißt, im allgemeinen gesundeten sie wohl, aber es gab mehr Leute, die der Ansteckung anheimfielen, jetzt wo nicht mehr als tausend oder zwölfhundert in der Woche starben, als vorher, wo es fünf- oder sechstausend Tote in der Woche gewesen waren, so unerhört nachlässig waren die Leute damals in der so folgenschweren Frage von Gesund- oder Kranksein, und so wenig waren sie imstande, den Rat von Männern anzunehmen und zu befolgen, die ihnen, nur zu ihrem Besten, Vorsicht geboten.

Nachdem die Leute nun so ziemlich alle wieder zurückgekehrt waren, berührte es sehr seltsam, wenn Menschen auf der Suche nach ihren Freunden nicht einmal eine Erinnerung an sie mehr vorfanden, so vollständig waren ganze Familien dahingerafft worden, und es war dann auch niemand aufzutreiben, der einen Rechtsanspruch auf das wenige, was sie zurückgelassen hatten, hätte vorweisen können; in vielen Fällen war die Hinterlassenschaft auch veruntreut und entwendet worden und hatte sich hierhin und dorthin verflüchtigt.

Es hieß, daß solche besitzlosen Güter an den König als den Universalerben fielen, und der König, so hieß es weiter, und ich glaube, es traf zum Teil auch zu, vermachte all solches Gut als »Gottesgabe« dem Lordbürgermeister und dem Stadtrat, damit es zum Nutzen der Armen verwendet werde, von denen es ja sehr viele gab. Es muß nämlich bemerkt werden, daß, obwohl die Anlässe zum Helfen und die dringenden Notstände während der Zeit des Wütens der Pest viel zahlreicher waren als jetzt, wo alles vorüber war, so doch die Armen jetzt viel mehr zu darben hatten als damals, weil die Schleusen der allgemeinen Wohltätigkeit sich jetzt wieder alle geschlossen hatten. Die Leute meinten, es bestehe jetzt kein Grund mehr und hielten mit dem Geben inne; während doch noch immer viel herzzerreißendes Elend da war und die Armen in der Tat großen Mangel litten.

Obwohl die Gesundheit der Stadt nun weitgehend wiederhergestellt war, fing dennoch der Außenhandel sich noch nicht wieder zu rühren an, und die ausländischen Häfen weigerten sich noch eine ganze Weile, unsere Schiffe einfahren zu lassen. Was die Holländer anging, so hatten im Jahre zuvor die Mißhelligkeiten zwischen ihnen und unserem Hof zu einem Kriege geführt, so daß unser Handel dort eine vollständige Unterbrechung erfuhr; aber auch Spanien und Portugal, Italien und die Berberei, ebenso Hamburg und die gesamten Ostseehäfen, sie alle verhielten sich eine ganze Zeit noch abweisend und wollten viele Monate lang den Handel nicht wieder aufnehmen.

Da die Pest so viele Menschen hinwegfegte, wie ich es berichtet habe, sahen sich viele, wenn nicht alle der Außenpfarren genötigt, neue Bestattungsplätze anzulegen (einen davon, den in Bunhill Fields, habe ich bereits erwähnt), und manche von ihnen blieben seitdem bestehen und sind in Gebrauch bis zum heutigen Tag. Aber andere wurden aufgegeben, und wenn man sie zu anderer Benutzung übernahm oder Bauten auf ihnen errichtete, dann – ich gestehe, ich spreche davon mit einigem Widerstreben – dann wurden die Toten in ihrer Ruhe gestört, roh wieder ausgegraben, manche gar bevor das Fleisch von den Knochen vergangen war, und wie Unrat oder Abfall anderswohin geschafft. Über einige der Plätze habe ich folgendes in Erfahrung gebracht:

1. Da war ein Stück Grund hinter der Goswell Straße, nicht weit vom Mount Hill, es war noch ein Überbleibsel der alten Befestigungsanlagen der Stadt, und dort wurden ganze Mengen von Leichen bestattet, unbesehen, ob sie aus Aldersgate oder Clerkenwell oder auch aus der City stamm-

ten. Dieses Gelände wurde dann, soviel ich weiß, zu einem botanischen Garten gemacht, und später wurde es bebaut.

2. Ein anderes Stück Grund lag gleich jenseits des Black Ditch, wie es damals hieß, am Ende der Holloway Lane, in der Shoreditch Pfarre. Es wurde dann der Hof einer Schweinehälterei und diente zu anderen niedrigen Zwecken, aber als Beerdigungsplatz ist es nie mehr benutzt worden.

3. Das obere Ende der Hand Gasse an der Bishopsgate Straße war damals ein grünes Feld und war hauptsächlich von der Bishopsgate Pfarre benutzt worden (obwohl auch viele der Totenkarren aus der City ihre Leichen dorthin fuhren, besonders aus der Allerheiligen Pfarre). Diesen Platz kann ich nicht ohne tiefen Widerwillen erwähnen. Es war, soweit ich mich erinnere, etwa zwei Jahre oder drei Jahre nach dem Ende der Pest, als Sir Robert Clayton in den Besitz des Grundstücks gelangte. Es wurde erzählt – ob es stimmte, weiß ich nicht – es sei mangels Erben an den König gefallen, da alle, die ein Anrecht darauf gehabt hätten, von der Pest hinweggerafft worden waren, und Sir Robert Clayton habe es von König Charles II. zum Geschenk erhalten. Aber wie immer er auch in seinen Besitz gekommen sein mochte, sicher ist, daß der Boden auf seine Anordnung zur Bebauung vergeben wurde. Das erste Haus, das dort gebaut wurde, war ein großes, schönes Gebäude, das jetzt noch steht und auf die Straße oder den Weg schaut, den wir jetzt Hand Gasse nennen (obwohl sie so heißt, ist sie so breit wie eine Straße). Die Häuser, die sich an dieses Haus nach Norden hin anschließen, sind genau an der gleichen Stelle gebaut, wo die armen Leute beerdigt wurden; und die Leichen wurden, als man die Fundamente aushob, ausgegraben, und man konnte noch so viel sehen, daß die Schädel der Frauen an den langen Haaren kenntlich waren, und bei anderen war das Fleisch noch nicht ganz verwest; die Leute erhoben daraufhin laute Proteste, und manche machten

geltend, dies könne die Gefahr einer Wiederkehr der Pest heraufbeschwören; danach wurden die Knochen und die Leichen, sobald man auf sie stieß, sofort an eine andere Stelle auf dem gleichen Grundstück geschafft und alle miteinander in eine tiefe Grube, die zu dem Zweck gegraben worden war, hineingeworfen; und diese Stelle ist jetzt noch zu erkennen, da sie nicht bebaut wurde, sondern als Durchgang zu einem andern Haus dient, das am oberen Ende der Rosen Gasse liegt, gerade gegenüber dem Versammlungshaus, das dort viel später errichtet wurde; und die Stelle ist von einem Zaun umgeben, ein kleines Viereck mitten auf dem Durchgangsweg; dort liegen die Gebeine und Überreste von nahezu zweitausend Toten, die in jenem Jahr von den Totenkarren ins Grab gefahren worden waren.

4. Außerdem gab es noch in Moorfields ein Gelände, das man passierte, wenn man auf die Straße kam, die jetzt Old Bethlem heißt, und es ist noch sehr vergrößert worden, obwohl man es nicht gleich auf einmal in Gebrauch nahm.

(N. B. – Der Verfasser dieser Chronik liegt auf eben diesem Friedhof begraben, was auf seinen eigenen Wunsch geschah, da seine Schwester dort einige Jahre zuvor beerdigt worden war.)

5. Die Stepney Pfarre, die sich vom Osten bis zum Norden Londons erstreckt, ganz bis an den Rand des Shoreditch Kirchhofs, ließ ein Gelände gleich bei jenem besagten Kirchhof abgrenzen, um darauf die Toten zu bestatten, und es blieb aus diesem Grunde unbebaut und ist jetzt, glaube ich, dem anderen Friedhof einverleibt. Und sie hatten noch zwei weitere Bestattungsgründe in Spitalfields (auf einem ist später eine Kapelle oder eine Notkirche zur Aushilfe für diese große Pfarre gebaut worden), und noch einen an der Petticoat Lane.

Es gab nicht weniger als fünf Plätze, die die Pfarre Stepney zu der Zeit benutzte; einer davon lag dort, wo jetzt die

Pfarrkirche von Shadwell, St. Paul, steht, und ein anderer, wo jetzt die Pfarrkirche von Wapping, St. John, steht; beide waren damals noch keine selbständigen Pfarren, sondern gehörten zur Pfarre Stepney.

Ich könnte noch viele andere anführen, aber diese lagen in meinem eigenen Beobachtungsbereich, und dieser Umstand ließ mir ihre Aufzählung nützlich erscheinen. Im ganzen kann gesagt werden, daß man während dieser Notzeit gezwungen war, in den Außenpfarren neue Bestattungsgründe anzulegen, um die übermäßig vielen Menschen, die in einem so kurzen Zeitraum verstarben, zu begraben; aber warum man nicht dafür sorgte, daß diese Plätze von jeder profanen Benutzung ausgeschlossen blieben, so daß die Toten dort ungestört ruhen konnten, das ist mir unerfindlich, und ich muß gestehen, ich halte es für einen Fehler. Wem man die Schuld geben soll, weiß ich nicht.

Ich hätte noch erwähnen sollen, daß die Quäker zu der Zeit auch einen Friedhof nur für ihren Gebrauch zugeteilt erhielten, den sie immer noch in Benutzung haben; und sie bekamen sogar ihren eigenen Totenkarren, mit dem sie ihre Toten aus ihren Häusern holten. Dem berühmten Solomon Eagle, der, wie ich vorher berichtet habe, die Pest als ein Strafgericht vorausgesagt hatte und nackt durch die Straßen rannte, um den Leuten zu verkünden, die Pest sei über sie gekommen als Strafe für ihre Sünden – ihm starb gleich am nächsten Tag seine Frau an der Pest, und sie wurde als eine der ersten auf dem Totenkarren der Quäker auf deren neuen Friedhof gefahren.

Ich hätte diesen Bericht mit noch viel mehr bemerkenswerten Dingen anfüllen können, die sich zur Zeit der Pest ereigneten, und besonders hätte ich angeben können, was zwischen dem Lordbürgermeister und dem Hof passierte, der zu der Zeit in Oxford war, und welche Weisungen, wie in der kritischen Zeit zu verfahren sei, von Zeit zu Zeit von der Regierung ergingen. Aber tatsächlich bekümmerte sich der Hof so wenig, und das wenige, was er tat, war von so geringer Bedeutung, daß ich nicht viel Sinn darin sehe, hier etwas davon zu erwähnen, außer vielleicht, daß ein monatlicher Bußtag in der City angesetzt wurde und königliche Gaben der Wohltätigkeit zur Unterstützung der Armen eingingen; von beidem habe ich schon vorher gesprochen.

Groß war der Unwille, der sich auf jene Ärzte entlud, die ihre Patienten während der Krankheit im Stich gelassen hatten, und wenn sie jetzt in die Stadt zurückkehrten, wollte niemand ihre Dienste mehr in Anspruch nehmen. Sie wurden Deserteure genannt, und häufig waren Plakate an ihre Türen geheftet, mit der Aufschrift: »Hier ist ein Doktor zu vergeben«; darum zogen verschiedene dieser Ärzte es vor, sich eine Weile still zu verhalten und abzuwarten oder zumindest an einen anderen Ort zu verziehen und in neuer Umgebung eine Praxis zu eröffnen. Ebenso erging es den Geistlichen, die von den Leuten wirklich unglaublich beschimpft wurden; man schrieb Verse und schmähliche Anwürfe gegen sie und schlug an den Kirchtüren an: »Hier ist eine Kanzel zu vergeben« oder manchmal »zu verkaufen«, was noch schlimmer war.

Einer der unheilvollsten Umstände war es für uns, daß mit der Pest, nachdem sie uns verlassen hatte, nicht auch der Geist des Zwistes und des Haders, der Verunglimpfung und der Beschuldigung mit fortgegangen war; denn das hatte doch den Frieden der Nation vorher so arg getrübt. Es hieß, dies sei noch ein Überrest der alten Feindseligkeiten, die uns in den letzten Zeiten so in Blutvergießen und Aufruhr gestürzt hatten. Aber wie durch das kurz zuvor erlassene Amnestiegesetz der Streit selbst beigelegt worden war, so hatte die Regierung allseitigen Frieden zwischen Familien und Einzelpersonen der ganzen Nation ans Herz gelegt.

Aber der Friede konnte nicht hergestellt werden, und da

doch gerade jetzt, nach dem Aufhören der Pest in London, jeder, der die Zustände, in denen das Volk sich befand, gesehen hatte und wußte, wie sie damals einander gestreichelt hatten und sich versprachen, sie würden in Zukunft mehr Liebe haben und keine Vorwürfe mehr gegeneinander erheben – ich sage, wer sie damals gesehen hatte, der hätte glauben mögen, sie würden jetzt endlich in einem neuen Geiste zueinander finden. Aber, sage ich, es konnte nicht erreicht werden. Der Streit ging weiter; die Kirche und die Presbyterianer konnten zu keiner Einigung kommen. Sobald die Pest verschwunden war, stießen die Reformierten diejenigen Prediger aus, die die Kanzeln versehen hatten, welche von ihren geflohenen Inhabern verlassen worden waren; und was konnten diese daraufhin anderes erwarten, als daß man über sie herfiel und das Strafgesetz auf sie hetzte! So ließ man sich ihre Predigt gefallen, solange man krank war, um sie sofort wieder zu verfolgen, sobald man die Gesundheit wiedererlangt hatte; dies schien auch uns, die wir ja zur Anglikanischen Kirche gehörten, sehr hart, und es konnte keinesfalls unsere Billigung finden.

Aber es war die Regierung, und wir konnten nichts dagegen ausrichten; wir konnten nur erklären, daß dies nicht von uns ausging und daß wir nicht dafür verantwortlich seien.

Andererseits konnten wir den Reformierten ebensowenig recht geben, wenn sie einzelne Geistliche der Anglikanischen Kirche anschuldigten, sie seien fortgelaufen und seien ihrem Amte untreu geworden, indem sie ihre Gemeinden in der Gefahr und gerade dann, als sie am meisten des Zuspruchs bedurften, im Stich ließen, und so fort; es haben eben nicht alle Menschen den gleich starken Glauben und den gleichen Mut, und die Schrift gebietet uns, im Urteil mit möglichster Milde und nach dem Maßstab der Liebe zu verfahren.

Eine Pest ist ein fürchterlicher Feind, und er ist mit Schrekken bewaffnet, denen zu widerstehen nicht jedermann genügend gerüstet oder deren Überrumpelung standzuhalten nicht jeder gefaßt genug ist. Zwar ist es unbestreitbar, daß eine ganze Reihe von Geistlichen, die in den Umständen waren, es zu tun, sich davonmachten und um der Sicherheit ihres Lebens willen die Flucht ergriffen; aber es ist ebenso wahr, daß eine große Anzahl von ihnen dablieb und daß viele von ihnen in der Katastrophe umkamen und Opfer ihrer Pflichterfüllung wurden.

Es stimmt, daß einige der von den Reformierten ordinierten Geistlichen dablieben, und deren Mut verdient Bewunderung und Hochschätzung, aber so viele waren es auch wieder nicht; es kann ebensowenig gesagt werden, daß sie alle geblieben seien und keiner von ihnen aufs Land gegangen sei, wie man von den anglikanischen Geistlichen sagen kann, sie seien alle fortgelaufen. Auch haben die, die fortgingen, es nicht immer getan, ohne Kapläne oder andere mit ihrer Stellvertretung zu betrauen, damit die notwendigen Dienste verrichtet und die Kranken besucht würden, soweit das überhaupt durchführbar war; so hätte man, auf beiden Seiten, besser den Mantel der Liebe ausbreiten sollen, und wir hätten bedenken sollen, daß diese Zeit von 1665 ihresgleichen nicht in der Geschichte findet und daß es nicht nur der größere Mut ist, der die Menschen in solchen Situationen aufrechterhält. Ich hätte dies nicht gesagt, sondern mich lieber darauf beschränkt, die Stärke und den religiösen Eifer derer zu verzeichnen, die, auf beiden Seiten, sich tatsächlich im Dienste für die armen Menschen in ihrer Not hingaben, und wenn einer auf dieser oder jener Seite versagt hat, so hätte ich das übergangen. Aber der Mangel an Feingefühl unter uns hat das Gegenteil notwendig gemacht: Da rühmten sich einige von denen, die geblieben waren, nicht nur zu sehr, sondern beschimpften die, die geflohen waren, brandmarkten sie als Feiglinge, die ihre Herde im

Stich gelassen und sich wie Mietlinge benommen hätten und dergleichen mehr. Ich möchte es allen guten Menschen empfehlen, mit Wohlwollen Rückschau zu halten und sich gehörig der Schrecknisse der Zeit zu erinnern, und wer das tut, wird einsehen, daß mehr als gewöhnliche Stärke dazu gehörte, auszuhalten. Es war nicht, wie wenn man an der Spitze eines Heeres auftrat oder eine Kavallerieattacke ritt, sondern es war ein Schlacht gegen den Tod selbst, auf seinem fahlen Roß; zu bleiben hieß zu sterben, um weniger ging es nicht, besonders wie die Dinge Ende August und Anfang September aussahen und wie man damals die Zukunftsaussichten beurteilen mußte; denn niemand erwartete, und ich möchte sagen, niemand hätte es für möglich gehalten, daß die Seuche eine so plötzliche Wendung nehmen würde, wie es dann geschah, und sogleich um 2000 Tote in der Woche zurückgehen würde, während man doch wußte, daß eine so ungeheure Zahl von Menschen damals krank war; und zu dem Zeitpunkt geschah es, daß viele sich noch davonmachten, die bis dahin geblieben waren.
Außerdem: Wenn Gott einem mehr Kraft gab als dem anderen, war es, damit dieser sich brüste, wie er im Getümmel standzuhalten vermocht habe, und damit er die schmähe, die diese Gabe und den gleichen Beistand nicht hatten? Oder hätte er nicht besser demütig und dankbar sein sollen, daß er sich hatte nützlicher machen können als seine Mitbrüder?
Ich meine, diese Männer sollten in ehrenhafter Erinnerung gehalten werden: Geistliche sowohl wie Ärzte, Wundärzte, Apotheker, Beamte aller Art und alle anderen hilfreichen Menschen, die in der Ausübung ihrer Pflicht ihr Leben aufs Spiel setzten; denn das taten sie sicherlich alle, die dablieben, und zwar bis zum Äußersten, und eine Reihe von ihnen wagte nicht nur, sondern verlor ihr Leben in dieser traurigen Gegebenheit.

Ich habe einmal eine Liste zusammengestellt, ich meine, nach den Berufen und Tätigkeiten, in deren pflichttreuer Ausübung, so möchte ich es nennen, alle diese starben; aber es war für eine Privatperson unmöglich, zu einer genauen Aufstellung im einzelnen zu kommen. Ich erinnere mich nur, daß es sechzehn Geistliche waren, zwei Stadträte, fünf Ärzte, dreizehn Wundärzte, die innerhalb der City und der Stadtfreiheit vor Anfang September gestorben waren. Aber da dann ja wie gesagt die große Krise und der Höhepunkt der Pest einsetzte, kann die Liste nicht vollständig sein. Was untergeordnete Leute angeht, so glaube ich, es starben sechsundvierzig Konstabler und Gemeindediener in den beiden Pfarren Stepney und Whitechapel; aber dann konnte ich meine Liste nicht fortführen, denn als im September die Seuche uns mit ihrer rasenden Wut anfiel, verloren wir alle Übersicht. Man hätte ein Wochenregister veröffentlichen können und darauf schreiben: sieben- oder achttausend oder was man sonst wollte; es ist nur sicher, daß die Menschen haufenweise starben und haufenweise begraben wurden, das heißt ohne daß man sie zählte. Und wenn ich einigen Leuten glauben darf, die mehr auf dem laufenden waren und die Dinge besser kannten als ich – obwohl ich für einen, der nicht mehr zu tun hatte als ich, ziemlich herumkam –, ich sage, wenn ich ihnen glauben darf, wurden in den ersten drei Wochen des September nicht viel weniger als 20000 in der Woche begraben. Wie sehr sie auch die Wahrheit dieser Angabe beteuern, ich ziehe es vor, bei den amtlichen Berichten zu bleiben; sieben- oder achttausend in der Woche sind genug, um all das zu bestätigen, was ich über die Schrecknisse der Zeit gesagt habe; und es ist sowohl für mich, den Schreiber, als auch für den Leser befriedigender, wenn ich sagen kann, alles sei mit Maß und innerhalb maßvoller Grenzen hier niedergelegt worden und nicht darüber hinaus.

Aus all diesen Gründen, sage ich, hätte ich wünschen mögen, unsere Lebensführung hätte sich, nachdem wir uns erholt hatten, in der Erinnerung an die bestandene Notzeit mehr durch Nächstenliebe und Menschenfreundlichkeit ausgezeichnet und es hätte nicht so viel Selbstbewunderung gegeben, weil wir so tapfer dageblieben seien; als ob alle Menschen Feiglinge wären, die vor der Strafe Gottes fliehen! Und als ob die, die bleiben, nicht manchmal ihre Tapferkeit ihrer Unwissenheit verdanken oder einem Trotz gegen die Fügungen ihres Schöpfers! Denn das ist eine verbrecherische Art der Todesverachtung, aber keine echte Tapferkeit.

Ich kann nicht umhin, es hier festzuhalten, daß die Beamten, also die Konstabler, Gemeindediener, Bürgermeisters- und Sheriffs-Dienstleute wie auch die Gemeindepfarrer, deren Amt es war, sich der Armen anzunehmen, ihre Pflicht mit aller nur wünschenswerten Tapferkeit ausübten und vielleicht mit noch mehr, denn ihre Arbeit schloß noch mehr Gefahren ein, da sie unter den Armen zu verrichten war, die für die Infektion besonders anfällig waren und in die erbärmlichste Bedrängnis gerieten, wenn sie befallen wurden. So muß denn hinzugefügt werden, daß von ihnen eine große Anzahl starb; es war ja auch kaum anders möglich.

Ich habe hier noch kein Wort über die Arzneien und Präparate gesagt, die wir gewöhnlich bei dieser schrecklichen Gelegenheit gebrauchten – ich meine uns, die wir häufig hinaus über die Straßen gingen, so wie ich es tat; hierüber wurde in den Büchern und Handzetteln unserer Quacksalber viel Gerede gemacht, wie ich es ja schon zur Genüge geschildert habe. Es mag jedoch noch hinzugefügt werden, daß das Kollegium der Ärzte täglich mehrere Rezepte veröffentlichte, die sie im Laufe ihrer Praxis erprobt hatten; aber das kann man ja gedruckt finden, und aus dem Grunde möchte ich nicht wieder davon sprechen.

Etwas, was sich meiner Beobachtung aufdrängte, war das Schicksal eines Quacksalbers, der öffentlich kundgetan hatte, er besitze ein ausgezeichnetes Vorbeugungsmittel gegen die Pest, das man nur bei sich zu haben brauche, um nie infiziert zu werden oder in Ansteckungsgefahr zu kommen. Dieser Mann, von dem wir wohl mit Grund annehmen können, daß er nie sein Haus verließ, ohne etwas von seinem ausgezeichneten Vorbeugungsmittel mit sich in der Tasche zu führen, wurde dennoch von der Pest ergriffen und in zwei oder drei Tagen dahingerafft.

Ich gehöre nicht zu den Arznei-Gegnern oder Arznei-Verächtern; im Gegenteil, ich habe oft erwähnt, welche Achtung ich vor den Verordnungen meines besonderen Freundes Dr. Heath hatte; aber ich muß gestehen, ich gebrauchte wenig oder gar nichts, außer daß ich, wie ich schon berichtete, ein Präparat von starkem Duft in Bereitschaft hielt, für den Fall, daß mir etwas mit lästigem Geruch begegnete oder ich zu nahe an einem Friedhof oder einer Leiche vorbeikam.

Auch tat ich nicht, was andere, wie ich weiß, taten, nämlich sich immerfort in gehobener und angeregter Stimmung zu halten, indem man Herztränke oder Wein oder dergleichen zu sich nahm; dieses, so habe ich erfahren, hatte sich ein gelehrter Arzt so sehr angewöhnt, daß er nicht mehr davon loskam, als die Seuche schon längst vorbei war, und auf diese Weise für sein ganzes Leben ein Trunkenbold wurde.

Ich erinnere mich, wie mein Freund, der Doktor, immer sagte, es gebe eine bestimmte Anzahl von Drogen und Medikamenten, die sicherlich im Falle einer Seuche alle gut und nützlich seien und aus denen oder mit denen die Ärzte eine unendliche Vielfalt von Medizinen mischen könnten, so wie die Glockenspieler durch die wechselnde Anordnung des Tons von nur sechs Glocken mehrere hundert verschiedene Melodien machen könnten; und all diese Medizinen seien tatsächlich sehr gut. »Deshalb wundere ich mich nicht«, sagte er, »daß eine so große Menge von Medizinen in der gegenwärtigen Pestzeit angeboten wird und daß beinahe jeder Arzt etwas anderes verschreibt oder zusammenstellt, je nachdem sein Wissen oder seine Erfahrung ihn anleitet; aber«, sagte mein Freund, »lassen wir einmal alle Rezepte aller Ärzte in London untersuchen, so werden wir feststellen, daß sie alle aus den gleichen Bestandteilen bestehen, mit so geringen Abwandlungen, wie sie die Phantasie den einzelnen Doktoren eingegeben hat; und deshalb kann jedermann, wenn er ein wenig seine Konstitution und Lebensart und die möglichen Umstände seiner Ansteckung in Betracht zieht, sich aus den üblichen Drogen und Medikamenten seine eigene Medizin verschreiben. Nur daß die einen eben dies als das wichtigste ansehen, die anderen jenes. Einige meinen, daß pill. ruff., was als die Antipestpille schlechthin gilt, das beste Präparat ist, das man machen kann; andere glauben, daß Venetianischer Sirup schon allein ausreichend sei, der Ansteckung Widerstand zu leisten; und ich«, so schloß er, »halte es mit beiden, nämlich ich glaube, das letzte ist gut, um es im vorhinein als Vorbeugung zu nehmen, und das erste, um die Krankheit, wenn sie einen befallen hat, auszutreiben.« Dieser Meinung folgend, nahm ich mehrere Male Venetianischen Sirup ein, machte eine kräftige Schwitzkur hinterher und fühlte mich so gefeit gegen die Ansteckung, wie man sich durch die Macht der Arzneien nur gefeit machen kann.

Was die Quacksalber und Marktschreier angeht, von denen die Stadt so voll war, so hörte ich auf keinen von ihnen, und ich habe es immer wieder mit Verwunderung bemerkt, daß zwei Jahre lang nach der Pest kaum einer von ihnen in der Stadt zu sehen oder zu hören war. Einige waren des Glaubens, sie seien alle bis auf den letzten von der Seuche hinweggerafft worden und darin müsse man ein besonderes

Zeichen göttlicher Rache erblicken, dafür, daß sie das Volk in die Grube der Vernichtung geführt hätten, nur um des kleinen Geldgewinns willen, den sie dabei ergatterten; aber ich kann wieder nicht so weit gehen. Daß mehr als genug von ihnen starben, ist sicher; viele davon kamen zu meiner eigenen Kenntnis; aber daß sie alle hinweggefegt wurden, möchte ich sehr bezweifeln. Ich glaube eher, sie sind aufs Land geflüchtet und haben ihre Tricks an den Leuten dort versucht, die ja in banger Furcht lebten, bevor die Pest zu ihnen kam.

Das jedoch ist gewiß: Keiner von ihnen ließ sich eine ganze Weile lang in oder bei London sehen. Es gab zwar einige Ärzte, die auf gedruckten Handzetteln ihre verschiedenen medizinischen Präparate anpriesen, um den Körper, wie sie es nannten, zu entschlacken; das sei, so behaupteten sie, nach der Pest für solche Leute, die heimgesucht und gesund geworden waren, notwendig; hingegen war es, glaube ich, die Meinung der hervorragendsten Ärzte der damaligen Zeit, daß die Pest schon selbst eine ausreichende Entschlakkungskur war und daß alle, die lebend durchgekommen waren, keine Medizin zur weiteren inneren Körperreinigung benötigten, da die eiternden Wunden und die Geschwüre, die auf Anordnung der Ärzte zum Aufgehen gebracht und offengehalten wurden, das zur Genüge besorgt hätten; und daß alle anderen Krankheiten und Krankheitsstoffe auf diese Art wirksam entfernt worden seien; und da die Ärzte dies überall, wo sie hinkamen, als ihre Meinung kundtaten, blieb den Quacksalbern wenig Geschäft zu machen.

Es ereigneten sich da allerdings einige kleine Aufregungen nach dem Abklingen der Pest; ob man es mit Absicht darauf angelegt hatte, die Bevölkerung in Schrecken und Aufruhr zu versetzen, wie einige es vermeinten, kann ich nicht sagen; aber man kündigte uns des öfteren an, die Pest werde um die und die Zeit zurückkehren. Der berühmte Solomon Eagle, der nackte Quäker, von dem ich schon sprach, prophezeite jeden Tag neue Übel; und verschiedene andere erklärten uns, London sei noch nicht genügend gezüchtigt worden und schlimmere und heftigere Schläge stünden noch bevor. Hätten sie es damit genug sein lassen oder hätten sie sich zu Einzelheiten herabgelassen und uns gesagt, die Stadt werde im nächsten Jahr durch Feuer vernichtet werden, dann hätte man es uns nicht verdenken können, wenn wir ihren prophetischen Geistern dann, als wir die Erfüllung der Voraussagungen erlebten, mehr als gewöhnliche Achtung erwiesen hätten; auf jeden Fall hätten wir mehr aufhorchen und ernsthafter nachforschen sollen, was sie wohl meinten und woher sie ihr Vorauswissen hatten. Aber da sie uns nur immer wieder von einem Rückfall in die Pest sprachen, haben wir seither nicht viel mit ihnen im Sinn; dennoch hielten sie uns mit ihrem häufigen Geschrei in einem Zustand ständiger Besorgnis und wenn jemand plötzlich starb oder irgendwann einmal das Fleckfieber zunahm, gerieten wir sogleich in Schrecken; noch mehr freilich, wenn die Zahl der Pestfälle wieder anstieg, denn bis zum Ende des Jahres gab es noch in der Woche 200 bis 300 Pesttote. Bei jeder solchen Gelegenheit, sage ich, fielen wir von neuem in Angst.

Diejenigen, die sich noch an die Londoner City vor dem Brande erinnern, müssen auch noch wissen, daß es damals den Platz, der jetzt Newgate Market heißt, nicht gab, sondern daß in der Mitte der Straße, die jetzt Blowbladder Straße heißt (sie erhielt ihren Namen von den Metzgern, die dort immer ihre Hammel schlachteten und ausnahmen und dabei, so scheint es, die Gewohnheit hatten, ihr Fleisch mit Schläuchen aufzublasen, um es dicker und fetter aussehen zu lassen als es war, und dort dafür vom Lordbürgermeister bestraft wurden) – ich sage, von dem Ende dieser

Straße bis zum Newgate hin standen zwei lange Reihen von Buden, in denen Fleisch verkauft wurde.
Es war in diesen Verkaufsbuden, daß zwei Personen beim Einkauf von Fleisch tot zu Boden fielen und damit Anlaß für das Gerücht gaben, daß alles Fleisch infiziert sei. Obwohl dies den Leuten einen Schrecken eingejagt haben mochte und das Marktgeschäft für zwei oder drei Tage verdarb, so stellte sich doch hinterher ganz klar heraus, daß an dem Gerede kein wahres Wort war. Aber wer kann etwas dafür, wenn ihn die Furcht so ergriffen hat, daß sein Geist ganz davon besessen ist!
Es gefiel jedoch Gott, das Winterwetter anhalten zu lassen und die Gesundheit der Stadt soweit wiederherzustellen, daß wir vom folgenden Februar an die Pest als vollends überstanden betrachteten, und dann ließen wir uns nicht leicht mehr in Furcht versetzen.
Es war nun noch eine Frage unter den Gelehrten, und den Leuten bereitete es anfangs ein wenig Kopfzerbrechen, nämlich wie man die Häuser, wo die Pest gewesen war, und ihr Inventar desinfizieren sollte und wie man wieder bewohnbar machen sollte, was während der Pest leergestanden hatte. Eine Vielfalt von Zerstäubungsmitteln und anderen Präparaten wurde von den Ärzten verschrieben, der eine empfahl dies, der andere jenes, und wenn die Leute darauf hörten, dann stürzten sie sich in große und, meiner Meinung nach, freilich unnötige Kosten; und die ärmeren Leute, die einfach Tag und Nacht ihre Fenster offenstehen ließen und Schwefel, Pech, Schießpulver oder dergleichen in ihren Stuben abbrannten, erreichten den gleichen Zweck; freilich die Leute, die, wie ich oben schilderte, so übereilt und unvorsichtig heimgekommen waren, fanden ihre Häuser und ihre Einrichtung keineswegs unbewohnbar, und sie taten kaum etwas daran.
Jedoch wer klug und bedachtsam war, der ergriff im allge-

meinen irgendeine Maßnahme, um sein Haus auszuräuchern und zu entgiften und brannte Riechwerk, Weihrauch, Harz oder Schwefel bei geschlossenen Fenstern ab und entfachte dann eine Pulverexplosion, damit der Windzug alles hinauswehe; andere ließen mehrere Tage und Nächte lang ununterbrochen große Feuer brennen; einige besorgten das so gründlich, daß dabei die Häuser Feuer fingen, und das war freilich eine wirksame Desinfektion, sie bis auf den Grund abzubrennen; so kam es einmal in Ratcliff vor, einmal in Holborn und einmal in Westminster, neben zweien oder dreien, die ebenfalls in Brand gerieten, aber glücklicherweise noch gelöscht werden konnten, bevor das Feuer so stark wurde, daß die Häuser verloren gewesen wären; und irgendwo, ich glaube es war in der Themse Straße, nahm ein Diener so viel Pulver, um das Haus seines Herrn von der Seuche zu reinigen, und er handhabte es so ungeschickt, daß er zum Teil das Dach hochgehen ließ. Aber noch war die Zeit eben nicht gekommen, in der die Stadt durch Feuer gereinigt werden sollte, sie war allerdings auch nicht fern; denn nur neun Monate danach sah ich alles in Asche liegen; und dann erst, so behaupten einige unserer Quack-Philosophen, seien die Keime der Pest endgültig zerstört worden, nicht aber vorher; ein Gedanke, der zu lächerlich ist, um ihn hier zu erörtern; denn wären die Keime der Pest immer noch in den Häusern und nur durch Feuer zerstörbar gewesen, wie kam es dann, daß die Pest nicht später wiederum ausgebrochen ist, da doch all die Häuser in den Vororten und der Stadtfreiheit, in den großen Pfarren Stepney, Whitechapel, Aldgate, Bishopsgate, Shoreditch, Cripplegate und St. Giles, wo das Feuer nicht hindrang und wo die Pest mit der äußersten Heftigkeit gewütet hatte, immer noch so stehen wie sie vordem immer gestanden hatten?

Aber um mich mit diesen Dingen nicht weiter aufzuhalten,

sicher ist, daß jene Leute, denen mit mehr als gewöhnlicher Vorsicht um ihre Gesundheit zu tun war, sich besondere Anleitungen geben ließen, um ihre Häuser, wie sie es nannten, zu »würzen«, und Unmengen kostspieliger Dinge wurden aus diesem Grunde verbrannt, und ich muß sagen, sie würzten nicht nur die Häuser derer, die das wünschten, sondern erfüllten die ganze Luft mit sehr angenehmen und herzhaften Düften, deren andere sich teilnehmend ebenso erfreuen konnten wie die, die die Kosten dafür trugen.

Obwohl die Armen mit großer Überstürzung wieder in die Stadt zurückkehrten, wie ich schon sagte, so hatten es die Reichen, trotz alledem freilich nicht so eilig. Zwar kamen die Geschäftsleute herein, aber viele von ihnen brachten ihre Familien vor dem Frühjahr noch nicht wieder in die Stadt, bis sie dann sahen, daß ein Wiederaufleben der Pest mit Verläßlichkeit nicht mehr zu befürchten war.

Der Hof allerdings kam bald nach Weihnachten wieder herein, aber der Adel, außer wenn einer bei der Verwaltung eine unabkömmliche Stelle hatte, kam nicht so schnell.

Ich sollte hier noch vermerken, daß ungeachtet der Heftigkeit, mit der die Pest in London und anderswo wütete, es dennoch auffällig zu beobachten war, daß sie niemals an Bord der Flotte gelangte; und doch hatte man merkwürdigerweise die Anheuerung von Matrosen forcieren müssen, sowohl am Fluß wie auch auf den Straßen, um die Flotte zu bemannen. Aber das war am Anfang des Jahres, als die Pest noch kaum begonnen hatte und noch keineswegs bis in die Gegend der Stadt gedrungen war, wo man gewöhnlich auf Anheuerung ausgeht; und obwohl der Krieg mit Holland den Leuten damals überhaupt nicht zupaß kam und viele sich beschwerten, sie seien mit Gewalt in ihn hineingezerrt worden, so erwies sich dies trotzdem am Ende für viele von ihnen als ein glücklicher Fall von Gewalt: Wahrscheinlich wären sie in der allgemeinen Katastrophe mit zugrunde gegangen, so aber hatten sie, nachdem der Sommerdienst vorbei war, zwar Anlaß, das traurige Los ihrer Familie zu beweinen – denn viele ihrer Angehörigen waren, als sie zurückkamen, im Grab – aber sie konnten nur dankbar sein, daß sie der Reichweite des Unheils, wenn auch sehr gegen ihren Willen, entzogen worden waren. Wir hatten in der Tat einen hitzigen Krieg mit den Holländern in dem Jahr, und es kam zu einem sehr schweren Seegefecht, in welchem die Holländer den kürzeren zogen, aber wir verloren viele Männer und einige Schiffe. Jedoch die Pest kam nicht auf die Flotte, wie ich schon bemerkte, und als sie mit ihren Schiffen im Fluß vor Anker gingen, ließ die Heftigkeit der Seuche bereits nach.

Ich würde mich freuen, wenn ich den Bericht von diesem trübseligen Jahr mit einigen besonderen geschichtskundlichen Beispielen schließen könnte; ich meine Beispiele dafür, wie wir Gott, unserem Retter, danken mußten, aus dieser furchtbaren Not befreit zu werden. Sicherlich riefen die Umstände unserer Erlösung wie auch die Furchtbarkeit des Feindes, von dem wir erlöst wurden, die ganze Nation zu diesem Dank auf. Die Umstände der Befreiung waren in der Tat sehr bemerkenswert, wie ich teilweise schon erwähnt habe, und besonders die Tatsache, daß wir uns in einer so schrecklichen Lage befanden, als wir zur Überraschung aller in der Stadt, mit der freudigen Hoffnung auf ein Ende der Seuche erfüllt wurden.

Nichts außer der Hand Gottes selbst, nichts als die allmächtige Kraft konnte das getan haben. Die Seuche trotzte aller Medizin, der Tod hielt Ernte in jedem Winkel, und wäre es weiter so gegangen, wie es ging, dann wäre in ein paar Wochen die Stadt von jedem lebendigen Wesen entleert gewesen. Die Menschen waren überall am Verzweifeln, aus Furcht verging ihnen aller Lebensmut, die Angst ihrer Seelen nahm den Leuten jede Hoffnung, und die Schrecken

des Todes standen auf ihren Gesichtern und in ihren Blikken.
Gerade in diesem Moment, als wir mit gutem Recht sagen mochten: »Vergebens war alles menschliche Mühen«, ich sage, gerade in diesem Moment gefiel es Gott, zu unserer sehr willkommenen Überraschung, das Wüten der Pest, und sogar ganz von selbst, erlahmen zu lassen; und ihre Bösartigkeit wurde schwächer, wie ich schon sagte, und obwohl unzählige Menschen krank waren, so starben doch weniger, und gleich in der ersten Woche sank die Totenziffer auf dem Register um 1843; in der Tat eine ansehnliche Zahl!
Es ist unmöglich, dem Wandel Ausdruck zu geben, der sich in den Mienen der Menschen vollzog, als an jenem Donnerstagmorgen das Wochenregister erschien. Man konnte in ihren Gesichtern sehen, wie eine scheue Überraschung und ein Lächeln der Freude darin Platz griff. Sie drückten einander auf der Straße die Hände, die gleichen, die zuvor kaum miteinander auf der gleichen Straßenseite gegangen wären. Wo die Straße nicht zu breit war, riefen sie einander aus offenen Fenstern von Haus zu Haus zu und fragten, wie es gehe und ob man die gute Nachricht vom Nachlassen der Pest gehört habe. Einige entgegneten dann wohl, wenn sie »gute Nachricht« hörten: »Was für eine gute Nachricht?« Und wenn sie dann zur Antwort erhielten, daß die Pest am Nachlassen sei und die Zahlen auf dem Register um beinahe 2000 zurückgegangen seien, dann riefen sie aus: »Gott sei gelobt!« und weinten laut vor Freude und versicherten, sie hätten noch nichts davon gehört; und so groß war die Freude der Leute, daß es für sie gewissermaßen eine Auferstehung von den Toten war. Ich könnte beinahe ebenso viele absonderliche Dinge anführen, die sie in dem Übermaß ihrer Freude vollführten, wie vorher in ihrem Gram; aber das wäre nur eine Entwertung.

Ich muß gestehen, ich selbst war, gerade bevor dies geschah, sehr niedergeschlagen gewesen; denn die Zahl derer, die in der Woche zuvor oder seit zwei Wochen von der Krankheit befallen wurden, war, neben denen, die starben, so ungeheuer groß, und das Wehklagen war überall so gewaltig, daß ein Mann wohl hätte, so schien es, gegen jede Vernunft handeln müssen, hätte er auf ein Entkommen auch nur zu hoffen gewagt; und es gab ja auch kaum ein Haus außer dem meinen in der Nachbarschaft, das nicht infiziert war; darum hätte es, wäre es so weitergegangen, nicht lange gedauert, bis niemand mehr dagewesen wäre, der die Ansteckung noch hätte bekommen können. Man sollte es in der Tat kaum für möglich halten, was die letzten drei Wochen noch für fürchterliches Unheil angerichtet hatten, denn wenn ich der Person, deren Berechnungen ich immer sehr gut fundiert gefunden habe, Glauben schenken darf, dann waren in den drei Wochen, von denen ich spreche, nicht weniger als 30000 Menschen gestorben und nahezu 100000 krank geworden; und diese Zahl der Erkrankungen war unerwartet hoch, in der Tat, sie war niederschmetternd und alle, die bis dahin immer noch den guten Mut hochgehalten hatten, ließen ihn jetzt sinken.
Mitten in der Bedrängnis, als die Lage der Stadt London wahrhaft unselig war, gerade da gefiel es Gott, sozusagen mit eigener Hand den Feind zu entwaffnen; das Gift wurde aus dem Stachel genommen. Es war wunderbar; sogar die Ärzte selbst waren davon überrascht. Wo immer sie Besuche machten, fanden sie die Patienten besser vor; entweder hatten sie einmal gut schwitzen können, oder die Geschwülste waren aufgegangen, oder die Karbunkel gingen zurück, und die Entzündungen um sie herum änderten die Farbe, oder das Fieber war weg, oder der heftige Kopfschmerz hatte nachgelassen, oder sonst ein gutes Symptom hatte sich gezeigt; und so erholte sich in ein paar Tagen alles, ganze

Familien, die an der Seuche darniederlagen, die schon die Geistlichen dahatten, um mit ihnen zu beten, da sie stündlich zu sterben meinten, kamen wieder hoch und wurden gesund, und kein einziger von ihnen starb.
Und dies geschah auch nicht, weil eine neue Medizin entdeckt worden wäre oder man hinter neue Heilmethoden gekommen wäre oder weil die Ärzte neue Erfahrungen in der Behandlung gewonnen hätten; sondern es kam offensichtlich von der unsichtbaren, verborgenen Hand dessen, der diese Seuche als ein Strafgericht überhaupt zu uns geschickt hatte; und mögen die Atheisten auf der ganzen Welt über diese meine Redeweise denken wie sie wollen, es ist keine Überspanntheit; es wurde damals auch von jedermann zugegeben. Die Krankheit war entkräftet und ihre Bösartigkeit verbraucht; und mag das gekommen sein, woher es mag, mögen die Philosophen in der Natur nach Gründen suchen, die es erklären, und mögen sie sich abmühen, so sehr sie wollen, um die Schuld zu verringern, in der sie bei ihrem Schöpfer stehen – diejenigen Ärzte, die von der Religion am allerwenigsten wissen wollten, mußten zugestehen, daß es alles übernatürlich war, daß es außergewöhnlich war und daß es keine Erklärung dafür gab.
Würde ich nun sagen, dies sei eine handgreifliche Aufforderung an uns alle zur Dankbarkeit, besonders für uns, die wir das Anwachsen dieses Schreckens erlebt hatten, dann würden vielleicht manche, jetzt, da man die Dinge nicht mehr so fühlt, dies für ein aufdringliches, scheinheiliges Gerede von religiösen Dingen halten; sie würden sagen, ich halte eine Predigt anstatt Geschichte zu schreiben, ich mache mich zum Lehrer anstatt meine Beobachtungen von Tatsachen mitzuteilen. Dies hält mich sehr davon zurück, hier fortzufahren, wie ich es sonst wohl getan hätte. Aber wenn zehn Aussätzige geheilt wurden und nur einer

kehrte zurück, um Dank zu sagen, dann wünsche ich dieser eine zu sein und mich meinerseits dankbar zu erweisen.
Ich will auch gar nicht leugnen, daß es genug Menschen gab, die allem Anschein nach damals sehr dankbar waren; denn sie hatten alle genug davon, auch die, deren Herz nicht gerade lange davon erfüllt war. Aber damals war der Eindruck so mächtig, daß sich ihm niemand entziehen konnte, nein, auch die Schlechtesten nicht.
Es war nichts Ungewöhnliches, daß man auf der Straße Leute traf, die Fremde waren und von denen man nichts wußte, und sie drückten einem ihre Verwunderung aus. Als ich eines Tages durch das Aldgate ging und ziemlich viele Menschen auf und ab spazierten – kommt da ein Mann von den Minoriten her, schaut ein wenig die Straße hinauf und hinunter und schlägt die Hände über dem Kopf zusammen. »Mein Gott, was für eine Veränderung ist das! Nein! Letzte Woche erst kam ich hier entlang, und kaum eine Menschenseele war zu sehen.« Und einen anderen Mann höre ich, wie er hinzufügt: »Es ist alles ein Wunder; es ist alles ein Traum.« »Gott sei gepriesen«, sagt ein dritter, »und laßt uns Ihm danksagen, denn Er allein hat es getan, menschliche Hilfe, menschliches Wirken war am Ende.« Und diese Menschen waren alle einander fremd. Aber ein solches Sichanreden wie dieses kam Tag für Tag häufig vor; und trotz ihres losen Gehabens gingen auch die ganz gewöhnlichen Leute die Straße entlang und sagten Gott Dank für ihre Erlösung.
Nunmehr hatten, wie ich schon sagte, die Leute alle Furcht von sich geworfen, und das nur zu schnell; man hatte nun keine Angst mehr, an einem Mann mit einer weißen Mütze auf dem Kopf vorbeizukommen, oder an einem, der ein Tuch um den Hals gewickelt trug, oder an jemand, der auf einem Bein hinkte, weil ihn seine Wunde an den Lenden so schmerzte, und doch war das alles bis vor einer Woche noch

der Gegenstand des äußersten Schreckens gewesen. Aber jetzt war die Straße voll von ihnen, und diese armen, genesenden Menschenkinder, das muß man ihnen lassen, schienen ihre unerwartete Heilung sehr dankbar zu empfinden. Ich würde ihnen großes Unrecht tun, wollte ich nicht anerkennen, daß, wie ich glaube, viele von ihnen ernsthaft dankbar gewesen sind. Aber ich muß bekennen, daß, was die Mehrzahl der Leute angeht, man auch von ihnen mit Recht sagen kann, was von den Kindern Israels gesagt worden ist, als sie nach ihrer Rettung vor den Heerscharen Pharaos das Rote Meer durchzogen hatten und zurückblickten und sahen, wie die Ägypter von den Wassern verschlungen wurden: Sie sangen Ihm Lobeslieder, aber vergaßen bald Seine Werke.

Ich kann nicht weitergehen. Man würde es mir als kritiksüchtig und vielleicht auch als Unrecht ankreiden, wollte ich mich nun an die unangenehme Aufgabe machen, Überlegungen über die, was immer ihre Gründe waren, Undankbarkeit und die Wiederkehr jeder Art von Bosheit unter uns anzustellen, wovon ich nur zuviel mit eigenen Augen zu sehen bekommen habe. Ich werde deshalb den Bericht über dieses unselige Jahr mit einer unbeholfenen, aber aufrichtigen Strophe von mir selbst beschließen, die ich in dem Jahr, in dem sie geschrieben wurde, an das Ende meiner alltäglichen Aufzeichnungen setzte:

Im Jahre fünfundsechzig war's, da hat's
die graus'ge Pest in London gegeben.
Die hat wohl an die hunderttausend
hinweggeschafft, und ich bin noch am Leben.

H. F.

Nachwort

Ohne Ankündigung, heimtückisch, unberechenbar trifft die Pest den Menschen. Im Jahr der großen Pest zu London, 1665 – auch noch lange danach –, wußte man nichts über sie, außer daß sie in Epidemien auftrat, die durch nichts wirksam zu beeinflussen waren, und daß die Fälle meist tödlich verliefen, besonders am Beginn einer neuen Heimsuchung. Die Angst vor dem Schwarzen Tod war allgemein tief verwurzelt, und das gerade in einer Zeit, in der die Bedrohung des Lebens durch Unfälle und Krankheiten weit höher war als heute. Seit mehr als dreihundert Jahren, seit 1347/48, schlug die Pest in unregelmäßigen Abständen in einzelnen Städten oder ganzen Landstrichen zu, holte ihren Tribut mitunter in einem Ausmaß, daß tiefgreifende soziale Umschichtungen die Folge waren. Erst 1894 wurde der Erreger, ein Bakterium, von A. Yersin und S. Kitasato entdeckt, die Übertragung durch Flohstiche, die Zwischenträgerschaft und Verbreitung durch Ratten aufgeklärt.

1664, im Herbst, treten in London zwei Pestfälle auf. Zwei Franzosen erkranken und sterben in ihrem Logis »Long Acre, oder richtiger am oberen Ende von Drury Lane«. Man nimmt an, daß sie in Holland, von wo Kaufleute über eine Epidemie berichtet haben, infiziert worden waren. Diese Fälle werden zunächst ignoriert, ohne daß Defoe darauf eingeht, daß die Pest in London ja nicht unbekannt war, immer wieder vereinzelt aufgetreten war und daß 1636/

1637 als Pestjahre in die Geschichte eingegangen waren. Weitere Fälle im Frühjahr 1665 werden verschwiegen, als Todesfälle durch Fleckfieber dargestellt und bagatellisiert. Auch die örtliche Beschränkung auf zunächst ein bis zwei Pfarrsprengel wird als »Beruhigungspille« für die Bevölkerung gewertet. Wen erinnert das nicht an das Verhalten von Behörden bei Vorfällen aus jüngster Zeit? Bis zum Frühsommer funktioniert dieses System, dann jedoch kann die Ausweitung zu einer Epidemie nicht mehr verheimlicht werden. Entsetzen greift um sich, Massenflucht und damit verbunden Massenarbeitslosigkeit – Dienstboten, Arbeiter und Tagelöhner werden gekündigt, die Besitzlosen vor das Nichts geworfen – setzen ein. Ein jeder muß sehen, wo er bleibt, aus einer friedlichen Idylle wird ein Hexenkessel mit allen Erscheinungen der Massenhysterie. Im Zeitalter des Puritanismus zeigt sich, daß innere Einkehr und Gottvertrauen nur wenigen gegeben ist und daß wie eh und je Geschäftemacherei mit Angst und Aberglauben, mit Unkenntnis und Hoffnung, daß exzessive Hingabe an Äußerlichkeiten weit mehr zutage treten. Diese Erscheinungen sind bis heute gleich geblieben, nur die äußeren Anlässe haben sich geändert.

Defoes Schilderung der Pest zu London galt vom Augenblick des Erscheinens 1722 etwa zwei Jahrhunderte lang als Augenzeugenbericht, in der medizinischen Forschung sogar als wichtigste Quelle für diese Epidemie. Erst die moderne Literaturwissenschaft zweifelte an der unmittelbaren Authentizität, als man nach dem Geburtsjahr dieses Begründers der Kunstform des realistischen Romans forschte. 1660 oder 1661 zu London war er geboren worden, genaueres fand man nicht. Im »Journal of the Plague Year« berichtet er jedoch als erwachsener und urteilsfähiger Mann in reiferen Jahren – konnte er auf Erinnerungen als vier- oder fünfjähriges Kind zurückgreifen?

Daniel Foe, der sich auch D. Foe, De Foe oder Defoe nannte, war im Alter von 35 Jahren königlicher Lotterie-Einnehmer. Eine wechselvolle Laufbahn als Kaufmann führte ihn auf Reisen vermutlich durch weite Gebiete Europas, vielleicht auch bis Nordafrika und Kleinasien. 1701 erlebte er, der vom Wohlleben des reichen Kaufmanns bis zur Schande des Bankrotteurs bereits alles erfahren hatte, einen ersten Erfolg als Schriftsteller. Die satirischen Knittelverse »The True-Born Englishman« brachten ihm Anerkennung, aber auch Verfolgung ein, das 1702 erschienene Werk »The Shortest Way with the Dissenters« dreimal an den Pranger und ins Gefängnis. Der wechselvolle Lebenslauf war damit noch nicht zu Ende.

Im Zeitalter des Puritanismus war freudvolle Unterhaltung verpönt, an ihre Stelle hatte Erbauung zu treten. Die bekanntesten Werke Defoes zeigen es, auch seine größten: »The Life and Strange Surprising Adventures of Robinson Crusoe of York, Mariner« und »The Fortunes and Misfortunes of the Famous Moll Flanders«. Beide sind – wie all seine Schriften – belehrend und erbaulich, aufgelockert durch großartige erzählende Abschnitte, die seinen Ruhm festigten. 1722, im Erscheinungsjahr des »Journal of the Plague Year« war sein Ruf bereits fest begründet, seine Jahre als politischer Journalist unter wechselnden parteipolitischen Vorzeichen bereits Vergangenheit. Trotzdem – oder besser: deshalb – erschien das »Journal« unter sorgsam gewahrter Anonymität.

Äußerer Anlaß für das Erscheinen waren Meldungen einer neuerlichen Pestepidemie, die 1720/21 von Marseille ausgehend über Amsterdam 1722 auch London zu erreichen drohte. Im März 1722 ließ Defoe das »Journal« erscheinen, vor den Sommermonaten, die jeweils die Höhepunkte der Epidemien waren. Interesse und Verkaufsmöglichkeiten waren somit am größten – alles wohlberechnet.

Wohlberechnet? Man glaubt es nicht bei der Lektüre der »Pest zu London«. Zu tief ist die Betroffenheit Defoes über die Ereignisse von 1665, zu tief sein Blick in die Massengräber, in die Leichengruben. Man kennt einen Teil der Quellen, die der Autor zu seinen Schilderungen benützte, man kann daraus ersehen, daß er jahrelang Material – auch mündliche Überlieferungen – gesammelt hat. Es ist unwahrscheinlich, daß sich das äußerst umfangreiche Material erst im Moment der Niederschrift zu dieser großangelegten Gesamtschau der Ereignisse des Sommers 1665 geformt hat, auch bei aller Berücksichtigung der Schnelligkeit des Schreibens und der intuitiven Nervosität der Gedankenführung, die aus dem »Journal« spricht. Der Druck des Unheimlichen, Heimtückischen, Unbegreiflichen, das er als Kind, um nicht zu sagen, fast als Kleinkind, erlebt und erkannt hatte, hat ihn wohl sein ganzes Leben nicht verlassen. Ein äußerer Anlaß hat dann die Ausformung des im Innern bereits Verarbeiteten verursacht. Wohldurchdachter Aufbau, Verweise auf Späteres, Rückgriffe auf bereits Vorgetragenes, Unterbrechungen und Wiederaufnehmen von Gedankensträngen heben das Werk weit über den Journalismus hinaus. Die Anschaulichkeit des Erzählens beginnt bereits am Anfang beim Pesttod der beiden Franzosen in ihrem Logis »Long Acre, oder richtiger am oberen Ende von Drury Lane« – als wäre Defoe selbst dorthin gepilgert, zum oberen Ende von Drury Lane, um das Logis in Augenschein zu nehmen. Und seine Glaubwürdigkeit erhöht er selbst immer wieder durch eingestreute Einschränkungen, wie: »So hat man mir berichtet.«

Und wie äußert sich die puritanische Forderung nach Didaktik, wie die Lehre, die er vermitteln wollte? Bei allem Lob, das er den Londoner Behörden ob ihrer Ausdauer in der Gefahr und der offenbar unkorrupten Verteilung der reich einlaufenden Spenden an die Ärmsten der Armen, die

Arbeits- und Einkommenslosen, zollt, so scharf kritisiert er die in seinen Augen überflüssigen, wirkungslosen und grausamen Anordnungen, die von der Pest betroffenen Häuser zu verschließen und die Einwohner darin einzusperren. Die bessere Vorsorge für ein neues Unheil im Sommer 1722 war der Anlaß für das Erscheinen des »Journal of the Plague Year«.

Daniel Defoe starb am 26. April 1731 und hat ein äußerst umfangreiches Werk hinterlassen. Weltberühmt ist sein »Robinson Crusoe« – auch als Kinderbuch – geworden, weltberühmt seine »Moll Flanders«. Sein Leben verlief mitunter dramatisch, seine Gegner haben ihm oft hart zugesetzt. Auch damals waren Konkurrenzneid und Mißgunst die Begleitung der Erfolgreichen. Und erfolgreich war seine Schilderung der »Pest zu London«, mehr als zweieinhalb Jahrhunderte Fortleben in der Literatur bescheinigen es.

Wolf Bachmann

5,-

[illegible]